与你同行

[美]安·帕切特——著
邹笃双——译

COMMONWEALTH

Ann Patchett

長江出版傳媒
长江文艺出版社

新出图证（鄂）字 03 号

图书在版编目（CIP）数据

与你同行 / （美）安·帕切特著；邹笃双译. -- 武汉：
长江文艺出版社，2017.11
ISBN 978-7-5354-9992-9

Ⅰ. ①与… Ⅱ. ①安… ②邹… Ⅲ. ①长篇小说 – 美国 –现代
Ⅳ. ①I712.45

中国版本图书馆 CIP 数据核字（2017）第245039号

著作权合同登记号：17-2017-224 号

特约监制：欧阳勇富　　选题策划：王传丽
版权支持：孙淑慧　　责任编辑：郭喜军　姜　山
装帧设计：所以设计馆　　责任校对：韩　雨
营销编辑：刘　聪　　责任印制：张　涛

出版：长江出版传媒 | 长江文艺出版社
地址：武汉市雄楚大街 268 号　　邮编：430070
发行：长江文艺出版社
北京时代华语国际传媒股份有限公司　（电话：010-83670231）
http：//www.cjlap.com
印刷：三河市宏图印务有限公司

开本：880毫米 × 1230毫米　1/32　　印张：10.5
版次：2017 年11月第1版　　2017 年11月第1次印刷
字数：250千字

定价：42.00 元

Ann Patchett

Hello, dear readers,

It makes me happy to think of my novel in China. It's the story of a large family that breaks apart and stays together over a span of fifty years. I hope you'll enjoy it. Best,

Ann Patchett

亲爱的中国读者：

很开心能在中国出版我的小说。

这本书主要讲了一个大家庭

五十年间分崩离析又重新凝聚的故事。

希望你们喜欢。

安·帕切特

献给

迈克·格拉斯科克

目 录
Contents

第一章

施洗仪式进入到下一个环节的时候，艾伯特·卡曾斯才带着杜松子酒赶到。菲克斯总是面带微笑地为客人开门。这次一打开门，菲克斯便努力地在脑海中拼凑起所有信息，但是他的脸上依然挂着笑容。来客是供职于地方检察院的艾伯特·卡曾斯，此时他正站在前廊铺着磨砂玻璃板的台阶上。短短半个小时之内，菲克斯开了不下二十次门。邻居、好友、教友、贝弗莉的妹妹、自己的兄弟和双方的父母，还有就是几乎整个辖区所有的警察，总之能来的都来了。但是卡曾斯的光临却让菲克斯有些吃惊。两个星期之前，菲克斯告诉妻子贝弗莉没必要邀请认识的每一个人来参加孩子的施洗礼。贝弗莉就让他自己看一遍名单，决定哪些人可以不邀请。名单他没看，但是贝弗莉现在要是站在自己身边，菲克斯一定会明确地告诉她，这个男人就不必邀请了。不想邀请艾伯特·卡曾斯倒不是因为讨厌他，主要是因为自己除了不会混淆他的名字和长相之外，对他可谓是一无所知。这就是理由——大家彼此完全不了解嘛。在菲克斯看来，卡曾斯到家里来除了向他了解案情，应该没有别的可能。虽然这样的事情以前从来没有发生过，但是，除此之外还能有什么别的原因呢？前面院子里，客人们正相谈甚欢。大家无论来得早晚，要么是准备坐一坐就离开，要么根本只是借此机会出门走走。这个时候房子里面的客人实在太多了,远远超出了消防安全条款对人数的限制。菲克斯对此当然心知肚明。卡曾斯不请自来，手上拎着的袋子里装着一瓶酒，现在就站在菲克斯面前。

“菲克斯。” 艾伯特·卡曾斯说。这位身材高大、西装革履的地区副检察官伸手和他打招呼。

“艾尔。”菲克斯说。（大家是不是都叫他“艾尔”？）

“欢迎欢迎。”菲克斯握了握伸过来的手，便松开了。

“忙得差点来不了。” 卡曾斯说着话，抬眼朝屋子里看，好像生怕没有自己的位置。整个仪式已经过半——小块三角形三明治都快吃完了，甜点只剩下一半。放酒杯的桌布湿漉漉的，到处都是粉红色的酒渍。

菲克斯侧身靠边请他进屋。“欢迎光临，”他说，“离结束还早着呢。”其实他已经错过了今天这个派对上最重要的一部分。

他错过了刚才的施洗仪式。

地方检察院的那些人里面,菲克斯只邀请了迪克·斯宾塞一个人。迪克过去也是个警察，后来又去夜校进修法律。他这样一步一步地提升自己，大家却并不觉得他比别人更优秀。无论是开着警车出警，还是站在法官面前辩论，大家都对迪克知根知底。和迪克不同，卡曾斯需要别人办事的时候态度还算友好，但要是说请同事们出去喝一杯，这种事情就不太可能发生了。在这一点上卡曾斯和其他地方检察官、城市安保和雇员们都一样。如果他们要和你喝一杯，那可能是他们认为警察藏匿了什么证据。要是检察官们拿起你递过来的香烟，就暗示他和你的谈话可以结束了。客厅和餐厅里挤满了警察，屋里站不下，就站在后院的晾衣绳和橙子树下面，没人想马上离开。大家喝着加了冰的柠檬茶，像装卸工人一样大口大口地抽着香烟。

艾伯特·卡曾斯把袋子递给菲克斯。袋子里面装着一大瓶杜松子酒。

客人们有的送了祈祷用的卡片，有的送了珍珠母贝做成的串珠，有的送了镶金边的《圣经》口袋书。还有五个警察，可能是他们的太太们考虑得更长远，凑份子买了一个带链子的蓝色珐琅十字架。十字架的正中间交叉处还嵌着一颗小珍珠，精致又好看。

"一男一女两个孩子了？"

"两个都是女孩子。"

"那你就插不上手了吧？" 卡曾斯耸了耸肩说道。

"完全插不上手。"菲克斯一边说一边关上门。贝弗莉嘱咐过菲克斯不要把门关上，好让房间里透进些新鲜空气。男人们之间缺少关怀，需要提醒才行，这一点贝弗莉很了解。在男人们看来，不管房子里挤了多少人，不关门哪能行！

贝弗莉从厨房探身往客厅看。梅洛伊兄弟，迪麦第欧一家，还有好几个充当祭台助手的小朋友们正在吃甜点。她的妹妹今天穿了条黄色的裙子，早不知道跑到哪里去了。

"菲克斯？" 她喊道。到处都是喧闹的声音，她得大点声。

卡曾斯首先转过身，朝贝弗莉微微一点头。

见此情景，菲克斯站直了身体，佯装没有看到刚才这一幕。"你请便，不要客气，"他指着玻璃推拉门旁边那些还穿着警用夹克的警察们说，“今天来了不少人。”这么说也对也不对，但可以肯定的是卡曾斯对这个聚会的主人不了解。菲克斯转身穿过人群。当他走近的时候大家就侧身给他让路，有的拍拍他的肩，有的和他握手，说些祝福的话。他四岁的大女儿卡洛琳正在客厅的地板上和小朋友们玩游戏。小孩子们像小老虎一样在大人的脚边爬来蹿去，大家都得小心，以防踩到他们。

女人们挤在厨房里高声地聊着天。除了邻居家的露易丝愿意帮忙把碗从冰箱里拿出来之外，其他人都只顾着说笑。贝弗莉最好的朋友沃利斯这会儿正对着表面镀了铬的烤面包机补口红。沃利斯太瘦了，肤色也不白皙。她直起腰，嘴唇上涂了厚厚一层浓艳欲滴的口红。贝弗莉的妈妈坐在餐桌旁边，刚刚受洗过的小宝宝正在她的膝盖上玩耍。施洗仪式上她穿着蕾丝长袍，现在换成了浆洗过的洁白小长裙，小裙子的衣领上绣了一圈黄色的花朵，看上去像是刚刚结束迎宾仪式的新娘。女人们轮流抱着孩子逗她笑，似乎在东方三圣贤到来之前，她们都有义务让这个小宝贝开心。但是，这孩子一点也不开心。她呆呆地看着每个人，然后盯着前面不远处的某个地方，一副对什么都不感兴趣的神情。她还不满一岁，给她做三明治、送礼物，是不是太早了点？

“好漂亮的小姑娘啊。”菲克斯的岳母一边自言自语，一边用指背轻轻地抚摸着孩子圆圆的脸颊。

“冰块没有了。”贝弗莉对丈夫说。

“这个由你妹妹负责。”菲克斯答道。

“她没准备够。你能不能找人去再买一点来？这么热的天，开派对怎么能没有冰块！”她把围裙挂在脖子上，因为不想把裙子弄皱，腰上那一处的带子根本没有系拢。几缕金黄色的头发从脑后的法式发髻里散落下来，垂在眼睛旁边。

“她不去买冰块，至少也该到厨房来帮忙做三明治吧。”菲克斯边说边抬眼看沃利斯。但是沃利斯自顾自地盖上口红盖子，装作什么也没听到。贝弗莉双手不得闲，菲克斯也愿意给她打打下手。无论谁看到贝弗莉都会明白，她肯定是个想让每位参加派对的人都能宾至如归的女主人，更是个乐意大家伙儿都围着她转的女人。

“这么多警察聚在这里，邦妮兴奋得昏了头，哪里还能指望她来帮忙做三明治，”贝弗莉说着，停下收拾手中的干奶酪和黄瓜片，瞟了一眼菲克斯手上的袋子，“那里面装的是什么？”

菲克斯从袋子里拿出那瓶杜松子酒。今天他第一次在妻子的脸上看到了笑容。不仅是今天，而是这一周的第一次。

“要是有人去商店买冰块的话，”沃利斯突然对他们的谈话产生了兴趣，“别忘了顺便买点奎宁水。”

菲克斯决定自己去买冰块，正好能趁机溜出去一小会儿。离家不远的街道尽头就有一个市场。四下很安静，排列整齐的房子前是绿油油的草坪。棕榈树在地上拉出一条细长的影子，空气中弥漫着橘子花的清香，混合着菲克斯呼出的香烟。对他来说，这一切似乎有种镇静凝神的功效。他的哥哥汤姆也跟了出来，兄弟俩安静地往市场走去。汤姆和贝蒂有三个孩子，都是女儿。他们一家住在埃斯孔迪多，汤姆是当地消防署的消防员。结婚有了孩子之后，菲克斯开始慢慢地意识到，随着年龄的增长，时间并没有他曾经想象的那么多。算起来兄弟俩已经很久没有见面了，上一次还是在父母家里，一大家人在马萨诸塞州度过了圣诞节前的平安夜，再上一次是菲克斯开车去埃斯孔迪多参加汤姆女儿艾琳的施洗仪式。一辆红色的阳光牌敞篷车错身开过，汤姆说，“瞧这辆车。”菲克斯点点头。可惜不是他先看到，现在只能等别的有意思的话题了。他们在市场里买了四袋冰块，外加四瓶奎宁水。

入口处有个小朋友问他们要不要买些柠檬,菲克斯摇头拒绝了。六月的洛杉矶，柠檬是人们的最爱。

从家里出发的时候菲尔斯没有看手表。大部分警察都有不错的时间感，他也不例外。这一趟购物花了二十分钟，顶多也就是二十五分钟。这么短的时间能有什么变化呢？可是当兄弟俩回来时，前门开着，院子里一个人都没有了。汤姆一开始并没有察觉到什么异样，不过作为一个消防员，他马上有了警觉。好在没有烟尘的味道，说明没什么大碍。房子里面还有不少人,但是比起离开前安静了许多。派对开始之前菲克斯就打开了收音机，现在总算能够听清音乐的旋律了。在客厅地板上玩耍的孩子们也不知道去了哪里，人们似乎也不太留意他们的行踪，所有人的注意力都集中在开着门的厨房里。菲克斯的搭档洛梅正等着他们。看到兄弟俩买完冰块回来，洛梅冲他们、又朝人群那边微微点了点头。“你们可算回来了。”他说。

厨房里挤满了人，比之前多出两三倍的样子，而且大部分都是男士。贝弗莉的妈妈和小婴儿都不在餐桌旁。贝弗莉正站在水槽旁边用一把水果刀切橙子。她面前的桌子上还放了一大堆圆圆的橙子，在那里滚来滚去。来自洛杉矶的两位检察官迪克·斯宾塞和艾伯特·卡曾斯，此时已经脱掉了夹克，松开领带，高高地卷起袖子，拼命地往两个金属榨汁机里拧橙子汁。他们的额头憋得绯红，布满了汗珠，敞开的领口上呈现出汗水浸过的颜色。两人卖力的样子，好像整个县郡的安全都仰仗于这些橙子汁一样。

贝弗莉的妹妹邦妮现在倒愿意帮忙了。她把迪克·斯宾塞的眼镜从他的鼻梁上取下来，用餐巾纸认真地擦拭着。这会儿，迪克·斯宾塞那位能干的妻子就在人群中站着。拿下眼镜后，没有汗水浸渍的眼睛舒服多了，迪克看到菲克斯和汤姆进来，就喊着要来点冰块。

“冰来了！”邦妮兴奋地说。天气真够热的，冰块可谓是最美好的东西。她扔下纸巾，从汤姆手上接过两袋子冰块放进水槽，里面堆满了挤完的橙子空壳。接着她又接过菲克斯手上的冰袋，因为冰块本就是由她负责。

贝弗莉放下手中的水果刀。“回来得正好。”说着她拿杯子从塑料冰袋里舀出一些冰，又倒回去两三块，一副运筹帷幄的神情，然后开始调制烈饮——一半杜松子酒，一半橙子汁。烈饮一杯一杯地从大冰桶里倒出来，又一杯一杯地传到每一位客人手上，直到里里外外人手一杯。

“还买了奎宁水。”菲克斯望着手上的袋子说。他们去市场买东西的这段时间里，肯定发生了什么，被蒙在鼓里的感觉一点都不好。

“橙子汁更合口。” 艾伯特·卡曾斯说，仰起头好一阵子才将邦妮倒给他的橙子汁喝干净。邦妮近来很迷恋警察，但是现在她的爱好有了变化，她已经成了眼前这两位检察官的拥趸了。

“配上伏特加最好。”菲克斯说。伏特加和橙汁调配的鸡尾酒，谁不知道呢。

卡曾斯斜头看向贝弗莉。她似乎不相信菲克斯的话，递给丈夫一杯自己调配的饮料。在场的每个人都能感觉到她和卡曾斯之间的默契。菲克斯握着杯子看着这位不速之客。宾客之中有他的三位兄弟，来自洛杉矶警察局的同僚也不少，还有一位专门为不良少年组织周六拳击比赛的牧师，如果提议将这位单枪匹马的副检察长赶出去，这些人应该都会支持自己的决定吧。

“干杯。”贝弗莉低声对他说，听上去不像祝酒，更像是命令。菲克斯脑子里还在想着该怎么抱怨才好，手上却顺从地朝妻子举了举杯子。

乔·迈克牧师坐在地上，背靠着基廷家房子的后墙，影子斜斜地落在墙面上。他穿着黑色的裤子，这是牧师们的标准着装。将装有杜松子酒和橙汁的杯子放在膝盖上，他已经记不清这到底是自己喝过的第三杯还是第四杯了。每一杯也就那么一点点，有什么好担心的？他努力地在脑子里为下个周六准备一篇布道词。他想告诉到教堂来的每个人，尤其是那些今天没来参加基廷家派对的人，麦饼和鱼肉的圣迹真实地发生在这个院子里。但是他的脑子里全是酒意，怎么也想不清楚，不仅是别人，就连他自己也未必相信看到了圣迹，不过他认为自己可能发现了解释成就耶稣圣迹的原理。艾伯特·卡曾斯带来的那一大瓶杜松子酒，即使再大瓶也不可能装满每个客人的杯子，更何况有的人还频频续杯，一百多位客人，有的已经喝得不省人事了。就算是后院里那些分蘖未久的瓦伦西亚橙子树结出的累累硕果，它们榨成的果汁也不能让每一个客人喝够喝好。大家通常认为橙子汁不能调配杜松子酒，关键是，谁会想到在施洗仪式的派对上喝酒呢？

也许基廷家的酒柜里还存了好多杜松子酒，到底有多少瓶外人也无法知晓。但是菲克斯·基廷亲手将酒瓶递给妻子，他的妻子一心要把派对办好，便想着给大家弄点喝的。女主人要给大家来点喝的，又有谁不欢迎！怎么看这都是贝弗莉·基廷创造的奇迹。艾伯特·卡曾斯带来了杜松子酒，也是他建议将酒和橙汁混在一起喝。两三分钟之前，这个叫艾伯特·卡曾斯的人还坐在乔·迈克牧师的身边，说自己来自弗吉尼亚州，在洛杉矶待了三年后依然为这里到处硕果缀枝的柑橘树所震撼。他说别人管他叫伯特，还说自己是喝着大水罐里搅拌的白色凝浆长大的，那时他不知道那是什么东西，但可以肯定它与橙子汁无关。现在他的孩子们喝鲜榨果汁的时候，也和他儿时喝牛奶一样，搞不明白自己喝进嘴里的到底是什么东西。他们从自家院子的果树上摘果子榨汁，一到要榨果汁的时候，孩子们就拿着杯子等在旁边，喝完了还要喝。经常这么使劲儿地榨橙汁，他发现妻子特里萨右边腋下的肌肉比以前更结实了。伯特还告诉牧师，他们一家最喜欢喝橙汁。每天早上喝着橙汁吃燕麦片，特里萨还用特百惠的冰棒模具制作橙汁冰棒，孩子们下午的点心就是这种冰棒。晚餐的时候他会和妻子在橙汁里面加上冰块，再加点伏特加、威士忌或者杜松子酒。每个人都知道，重要的不是在里面添加什么，果汁本身才是关键之所在。“加州的人们忘记了这一点，他们被惯坏了。”伯特说。

“的确如此。”乔·迈克牧师点了点头。牧师在加州的欧申赛德长大，他也不太确定这个家伙关于橙汁的说法到底有几分可信。

如同犹太人在沙漠中寻寻觅觅，牧师脑子里面思考的都是下周要派上用场的布道词：由于忘了为施洗仪式的派对准备足够的酒，贝弗莉·基廷打开酒柜时才发现，里面除了一瓶只剩下三分之一的杜松子酒、大半瓶伏特加，还有就是一瓶龙舌兰。这瓶龙舌兰是菲克斯的哥哥约翰去年九月从墨西哥带回来的，她和菲克斯都不知道怎么喝这种酒，就一直放在那里。没办法，她只好把这几瓶酒统统拿到厨房。这时，几位邻居和几位住在因卡内辛附近的朋友主动提出他们愿意回家看看，看各自的酒柜里有没有值得拿来喝的酒。等他们几位回来的时候，不仅带来了酒，还带来了橙子。比尔和苏伊从自家树上摘了满满一枕头套的橙子，还说如果需要的话他们可以再回去摘三个这么多。这一举措的效果很显著，很快又有其他人有样学样，纷纷跑回家去翻箱倒柜地找酒，顺便搜罗一遍自家的果树。不一会儿，基廷家的厨房餐桌上就摆满了各种口味的美酒，而餐厅的洗手台此时看上去更像是贩卖水果的卡车，上边堆满了新鲜水果。

难道这还不能称之为“圣迹”吗？当然这不是耶稣从袖子里变出放满了美食的餐桌，然后邀请众人和他一起分享麦饼和鱼肉这样的圣迹。这个院子里发生的事情，更像是人们被耶稣和门徒的慷慨所打动，放心大胆地往自己的羊皮袋子里装一些剩下的午餐，不是让每个人都能不饥不馋、足够填饱家人肚子这样多一点的分量就好。参加派对的人也被贝弗莉·基廷的慷慨大方所打动，可能打动人们的是女主人的一袭黄裙，也或者是她那高高挽起的金色美发和那一抹消失在长裙之中的平滑脖颈。乔·迈克牧师咂了一口手中的酒。派对结束之后光是各种垃圾就有十几筐，桌子上、椅子上、地面上，到处都是用过的杯子，杯底或多或少都剩下一些没喝完的饮料。这些残剩的饮料还会有人来取走喝掉吗？又有多少人会这么做呢？想到自己没有回去取酒来和大家分享，乔·迈克牧师感觉有些失落。这的确是拉近和教区民众关系的好机会，但是牧师向教众们展示自己私藏的杜松子酒怎么说也是一件很奇怪的事情吧。

感到有人轻轻地敲了敲自己的鞋尖，牧师从思绪中回过神来。

刚才这会儿，他一直想着和这杯酒相关的事情。他抬起眼看，原来是邦妮·基廷。哦，直呼她邦妮·基廷也不对。她的姐姐和菲克斯·基廷结了婚，得管她叫邦妮·某某，或者就叫她贝弗莉的邦妮，再加上她的娘家姓氏才对。

“牧师，和我跳支舞吧，怎么样？”

这个叫邦妮的女孩穿着蓝色的短裙，裙子上绣着雏菊。她的裙子太短了，让牧师不知该看哪儿才好。姑娘早上穿衣时哪会想到自己站着的时候有个男人恰好坐在她面前的地面上。他本来想拿出一副老成的口吻来拒绝这份邀请，说对于跳舞自己已经荒废了太久。但是，他远没有老到可以当她叔叔的年龄，做她的“牧师”或者“父亲”更是不敢当，虽然她刚才就是这么叫自己。他只能简单地回答，“不好吧。”

听到被拒绝，邦妮蹲下身体，这样才能看到牧师的眼睛，谈话会更私密一些。她没想到这个姿势会让自己走光。内裤也是蓝色的，这和裙子上的那些雏菊搭配得真好。

“你看，这里的每个人都结了婚，”她尽量不让自己的声音里显露出抱怨的味道，“我一点也不介意和已婚的男人跳舞，跳支舞有什么了不起嘛，但是他们都是和妻子一起来的。”

“这些妻子可不是这么想的。”他小心翼翼地不去看她的眼睛。

“是啊。”她不开心地说，一边将一缕赭色的直发拨弄到耳朵后边。

这一刻，乔·迈克牧师突然有一种感觉，他觉得邦妮应该离开洛杉矶，或者至少搬到硅谷，去一个没有人认识她姐姐的地方生活。不拿她和她姐姐比较的话，邦妮确实是一个引人注目的女孩子。这对姐妹就像是谢德兰小矮马和英俊的赛马站在一起，但他同时意识到，要不是认识了贝弗莉，“小马驹”这个词也不会出现在他的脑海里。沿着邦妮的肩头看去，贝弗莉·基廷正和一位警察在前边的私家车道上跳舞。那警察自然不是她的丈夫。能和她跳舞，他可真是好运气啊。

“来嘛，”邦妮说，声音里有一丝期待和不满，“这里没结婚的就剩我们两个了。”

“你要是想找个合适的人，那我肯定要让你失望。”

“就是跳个舞而已。”她一手拿着杯子，闲着那只手放在他的膝盖上。

刚才乔·迈克牧师还在为自己只关注外表不关注真心实意的善意而自责，现在他开始动摇了。如果是自己热切地希望能有人和自己跳一支舞，会不会更多地关注外表呢？如果不是邦妮，而是贝弗莉·基廷在自己面前蹲下身，用她那双蓝色的大眼睛这么近距离地看着自己，她的裙子太短以至于内裤的颜色恰好被自己看到……不能再想下去了，他轻轻地摇了摇头。这样乱想真不好，他努力让自己回到现实——这样的事情怎么可能发生呢？他竖起食指，“只跳一支。”

邦妮笑盈盈地看着他，脸上洋溢着感激之情。这让乔·迈克牧师不禁反思在此之前的人生中，自己可否有过如此兴高采烈的时刻。他们放下手中的杯子，相互借力站起身，这样的情景在旁人看来一定会疑窦丛生。还没完全站稳之前，他们看上去像拥抱在一起。邦妮的双手紧搂着牧师的脖子，乍一看，仿佛教堂告解室里的那块布帘子挂在他胸前。他的两只手尴尬地放在她纤细的腰侧，拇指碰触的地方能感觉到弯曲的肋骨。他顾不上到底有没有人在看着他们，一种难以言说的情感伴着邦妮发间的淡淡薰衣草清香，让他在恍惚间失去了自我。

实际上，在邀请乔迈克牧师跳舞之前，邦妮已经找到了与她共舞之人，只可惜舞还没跳到一半她就落荒而逃。刚才她把奋力榨橙汁的迪克·斯宾塞叫到一边，要他休息几分钟，还说工会法案在这儿同样管用——辛勤劳作的男人需要休息。迪克·斯宾塞戴着一副厚厚的牛角边框眼镜，给人一种聪明机灵的印象，看上去比菲克斯的拍档洛梅机灵多了。今天，邦妮两次倾身斜靠在洛梅身上，还笑盈盈地看着他，他居然都没理睬她。（迪克·斯宾塞很聪明。由于是个近视眼，好几次和犯罪嫌疑人扭打在一起时，他的眼镜都被撞飞了。没有眼镜，他就什么也看不见。因为担心没有眼镜而看不到嫌疑人是否携带刀枪，他鼓起勇气参加了夜校的学习，接着又上了法律学校，最后甚至成功地通过了律师资格考试。）邦妮捧着迪克·斯宾塞那双黏答答的手，把他带到房子后面的露台上，一到露台他们就滑了一跤，还撞到了旁边的人。邦妮的双臂绕过迪克的后背，感受到他衬衣下边那瘦削健硕的肌肉，让人着迷。即便不壮硕，他身体的这个宽度把女孩子包上两圈也没有问题。另外一位叫卡曾斯的副检察长，长得更加英俊，称得上是位美男子。但是他太自恋了，这点她一看就知道。迪克·斯宾塞才是她能够揽入怀抱的心上人。

思绪胡乱地飞舞，邦妮突然感到有人在使劲儿地掰开她的手臂。她一直专注地看着眼镜后面的那双眼睛，不知道是自己看得太过深情还是别的什么原因，邦妮居然产生了一阵眩晕。她紧紧地抱着迪克·斯宾塞，根本没有注意到有一位女士正朝他们这边跑来。要是早点看见这个女人过来，邦妮还有可能溜走，至少也可以找些体面的说辞来搪塞。面对那位高声大嗓、言辞犀利的女士，邦妮小心翼翼地躲开了。迪克·斯宾塞夫妇就这样离开派对回家了。

“就要走了吗？”看到迪克·斯宾塞夫妇穿过客厅朝外走，菲克斯问道。

“看好你的家人。”玛丽·斯宾塞回答道。

菲克斯此时坐在沙发上，大女儿卡洛琳横躺在他的腿上，睡得正香。他以为玛丽是想提醒他要照顾好自己的女儿。半睡半醒之间，他轻轻地拍了拍女儿的后背，她睡得很沉，一点反应都没有。

“你最好去帮一帮卡曾斯。”迪克说这句话的时候目光越过菲克斯的肩膀。他们夫妇就这么走了，连领带和夹克外套都没有拿走，也没有去和贝弗莉打声招呼。

艾伯特·卡曾斯没有收到这个派对的邀请。周五他去找一位不认识的警察谈事情，恰好在法庭外的走廊上遇到了迪克·斯宾塞。“星期天再见。”那位警察对迪克说。等这位警察走开，卡曾斯问斯宾塞，“星期天有什么安排吗？”迪克·斯宾塞解释说菲克斯·基廷周末要给新生的小宝宝办施洗仪式派对。

“第一个孩子？”目送穿着蓝色制服的迪克·斯宾塞往楼下走去，卡曾斯追问道。

“第二个。”

“第二个孩子也办这种仪式？”

“天主教徒嘛，”斯宾塞耸了耸肩，“他们对这个很讲究。”

卡曾斯倒也不是那么急切地想去参加派对，但有些派对不只是单纯的派对。他讨厌星期天。这一天是家人相互陪伴的日子，要是有人邀请你参加派对，真让人进退两难。工作日里，每天早上上班之前孩子们都还没有醒来，他摸一摸孩子的脸，再嘱咐妻子几句该嘱咐的话，就匆匆出门。晚上回到家的时候，孩子们早就已经睡着了。躺在床上，他能感受到孩子们的可爱。孩子们已经成了他生命中不可分割的一部分。从星期一一大早到星期六的傍晚，这种情感在工作日的每一天都在他的心中聚集。星期天早上孩子们早早地就醒来了。天还没有大亮，窗户上的遮光卷帘布上依然残留着晨曦的影子。卡尔和霍莉爬到他的身上嬉闹玩耍，不到三分钟，两个小家伙就会打起来。听到哥哥姐姐们的嬉闹声，婴儿床里的小宝宝也醒了，想要从婴儿床的栏杆里翻出来。她已经学会了这个新技巧，虽然不能一下子就翻出来，可是她会一直坚持直到成功。特里萨要是没有及时接住她的话，她肯定就直接掉到地上了。这时，特里萨呕吐的声音又在卫生间里响起来。她关上卫生间的门还打开了水龙头，希望流水的声音能够掩盖掉她干呕的声音。他赶紧摆脱了两个大孩子，上前接住快要掉下来的小宝宝。床上的两个孩子一下子掉到了床边的脚垫上，叠落在一起。他们大声笑个不停，爬起来又转过来冲向爸爸。这么大清早，他是真的不想和孩子们玩耍，也不想起身去接快要跌落的小婴儿，但是他哪里还有别的选择？

星期天就这样开始了。特里萨说今天要去买些日用品，她不能带孩子们一起去。又说街角有一家邻居今天又要办一次野外烹饪聚会，上一次他们都没有去参加，希望这次不会错过。每当一个孩子号哭，另一个就会有样学样，第三个看着这两个的表现也自然不会落下。你哭完了我来嚎，一声接着一声，此起彼伏。早餐还没开始，最小的孩子一不小心从滑动的玻璃门上掉到储物间里去了，摔破了额头。特里萨连忙跑过来，一边给她贴创可贴，一边担心地问要不要带她到医院去缝针。看着小妹妹哭了，霍莉也跟着哭，说是自己也摔到了脑袋。卡尔不知道跑到哪里去了。不管父母和姐妹们怎么喊叫，就是不见踪影。卡尔是个捣蛋鬼，但是往常大家一喊他就会跑回来。特里萨用手抹了抹孩子额头上的血迹，抬眼看着丈夫，让他去看看儿子到底跑到哪里去了。

每个工作日，卡曾斯的任务就是搞定那些皮条客、打老婆的人，还有就是那些小偷小摸的家伙。没有一项是容易的工作。他总是尽自己最大的努力去纠正法官的偏见和误判，去惊醒并打动那一帮昏昏欲睡的陪审团。他一再地告诉自己，到了周末一定要忘掉洛杉矶的这一桩桩破案件，全心全意地回归到家庭中，好好照看一下年幼的孩子，好好陪一陪刚刚怀孕的妻子。但往往是到了周六中午他就又得给特里萨打电话，告诉她还有好多工作没完成，他不得不赶在周一第一场听证会开始前做完。令人哭笑不得的是他还真的必须回到办公室做事。有好几次他偷偷溜出办公室，来到曼哈顿的海滩边上吃热狗，还趁机和那些穿着比基尼和热裤的美女们搭讪。有一次居然让阳光晒伤了皮肤，回家后惹得特里萨一阵牢骚。更多的时候，他在办公室时，其他人也都在。整个一周大家都在一起工作，周六再见面同样会一本正经地点头问好。周六的工作效率就是高，这三四个小时干的事情远比平时干得多。

星期天总算来了。孩子、老婆和工作，任何一项都让他不想多提。于是他想起了迪克说的那个、自己没有接到邀请的施洗仪式。特里萨抬眼看着他。他面色平静，没有一丝慌乱。特里萨今年三十一岁了，脸上的雀斑却依然没有褪尽，随意地分布在鼻梁和脸颊上。好多次她都说希望能像别人家那样带孩子们到教堂去看看，尽管她知道自己的丈夫并不相信上帝以及宗教那一套。在她看来，一家人一起去参加别人孩子的施洗仪式也算得上是一个良好的开始。

“不是，”他说，“这是我工作的一部分。”

“在施洗仪式上办案？”她眨着眼睛问道。

“孩子的父亲是个警察，”他生怕妻子追问这个警察姓甚名谁，关键是那一刻他居然记不起对方的名字了，“算是顺水人情吧。办公室里的人都去，我不去不礼貌。”

她又问那施洗的孩子是男孩还是女孩，问他有没有想好送什么礼物等等。正说着话，就听到厨房里传来铁质碗碟摔在地面上的“丁零哐啷”的声音。是啊，他还没考虑过送什么礼物。他打开酒柜，拿出一瓶杜松子酒。好大一瓶杜松子酒，送人太可惜了。酒瓶的标签完整，还没有开封，送人就送人吧。

这才发生了卡曾斯在菲克斯·基廷家的厨房里榨橙汁的事情。迪克·斯宾塞早就放下手上的任务，出去奖励金发女主人那位不怎么惹人注目的妹妹了。卡曾斯不想现在就停手，他要向这位金发女主人展示一下自己的责任心，以便给她留下一个好印象。就算让他榨整个洛杉矶的橙子，他也愿意效劳。洛杉矶的美人那么多，这位是他见过的最美的一位。和这么美艳的妇人在一间厨房里说话做事，他还能有什么别的想法？美艳当然是一个重要的原因，更重要的是将橙子切好递过去的时候，她的手每次都碰到他的手指，每一次的碰触都让他像是触了电一样。这触电的感觉和握着橙子的感觉一样真实。打已婚女人的主意不是什么好事情，这一点他当然明白，更不要说是在这个女人的家里参加她第二个孩子的施洗仪式上。别忘了这个女人的丈夫也在家，而且是个警察。这些道理卡曾斯都知道，怎奈酒精让他无法抗拒。早先那会儿，同他在后院里交谈的牧师确定无疑地告诉他，今天的派对有些超乎想象。既然他也说有超乎想象的事情发生，那就不要按部就班墨守成规了。松开正握着左手手腕的右手——印象中特里萨也曾经这样握着手腕——卡曾斯伸出左手端起自己的杯子，挺身站了起来。

菲克斯·基廷站在门边看着卡曾斯，似乎已然看穿了他的心思。“迪克说该轮到我。”菲克斯说。和其他的爱尔兰裔警察一样，菲克斯不是个彪形大汉。但你一眼就能看出他是个警惕性高、时刻准备投入战斗的男人。

“你是主人，”卡曾斯答道，“榨汁的事儿就别管了吧。”

“哪能麻烦你动手，”菲克斯拿起水果刀，“你还是到外边去开心吧。”

卡曾斯从来都不是胆小鬼。今天这个派对如果是特里萨拉他去参加的那种，他估计连二十分钟都待不下去。“这个我擅长。”果肉榨碎之后通过滤槽将果汁滤到一个绿色的塑料冰桶里，过滤槽里积攒了好多果肉。说着他放下手上正清洗着的铁槽，拿起榨汁机的盖子。有那么一会儿，两个男人各自榨着汁，一句话也没有说。卡曾斯完全沉浸在对另一个男人妻子的白日梦中。恍惚间卡曾斯感觉她就倚在自己的肩上，捧着他的脸颊，他的双手从她的香臀往上游走。“总算想起来了。”菲克斯说道。

“什么？”卡曾斯停下手。

“是那宗偷车贼的案子。”菲克斯切着橙子。卡曾斯发现菲克斯切橙子的时候水果刀是往自己怀里的方向走，而不是往外划。

“什么偷车案？”

“我第一次见到你是在两年前处理一起偷车案的时候。我想了老半天，一直在想是什么时候见过你。那家伙的名字我忘记了，他偷了一辆红色的埃尔卡米诺牌汽车。”

一桩两年前的偷车案哪还记得清，除非是上个月发生的案件，要是再忙一些，上个周发生的案情也未必能一时想得起来，更不要说是偷车这样的日常案件。要是没有人丢车的话，洛杉矶的警察们就可以从早到晚一边围着桌子打桥牌，一边等待关于杀人案的报道了。有的车被找到的时候还是原来的模样，有的却已经在地下修车厂走了一遭，面目全非了。所有的偷车贼都差不多，记住他们十分困难，但是那个偷了一辆红色埃尔卡米诺牌汽车的家伙让人记忆深刻。

“达戈斯蒂诺。”卡曾斯说，然后他重复了几遍这个名字。一时间他都不知道怎么会有这样一个人名，就像是一份珍贵的礼物一样出现在脑海中。事情就是这样的神奇，无法解释。

菲克斯带着欣赏的神情摇了摇头。“哪怕是让我坐在这里想一整天估计也想不出这个人的名字。这个人我记得，但他的名字我还真是已经忘记了。当时他认为偷一辆车就逮捕他有失公允。”这一刻，卡曾斯似乎是通了天眼一般，案件的所有卷宗都呈现在他的脑海中。“公诉人认为侦查不当。被偷的车往往都被改装过，”停下对手中的橙子的使劲儿拧挤，他闭上眼睛想要记起更多的案情，可惜什么也想不起来了，“我就只记得这么多。”

“阿纳海姆县。”

“我好像从来都没有去过那个地方。”

“啊，你肯定去过，”菲克斯说，“那个案子就是你负责。”

可惜关于这个案子卡曾斯什么也记不起来。被告、罪证以及参与案件的警察是谁他都已经忘得一干二净了。只是关于这个案件的终审判决他还没有忘记,就像拳击手永远都记得谁曾经将自己击倒，也记得自己曾经击倒过谁。“他要求上诉。”卡曾斯接着说。既然已经忘记了具体案情，那就只好赌一把。他知道再怎么愚蠢的骗子在偷了一辆红色的埃尔卡米诺后都不会上诉。

菲克斯点了点头，想忍住不笑，但他还是笑了。那个家伙就是要求上诉。如此便可以想象，真的是他们一起了结了那个案子。

“那么说你就是那个案子的探长？”卡曾斯问。现在他才留意到菲克斯穿着探长们出庭时常穿的深褐色西装。探长们都穿这个颜色的西装出庭，就像是大家只买得起这一套西装似的。

“执行了逮捕令而已，”他回答，“现在我有希望成为探长了。”

“这事儿定了吗？”卡曾斯关心地问道，他也不知道自己为何要关心他的事情。作为一个一级副检察官，他当然熟知警察晋升是怎么回事。菲克斯似乎没有参透卡曾斯的意思。他擦干手，然后从屁股后面的口袋里拿出钱包，隔着几张纸币抽出一张名单。

“还有十四个人排在我前面。”他把名单递过来。卡曾斯擦了擦手接过名单。

打开折叠的纸，上面绝对不止十四个人。估计得有三十个人名，最下边的那个名字是“弗朗西斯·维泽尔·基廷”[①]。名单上的名字有一半被人从中间画了线。这么看来，菲克斯·基廷的位置是上升

① 后文的“弗兰妮”为“弗朗西斯”的昵称。

了不少。“天哪，”卡曾斯说，“这些人都去世了？”

“不是去世了。”菲克斯拿回名单，又看了看画线的那些名字。他把名单举起来对着厨房天花板上面的灯。“是有两三个人不在世了，其他的人要么升职了，要么调走了，还有人辞职不干了。总之都一样，这些人都不影响我升职。”

两位上了些年纪的女士倚着厨房门站着，她们穿着去教堂时才会穿的衣服，以为菲克斯在看她们，便不约而同地朝他挥手打招呼。

“酒吧还没打烊啊？”身材稍矮的那位冲他说。她想装出严肃的样子，只是戏谑的味道太明显了，竟忍不住打起嗝来。另一位女士忍不住笑了起来。

“那是我母亲，”菲克斯指着那位稍微矮小的女士说，又指向旁边的那位头发稍有些花白、笑容满面的金发女士，“这位是我的岳母。这位是阿尔·卡曾斯。”

卡曾斯再次擦干手，分别和二位女士握手致意。“叫我伯特就好了，”他说，“二位要喝点什么？”

“有什么就来点什么好了。”菲克斯的岳母答道。她抬头挺胸的样子，她那修长的颈项，从她身上依稀可见她女儿的神韵。岁月不仁，偷走了女人的韶华。

卡曾斯拿起手边的一瓶波旁威士忌，调了两杯酒给她们。“派对办得真不错，”他说，“外边的每个客人都很开心吧？”

“大家都等不及了。”菲克斯的母亲答道，接过杯子。

“你真是操碎了心。”菲克斯的岳母开心地看着她说。

“不是操碎了心，”菲克斯的母亲纠正道，“我这是小心翼翼，大家都要小心翼翼才行。”

“什么等不及了？”卡曾斯调好了酒问道。

“施洗仪式，”菲克斯说，“我妈妈害怕孩子活不过施洗仪式。”

“孩子有什么问题吗？”他问菲克斯。卡曾斯的父母希望他加入美国圣公会教会，但他不愿意。以他对圣公会的了解，就算是孩子夭亡了也照样能上天堂。

“没毛病，”菲克斯答道，“孩子棒极了。”

菲克斯的母亲耸了耸肩。“谁知道呢？谁说得清孩子的身体里面在发生什么？你们兄弟几个还没满月就办了施洗仪式。我对这些事情最在行了。这个孩子都快一岁了。”她一边说一边留意着卡曾斯，“家里那套施洗仪式上给孩子穿的长衫给她穿上都显小了。”

“哦，那倒真是个问题。”菲克斯答道。

他的母亲又耸了耸肩。她喝完了杯子里的饮料，左右摇了摇空杯子，好像发现杯子有什么不对劲儿似的。冰块又用完了。饮料里有冰块的话，喝起来就不会那么快。卡曾斯接过杯子再给她续上。

“孩子谁抱去了？”菲克斯对母亲说。他并不想知道孩子在谁那里，只是想确认一下孩子的情况而已。

“什么？”她反问，“孩子？”

她半闭着眼睛想了一会儿，还是摇了摇头。这时岳母开口了。“是谁抱着她吧。”她也不太确定地回答道。

“怎么回事？”菲克斯的母亲没再说孩子的事情，“有人为了调酒能在厨房站一整天，哪见他平时做饭的时候进过厨房门？”她盯着自己的儿子。

“不知道你在说什么。”菲克斯说。

菲克斯的母亲又看了看卡曾斯。卡曾斯只得摇摇头。两位母亲拿着杯子转身走了出去，一脸的不满。

“她说得对。”卡曾斯说。他在家里真的是从来没有进过厨房，哪怕连三明治也没有做过。这会儿要是有个三明治就好了。他只好再给自己调上一杯酒。

菲克斯悻悻地拿起刀,继续切橙子榨汁。他这个人既心细又惜时，就算喝醉了酒也不会切到手指。“你有孩子吗？”他问。

卡曾斯点点头，“有三个，第四个就快出生了。”

菲克斯吹了个响哨，“你可真是没得闲。”

卡曾斯不知道他指的是“孩子多了忙得没得闲”，还是指“和老婆做爱生孩子没得闲”。可能二者兼有吧。把手上挤过汁的半个橙子丢进水槽，水槽里已经堆满了挤过了的橙子，他揉了揉手腕。

“休息一下吧，”菲克斯说，“我刚刚休息了一会儿。”

“再挤一个。得多挤一些存着，正如刚才二位女士说的那样，女人们在厨房里待得太久了，今天就别指望在厨房里看到她们。”

“迪克去哪儿了？”

“他已经带着妻子回去了。”

我猜就是，卡曾斯心中暗道。妻子的身影以及家里各种令人尖叫的混乱状况在脑海中闪过。“现在几点了？”

菲克斯看了看表——那是一块芝伯牌手表，这个价位的手表一般的警察负担不起。已经是下午三点四十五分了，这完全超出了两位男士的估计。

“天哪，我真该走了。”卡曾斯说。他清楚地记得早上答应妻子特里萨会在正午之前赶回家。

菲克斯点了点头，“所有的人，除了我的孩子和老婆都该走了。

麻烦你帮我去找一下孩子，看谁在照顾她。我得去送一送大家，要是大人走完了再去找孩子，估计都得到半夜了。麻烦你快速地找一圈，可以吗？不晓得是不是谁喝醉就直接把她放在椅子上了。”

“我哪知道哪个是你的孩子？”卡曾斯问。他在派对上都没有见过那孩子，这么多爱尔兰人，同样大的孩子肯定也不少。

“我家那个是个新生儿，”菲克斯的嗓门突然变得尖利起来，似乎卡曾斯根本不应该问这样愚蠢的问题，似乎在他看来有些人当警察就足够了居然还想做律师，“我家孩子穿得很漂亮，这个派对就是给她办的。”

卡曾斯的周围到处都是人。有人让开，有人又挤过来，他在人群中被推来挤去。客厅里的每一个装食物的盘子都空了，不要说饼干，就连胡萝卜屑都没有剩一片。聊天的声音、音乐的旋律、醉酒之人放肆的笑声交织在一起。人们聊天的内容卡曾斯一个词一句话都没有听清楚，整个房间里一片嘈杂。只有那个新生的婴儿一直滔滔不绝地在脑海中和他交谈。不远处的阴影里有位女士笑得太放肆以至于差点喘不上气，还在一个劲儿地喊着“别说了，别说了！”他倒是看到了好几个孩子，有的直接拿过醉醺醺的大人手中的杯子，乘机喝掉杯子里剩下的酒。他没有发现小婴儿。房子里太热了，警察们这会儿都散开了夹克衫，露出卡在腰间皮带上的警用执勤左轮手枪和手臂下的枪弹夹。卡曾斯很困惑自己为何到现在才突然意识到这个派对上的很多人都带着武器。他穿过开着的玻璃门来到房子后边的露台上，看见傍晚的阳光洒满唐尼城郊外的大地，天空蔚蓝如洗。今天的天空一直这么干净，看样子接下来几个小时里也不会有云朵出现。他的牧师朋友正搂着贝弗莉的妹妹一动不动地站在那里，似乎他们跳舞跳得太久太累了，站着就已经睡着了。男人女人们坐在露台的椅子上聊天。有的女人就直接坐到了男士的腿上。目之所及，女士的鞋子都是半脱半穿，没有谁的丝袜依然完好无损。当然也没有谁抱着孩子，那个婴儿不在这儿。卡曾斯进到车库里打开灯。两个钩子上挂着一个梯子，储物架上按照大小整整齐齐地摆放着各色油漆。还有一把铁锹、一个耙子、一些线圈和一桌子的工具。这个车库里可谓是琳琅满目，应有尽有，却也干净整齐，毫无凌乱的感觉。车库中央的水泥地上有一辆海军蓝的法国标致车。菲克斯·基廷有这么多孩子，带着这么好的手表，还开着进口车，老婆也比自己的老婆漂亮许多。但是这家伙居然连个探长都不是。此时如果有人问卡曾斯是否觉得有什么地方不对劲，他一定会说：这很可疑。

正想认认真真地欣赏一下这辆法国进口汽车——这车看上去真的很不错，他又记起自己答应帮忙找孩子。他想到了自己的孩子。珍妮特正在学走路，昨天摔到地上时玻璃碎片擦伤了她的额头，现在还贴着创可贴。想到本来自己说好要照顾她的，心里就一阵发紧。可怜的珍妮特现在怎么样了，自己一无所知。特里萨应该也不指望他能帮忙照看孩子，在这一点上，她真不应该信任他。他走出车库继续寻找那个小婴儿，感到自己的心在胸腔里更加急切地跳动，好像急不可待，要赶在他的前面一样。菲克斯·基廷家派对上的人他全都看见了。今天本该有的安排又一次呈现在脑海中。他扶着门框稍做停留，感到既滑稽又释然。毕竟自己也没有什么损失。

回头看天空，光线开始逐渐暗淡下来。本来他可以直接拒绝菲克斯，就说要回家照顾自己的孩子。再次进入房子，他一眼就看到浴室里有两个衣柜。他停下脚步，匆匆洗了把脸走出。走廊的另一头还有一扇门。房子不大，却到处都是门。推开门，柔和的灯光透出，窗户上的遮光帘布都放了下来。这应该是女孩子的房间——粉红色的地毯，粉红色的墙纸边框上印着胖胖的小兔子。他家也有风格差不多的房间，是霍莉和珍妮特两人的卧室。三个小姑娘躺在一张床上睡着了，腿压着腿，手指里还攥着别人的头发。他居然没有发现贝弗莉就抱着小婴儿站在穿衣镜前。看到是他，贝弗莉的脸上泛起一丝笑容。

“是你呀。”她说。

她的话让他吃了一惊，也许更让他惊诧的是她的美貌。“对不起。”他说着就转头朝门口走去。

“她们不会醒的，”她斜着脑袋看着孩子们，“她们也都喝醉了，我把她们一个一个抱过来的时候都没有醒一下。”

他走过去，打量着孩子们。最大的也只不过五岁左右，孩子们的睡容让他忍不住要多看几眼。“哪一个是你的？”他问。三个女孩子看上去都差不多，一个也不像这位女主人。

“穿粉红色裙子的这个，”她看着手上的尿布答，“其他两个是堂姊妹。”

她笑着望着他，“你不是在给大家调酒吗？”

“斯宾塞回去了。”他答非所问地说。他都忘记自己上一次手足无措是在什么时候了。面对罪犯和陪审团他都不紧张，在一个手拿尿布的女士面前他当然也不能紧张。他又说，“你丈夫让我帮忙找一下孩子。”

换完尿布，贝弗莉整理好孩子的裙子又把她从桌子上抱起来。

“哦，孩子就在这里啊。”她一边笑着打着呵欠，一边用自己的鼻子蹭了蹭孩子的鼻子。“有人早就醒了。”贝弗莉转身朝婴儿床走去。

“先别放下，”他说，“我把她抱给菲克斯看一下再放到婴儿床里吧。”

她轻轻地斜着头，调皮地看着他，“菲克斯要孩子干吗？”

粉红色的房间里亮着柔和的灯光，她那淡红的双唇，不记得是否关上了的房门，以及她身上遮住了脚边垃圾桶里尿布味道的香水味儿，一切都刚刚好。菲克斯是让他找到孩子，还是说要把孩子抱给他看呢？有什么区别吗？他告诉她自己不知道那是不是不同，朝她走近了一步，她黄色的长裙散发着淡淡的光。他伸出双臂，她也朝他走近一步，将孩子递过来。

“你的手要放在她的头下面，”她说，“你有孩子吗？”他们两人已经凑得很近了，她只好抬起头。他的一只手臂放在孩子背后就意味着他的这只手臂会紧挨着她的胸脯。这个孩子还不到一岁，他想象不出一年前她更迷人的时候会是什么模样。特里萨总是一副不修边幅的样子。她说她也想保持自己的体型，可是哪里办得到呢？孩子生了一个又一个。要不什么时候介绍妻子认识一下贝弗莉，让她知道只要努力会有怎样的不同。还是算了吧。他可没兴趣让这两位女士见面。他的另一只手落在她的背后，顺着后背的拉链伸进了她的裙子。这便是杜松子酒和橙子汁的魔力。

隔着孩子，他们亲吻起来。这一天总算有了回报。他闭上眼睛亲吻她。在厨房里他们的手指相碰，心中便溅起了火花。指尖的火花直抵他的脊柱，让他颤抖。她的另一只手扶着他的后背，舌尖在他的牙齿间滑过。两个人的身体都忍不住微微颤抖。他用心感受着，她向后退了一步。小婴儿的脸憋得通红，在他的手臂里哭了起来，打着嗝，紧紧地贴着卡曾斯的胸膛。

“快把她憋死了，”她笑着说，低头看着小女儿娇美的小脸蛋，“不好意思啊。”

臂弯中基廷家这个轻盈的小女儿给他一种熟悉的感觉，贝弗莉从梳妆台上拿来一块软布给他擦了擦嘴唇。“是唇膏。”又倾身过来亲吻着他。

“你——”一刹那间，他有太多的话想对她说。

“喝醉了，”她笑着接道，“我肯定是喝醉了。把孩子抱给菲克斯吧，告诉他我一会儿就来。”她一根手指指着他，“别的什么都别说，先生。”说完又笑了起来。

他意识到从看到她的第一眼起，那时她正探身从厨房里往外看，招呼她的丈夫，他的生命就已经重新开始了。

“快去吧。”她说。

她让他抱着孩子，转身走过去调整孩子们的睡姿，好让她们睡得舒服些。他在关着的卧室门口站了一分钟，深情地看着她。

“怎么了？”她问，不再如刚才那样动情。

“要不是有人告诉我，”他说，“我还不知道有这个派对。”

从一个方面来讲，幸好菲克斯要他帮忙找孩子。另外，这个派对上的客人都不认识他，这让他能在人群中自由地走来走去。这一点的重要性直到大家都扭头看他的时候他才意识到。一个皮肤黝黑、身形瘦削的女人走了过来。

“她在这里啊！”女人大声地说，然后弯腰吻了吻小宝宝满是黄色卷发的额头，留下一个酒红色的唇印。“哟，真是不应该。”她有些不好意思，然后又试图用大拇指将唇印擦干净，来来回回地擦着，孩子都快要哭了。“千万不要告诉菲克斯啊，好不好？”她笑着看着卡曾斯。

应允下来一点都不难，之前他并没有见过这位皮肤黝黑的女士。

“我们的小公主来了。”一位男人微笑着看了看孩子，还拍了拍卡曾斯的肩膀。他们以为他是谁？没有人过问。迪克·斯宾塞是整个派对上唯一知道他底细的人，只是迪克早已离开。卡曾斯抱着孩子穿过人群朝厨房走去，一路上客人们一拨接着一拨地围过来。瞧，孩子来了，大家说这话的声音都显得格外温柔。嘿，老兄，孩子真漂亮啊。到处都是赞扬和恭维的话语。这个小婴儿长得真是好看极了，当他抱着她走到有灯的地方，对此更加深信不疑。白皙的皮肤，大大的眼睛，大家都说这个孩子长得更像妈妈。她长得真的很像贝弗莉。他把她放在自己的臂弯里往前走。孩子蓝蓝的眼睛一会儿睁开一会儿闭上，就像是探照灯一样。确保着自己还在大人的手臂里。她就这么舒舒服服地躺着，跟他自己的孩子一样。卡曾斯很会抱孩子。

“孩子长得和你也很像。”一位背带上挂着枪的男人说。

几个女人坐在厨房里抽烟。她们在烟灰缸里掐灭烟头，等着丈夫来喊她们一起回家。“嘿，小宝宝。”其中一个女人这么说，别的女人都回头看着卡曾斯。

“菲克斯去哪儿了？”他问。

有人耸了耸肩回答道，“不知道。”

“你要回家了吗？我来抱孩子吧。”她伸出手说。

卡曾斯不打算把孩子交给陌生人。“我去找找他。”他说着转身走了出来。

这一个小时里卡曾斯都在房子里转圈，先是帮菲克斯找孩子，现在孩子找到了又要找菲克斯。再次来到后院的露台，牧师还在那里，只是他怀里的姑娘已经不知所踪。他们交谈了几句，院子里的人少多了，里里外外的客人都走了不少。透过橙子树的枝叶的光线比起开始那会儿又暗淡了很多。他抬头看见树顶上还有一个橙子躲过了刚才摘橙子榨汁的疯狂。一手抱着孩子保持平衡，他垫着脚尖将这个橙子摘了下来。

“天哪，”菲克斯抬着头对他说，“你跑哪里去了？”

“我到处找你。”卡曾斯回答道。

“我就在这里啊。”

想到菲克斯没有去找他，卡曾斯忍不住想笑，但是一转念还是没笑出声，“你没有在我离开的地方等我。”

菲克斯站起身接过孩子，连句感谢的话都没有说，也没有做任何礼节性的动作。孩子被递过去的时候不满意地哼唧了几声，又在自己父亲的肩膀上睡着了。突然间手上没有了一点重量，卡曾斯感觉不习惯，顿时有些失落。菲克斯看到孩子额头上的唇印，“是不是摔跤了？”

“那是口红印子。”

“好了，”牧师说着推开椅子，“我该走了。半个小时之后我那个教堂里还有一个活动，通心粉晚餐，欢迎大家的光临。”

大家都互道着晚安。乔·迈克牧师走下汽车道，身后跟了一串人，仿佛是帕特里克圣人行走在唐尼县一样。他们是要跟着他一起去教堂。大家朝菲克斯挥手道晚安。天已经暗了下来，却还没有完全黑。

今天的派对持续得太久了。

卡曾斯又等了一会儿，希望贝弗莉能出来抱孩子，却一直没见她出来露面。早该回家了，已经晚了好几个小时了。“这孩子叫什么名字？”他问。

“弗朗西斯。”

“是吗？”他再一次看着孩子，“是你给她取的名字？”

菲克斯点点头，“小的时候，弗朗西斯这个名字可没少让我和别的孩子打架。每个邻居都说我取了个女孩子的名字。于是，我就想给女儿取名叫弗朗西斯，不是挺好吗？”

“那要是男孩呢？”卡曾斯问。

“我还是会叫他弗朗西斯。”菲克斯答道，那口吻似乎卡曾斯又问了一个愚蠢的问题。

“生第一女儿的时候，我们给她取了个和肯尼迪总统女儿相同的名字。我当时想，那好吧，等下一个再说，现在这一个——”菲克斯停了口中的话，低头看着怀里的孩子。这个孩子的前边有一个孩子，都已经好几个月了，却流了产。幸运的是他们有了这第二个女儿。医生也说他们很幸运。把这些讲给一个副检察长听真是件很奇怪的事。“就是这么回事。”

“这个名字真不错。”卡曾斯说。其实他脑子想的是，幸好这次你没再错过这个名字。

“你是什么情况？”菲克斯问，“你家里也有一个小艾尔伯特？”

“我儿子的名字叫卡尔文，大家都叫他卡尔。至于女儿嘛，不，她并不是叫阿尔贝塔斯。”

“你马上又要添丁进口了。”

“要到十二月份。”他说。卡曾斯清楚地记得在卡尔出生之前，他和特里萨晚上总是一起躺在床上，关了灯盘算着给即将到来的孩子取个什么名字才好。这个名字可能让她想起小学时常常被人欺负的同学，或者总穿着脏兮兮的衣服整天咬指甲的孩子。或者另一个名字让他想起一个自己最讨厌的同学，一个总爱欺负别人的人。当他们想到卡尔这名字的时候，两个人都很高兴，总算没有什么不良的印象。霍莉的名字也是这样选出来的。可能他们也没有花那么多的时间在取名字这件事情上，也有可能他们并没有一起躺在床上，妻子枕着丈夫的肩，丈夫抚摸着妻子的肚子探讨名字，可以肯定的是，孩子的名字是他们两个人一起商量决定的。特里萨的名字不是为了纪念别人，就是她的名字而已，她的父母认为那是个美好的名字。珍妮特这个名字？他都不记得自己曾经说起过这个名字。生产那天，他因为有事很晚才赶到医院，他记得一进到房间，特里萨就告诉他“这是珍妮特”。如果征询他的意见，他觉得这个女儿可以叫达芙妮。即将到来的这个孩子的名字要和他商量才行。这也好让他们之间有话可说。

“干脆就给这个孩子取名艾尔伯特好了，”菲克斯说，“当然前提得是个男孩才行。”

“是个男孩，你说得没错。”

卡曾斯看着弗朗西斯。她正在自己父亲的怀抱里安睡。再有个女儿也不错，但要是男孩的话，就叫他艾尔伯特。“你这么想？”

“当然啊。”菲克斯说。

这件事他没有和特里萨商量过，孩子降生的时候他就在等候室里，然后就是填写出生证明——艾尔伯特·约翰·卡曾斯——这个名字里面有自己的影子。特里萨一直都不是很喜欢丈夫的名字，但是机会来了怎么能错过？从医院回到家里，特里萨就“艾尔比，艾尔比”地叫这个孩子。卡曾斯让她别这么叫，可惜他又总是不在家。让她改口哪有那么容易？其他两个孩子也喜欢这么叫，也都学着妈妈叫他“艾尔比”。

第二章

“这么说艾尔比的名字是你取的？”弗兰妮说。

“可不是我取的。”父亲答道。他们一边说着话一边跟着护士进到一间宽敞明亮的大厅。“我绝对不会给他取这么愚蠢的名字。这个孩子的好多问题都和这个愚蠢的名字有莫大的关系。”

弗兰妮想了想她这个继兄弟，“他的问题肯定不仅仅是名字没取好这个原因。”

“你知道吧，有一次是我把他从少管所里捞出来的。他十四岁的时候居然想要放火烧了学校。”

“这事儿我记得。”弗兰妮答道。

“你妈妈给我打电话让我把他弄出来，”他用指头点了点自己的胸口，“她说算是请我帮她一个忙，说得好像我稀罕给她帮忙一样。洛杉矶的警察没有哪个是伯特不认识的，哪里轮得上我来帮忙，你说奇怪不奇怪？”

“你帮了艾尔比，”她说，“他那时还是个孩子，你帮一帮他也没什么大不了的。”

“他连放个火都放不好。把他弄出来之后我开着车把他带到你汤姆叔叔家里，汤姆曾经在消防署工作过，后来辞职来到了洛杉矶。我对伯特的儿子说‘你要是真想放火把整个学校的孩子都烧死，这个人能教你怎么做。’你知道他怎么回答我的吗？”

“怎么回答的？”弗兰妮问。她也不去提醒父亲，艾尔比放火的时候那所学校里一个孩子都没有，她也没有让父亲知道其实他真的是帮了母亲一个大忙。她更不想告诉父亲，其实艾尔比知道如何放火。

“他说对放火已经没兴趣了。”菲克斯停下了脚步，弗兰妮也跟着停了下来。看她们父女两人都不再往前走，护士也只好停下来等着。“大家还在叫他艾尔比？”菲克斯问。

“艾尔比？我不知道别人怎么叫他，反正我每次都这么叫。”

“我什么也没听到。”珍妮说。这位护士名叫珍妮，她的姓名牌就挂在胸前，其实挂不挂这个牌子都没有关系，大家都知道她的名字。

“听到了又有什么关系呢？”菲克斯对她说，“的确应该说点开心的事情才好。”

“今天感觉怎么样，基廷先生？”珍妮问道。菲克斯在加州大学洛杉矶分校附属医院做化疗已经好一段时间了，护士这么问也不算唐突。化疗期间要是病人感觉不好，就得回家休息，如果真是那样，下一次安排就不知道要等多久。

“感觉挺好的，”他说着用一只胳膊挽住弗兰妮，“感觉就像是有风吹过水面一样。”

珍妮笑了，三个人一起穿过大厅来到一间敞着门的房间。已经有两位女士坐在那里了，嘴里都含着电子温度计，头上扎着发带。其中一位女士朝菲克斯疲惫地点了点头。穿着粉红色手术服的护士们在房间里进进出出。待菲克斯躺下来，珍妮递给他一个温度计，然后将血压计的绑带套在他的胳膊上。弗兰妮在父亲旁边的椅子上坐了下来。

“等温度计降到零就可以量了。艾尔比出生之前你就和伯特讨论过给他取个什么名字？”关于艾尔比纵火烧学校以及那之后的故事菲克斯给她讲过不下几百遍了，倒是关于艾尔比名字的由来，她从来没有听说过。

菲克斯从嘴巴里拿出温度计，“我要给你讲的故事可不一样哦。”

“喂！”珍妮喊道，指了指温度计，菲克斯赶忙将温度计再放进口中。

弗兰妮摇了摇头，“真是难以置信。”

菲克斯看着珍妮松开血压计绷带。“什么事情难以置信啊？”她替菲克斯问道。

“一切都那么难以置信，”弗兰妮摊开双手，“你和伯特一起给客人调酒，一起聊天，你比妈妈更早认识伯特。”

“华氏九十八度整。”珍妮说着将温度计的套筒扔进垃圾桶，然后从口袋里抽出一截粉红色的止血带贴在菲克斯的手臂上。

“我当然认识伯特，”他恨恨地说，似乎有人冤枉他不守信用一样，“要不然你以为你妈妈怎么能认识这个人？”

“我哪知道，”曾经她也想问这个问题，在她的记忆里，很早就有伯特这个人的影子，“你那么讨厌沃利斯，我还以为是她介绍他们认识的呢。”

珍妮用指尖轻轻地按压着菲克斯的手臂内侧，希望能够找个没有针孔的地方下针。

“有些吸毒的人将针扎在脚趾中间。”菲克斯悠悠地说着，像是勾起了一丝回忆。

“那你肯定不希望瘾君子来做护士吧，”她坚持在苍白如纸的皮肤上拍打了好一会儿，总算找到了能下针的地方，然后用一根手指按着那里的血管，“好了，先生，终于找到了。就轻轻一下。”

菲克斯没在意。她成功地将针头刺进了血管。“啊，珍妮，”他看着她弯腰打针时垂在自己面前的几缕头发说，“要是一直都是你来照顾我该多好啊。”

“你真的那么恨沃利斯吗？”珍妮问道。将输液管的塑料尖头部分插进药瓶，看着回血随着药液一点点消失，她又换上另一瓶药。

“是的。”

“可怜的沃利斯，”她拔出针头，将一小团药棉按在针孔处，“最后一项，称一下体重。”菲克斯站到体重秤上，珍妮用一根手指拨动着金属制的重量砝码。一点一点地拨动，终于称好了，停在一百三十三这个数字上。“你喝了功能饮料？”做完这些基本检查项目，他们穿过护士站来到楼下的一个小房间。护士站里医生们或站或坐，有的在看电脑上的检验报告，有的在打电话。他们来到一间光线充足的大房间。阳光照进房间，病人们躺在躺椅上，药水从头顶上方的药瓶里一滴一滴地往下流。房间里的电视机都调成了静音，没有电视机传来的新闻报道声，只听见监控机里发出的“滴滴答答”的声音。珍妮领着弗兰妮和菲克斯来到角落的两把椅子前。在人来人往的化疗室里，这个角落真是个不错的地方，稍微能打起精神的病人都会选择这个位置。

“今天这些做完之后，希望你好好休息一下。”珍妮说道。化疗室不归她负责，她的职责只是把病人的表格准备好交给接手的护士。

菲克斯对她说了声“谢谢”，双手撑着椅子努力在躺椅上安顿下来。他把脑袋微微朝后，双脚稍稍抬起，他舒了口气，就像是警察忙了一天，终于到了下班的时候。闭上眼睛，静静地躺了五六分钟。见父亲没有言语，弗兰妮还以为他睡着了。要是刚才从等候室带本杂志过来就好了。她四下里看了看，想知道有没有人将杂志落在这里没带走。就听见菲克斯又开始继续自己的故事。

“沃利斯对你妈妈的影响很坏，”他闭着眼睛说，“她经常坐在厨房和你妈妈说一些什么妇女解放、爱情自由之类的话。你也知道你的母亲不是一个很有主见的人，别人说什么她信什么。别人告诉她爱情自由，她就认为爱情自由很重要。”

“那是在六十年代，”弗兰妮很开心看到他醒了，便回答道，“也不能完全怪沃利斯。”

“就是怪她。”

这样也好，反正沃利斯十年前就因为结肠癌去世了。她嘴上说着爱情自由和妇女解放，却和自己的丈夫拉里自大学三年级结婚之后就一直不离不弃，直至去世。拉里在她生命将尽的日子里也和以前一样无微不至地照顾她，给她擦身体，喂药，换结肠造瘘用的袋子，任劳任怨，直到最后。他们夫妻两人卖掉了视力检测诊所之后，就搬到俄勒冈州了。在那里，他们的生活内容就是种蓝莓，孩子和孙子们难得过去看他们一趟。于是，他们将一天中的大把时光都倾注在照看那几只宠物狗身上。沃利斯和贝弗莉两人同岁，她们俩在二十九岁那年认识之后关系就一直很亲密。贝弗莉和艾伯特·卡曾斯结婚后搬到了弗吉尼亚，相隔这么远也没有阻断她们的感情。再后来沃利斯和丈夫搬到俄勒冈去生活，对她们的关系自然也没有什么影响。毕竟，无论是洛杉矶还是俄勒冈，离弗吉尼亚都是一样的遥远。如果硬要说有什么不同，那就是自从沃利斯搬家之后，两位女士的关系更加紧密了。沃利斯在俄勒冈除了和丈夫在一起聊聊天，遛遛狗，再就不认识什么其他人了。于是，电子邮件和免费长途电话成了这两个女人的主要交流方式，有的时候电话一打就是好几个小时。她们互赠生日礼物，互寄节日贺卡。卡片上面会写一些很有趣的祝福话语。贝弗莉和第三任丈夫杰克·戴恩结婚的时候，沃利斯还专程坐飞机赶到阿灵顿去参加她的婚礼。那个婚礼上，沃利斯是贝弗莉的首席女傧相。当年贝弗莉和菲克斯结婚的时候，沃利斯也是女傧相。贝弗莉和伯特的婚礼举办得很低调，没有邀请亲朋好友参加，就在伯特父母位于夏洛茨维尔的家中举行，沃利斯自然也没有去参加。后来，得知沃利斯生病，贝弗莉也专程飞到俄勒冈去看她。她们拥坐在床上，大声地朗读简·肯庸的诗歌，一起谈论那些让她们一生都为之迷恋的事情，诸如丈夫和孩子。沃利斯和菲克斯两个人相互不怎么待见。菲克斯要把责任都推到她的身上，她也不介意，更何况他和贝弗莉离婚并不是她在作祟。她要是还在世，也愿意承担那件事情的责任，但她的内心却不一定会充满歉疚。

“冷不冷？”弗兰妮问道，“冷的话我去给你拿条毯子来。”

菲克斯摇了摇头，“这会儿不冷，但是待会儿就冷了。我需要的时候他们会给我拿的。”

弗兰妮环顾四周，尽量不去和别的病人有任何的目光交流。她只是想看一看护士在哪里。旁边有位女病人张着嘴巴睡着了，脑袋上一根头发都没有，活像只刚出生的小老鼠。一个十来岁的男孩子在一旁玩着平板电脑，另一个五六岁的孩子安静地坐在床边，在纸上认真地涂着颜色。沃利斯做化疗之后是个什么模样？拉里有没有抛下她不管，还是说也是那样坐在身边陪着她？他们的孩子有没有从洛杉矶过来看她？这些事情弗兰妮也想听妈妈讲一讲。

“护士们今天的动作好慢。”其实也不着急，弗兰妮还是忍不住说道。马乔里已经准备好了饭菜等着这父女俩，有面包也有汤。大家总是一起收看《危险边缘》这个电视节目，晚上弗兰妮就睡在楼上的客房里。

“我相信‘是药就有三分毒，护士不来你莫愁’，让我这样坐着等一天都没关系。”

“你什么时候变得这么有耐心了啊？”

“病人有病不怕慢，”他洋洋自得地说，“你和艾尔比还有没有联系？”

弗兰妮耸了耸肩，“偶尔能有一些他的消息。”过去弗兰妮总是少不了要谈论艾尔比，现在她似乎下定决心不再总是说他的事情。

“伯特这个老家伙怎么样了？”

“看上去还不错。”

“你是不是经常和他联系？”菲克斯问道，一脸无所谓的表情。

“没有和你联系频繁。”

“我可不是要和他竞争。”

“真的，不骗你。”

“他后来再结婚了没有？”

弗兰妮摇了摇头，“没有，还是一个人。”

“他不是结过第三次婚吗？”

“最后还是没在一起了。”

“不是有一个未婚妻吗？我是说在他的第三任老婆之后？”伯特第三次离婚的事情菲克斯知道得很清楚，但是谈论起来依然乐此不疲。

“是有那么一阵子。”

“啊，真是太可耻了。”菲克斯煞有介事地说，谁知道他是不是真的是觉得那是一件可耻的事情呢。伯特的情况他上个月已经问过一次了，反正装作自己又老又病，记忆力又不好，下个月他还会再问。不间断地审问目击者——她发现自己放在柜子里的刻有自己名字的手链不翼而飞的时候，他就是在电话里这样教她的。洛杉矶凌晨五点钟是加利福尼亚的凌晨两点钟，这个时间段长途电话费用很便宜，她打电话给他。菲克斯正在值班。弗兰妮有菲克斯的名片，但她从来没有在上班时间给父亲打过电话。那个时候菲克斯已经升任探长了，弗兰妮认为父亲一定能够帮忙找到自己丢失的手链。

“问一问周围的人，”他告诉女儿，“搞明白在你的后边是哪些人来上课，然后这些人又去了哪里。也不要太过在意，不要让所有人都知道你在找他们的麻烦。他们从你身边走过一次你就问一次，多问几次。因为可能他们没有跟你说实话，也有可能他们没记起来。如果真的想要找到丢的东西就要多花时间。”

今天来照顾菲克斯的护士叫帕琪，是个越南人，个子很矮，看上去像个孩子，却穿着超大号的紫色护士服。远远地，她就朝菲克斯挥手，像在派对上和朋友打招呼一样。菲克斯总算看到有人在和他打招呼。“你在这里啊！”她说。

“我在这儿。”他答道。

她走过来，黝黑的头发分成两股，编成辫子，像人们在紧急情况下使用的绳子。“你今天气色不错，基廷先生。”她说。

“人的一辈子就是这么三个阶段：青年阶段、中年阶段还有一个就是‘你今天气色不错，基廷先生。’”

“那得看是在哪里。要是在海边碰到你，看见你穿着游泳短裤躺在沙滩的毯子上，可能我不会觉得你有多好看。但是在医院里——”帕琪压低声调私下里看了看，然后靠近一点，才说，“你今天气色真不错。”

菲克斯解开衣领处的几粒扣子，再把衣领往后拉了拉，露出胸口的滞留针针管，“这是我的女儿弗兰妮，你们见过没有？”

“我们见过面的。”帕琪回答道。她朝着弗兰妮稍稍扬了扬眉毛。健忘真是老年人的通病，她心里说。她把一大管盐水推进滞留针管好让管道通畅，“请你告诉我你的名字。”

“弗朗西斯·泽维尔·基廷。”

“出生日期？”

“1931年4月20日。”

“这就对了，”她一边说一边从护士服的上衣口袋里拿出三袋装着清澈液体的袋子，“奥沙利铂[①]，氟尿嘧啶[②]，这个小袋子里是

① 抗肿瘤药的名称。

② 同上。

防止呕吐的药。”

“好的，”菲克斯说，“那就打上吧。”

洛杉矶早晨明亮的阳光穿过七楼的玻璃，斜斜地照射在铺着油毡的地面上。帕琪回护士站去上传病人治疗的详细信息，菲克斯睁着眼睛盯着那个悬在天花板上的电视机，广告画面在屏幕上悄无声息地转换。屏幕上一位女士走在暴雨中，大雨浸透了她的衣服，闪电在她身旁滚落。紧接着出来一位英俊的男士，他将手中的雨伞交到这位女士的手上，霎时间雨过天晴。她身后的街道两边开满了玫瑰，一派只有在英国园丁脑海中才会出现的来世美景。女士干爽的头发迎风飞扬，衣襟飞舞犹如一只美丽蝴蝶的翅膀。“医生最懂你的心”几个字出现在屏幕的正中间。莫非打广告的人早就预测到人们看电视的时候会将声音关掉？弗兰妮很担心这些药会不会导致抑郁症，会不会导致膀胱过动症，会不会让病人掉光头发。

“你猜我在这里经常会想起谁？”

“我猜是伯特。”

他做了一下鬼脸，“要是我向你询问伯特和他那个纵火犯的儿子，那是因为出于礼貌我想和你聊聊天。我才懒得想他的事情。”

“爸爸，”弗兰妮问，“那你最近想到谁了？”

“洛梅，”他回答，“你知道洛梅吗？”

“知道啊。”她说。洛梅的事情她有所耳闻，至少是知道一些。很早以前，母亲给她讲过这个人。

菲克斯摇了摇头，“不，你哪里还记得洛梅。他最后一次来我们家的时候你还爬到他的膝盖上。我记得那一次应该是给你办施洗仪式后的一两个月。他走到哪里就把你抱到哪里，吃晚饭的时候都舍不得把你放下来。你小的时候长得很漂亮。弗兰妮，你小的时候真是甜美得不得了，人见人爱，这可真让你姐姐受不了。你出生之前洛梅眼里只有你姐姐卡洛琳。你姐姐也很享受有人这么喜欢她。我还记得洛梅对她说‘到我这儿来卡洛琳，我这边有位置，坐得下你’，后来她就没机会了。看到他那么宠你她就受不了。”

“哎，哪有那样的事儿。”弗兰妮说。在她的印象里，即便后来她们搬到别的地方，卡洛琳也只喜欢坐在爸爸的膝盖上玩耍。

菲克斯点点头，“孩子们都喜欢洛梅，所有的孩子都喜欢他。他把你们放到警车上，打开警笛，让你们玩他的手铐。他和你们开玩笑，拿手铐一头铐住你的手，另一头铐在后视镜上，如此一来你就得站在前排座椅上才行。但是你们还是乐此不疲。真不敢想象现在的律师看到这番情景会怎么说。我还记得那天晚上吃过晚饭他离开之后，我和你妈妈就在叹息说这么喜欢孩子的人却没有孩子，真是可惜。他那时已经有二十八九岁了吧，我们都觉得够老的了。”

“他结了婚没？”

菲克斯摇了摇头，“他连个女朋友都没有，至少在他去世之前是没有的。他在海军部队里摔碎了鼻梁骨，导致鼻子那个部位一团糟，其实他是个挺英俊的小伙子。那时候人们都说他长得像史蒂夫·麦奎因。要不是鼻子，那么说也不算是夸张。你妈妈希望他能和邦妮好好发展，但是我不同意，因为邦妮就是个傻姑娘。这件事情我办得真不怎么样，要是没有那个牧师就好了。”

“有没有可能他是同性恋。”弗兰妮说。

菲克斯转过头来，一脸不高兴，他明显是不认可女儿的话，“乔·迈克不是同性恋。”

“我是说洛梅。”

听她这么说，菲克斯闭上了眼睛，好一会儿都没有睁开，“搞不懂你为什么要这么想？”

“同性恋又没有什么不对。”弗兰妮虽然嘴上这么说，心里却有些歉疚。在洛杉矶这个城市里曾经有一名很爱孩子的警察，这个警察聪明又机警，不是同性恋，长得酷似史蒂夫·麦奎因，却一直没有女朋友。至于这样的事情是不是真的，已经没有什么关系了。管他是不是同性恋，这个叫洛梅的警察去世都快五十年了。化疗用的袋子刚刚插上，他们还得在病房里坐上一两个小时。两个人时断时续地聊着天。“对不起，”看到他不再接话，她轻轻地戳了一下他的胳膊，“对不起，我说错了，给我讲讲洛梅的故事吧。”

菲克斯好一会儿没说话，他不确定要不要忘记心中的不满和怨恨。说老实话，弗兰妮让他很不高兴。她长得和贝弗莉一样漂亮，却不像她妈妈那样知道该如何发挥自己娇美面容这个特长。她扎着马尾辫，穿着束带裤，也不涂脂抹粉，一副素面朝天的模样。他认识好些医院里的人，有时做治疗医生还会专门过来看他。她要是努力努力没准儿有机会。

洛梅这个人弗兰妮是真的不了解。一岁的时候她曾经坐在他的膝盖上玩耍，这是她对洛梅所有才干的唯一印象。还有那个她年轻的时候为之疯狂、却把她骗得精光的老男人，甚至她现在的丈夫，看上去虽然还不错，但是娶她很难说不是为了给自己的几个孩子找一个保姆。总之，弗兰妮不会选男人。菲克斯多么希望自己的女儿能找一个像洛梅一样的男人相伴一生。但这已经不可能实现了。那天晚餐时的情景又一次浮现眼前：他的搭档坐在餐桌旁边，怀里抱着弗兰妮。贝弗莉把自己打扮得漂漂亮亮的，在厨房忙碌。她看上去不像是要下厨房做饭，更像是要去饭店用餐。想到这里，他就更不想睁开眼睛，隐隐之中他感觉到咽喉处有一丝丝电击般的震颤。是不是药液正在流进他的身体杀死那可恶的肿瘤呢？突然间，菲克斯记起来这件自己经常忘记的事情——这些肿瘤总有一天会要了他的命。

“爸爸？”弗兰妮一边叫他，一边用手轻轻地抚摸着他那生了肿瘤的胸骨。

菲克斯摇了摇头，“再给我一个枕头吧。”

弗兰妮将一个枕头放到他的脊背下边。待到一切安顿好了，菲克斯又开始和女儿交谈，毕竟弗兰妮是放下丈夫和孩子们专程从芝加哥乘飞机来看望他。

“你知道吧,洛梅这个家伙真是太有趣太幽默了,”菲克斯说,“没有什么事情比和他一起去出警布控更有意思了。”觉得声音有些小，他清了清嗓子接着说，“我那个时候最希望能把车子停在中南区的某个地方，在车子里坐到凌晨四点钟都可以，为的是能一直听他讲笑话。我当时肚子都笑痛了，最后只好警告他快别讲了，再这么讲下去这一晚上的正经事儿就要泡汤了。”

弗兰妮看着父亲那满脸的憔悴和消瘦，肝癌正在折磨着他。

一些癌细胞已经扩散到他的盆骨上，脊柱上也有一处，然而洛梅却永远地停留在青春潇洒的二十九岁。

洛梅会怎么想呢？

“那给我讲一个你们当时说的笑话吧。”弗兰妮说。

菲克斯微笑地看着天花板，似乎自己坐在汽车里，洛梅就坐在身边。他就这样静静地躺了好一会儿，晶莹的化疗药液顺着输液管一滴一滴地跌落到顶端的容器中，再顺着长长的管子流进他的身体。过了好半天，他摇了摇头，“我什么都记不起来了。”

他没有说实话，有一个笑话就在他的脑海中。

“有位女士独自一人在家，这时有个警察来敲门。”洛梅说。最开始菲克斯根本不知道他是在讲笑话。洛梅就是这样的人，总喜欢出人意料。“那警察带着一只狗，是一只比格猎犬，可能还要再大一点，一只看上去满脸歉疚的比格猎犬。它努力地抬着头，想要看着这位女士的眼睛，可惜就是办不到。只好低下头望着地上的小草，仿佛钱掉到草丛里去了一样。”

果然是个笑话。当时菲克斯开着车，车窗玻璃全部拉下来，车载收音机里传来侦探们相互联络时念到的数字代码。菲克斯将音量调低到几乎听不到，细听才能听到传出来的是静电干扰发出的“吱吱声”。他们两个人搭档巡逻，没有具体的目标，就是开着车到处看看。

“那个警察，”洛梅接着说，“要完成的是一项很难完成的任务。‘夫人，’他说，‘这是你家的狗吗？’她回答说，‘是的。’‘真的很抱歉，刚才发生了一起交通事故，你丈夫在车祸中丧生了。’你猜那位女士是什么反应？她被吓坏了，大声地哭起来，哭个不停。”

“那只狗还是不看她。‘夫人，’警察接着说，脸上露出一副极不情愿神情，‘还有一些事情要跟你说明白。’说着他就扯下了一切掩饰。‘我们在事故现场找到你丈夫的尸体的时候发现他一丝不挂。’那位妻子重复着警察的话，‘一丝不挂？’警察点点头，然后清了清喉咙，‘现场还发现了别的东西，夫人。他的车上还有一位女士，也是一样的赤身裸体。’那位女士似乎是‘哦’了一声，倒吸了一口冷气。警察没了办法，只好把话说明白。‘你家的狗当时也在车上，是唯一的幸存者。’那只比格犬就那样看着自己的前爪，看样子也希望能陪男主人一起去死才好。”

菲克斯打着方向盘，车子朝着阿尔瓦拉多方向开去。那是 1964 年 8 月 2 日的晚上，虽然已经九点多了，但天还没有完全黑下来。此时的洛杉矶空气中飘荡着柠檬的味道，混杂着街道上的沥青和成千上万辆汽车排放的尾气气味。路边的人行道上，小孩子你推我搡，跑来跑去地玩着游戏。夜晚出来觅食的人纷纷登场——黑社会的混混、蓝领女工还有瘾君子。每个人都有无法抚平的欲望和需求。大家一起成就了这场盛大的交易。每个人都有所求，每个人也都有所售，最不济的还可以去偷。空气一点一点地热烈起来，夜幕初降，一切才刚刚开始。

“这肯定是你编的吧？”菲克斯问，“刚才这几个小时里你是不是一直在脑子里编这个笑话？要不你就是买了专门刊登笑话的杂志看过之后记下来，等到时机合适就拿出来，对不对？”

“这可不是个笑话，”洛梅说着摘下墨镜，反正太阳已经完全落下去了，还戴着干吗，“我讲的确有其事。”

“发生在你自己身上？”菲克斯问。

“发生在我认识的一个人身上，那人是我朋友的表兄。”

“哄鬼吧，你这个骗子。”

“你就不能安安静静地听我讲完？接下来会有惊喜。于是警察就安慰那位女士，还把套在狗脖子上的带子递给了她，然后就算完事儿了。狗由女主人牵着往屋子里走去，那狗一直眼巴巴地望着警察，直到他坐上了警车。那位妇人关上门就开始盘问那只狗。‘他当时一丝不挂？他在车里面一丝不挂？’”洛梅学着女人的声音，那不是寡妇悲伤的嗓音，而是一个愤怒的女人的声音。“那只狗绝望地看着房门，可是它哪里也去不了，你懂吧？”洛梅看着车窗外边。一个小男孩夹着篮球从球场走出来，墙角处站着一个男人，不知道是喝醉了还是太兴奋，头朝后仰着，张开嘴像是等着天上下雨好滴进嘴里。再回头看着菲克斯的时候，他已经不是他自己了，此时的他就是那只比格犬，是那只全世界最忧伤、最愧疚的比格犬。这只叫洛梅的比格犬点了点头。

“‘还有个女人？’”洛梅模仿着女人的声音，“‘她也是一丝不挂？’”

马上他又学着狗的声音，低着头抬眼瞅着菲克斯。他点了点头。

“‘天哪，他们在干什么？’”

这样的问题对洛梅这只比格犬来说太难了，要想回忆起当时的情景也不容易。只见他把一只手的拇指和食指扣成一个圆，再用另一只手的食指穿过这个环，来回戳着。菲克斯打开转向灯，把警车停在路边。巡街的事情暂时缓一缓。

“‘他们两个做爱了？’那位妻子问道。”洛梅羞愧地点点头。

“‘就在车上？’”

那只比格犬闭上眼睛，再次缓缓地点点头。

“‘具体在哪里？’”

洛梅稍稍抬起下巴，往前探了探，似乎是指向后座，然后神情更加黯淡起来。

“‘他们在那里做什么？’”

没等讲到最精彩好笑的地方，菲克斯已经笑开了。洛梅抬起双手，好像此时这只比格犬就坐在驾驶位上，前爪搭着方向盘，又紧张又兴奋地看着后视镜，想要弄明白男主人和别的女人在后排座椅上搞什么名堂。

“你这些搞笑的名堂是从哪里听来的啊？”菲克斯一边问一边用前额蹭了蹭方向盘。洛梅没有告诉他答案，但是他依然记得自己当时笑得都快喘不上气了。笑声太大，外面呼啸的汽车马达声和喧嚣的拉丁音乐他们都没听到，收音机里对警员号码的呼叫也没有听清。收音机的音量低到听不见，两个人开心地讲着笑话，再说这些已经没有了意义。周围太安静了，静得让人心里直痒痒。他们也不认为洛杉矶的世界就是那样的安宁，风暴只是还没来到而已。现在警灯闪烁，警笛嘶鸣，洛梅负责指挥方向，菲克斯驾驶着警车飞驰在陡然变得开阔起来的中间车道上。行人们都退到路边，盯着呼啸而过的警车。这两位警察的激情又一次毫不迟疑地被点燃。点燃他们的是城市里的任何风吹草动。可能是惊扰邻居的大喊大叫，可能是家暴的丈夫挥着皮带对妻子的殴打，也可能是站在屋檐上用气枪射击老鼠的小孩。并不总是抢劫行凶之类的大事，更多的时候警察赶来当事人却一脸尴尬，报警的人反倒被斥责多管闲事。当然，也并不总是多管闲事。

他们从阿尔瓦拉多开到奥林匹克广场，然后在人来人往的街边停下车。夜已经深了。菲克斯关掉警笛，仅留着警灯不停地闪烁。住户们都轻轻地撩起窗帘的一角，偷偷往外看，想要知道是哪个倒霉鬼把警察引了过来。毕竟谁的身上都有点不希望警察知道的事情。他们要进入的那栋房子，此时依然是一片漆黑。住在房子里的人知道警察上门是什么原因，故意关上了灯。犯事的人往往都会这么干。

“看来我们来晚了一步，”洛梅说，“人家都休息了。”

“那就把他们叫醒。”菲克斯答道。

难道他们就不害怕吗？关于这个问题，后来菲克斯也曾经问过自己。在那一夜之后的很多年里，菲克斯不时地感到“害怕”，但他也学会了如何不露声色。那些年和洛梅搭档出警，走过每一扇紧闭的房门，他都坚信自己能够安然无恙地撤回。

那是一栋很普通的房子，方方正正，带着一个小院子。除了高度逐渐上升的篱笆灌木上花团锦簇的藤葛，以及地上散落的粉红色抗组胺类药片之外，这栋房子和周围的其他房子并无两样。“他们怎么会跑到这里来？”说着洛梅用手拨开叶子。菲克斯先是用手指敲了敲门，尔后又用手电筒敲门。借着警车闪烁的蓝光，可以看到手电筒在门页上留下了浅浅的凹槽。“警察！”他大声喊道。他们是警察，屋内的人当然知道。

“我到后边去看看。”洛梅说着就迅速地沿侧院的过道跑进去，一边跑还一边用手电筒照着窗户往里边看。菲克斯守在前门。此时洛杉矶的天空里没有星星。也或许有，只是城市的灯光太强，什么也看不到了。菲克斯抬头瞥见天空有一弯银月。忽然从房子后面射来一道强光，洛梅打开了房子的廊灯，然后悄悄地打开了前门。“后门是开着的。”他说。

“后门是开的。”菲克斯应道。

“你说什么？”弗兰妮问。她放下手中的杂志，轻轻地帮父亲拉了拉毯子好罩住他的肩。早先一会儿帕琪给他拿过来一条毯子。毯子就斜斜地搭在他身上。

“我差点睡着了。”

“给你输的是苯海拉明，这药能止痒。”

病房、那天的经过、身边的女儿、洛杉矶以及那栋距离奥林匹克广场不远的房子。他努力把这一切梳理清楚。“后门开着，前门关着。你最好不要想那些事情了，好不好？”

“爸爸，你说的是哪里的房子啊？是在你的家里，在圣塔莫尼卡吗？”

菲克斯摇了摇头，“我说的是洛梅遇害的那栋房子，他在那里被人开枪打死了。”

“我还以为他是在加油站遇害的呢。”她说。她记得妈妈曾经给她讲过这件事。虽然是四十多年前的事情，她依然还记得。那个时候，妈妈和卡洛琳关系很紧张。一旦卡洛琳回家晚了，或者说了伯特的坏话，又或者把弗兰妮的鼻子打出了血，她们都禁不住会想，要是自己的妈妈没有离开父亲，要是母亲还是个正派的人，这一切可能都不会发生。要是贝弗莉没有和菲克斯离婚的话，卡洛琳很可能也会长成一个模范公民，她的一言一行一举一动也不会完全超出母亲的控制。但是她选择了和艾伯特·卡曾斯结婚，这让一切都成为不可能。后来卡洛琳的人生发生了那么大的变化，责任也不在卡洛琳自己。她们得知这个消息的时候，洛梅已经去世很久了。那个时候，她们在弗吉尼亚生活的时间比他们当中任何一个女孩子在洛杉矶待的时间还要长。但是弗兰妮抢了自己风头的故事始终是一张王牌，任何时候卡洛琳都不会放弃重新提起。记得那天妈妈开车接她们放学回家，两个小姑娘都穿着猩红色的制服式衬衣和带格子的校服裙子。不记得为了什么，两个人又打了起来。那次她们俩打得不可开交。也不知道是谁说了什么，她们的妈妈就给她们讲关于洛梅去世的事情。

“是的，”父亲对她说，“他就是在奥林匹克广场附近的高尔夫加油站死的。”

弗兰妮向前探出身体，用手摸了摸父亲的额头。父亲的头发早就白了。打她记事起父亲就是一头白发，上一次化疗之后，头发又长出来了一些。每个人都对她父亲的头发感兴趣，都要谈论一番。她把手从父亲的额头上收回来。“你到底在说什么啊？我好想知道。”她低声说，声音低得稍远一点的人都听不到。反正这个房间里的其他人，没有谁对他们的谈话内容感兴趣。

菲克斯向来不愿意向别人敞开心扉，但是这一刻他很想给她讲一讲那个故事，他多么希望弗兰妮能够理解，“房子很小，我们俩都以为要找到他们并不难。客厅里有三扇门，两个卧室，一个卫生间，三间房子看上去都差不多。他们都在第一间卧室里，父亲、母亲以及四个孩子。六个人都待在黑暗中。我们打开灯，看见他们几个人都直直地坐在那里，连最小的那个孩子也是直直地坐着。被打的是那个男的，那种情景不太常见，一般情况下被打的往往是女人。那个男的像是被人从高速路上拖下来一样，嘴巴微微张开，露出牙齿，一只眼睛闭着，鼻血流得到处都是。我能清楚地看见他的脸，就像我这么近距离地看着你。屋子里的人看上去糟透了，每个人都光着脚，脚都搭在床沿上。我们开始询问他们，但是一无所获，没有人回答我们。那个男的用一只眼睛看着我，我在想象这个家伙平时的模样。血从他的耳朵里流出来，满脸都是。我猜是有人打了他的耳朵，耳膜被打碎了。只是其他人也不回答我们，真的很奇怪。洛梅通过无线电呼叫了救护车，并请求支援。我不停地问他们话，最后那个最大的女孩子，大概十岁的样子，告诉我他们不懂英语。那个男人和女人都不懂英语，但是小孩子们能说些英语。三个女孩一个男孩，男孩子大概七八岁。我说，‘谁干的？他们人呢？’马上大家又都不说话了，只有那个最小的孩子，大概五岁的样子，也就卡洛琳的年纪，平静地看着房子里的橱柜。她不是扭头去看橱柜，但是她的表情已经非常清楚了。行凶的人就在柜子里躲着。最大的那个女孩子紧紧地握着自己的手腕。我和洛梅转过身去，洛梅打开柜子，那个家伙就在里面，藏在一堆衣服下面。柜子就那么大，就是那种家庭常用的柜子。柜子里装着他们的一切家产，还藏着那个家伙。看情形不对，他想夺路而逃。那个家伙的衬衣上都是血，刚才打人的时候把手也打破了。他的枪就藏在那一堆衣服里，估计他也没想到会有人来，所以他是想要在事情过后再来把枪带走。就在这时，增援的警察赶到了，接着救护车也来了。没有你在电视剧里看到的‘米兰达警告’[①]，也没有谁去请一个会讲西班牙语的人来翻译。那一家人都坐在床上，害怕得浑身发抖，孩子们哇哇大哭。刚才那个家伙躲在柜子里的时候，一切都没事儿，现在柜门打开，再次看到他，孩子们的恐惧又一次被唤醒。后来我们才知道，那个家伙的名字叫梅尔卡多，专门干追讨欠债的勾当。那些墨西哥人借了钱，通过非

---

① 美国刑事诉讼中的miranda rights——米兰达权利，也就是犯罪嫌疑人保持沉默的权利，是个具有特殊意义的法律制度。“你有权保持沉默。如果你不保持沉默，那么你所说的一切都能够用来在法庭作为控告你的证据。你有权在受审时请律师在一旁咨询。如果你付不起律师费的话，法庭会为你免费提供律师。你是否完全了解你的上述权利？”这句话就是著名的“米兰达警告”，也称“米兰达告诫”，即犯罪嫌疑人、被告人在被讯问时，有保持沉默和拒绝回答的权利。

法途径入境来到美国，后来还不上欠款，他就来暴力讨债。稍微有点钱或者稍微有机会挣到钱的人是不会招惹这些人的。他们当着欠债人全家的面或者邻居的面打人，美其名曰‘叫醒服务’。如果一两周后还是还不上钱，讨债的人会再次光临，直接拿枪打爆欠债人的脑袋。这种事情大家都知道。”

“你醒了！”帕琪说，吓了弗兰妮一跳。最小的那袋药已经输完了，应该是止吐剂。她把空袋子取下来。其他的药还没滴完，还要继续。“有没有休息一会儿？”

“刚才睡了一会儿。”菲克斯答道，一脸的疲惫，也不知道是化疗的影响，还是回忆往事的原因。弗兰妮在想，难道她没有留意到这一点吗？还是说这个屋子里的每个人都差不多。

一说到休息，帕琪用戴着手套的手遮住嘴巴打了个哈欠，“有空的时候我也想躺在这个椅子上舒展舒展身体，拿个毯子盖着脑袋睡一觉，要遮住光才睡得着。到时候盖着脑袋谁知道那是我呢？”

“我不会告密的。”菲克斯说着闭上眼睛。

“你渴不渴？”帕琪拍了拍他膝盖上的毯子，“要是想喝水我去给你倒，也有苏打水。你要不要可乐？”

弗兰妮正想说“谢谢，不需要”，只见菲克斯点了点头，“给我点水吧。水就可以了。”

帕琪看着她，“你呢？”

弗兰妮摇了摇头。

菲克斯睁开眼睛看着帕琪起身去端水。

“后来又发生了什么呢？”弗兰妮问道。带父亲来看医生之前两个人就讲好了：他来做化疗，她就能挤出时间听他讲过去的故事。

为了这个约定，就算医生说无药可救，他也愿意遵守。弗兰妮和卡洛琳轮流坐飞机赶到洛杉矶来照顾他，毕竟两个女儿都已经好久没有陪陪他了。这样的话马乔里也可以休息一下缓口气，在这之前一直是马乔里忙前忙后。更关键的是，他有好多故事要讲给她们听。晚上，待到父亲睡着了，她会给卡洛琳打电话，告诉她关于洛梅的事情。

“房子里挤满了人，有警察还有救护车上下来的人。洛梅从废纸堆里找到一个信封,在上面画了几只老鼠交给了那个最小的女孩。很明显这个孩子和她的父母都会有大麻烦，洛梅很可怜她。救护车把她的爸爸送到医院去了，母亲和其他的孩子们还留在房子里由别的人来跟进处理，至于是谁我就不知道了。直到两年后我才想起这家人。我们把梅尔卡多带回警察局立案。一切忙完都快凌晨一点钟了，这个时间最想喝杯咖啡了。警察局里的咖啡不咋地，不咋地，这是洛梅的说法。我常常想，要是警察局的咖啡好一点的话，洛梅也不至于看不上。这样的想法让人发疯。我们开车到奥林匹克广场附近的一家加油站去喝咖啡，那个地方说近不近，说远不远。那个加油站的老板对咖啡是下了工夫，他给每位员工讲在重新冲一杯咖啡之前将原来残余的渣滓倒掉的重要性。于是，很多人宁愿多开一两个街区，也要到他的这个能泡出美味咖啡的加油站来加油。不像现在加油不需要人服务，关键是你能在那里喝上一杯美味的卡布奇洛。加油站的咖啡，尤其是当那咖啡当真不错的时候，那真是一件新鲜事。很多警察都来这里买咖啡然后坐在车里喝，看到有警察在，人们就感到安全，于是来这里的人越来越多。这个小小的生态圈都源于那一杯小小的咖啡。于是我们就去那个地方喝咖啡。那晚我开车，开车的人就整晚负责开车，不开车的人就负责下车买咖啡，于是洛梅就得进去买咖啡。他肯定是忽略了事情的进展，刚走进加油站不到十步远就中弹倒下了。我当时正在写出警日志，也没看清到底发生了什么。听到枪声，我赶忙抬起头，就看见洛梅已经倒下了。只看见加油站值班的那个男孩子双手手掌朝外，高高举起，那个叫梅尔卡多的家伙朝他开了几枪。”

“等一等，”弗兰妮说，“梅尔卡多？就是前边在房间里发现的那个人？”

菲克斯点点头，“我亲眼看见这一切。那个加油站如同其他的加油站一样的偏僻，远远看就像是一艘打鱼船，船上亮着灯。我清楚地看见一个拉美人，二十五六岁，七英尺五英寸高，穿一件白衬衫蓝裤子，衬衫上还有斑斑血迹，就是过去这两个多小时我们一直盯着的那个家伙。他还因为问讯而坐过我的办公桌对面，我认识他，他也记住了我。他看到了我，就隔着玻璃对我开枪。因为慌乱，他连我的车子都没有打到，仅仅打碎了加油站的外墙玻璃。梅尔卡多跑出门，往加油站的后边跑去。我听到汽车发动的声音，但是没看到车的踪迹。我跑进加油站，洛梅就躺在地上。”菲克斯停了一会儿。“哎。”最后他说。

“怎么样？”

菲克斯摇了摇头，“他已经死了。”

“加油站的那个小伙子怎么样了？”

“他还坚持了一个多小时，最终等到了救护车。最后他还是在抢救中死了，那是个高中生，出来做暑期兼职。其实他需要做的只是给顾客泡咖啡，保证加油站晚间不关门。”

帕琪端来两杯水，盛在塑料杯子里，还各放着一根弯曲的吸管。“眼不见心不想，看见了就想要。经常都是这样。”

弗兰妮道了声“谢谢”，接过一杯来。帕琪说得对，她也想喝口水。

“那真是太疯狂了。”弗兰妮对父亲说。她还记得妈妈在车里给她们讲过这件事，说她们的爸爸在搭档去世之后像是发了疯一样，说他居然不知道是谁杀了洛梅。“那梅尔卡多怎么就能逃出警察局呢？他怎么知道你们会去那里？”

“的确让人费解，至少后来他们是这么告诉我的。发生了这么多事情，在看幻灯片的时候，我把其中一个嫌疑人和另一个颠倒了。但是今天我可以告诉你：我看到的就是那样。我的搭档就那样死了。我没看清楚到底发生了什么，灯光下那个人有十五英寸高，我们直视着对方，就像你现在看着我这样。警察们赶过来的时候我一五一十地告诉了他们我的所见所闻，我直接告诉他们杀人犯的名字。真是见鬼，当时豪尔赫·梅尔卡多正蹲在监狱的房间里，一整夜都在。”

“那到底是谁杀了洛梅呢？”弗兰妮问。

“事实上是一个我没见过的人。”

“他们后来没抓到那个人？”

菲克斯低头就着吸管喝水。喝水对他来说非常不容易，他的食管做了手术，变窄了很多，水只能一点一点往下咽，每次不到半茶匙。“不，”过了一会儿他说，“抓到了，他们把他抓住了。”

“但是你认为另有其人。”

“我对警察说的的确是另一个人，但是对陪审团我没有坚持那个说法。他们发现加油站附近有人疯狂地驾车逃窜，于是就找到那个驾车的人，他们还想办法找到嫌疑犯从车窗里扔掉的那把手枪。有人在加油站杀了一个兼职的高中生，警方肯定是要尽力把杀人犯找出来。在那里还枪杀了一名警察，情况就更不一样了。”

“但是他们没有目击证人。”弗兰妮说。

“我就是目击证人。”

“但是刚才你还说你没有看清那个人。”

菲克斯举起一根手指，“我到现在都没有见过他。尽管当时我就和他面对面地坐在法庭上，依然不是很清晰。精神科医生说我一旦看到那个凶手就能想起来，就算一时忘记了，慢慢也会记起来。那时我才清醒过来一天，一切都会回忆起来。”他耸了耸肩，“后来还是没有想起来。”

“那你怎么能是目击证人呢？”

“他们问我是不是那个人，我说是，就是他，”菲克斯微笑着看了看女儿，露出些许疲惫，“不管这些了，他就是凶手，不要忘了他当时也看到了我，他从鱼缸往外看，还拿枪朝我射击。他知道我是谁，是他杀了洛梅，又杀了那个孩子，他知道我看见了他的罪行。”菲克斯摇了摇头，“多么希望能想得起来那个孩子的名字啊。葬礼上，孩子的母亲告诉我说那个孩子非常喜欢游泳。她告诉我说她的儿子‘前途不可限量’。我这一辈子，一半的事情希望能够记住，还有一半只想忘记。”

洛梅去世后，考虑到那个时候的菲克斯非常需要她，贝弗莉和菲克斯又一起生活了两年，虽然她已经向伯特发誓说一定会和菲克斯离婚。那天下午，姐妹两人在车里吵闹不停，贝弗莉把车停在路边，然后告诉卡洛琳和弗兰妮，要她们不要再认为妈妈已经完全忘记了她们的父亲，她说她没有忘记他，他曾经是她生命的一部分。

“后来，我总算可以不再去想洛梅的事情，”菲克斯说，“那之后的好多年里，我都忘不了，直到有一天，也不记得是什么时候，就放下了。不再梦见他，吃午餐的时候不再想他想吃什么，不再想坐在我车子里的那个人为什么不是他。虽然很愧疚，但我要告诉你，不再想他了就能解脱。”

“你现在又开始想他了？”

“是的，肯定啊，”菲克斯说，“光想着他的事情了。”他伸手摸着那根将他放倒的塑料管子，露出一丝微笑。“他可不需要经历这些事情，不会变老，也不会生病。我猜要是有人要他也经历变老和生病这些事情，他应该也愿意吧。我敢肯定，我和他都会说‘好的，来吧，八十岁的时候得点癌症。’但是现在……”菲克斯耸了耸肩，“好坏我都看得到。”

弗兰妮摇了摇头，“你可幸运多了。”

“等着瞧吧，”她的父亲答道，“你还年轻。”

第三章

伯特即将和他的新婚妻子贝弗莉完婚。有一天他开车从加州到弗吉尼亚去，路上顺便探访自己的第一任妻子特里萨。特里萨住在托伦斯。他让她考虑考虑，要不要也搬到加州去生活。

“当然不是说要你和我们一起住，”伯特说，“收拾收拾东西，把房子卖了。这都要花很多时间。你也想一想，为什么我说你回弗吉尼亚去最合适。”

曾几何时，在她的眼中自己的丈夫是世界上最英俊潇洒的男人。现在看来，他和巴黎圣母院里那些高高悬挂在穹顶上、面目狰狞用来驱鬼降魔的石雕别无两样。这些话她肯定不会直说。他语气的改变表明了他完全能够体会到前妻对自己的看法——她的心情都写在脸上。

“你看，”伯特说，“最开始你其实压根也没想到要来洛杉矶。搬到这里来完全是因为和我结了婚。要不然还会是什么别的原因？不是我吹牛，肯定是这个原因。既然我们俩人已经这样了，你还住在这里干什么？你完全也可以带着孩子们回到你父母身边，在那里上学，时机成熟后，我再给你找个房子。”

特里萨怔怔地站在厨房里。不久之前，这个厨房还是属于他们两个人的。她紧了紧睡衣的带子。卡尔上二年级，霍莉刚上幼儿园，珍妮特和艾尔比都还没到上学的年龄，整天只能待在家里。孩子们抱着伯特的腿，荡来荡去，大声地嬉闹着，像是在迪士尼公园骑马一样开心，嘴里还“爸爸，爸爸”叫个不停。他拍着孩子们的脑袋，就好像在敲鼓。那根本不是拍，分明就是打。

“你为什么要我回弗吉尼亚去？”她明知故问，但还是想听他亲口说出理由。

“那样更好。”他说着低头去看孩子们头发凌乱的脑袋。

“父母双方住得近一些对孩子的成长更好？小孩子的成长过程中不能没有父亲？”

“天哪，特里萨，你本来就是弗吉尼亚人，你的家人都在那里，你回去不也更开心吗？又不是让你搬到夏威夷去。”

“谢谢你还考虑我的幸福。”

伯特叹了口气。这个女人简直是在浪费他的时间，她从来都不知道要珍惜他的时间。“大家都要搬过去了，就你一个人犟着不去。”

特里萨倒了一杯咖啡，也要给伯特倒一杯，被伯特挥了挥手拒绝了。“你有没有去问一问贝弗莉的丈夫，问他要不要也和你们一起去，这对他的女儿们不也更好吗？”特里萨听一个朋友说，伯特急着要和即将完婚的妻子贝弗莉搬到弗吉尼亚去，是因为害怕贝弗莉的前夫会对他下狠手。这个朋友和这两家人都认识，还说贝弗莉的前夫是个警察，要想找个办法把他杀了再制造成事故的假象，并不是什么难事，警察们对这种事情都很在行。

话没说几句,伯特就气不打一处来。特里萨最擅长惹伯特生气了。而这次生气的结果就是特里萨·卡曾斯终其一生都住在洛杉矶再也没有离开。

特里萨在洛杉矶地方检察官办公室找了一份文员工作。她把两个年龄小一点的孩子放到日托中心，两个大一点的都报了课后辅导课程。伯特那么长时间躲着妻子和别的女人有染，地方检察官办公室的律师们都帮他藏着掖着，所以大家都觉得过意不去。现在伯特走了，大家都觉得应给特里萨些安慰，于是就让她到这里来上班。没过多久，大家就觉得特里萨应该去上夜校，最好能成为律师们的专职助理。特里萨忙得不可开交，心里还有一股怒气，真可算得上是明珠暗投了。但是没过多久大家就发现这个女人并不是个木偶人。

作为地方副检察长，艾伯特·卡曾斯没挣到多少钱，离婚的时候也就拿不出多少赡养费和给孩子们的生活费。他父母的钱就是他父母的钱，根本不可能算在一起。他要求每年暑假，也就是从上一个学期结束到下一个学期开始的这段时间里拥有孩子们的监护权。法庭认可了他的申请。特里萨据理力争，希望法庭只给予他每次两周的监护权。怎奈伯特自己就是律师，他和双方律师都是好朋友，和法官也是老相识，再加上他的父母出了不少钱以保证法官能维持他们想要的判决。

听到这个判决,特里萨自然要连哭带咒一番。暗地里再静心一想，整个暑假四个孩子都不在身边，对她来说不亚于一年一度的加勒比度假。她爱自己的孩子，这是毋庸置疑的事情。但是想到整个夏季不用再扯着嗓子喊破喉咙，不用发火生气攥紧拳头，尤其是女孩子们想上芭蕾舞课，自己却承担不起那高昂的费用，也没有时间每天接来送去，更不用说上班期间为迟到早退所找的各种借口……如此一想，这样的判决也就不是难以承受了。想到那段时间里的星期六早上，艾尔比不会在床上弹来跳去，蹦上蹦下，想象着自己是在上滑雪课，那可真是好极了。再想到自己的儿子艾尔比到时候可能会在伯特二婚妻子的床边窜来窜去，那个女人穿着柔软的丝质带蕾丝黑边需要干洗才行的家居服。艾尔比在她的身边上蹿下跳，也没什么不好。

最开始那几年，孩子们都还小，旅行必须要有人陪护。有一年是贝弗莉的母亲陪他们坐飞机，还有一年是贝弗莉的妹妹邦妮。在特里萨面前，邦妮总是那么的难堪，一副歉疚的表情，甚至都不敢直视特里萨的眼睛。邦妮嫁给了一个牧师，所以对那些自己无法把控的事情总是充满了歉疚。还有一年是贝弗莉的好朋友沃利斯做了一回女监护人。沃利斯是个高声大嗓门的女人，带着孩子的时候脸上总是挂着灿烂的笑容。她穿着一身浅绿色的棉质外套，最喜欢有小孩子围在她的身边。

“你们好啊，小朋友们，”她对卡曾斯家的这四个孩子说，“飞机上提供的花生要全部吃完，一颗都不能剩。”沃利斯的表情好像是告诉大家这是她第一次坐飞机到弗吉尼亚去，要是她和大家不坐在一起的话就太没意思了。这一切沃利斯都做得那么到位，分别的时候，特里萨都忘记了悲伤，一滴眼泪都没有流。

返程时由特里萨家的人负责陪护。有一次是特里萨的妈妈，还有一次是和特里萨关系最好的一位表亲。不管是谁愿意不辞辛苦坐六个小时的飞机陪送孩子们回去，伯特都会负责买好票。

从 1971 年开始，孩子们就开始自己坐飞机，他们已经不小了。

卡尔十二岁，霍莉十岁，他们两人已经能够照顾好八岁的珍妮特和六岁的艾尔比。八岁的珍妮特不怎么需要照顾。倒是艾尔比最麻烦，一刻不得闲，什么都想要。到了机场，特里萨把伯特寄过来的飞机票交给孩子们，然后带着他们上了飞机，孩子们什么行李都没有带。要是有邦妮或者沃利斯看护的话，孩子们是不可能什么都不带的。她想着，缺什么就让伯特去搞定吧。孩子们什么都需要：他得从牙刷和睡衣开始买起，一件一件地置办。她将一封信交给霍莉保管，让她把信转交给伯特，告诉他四个孩子都需要去洗牙。珍妮特长了龋齿。她还把孩子们的接种记录复印了一份一起带过去。还在每一项已经到期的项目旁边做了特别的标记。本来她是可以请假带孩子们去看医生的，但那个医生总是迟到，导致有时她返回办公室的时间比预期要晚好几个小时。卡曾斯的第二任妻子没有工作，不用上班，她应该有大把的时间带孩子们去逛街，去看医生。每次一到打针的时候霍莉准会晕倒，艾尔比总是对护士不友好，还动粗，一说是去医院卡尔就拒绝上车。每次她都要和他较上半天的劲儿。他拿脚勾住车门死活不下车，所以他的上一次疫苗没有接种。到处都找不到珍妮特的疫苗接种记录本，不太确定她是不是也有某次疫苗没有接种。特里萨在信里面把这些都一一写清楚。贝弗莉·卡曾斯不是想鸠占鹊巢、做她孩子的妈妈吗？那就好好做吧。

飞机上，四个孩子隔着走廊坐着。两个男孩子坐在左边，两个女孩子坐在右边。乘务人员给他们每个人发了一件小孩子专用的安全防护气囊，只有卡尔一个人拒绝穿上。独自坐飞机，六个小时没有人监管，这让他们兴奋不已。当然，他们没有一个人愿意离开母亲，孩子们都是一心一意地爱着母亲。即便是到加州之后才出生的那两个最小的孩子，也都认为自己是弗吉尼亚州人。没有一个孩子喜欢加州。他们一点也不喜欢托伦斯的学区房，一点也不喜欢每天早上在街角接他们上学的校车，更不喜欢那个连三十秒都不愿意多等的校车司机。艾尔比每天早上都拖拖拉拉，要是他们晚到三十秒钟，汽车就开走了。不管多么爱孩子，每当他们因为没赶上校车而悻悻地返回时，他们的妈妈有时就会情不自禁地哭起来，这让他们很难过。以飞快的速度将孩子送到学校，再去上班，她肯定要迟到。不工作哪能行？光靠孩子父亲给的那点生活费根本不够。她不能因为这几个不负责任的孩子没赶上街角那辆倒霉的校车而失去自己的这份工作。她上去就给了艾尔比一巴掌，其他孩子赶紧把她抱住。艾尔比在车子里放声大哭，那哭声简直就像芥子气泄漏了一样恐怖。孩子们最烦艾尔比了。在飞机上的时候，他把可乐洒得到处都是，还使劲地用脚踢前面的座椅。一切的一切都是他的错。大家也不喜欢卡尔。他总是把房门的钥匙穿在一根脏兮兮的绳子，挂在脖子上。妈妈要求他每天负责把弟弟妹妹们带回家，再给大家做一些吃的。他才不愿意按照妈妈的要求做。每天他把弟弟妹妹们锁在门外边，一锁就是一两个小时，他自己一个人却躲在家里看电视，落得耳根清净。房子外面有一根软管从车棚的上面穿过，大家就只能躲在那管子下面遮阳。直到孩子们感觉快要活不下去了的时候妈妈才到家。妈妈一回来，他们就七嘴八舌地向她控诉自己的惨况，都撒谎说家庭作业已经做完了。只有霍莉一个人不撒谎，她真的是每次都做完了作业，有时还一个人坐在车棚里将书本放在自己的膝盖上练习印度式冥想。这些都是她从老师那里学来的，美其名曰“正向强化”。她的学习成绩那么好，大家都烦透了她。慢慢地，她就不怎么说话了，总是很沉默。别的父母要是察觉到孩子的变化一定会问一问老师，或者向儿科医生咨询一番，可惜的是在她的家里谁也没有察觉到她和以前有什么不同。这让珍妮特烦恼不已。

在飞机上，他们把座椅的靠背往后掰，将椅背压到最低。还告诉乘务员他们想要打牌，想要姜汁汽水。这个既不是加州也不是弗吉尼亚的飞机成了他们的避难所，他们尽情地享受着这份快乐。毕竟除了加州和弗吉尼亚，长这么大他们还没有去过任何别的地方。

夏天卡洛琳和弗兰妮来加州度假，菲克斯总会请上一周的假，以便好好地陪一陪孩子们。但是每当伯特的四个孩子一到弗吉尼亚，伯特就会告诉贝弗莉，他也不知道怎么搞的，工作任务陡然增加了很多。搬到弗吉尼亚之后，伯特没有继续去地方检察院工作，说是地方检察院助理检察官的工作压力太大，转而在阿灵顿的一家地产法律公司上班。很难想象为什么有这么多人会在他的孩子抵达的当天赶着立遗嘱。他吩咐妻子乘坐机场的旅行车去接孩子们。看样子，他也没有打算为孩子们在家里准备晚餐。过去，贝弗莉也有去机场接那四个孩子的经历，不同的是，往常她去接的主要是邦妮或沃利斯。反正有人提供机票，她们好心好意地送孩子过来顺便来看望看望她。每次看到她们从飞机上下来，贝弗莉真是高兴得不得了。至于这些孩子，她全然没有留意。她会挽着自己的妈妈或者妹妹，或者是自己最亲密的朋友，像赶羊一样赶着孩子们去取行李。在过去，去机场接孩子真是一件值得期待的事情。

但这次接机，贝弗莉一个人在廊桥的出口处等着，总觉得那么的别扭。别的旅客都下了飞机，乘务员才将卡曾斯家的四个孩子给领了过来，让她签字确认。四个孩子站一溜，男孩、女孩、女孩、男孩，每一张脸上都写满了难民般的空虚。来到门口边上，女孩子们满是失落地过来和她拥抱，男孩子们躲得远远的，大家一起走着去取行李。艾尔比嘟嘟囔囔地唱着歌，卡尔也一样喃喃不休。谁也不知道他们俩嘴里唱着什么，反正他们两个都躲得那么远，她根本没办法听明白。机场里一片嘈杂，到处都是家人团聚后喜上眉梢的人。自己在想什么呢，她一时有些恍惚。

站在行李传送带前，盯着行李一件件从眼前滚过。“今年的学业怎么样？成绩好不好？”贝弗莉首先开口问孩子们。只有霍莉一个人回答她的问题。她的阅读得了 A+，其他课程都得了 A。她又问他们，离开洛杉矶的时候天气怎么样？在飞机上有没有吃东西？坐飞机开不开心？还是只有霍莉一个人回答了她的问题。

“由于跑道繁忙，我们的飞机延误了半个小时才降落。最后降落在第二十六号跑道上，”她仰着小脸答道，“一路上飞机遇到了顺风，飞行员处理得还不错。”她脑袋后边的辫子有些散开了，看上去不像是用梳子，而像哪个喝醉了酒的人用手指给她梳的头发。

两个男孩子溜到了对面。隔着三条传送带，她看到卡尔突然站到了传送带上面，又从休斯敦来的那些行李上滚过去。再一眨眼他已经从传送带上跳了下来，以防被走过来的行李搬运工抓到。

“卡尔！”贝弗莉隔着人群朝他喊。这是在公共场所，也没有隔得太远，她不好意思大喊大叫。她说，“去把你哥哥叫过来！”卡尔回头看了一眼贝弗莉又转过头去，似乎碰巧他的名字和这位女士叫的人的名字一样。珍妮特站在她的身边，就这么一直盯着她的背包带子看。这样的孩子难道真的没有问题吗？

环球航空公司洛杉矶至杜勒斯直达航班的行李被旅客们一个一个地领走了。传送带上什么也没有剩下。聚集在传送带前面的人们渐渐散去，她瞥见艾尔比正蹲在地上用一把小刀一样的东西刮着地上的口香糖。她只好装作什么也没看见。

“好吧。”她估摸着时间，在心里计算着回阿灵顿的通勤车的时间。“行李是不是没有跟着飞机一起运过来？没关系，只需要到机场的办公室去填个表格就可以了。你们有没有保管好行李单？”她问霍莉。现在她也只能问霍莉一个人。这个女孩子天生让人有好感，霍莉是她唯一的选择。

“我们没有行李单。”霍莉答道。她的皮肤有些苍白，直直的头发，满脸的雀斑，很像是长袜子皮皮那种让成年人喜欢、但是在其他小孩子看来很滑稽的模样。

“是不是放到哪里了？你妈妈没有给你们行李单？”

霍莉又说，“我们没有行李单，我们根本就没有带任何行李。”

“你们没有带任何行李是什么意思？”

“就是什么也没有带。”霍莉也不知道该怎么说才能表达得更加清楚。

“你是说你们把行李落在洛杉矶了，丢了对不对？”贝弗莉心烦意乱地问。她四下里看，也没有发现卡尔。周围的告示警告旅客不要坐或站在传送带上。

霍莉的嘴唇微微地颤抖了一下，但是她的继母根本没有留意到。对霍莉来说，她也觉得旅行不带任何行李的确有些奇怪。但是妈妈让她们放心，说父亲就是希望她们不带任何行李，还说父亲会给他们买新的——新衣服、新玩具然后都放在新书包里带回来。有可能他只是忘记告诉贝弗莉他的决定了吧。“我们什么都没有带。”她静静地说。

贝弗莉低头看着她。难怪伯特说她一个人来机场没问题。“什么？”

本来开口说话已经是十分难受的事情，现在还要再重复一遍自己说的话，真是让人无法原谅。霍莉的眼睛里噙满了泪水，然后顺着雀斑流了下来。“我们就是没带任何行李。”到现在为止她还没有看到自己的父亲,但是她对父亲已经有了很多的不满。更糟糕的是，父亲肯定会对自己的母亲发火，他以前就在电话里说母亲是个永远不知道负责任的人。事实上她并不是一位不负责任的妈妈。

贝弗莉的目光在行李提取处的人群中搜索着，从这一头看到另一头。刚才一起来取行李的人渐渐少了，丈夫前妻的四个孩子有两个没了踪影，另一个正在号啕大哭，还有一个就这么一直死死地盯着她的背包带子不眨眼，让人不由觉得她肯定是哪里不对劲。“那我们为什么要在这个地方站半个小时？”贝弗莉压低自己的嗓音。有些事情她还没有搞明白，也就没有生气，待到后来有时间把一切搞明白了，她不由得火冒三丈。

“我哪知道！”霍莉哭着说，眼睛里满是泪水。贝弗莉撩起霍莉身上穿着的T恤下摆，给她擦了擦鼻子。“不是我的错，是你把我们带到这里来的，我又没说我们有带行李。”

珍妮特拉开自己钱包的拉链，从里面找出一张纸巾递给姐姐。

每年第二次光顾机场总给贝弗莉带来更加糟糕的感觉，但是每次她都期盼下一次能够好一点。将四个继子女在家里安顿好（最开始有妈妈帮忙，后来是妹妹邦妮，再后来是沃利斯，这一次是卡尔。

反正在托伦斯的时候他们就是独自在家，更何况阿灵顿比托伦斯要安全得多），然后她还得再开车来机场接自己的两个女儿回家。伯特的四个孩子要在东部的弗吉尼亚住满整个夏天，而自己的两个女儿卡洛琳和弗兰妮只在西边的加州住了短短的两个星期。她们一个跟着菲克斯，一个跟着贝弗莉的妈妈。虽然是短短的两个周，但是和弗吉尼亚相比，两个女孩子都更加喜欢住在加州。她们磨磨蹭蹭地下了飞机，满脸憔悴，似乎一路上都在流眼泪，都有了脱水的迹象。贝弗莉蹲下身来将女儿们搂到怀里，也没有换来一点热情的回应。这么多年以来卡洛琳都想要和父亲一起生活，她一次次地请求，一次次地遭到拒绝。于是她开始暗暗地恨起了自己的妈妈，现在妈妈把她搂在怀里，这份恨意甚至能够穿透她身上的粉红色校服。弗兰妮就站在那里，忍受着来自妈妈的拥抱。她现在还不知道该如何恨自己的妈妈，但是每次在机场和父亲告别时的不舍和哭泣让她越来越清晰地知道这份恨意到底是怎么一回事儿。

贝弗莉吻了吻女儿们的额头。然后还想再吻一下卡洛琳，却被她推开了。“你们回来了，真是太好了。”她说。

回到母亲这里对卡洛琳和弗兰妮来说并不是件开心的事情。她们一点也不开心。就这样别别扭扭的，基廷家的女儿们回到了阿灵顿，也就和她们继父的四个孩子又见面了。

霍莉对她们很友善。看到两个小姑娘进了门，她跳起来，拍着手欢迎她们。还说想要在客厅里再排演一场歌舞晚会。霍莉穿着卡洛琳的T恤，脖子上戴着一根缎带项链。这些东西要么是褪了色，要么是已经太小了，都是离开前她们在妈妈的吩咐之下放进“友好背包”里的物件。但是霍莉可不是她们想要的“友好大使”。

卡洛琳的房间稍微大一点，里面有一张上下铺，弗兰妮的房间小一点，里面摆放着两张一模一样的小床。维系这姐妹两人情感的不是对彼此的爱，也不是相互的亲近关系，而是她们共用的那间狭窄的洗手间。两个人的房间都有一扇门和这间洗手间连接。每年九月到来年五月的这几个月里，两个人共享一间洗手间倒也可以，但是一到七月份，待到卡洛琳和弗兰妮从加州回来，就发现霍莉和珍妮特已经大大方方地在家里进出了。弗兰妮干脆失去了自己的卧室，她的卧室让男孩子们占领了。四个女孩子睡一个房间，两个男孩子睡在隔壁，六个人共用只有电话亭大小的厕所。

卡洛琳和弗兰妮拖着自己的拖箱上楼去。拖箱拖箱，自然是要拖着走。经过主卧的时候，她们看见主卧的门开着，卡尔斜躺在床上看电视里播放的网球比赛，电视机的音量开得震天响，他那双穿着脏兮兮袜子的脚就放在枕头上。平日里，两个女孩子从来都不准踏进母亲的卧室一步更不要说坐在主卧的床上了，即便是脚不沾床也不可以。进来看电视，要是没有明确的邀请也绝对不被允许。她们两人经过主卧门口的时候，卡尔连眼睛都没有抬一下。

霍莉紧紧地跟在她们身后，她们停下脚步的时候三个人撞成一团。“我们四个人开睡衣派对，好不好？就从今天晚上开始练习，我想到了该怎么编舞，你们想不想看啊？”

说是四个女孩子一起跳舞，到最后到场的只有三个人。珍妮特临上场时没有了踪影，做了逃兵。谁也不知道她去哪里了。弗兰妮的小猫咪也不见了踪迹。两个星期之前，每次弗兰妮回家小猫咪都会过来和她打招呼。这只猫咪代表着一种正常状态，但是现在连它也不见了。这么多小孩子，贝弗莉完全被琐事淹没，哪还记得上次看见这只猫是在什么时候？弗兰妮忍不住哽咽地流起了眼泪。看她这个样子贝弗莉只好屋里屋外地找寻起来。在一个放床单被罩的橱柜后边，她看见珍妮特躺在毯子下面轻轻地拍着正在熟睡的小猫咪。

"不准她碰我的猫！"弗兰妮大声哭着说。贝弗莉探身把猫从珍妮特手边抱起来。珍妮特抓着小猫不想放开，但马上还是松开了手。贝弗莉在房前屋后到处找猫的时候，艾尔比就跟在她的身后，不停地重复着小孩子们口中的"脱衣舞音乐"。

"嘣－嚓－嘣，嘣－嘣－嚓－嘣。"

贝弗莉停下脚步，"脱衣舞音乐"也停下来，只要她一抬脚，艾尔比就"嘣"一下。这种怪声怪气的腔调，完全不应该出自一个六岁孩子之口。她本不想搭理他，但是没过一会儿，她实在受不了了。她猛地停下脚步，大声地对他喊道"你有完没完！"他盯着她。这孩子长着一双棕色的眼睛，一头凌乱蓬松的头发，胡乱地打着卷，看上去像极了卡通动画中的小动物。

"我不是跟你开玩笑，"她稳住自己的呼吸，生气地说，"不准再这样了。"她极力想让自己的声音听上去充满理性和为人父母的威严。但是当她再一转身，身后又依然传来"嘣－嚓－嘣"的声音，只是比刚才的声调稍微低了一些而已。

弄死这个孩子算了，这样的念头在她的脑海中一闪而过，她的双手忍不住微微地颤抖。她朝楼上自己的卧室走去，只想锁上门关上窗躺下来稍微休息一下。刚到走廊就听见房间里的电视机传来网球撞击球拍和观众欢呼的声音。扶着门框，她强忍着没有哭出声，"卡尔，我要用卧室！"

卡尔没有理会，身体一动也没动，眼睛直勾勾地盯着电视机。“我还没看完。”他答道。那样子似乎她以前从来没看过网球比赛，连球没停下来就意味着比赛还没结束这样的简单道理都不知道一样。

伯特认为电视对小孩子而言有百弊而无一利，就算没有害处也是在浪费时间，是在制造噪音，而它最大的害处据说是会延迟孩子大脑的发育。过去他始终认为特里萨在让孩子看电视这个方面犯了很大的错误，她让孩子们看了太多的电视。他要她改一改这个不好的做法，可是她根本不听。不仅在教育子女方面她不听他的劝告，在任何方面她都一样。这就是为什么在这个新家里，他和贝弗莉只在自己的卧室里装了电视机，除非是在一年中的一些特殊时间，这台电视机绝不准孩子们看。此时此刻，贝弗莉只想拔掉电视机的插头，将它扔进房屋中介所谓的“家庭公共房间”里去，因为大家都不会在这样的房间里同时出现。她离开走廊，艾尔比还跟在她身后，总是和她保持一个安全的距离，嘴里念叨着那一成不变的音乐节奏。这些都是他妈妈教的吗？贝弗莉走进女孩子们的房间，霍莉正捧着小说《蝴蝶梦》读着。

“贝弗莉，你读过《蝴蝶梦》吗？”看到她进来，霍莉仰头问道，脸色惨白惨白的，“丹佛斯太太吓死我了，但是我还是要把这本书读完。要是有机会去曼德利生活我也不介意，不过真有人那么让人毛骨悚然的话，我肯定不会久待。”

贝弗莉轻轻地点了点头，转身离开了这个房间。她想到男孩子们的房间里去躺一会儿，这以前是弗兰妮的房间，但是一开门一股难闻的气味扑鼻而来，让人马上想起臭袜子、脏内裤和头发没洗的味道。

走下楼，卡洛琳正在厨房里生气，说是要给自己的父亲做一个巧克力蛋糕寄过去，要不然爸爸该没有东西吃了。

“你爸爸不喜欢在巧克力蛋糕里放坚果。”贝弗莉说。也不知道她为什么要这么说。大概也是想帮她出出主意吧。

“他吃的！”卡洛琳说着将半袋面粉倒到台子上，“你认识他的时候他不喜欢，可是现在你已经不了解他，对他一无所知了。他现在最喜欢坚果，吃什么都要放一点。”

艾尔比进到餐厅里，就在厨房门的外边嘟囔着他最爱的音乐。他执拗起来真是让人吃惊。弗兰妮在客厅里陪着她的小猫玩耍，她要给小猫穿上洋娃娃的小衣服，正拿着猫的前爪往衣服袖口里套，一边做还一边安静地流着眼泪，这让贝弗莉觉得到现在为止自己所做的一切都是个错误。

真的是没有地方可去了，没有地方可以让她能在此时此刻避开这群孩子。就连放床单被罩的橱柜都被占据了。珍妮特还待在里面，刚才拿走了她手上的猫之后，她就一直躲在柜子里面不肯出来。贝弗莉拿起汽车的钥匙走出房门。关上汽车的门，她仿佛跌进了滚热的水中，车内的空气夹杂着热浪冲击着她的肺。她想起在唐尼市的时候，房子后边的那片露台，那时候她经常抱着弗兰妮坐在露台上，看卡洛琳玩玩具小汽车。四下里橙子树开满了花，花儿压弯了枝头。离婚的时候，为了付孩子的抚养费菲克斯不得已卖掉了那栋房子。何必要让他卖房子呢？现在谁也没机会再坐在弗吉尼亚的那个露台上乘凉了。贝弗莉对蚊虫的叮咬过敏，仅仅走到汽车这段距离她就被蚊子叮了好几下，肿起了一个个包。

车里的温度少说也有华氏105度。打开发动机，打开空调，关掉收音机,她离开前排的驾驶位,平躺在后排座椅炙热的塑料坐垫上,免得被人看见她在车里面。想一想自己这会儿幸好是在车库里而不是车棚下边,否则估计早已经热得窒息而亡了吧。

加州的公立学校比弗吉尼亚的天主教会学校晚五天放假,贝弗莉和伯特在送走两个女儿之后得以有五天的时间享受二人世界。一天晚餐过后,他们情不自禁地就在餐厅的地毯上缠绵起来。那个过程并不是很享受。自打贝弗莉搬来弗吉尼亚,体重就一直在下降,尾椎骨和锁骨更加突出了,看上去简直像是解剖学课程上的人体标本。她趴在地毯上,迎接着每一次更加深入的冲击,地毯上的些许烧灼痕迹让他们感到更加刺激,更加充满激情。当他们前胸贴后背地紧紧地拥抱着躺在地毯上看着天花板的时候,伯特告诉她,过去发生的一切不是错误。直到那个时候,贝弗莉才发现头顶上的水晶吊灯上少了五个水晶,这是她第一次发现这个情况。

“迄今为止我们生活中发生的一切,我们的所作所为,都是为了让我们两人最终走到一起。”伯特温柔地握着她的手说。

“你真是这么想?”贝弗莉问他。

“我们能有现在真是太不可思议了。”伯特说。

那天晚上伯特帮她把那张贴在脊椎骨上的止疼帖小心翼翼地撕了下来,她只能趴着睡觉。这就是他们两人的暑假。

卡曾斯家的孩子和基廷家的孩子也着实让人称奇:他们不恨对方,彼此之间也没有作为一家人的忠诚和信任。卡曾斯家的四个孩子相互之间不喜欢待在一起,基廷家的两个孩子被分开来也不是不可以。四个女孩子讨厌挤在一起住,但也没有相互埋怨。两个男孩子本来就总是对什么都怒气冲冲,也不介意生活中又多了两个女孩子。六个孩子只在一件事情上有共识——讨厌父母——这让他们能够最低程度地不去相互讨厌。他们对父母不仅是讨厌，还有恨。

这样的现实，只对弗兰妮来说是难以接受的，因为她对自己的母亲充满了爱。一年中的大多数时间里她和妈妈的关系都是那么的亲密。她们会在放学的午后躺着一起打个盹，相互搂着，以至于都能够做相同的梦。早晨弗兰妮经常坐在厕所马桶盖上看着妈妈化妆；晚上她就坐在同样的地方，妈妈泡在浴缸里，她们母女俩说着话聊着天。弗兰妮相信自己不仅是妈妈最喜爱的女儿，更是妈妈在这个世界上最钟爱的人。只有到了夏天的时候，妈妈似乎才没有把她和其他几个孩子区别对待。妈妈受不了艾尔比的时候会将所有的孩子都赶到门外去，所有的孩子，包括弗兰妮。到外边去吃冰激凌，到外边去吃西瓜。也不知道是从什么时候开始，妈妈不再相信她能在厨房的桌子边上好好地吃东西了。这真让人受不了，不仅对别的孩子这样，对弗兰妮也是如此。大概只有艾尔比一个人在吃冰激凌的时候不能保证不掉到地毯上，其实别的几个孩子都能做得挺好。出去就出去吧。他们跑出门去，重重地甩上门，然后跑到街上，跑过滚烫的人行道，活像一群流浪的野狗。

整个夏天，卡曾斯家的四个孩子对贝弗莉没有什么怨言，让他们不满的是他们自己的父亲。要是有机会见到父亲，他们一定会当面将这种不满说出来。霍莉和卡尔没有明确地说贝弗莉的做法是不可以原谅的（珍妮特什么话也不说，至于艾尔比，谁又会理睬艾尔比呢），倒是对卡洛琳和弗兰妮而言，妈妈的做法真是让她们惊呆了。不像是平时晚上做好了饭菜都装到盘子里放在桌子上，弗兰妮让他们按照身高站成一排，端着盘子排队走到锅边来取食物。夏天里，他们不再是文明世界里的孩子，而是生活在孤儿院里的奥列弗·特维斯特[①]。

七月的一个星期四的晚上，伯特把大家都召集到客厅里，说第二天一早要带大家到安娜湖去游玩。他还告诉大家他请了两天假陪大家，他已经在汽车旅馆订好了三个房间。星期天早上开车去夏洛茨维尔看望他的父母，然后再回来。“大家都放个假，一切都准备好了。”

孩子们眨着眼睛，模模糊糊地觉得明天大概会和过去的这些日子不一样。贝弗莉也眨着眼睛，因为在这之前伯特没有和她说起过这件事。她一直想要伯特看着自己的眼睛，但是伯特就是不愿意和她对视。汽车旅馆、湖边、餐馆里用餐还要去拜访伯特的父母。伯特的父母养着好几匹马，农庄里有池塘，还有一个黑皮肤的厨师，名字叫欧内斯特，去年夏天她还教孩子们怎么做馅饼。孩子们要是愿意和两位老人说话，倒是件蛮有趣的事情，可是没有一个孩子愿意和他们说话，老人们就觉得很无趣。

第二天一大早，天气热得像是蒸笼，鸟儿都不作声，以便保持体力。伯特吩咐孩子们上车，大家知道也并非随便上车那么简单。孩子们在房子前面的车道上站成一圈，为谁和艾尔比坐在一起好好争辩了一番，并等着公布最终结果。前排座位专门留给父母坐，尽管在平日里，卡洛琳和弗兰妮往往是和妈妈坐在一起的，但是现在

---

① 奥列佛·特维斯特，《奥列佛·特维斯特》（一译《奥列佛尔，1838》）即《雾都孤儿》。《雾都孤儿》被称为第一部现代小说，奥利弗也是莎士比亚之后人们最熟悉的文学形象之一。狄更斯塑造的众多栩栩如生的人物和对维多利亚时期伦敦市井生活的生动描绘使《雾都孤儿》一出版就在英国和美国拥有了大量读者。

也要和大家挤在旅行车的第二排、第三排甚至最后一排的座位里。最后，他们按照年龄或者性别依次坐好，这就意味着要么是卡尔，要么是珍妮特不得不和艾尔比坐在一起。有时也可能是弗兰妮，但从来不会是卡洛琳和霍莉。艾尔比总是情绪很高涨地哼唱着“墙头放了九十九瓶酒”这首歌，就这么来回地数着数字——五十七瓶酒、七十八瓶酒、四瓶酒、一百〇四瓶酒，没完没了地唱着。行驶在州际公路上，珍妮特肯定不可避免地会呕吐，但她总是默默地忍着。没过多久，艾尔比肯定会说自己晕车了，还发出令人恶心的声音来证明自己没有说谎。没办法，伯特只好把车开到路边停下。每到一个出口处，艾尔比就问是不是该在这里开出去。“还没到吗？”他总是这样问，然后自己又笑了起来，觉得这样很有意思。所以没有人愿意和他坐在一起。

正当大家在路边挤来挤去的时候，伯特拎着一个鞋盒子大小的帆布包出来了，他没带多少东西。“卡尔，”他说，“你去和你弟弟坐在一起。”

“上次我就和他坐在一起。”卡尔回答道。是不是有过这么回事儿，没人知道，“上次”是指什么时候呢？上次坐车？上次出去旅行？其实他们压根儿没有一起旅行过。

“那这次也和他一起坐。”伯特把包扔进后备厢，然后关上车门。

卡尔往四周看了看。艾尔比正在用手指戳前边的女孩子们，吓得她们大声地尖叫。在卡尔脑子里，他的四个妹妹也没什么不同：他自己的两个妹妹，还有两个异父异母的妹妹，真的很难决定到底找谁来替自己受罪。抬眼看贝弗莉，她今天穿着带条纹的紫色T恤，长长的卷发，梳得非常时髦，还带着一副大大的墨镜，看上去像个电影明星。“让她来吧。”他对父亲说。

伯特看了一眼自己的大儿子，又看了一眼妻子，“让她做什么？”

“让她来和艾尔比一起坐，让她坐到后边来。”

伯特甩手给了他一巴掌，这一巴掌听上去挺响，但没有实实在在地打，只是擦着他的脑袋扇过去。卡尔踉跄了一下往后倒，装作被打得很重的样子。学校里的惩罚可比这重多了。能让贝弗莉皱一皱眉头，受这点小惩罚也算值得。有那么一秒钟，她都没有搞明白，伯特到底站在谁那一边。要真是坐在后排，估计这一路到安娜湖，还没到达目的地，她就已经一命呜呼了吧。伯特说自己受不了这孩子的混账话，催着大家赶紧上车。上车后，大家都安静了下来，贝弗莉心里涌上些许苦涩。

一路上，伯特开着窗户，一只胳膊搭在车窗上。旁边是滚滚的群山，他一言不发地开着车。三个小时之后，一家人到达了阿罗黑德餐厅。大家一个个下车排好队，卡尔排第一，卡洛琳第二，霍莉第三。

“我们可不是他妈的‘特拉普家的歌手’。”卡尔小声说。

弗兰妮抬头用难以置信的目光看着他。他刚才骂人了，那可不得了。“你不能说脏话。”她说。伯特可以说脏话，虽然那也不对，但是孩子们不能说脏话。她很肯定自己的理解，即便是在暑假期间，弗兰妮也依然是一名“圣心好少女”。

几个孩子当中，卡尔年龄最大，个子也最高。他把右手放在弗兰妮的头上，然后顺着她的头发往下拧她的耳朵。不像拧他自己亲妹妹们的耳朵那样，拧弗兰妮的耳朵时，他会控制好力道。

卡洛琳是女孩子里面年龄最大的，由她来决定晚上谁和谁睡一个房间。吃晚餐的时候，她宣布要和霍莉同住一个间房，于是弗兰妮只能和珍妮特一间房。正好，弗兰妮喜欢和珍妮特一起住。让她和霍莉一起也可以，反正只要不和卡洛琳睡一起就行，要不然半夜她非被她憋死不可。两个男孩子同住一间房，他们一人一张床。七点左右他们的父母就开始打哈欠，不耐烦起来，这表示说他们已经累坏了，该到上床睡觉的时间了，明天早上醒来还有好多有趣的事情要做。

第二天一早醒来,孩子们在女孩子们的房门上发现了一张便签，上面写着“你们自己去咖啡厅吃早餐，记在账上就行了。不要敲我们的门。”看着是妈妈的笔迹，但是连“妈妈”这两个字都没写，更没有“爱你们的”类似字样的落款。便签上根本就没有落款。这更进一步表明，父母想要过他们的二人世界。

汽车旅馆的那一长溜房间的蓝色房门都紧闭着，窗帘也都没有打开。房间外边停放的汽车上面沾满了露水，也可能是昨晚下过雨。女孩子们出了房间往右转，来敲卡尔房间的门。卡尔把门打开一条小缝，门锁的防盗链还没打开，他用一只眼睛往外面看。“我们要去吃早餐，”霍莉说，“你们去不去呀？”

卡尔关上门，取下防盗链，把门打开。在他身后，艾尔比正坐在自己的床上看漫画书，两只脚有节奏地踢着地上的毯子。每当女孩子们想要抱怨她们四个人睡在一个房间，抱怨两个人要挤在一张床上的时候，她们就想起了卡尔。卡尔要和艾尔比睡在一个房间里。在家里的时候卡尔就和艾尔比共用一个房间，可能他早已经习惯了，但是谁又知道呢?

“一起去吧。”卡尔说。

卡尔长得像极了他的父亲。黄褐色的皮肤，黄褐色的头发。尤其是到了夏天，他整个人和头发都呈现出金色的光泽。也只有卡尔和父亲一样长着蓝色的眼睛，其他三个孩子的眼睛是黑色的。这是随了他们的母亲。艾尔比长了一脸的雀斑，和霍莉有些相像，但是他没有霍莉那么好的判断能力，这抹去了他们两人长相上的相似性。四个孩子都长得瘦瘦弱弱的，珍妮特尤其瘦弱。大家想起她的时候不是想到她那俊秀的小脸或者那顺滑而有光泽的头发，而是她那骨瘦如柴、像是门把手一样的手肘和膝盖。六个孩子站在一起，看上去不像是来自同一个家庭，更像是被随机安排来参加日间夏令营的成员。就算他们当中有血缘关系的站在一起，也让人一眼看不出相互之间的关系。

“他们肯定会睡到中午才起床。”霍莉是在说他们的父母，她一边说一边用叉子把鸡蛋摆成一个圆形。

“就算他们起床了，过一会儿又会说要去休息一会儿，打个盹。”卡洛琳接着说。事实就是那样，他们的父母一打盹就像是发了烧的婴儿。其他的孩子都赞成地点点头。卡尔坐在靠近窗户的座位上，没有理会大家，而是盯着外边的马路。艾尔比用手掌使劲地挤压着装有番茄酱的瓶子，想要把它挤到自己的面包片上。

“天哪，”卡尔说着抢过瓶子，“你就不能安安静静坐着，不要弄得这么恶心不行吗？”

“看呐。”艾尔比一边说一边拿起自己的面包，举到嘴巴边上，番茄酱滴得到处都是。

珍妮特用两根手指夹起自己盘子里的面包，再用餐刀将表面的硬壳刮掉。

“我才懒得坐在这里等他们一天。”卡洛琳说。

“那我们还能做什么？”弗兰妮问，看上去真的没什么可做了。汽车旅馆会不会有些棋牌游戏，比如说扑克牌之类的？即便有，现在也太早了些。清晨七点多钟，太阳光穿过餐厅窗户的玻璃照在孩子们面前的桌子上。桌子镀上了一层银色，像一份份请柬摆在他们面前的银色托盘里。这真是个游泳的好日子。

“我们到这里来就是要去湖边玩，那我们就到湖边去吧。”卡洛琳揣度着自己妹妹的心思，可能还真猜对了几分。她在衣服下面穿了游泳衣，其实他们每个人都做了同样的准备。比起其他几个孩子，卡洛琳的情绪最为激动，听声音就能察觉到她的愤怒。当然，卡尔比其他所有人都愤怒，只是他展示愤怒的方式和别人不一样罢了。

珍妮特的目光从面包片上抬了起来。“那就去吧。”她说。这是自从离开阿灵顿之后她说的第一句话。如此大家就这么决定了。等父母起床有什么意思呢？和父母外出的时候，孩子们一般会被分成两组：大孩子一组，包括卡尔、卡洛琳和霍莉，小孩子一组，包括珍妮特、弗兰妮和艾尔比。大孩子们可以自由行动，可以在深水区游泳，可以不穿救生衣，也可以离开大人的视线独自去远足，还可以自己决定中餐吃什么。小孩子们却被管得死死的，吃东西也没有任何自由选择的权利。他们还太小了，信任当然无从谈起。话不多说，六个孩子都觉得这是一个非常不错的机会。

在收银台，他们又买了六瓶可乐，外加十二根单独包装的巧克力棒，一起记在早餐的账单上，这些东西应该够撑到吃中餐那个时候。

“去湖边有多远？”霍莉问那位正在给他们记账的女服务员。

“大概两英里，可能不到。需要重新开车回到九十八号公路才行。”

“那要是步行呢？”

服务员的目光在孩子们的脸上停留了一分钟。这么多小孩，都差不多大小。弗兰妮和珍妮特只相差三十八天。“你们的爸爸妈妈呢？”

“他们正在洗漱，”卡洛琳答道，一副不耐烦的语气，“他们想让我们一起走着去，说是一种探险，所以请告诉我们具体怎么去吧。”

她这么熟练地说谎，其他孩子都崇拜地看着她。那位服务员从餐盘里拿出一张盘垫纸，翻过来。“要是不行的话，可以抄这条近路。”说着她在纸的一边画了一个四边形，代表大家现在所在的旅馆（用字母“P”来代替），然后在另一边画了一个圈，代表湖（用字母“L”来代替）。在湖和旅馆之间，再画上断断续续的线条，表示该走的路线。

走过停车场，卡尔在每一辆旅行车的门把手上都拉了一下。弗兰妮问他想从车上得到什么东西？他说，“好东西。关你什么事儿？”他拢起手挡着眼睛朝车子里面看，希望能发现想要的东西。

“要是你真的想要什么东西话，我能把窗户打开。”卡洛琳说。

“骗子。”卡尔根本不相信，看都不看她一眼。

“我真的可以，”说着她指着珍妮特，“你去衣柜里拿一个衣架来。”

她没有说谎。她的父亲这个暑假刚刚教过她怎么弄。上周末在爷爷奶奶家，乔·迈克叔叔把钥匙锁在邦妮阿姨的车子里了。她爸爸就是用一个衣架把车门打开，省了请开锁匠来开门的十二美元。两个女孩子对此都非常感兴趣，菲克斯就让她们自己试着做，还说知道怎么打开车门也好。

“人们经常以为是要往上拉，其实正好相反，要往下摁才行。”

菲克斯对大家说。

卡洛琳使劲将衣架掰直，这要费很大的力气。

“你就是在浪费时间。”卡尔说。

“浪费谁的时间呢？”霍莉问道，“你要是着急的话，就先走好了。”她很好奇。事实上就连卡尔对此也充满了兴趣。

艾尔比绕着车子走了一个大圈，一边走一边扭着屁股，伴着嘴里“嘣－嚓－嘣－嚓”的节奏。

“别吵了，”卡尔对他说，“你要是把爸爸吵醒了，他非拧断你的脖子不可。”这么一说，倒让大家注意到这车是停在谁的门口了，于是都安静了下来。

卡洛琳伸出食指往回拨动车窗玻璃下面的橡胶密封圈，然后将掰直的衣架塞了进去。孩子们都围过来一探究竟。这个门锁可能和以前的不一样，卡洛琳有些担心。这是一辆奥尔兹莫比尔牌汽车，而邦妮阿姨的好像是一辆道奇。她抿着嘴顶着舌头，将衣架伸到门锁下方大概十英寸的地方。她的父亲把这个地方叫作“最佳击球点”，然后感受着门锁的构造和机理。她忍住没有往上拉。就是那个突起，她循着爸爸教给她的技巧使劲直着往下按。

门锁弹开了。

这真是几个女孩子们的胜利，她们忍住没有欢呼出声来。卡洛琳将衣架抽出来，然后打开车门，动作娴熟的似乎是再正常不过一样。就连艾尔比都跑过来搂着她的腰。“你把车子打开了！”他压低声音，说话的神情活脱脱就是电影里歹徒的模样。

“你说得没错。”说着她把衣架送给他，算是今天早上的纪念品。艾尔比立刻跑到其他汽车边上，也想把它塞进车窗玻璃，然后打开车门。哦，卡洛琳真想去用汽车旅馆的电话给爸爸打个电话，告诉他自己刚才成功了。

卡尔从弟弟手上接过衣架，认真地研究了一番这个充满潜力的物件。“你也教教我吧。”不知道他到底是指卡洛琳，还是指衣架。

“只有警察才能这么做，”弗兰妮说，“还有警察的孩子也可以。其他的人要是这么做的话，就是犯罪。”

“那我就当罪犯好了。”卡尔回答道。他钻进汽车的驾驶位，打开仪表板上的储物箱，里面有一把枪，还有小半瓶杜松子酒，酒封依然还在。他把这些都拿了出来。

他们当中只有卡尔一个人知道车里有把枪。那是前些天去购物的时候，贝弗莉进商店买东西，他在储物箱里翻来翻去发现的。这也说明有时候到处看看很有必要。看到车上有把枪，大家都不觉得吃惊，让包括卡尔在内的所有人都吃惊的是，伯特居然没有把枪带走。大家猜想，伯特估计还有一把枪，现在就放在旅馆的房间里。伯特随身带着枪，公文包里有一把，床头柜里有一把，在他办公室的抽屉里还有一把。他总是找借口说以前自己让好多人进了监狱，现在会发生什么谁也不知道。还说作为男人要保护好自己的家人，为此绝对不能让仇人占了上风。事实上，真正的原因只是他这个人爱枪如命。

真正吸引大家的是那小半瓶杜松子酒。父母们经常喝酒，没喝完的却不喜欢拿走。大家从来没在汽车里看到过酒，现在看到了都觉得很特别。

“这可不能拿走。”霍莉一边说一边回头看着父母的房门。她大概既指那把枪也指那半瓶酒。

“以防发生了什么无法预测的事情。”卡尔说着将枪放进一个棕色的纸袋里，再把纸袋子和刚买的糖果和饮料放在一起。珍妮特从装食物的袋子里拿出几块巧克力，连同可乐一起放到她的手提袋里。她把酒瓶拿过来，轻轻地将酒封撕开。她撕得很轻很小心，最后酒封撕下来时依然完好无缺。她把这个酒封放到自己装硬币的钱包里，将酒还给了哥哥。大家出发，朝着湖的方向走去，卡洛琳负责保管地图。

天气比大家想象的要热，但是比起昨天和前天却凉爽了许多。天空泛着白色，让人觉得乏味而压抑。霍莉挠着手臂，抱怨蚊子太烦人。她和继母一样，对蚊子过敏。沿着女服务员给他们指的路往前走。一路上杂草丛生，高过了他们的腰，和艾尔比差不多高。草丛深处黄色的花儿开得正盛。“能看到湖了吗？”艾尔比问。今天，贝弗莉给他准备了蓝白相间带条纹的T恤，现在T恤上沾了好多番茄酱，他的两只手也黏答答的。

“闭嘴。”卡尔对他说，然后平平地伸出手。孩子们像士兵一样齐刷刷地停住了脚步。“向后转。”大家听从他的口令都往后转了身。

“那栋建筑是哪里？”他指着街道对面的房子问弟弟。

“那是我们住的旅馆。”艾尔比答道。

“她说从旅馆到湖边有多远？”

四下里一片寂静，可以听到远处汽车呼啸而过的声音。草丛中，蝗虫紧缩着翅膀，鸟儿在头顶上歌唱。“两英里，或者不到两英里。”弗兰妮答道。她知道不是在问她，但还是忍不住抢着回答。就这么站着，让人很不舒服，干硬的杂草戳着她的小腿。周围不见有任何路可以走。

卡尔指着弟弟。艾尔比长得一点也不像父亲，真是太有意思了。

“艾尔比？”

“两英里远。”艾尔比回答说。他用手砍着四周的杂草，又伸开双臂，一张一合的像是一把大剪刀。

“那就是说我们还没有到，我当然看不到湖在哪里。”卡尔抬脚继续往前走，其他人也赶紧跟上。这片草地的面积要比远看时宽很多。没过多久，汽车旅馆已经看不到了。四周除了杂草，什么也没有，头顶上是蔚蓝如洗的天空。好几个孩子都开始怀疑，他们是否在沿着正确的方向前进。

“快到了吧？”艾尔比问。

“闭嘴吧。”霍莉说。一个婴儿拳头大小的蚱蜢跳过来，弹到了她的衣服上，吓得她大声地尖叫起来。弗兰妮和珍妮特往左靠了靠，两个人弯着腰一步步地往前走，低到大家都快看不到她们俩了。她们贴得那么近，几乎是鼻子贴着鼻子。珍妮特微笑地看着弗兰妮，然后两个人又“噌”地一下站直身体。

“快到了吧？”艾尔比并拢双脚想往前跳。可是杂草长得太密，挡住了他的去路。他回头看着哥哥，问道，“快到了吧？”

卡尔停下脚步，“我送你回去算了。”他回头看了看，他们走过的地方杂草倒伏，留下了一条小路。

“到哪里了？”艾尔比又问。

“到弗吉尼亚了，”卡尔拖着疲惫的成年人才有的腔调说，“闭嘴吧。”

“我想要背着那把枪。”艾尔比央求道。

“要是有冰水该多好啊。”卡洛琳说道，像极了她父亲的神情。

“卡尔背着一把枪，”艾尔比唱起了歌，在这片空旷的原野上，他的突然高声唱歌，显得很突兀，“卡尔背着一把枪！”

再次停下来，卡尔将棕色的袋子往肩上推了推。不知从哪里飞来两只燕子，箭一样飞过他们的头顶。艾尔比唱个不停。珍妮特从手提袋中拿出一瓶可乐。

“现在就喝太早了，”霍莉对她说，今年她参加了女童子军，读了一些关于生存技巧的手册，“要留到最后才行。”

珍妮特没理她，“啪”的一声打开了可乐。看到她喝，大家都觉得自己渴了，反正到了湖边还能买到可乐。

“卡尔背着一把枪。”艾尔比还在唱，只是兴致已经没有刚才那么高了。

霍莉抬头看了看天空。天空干净极了，连一朵云都没有，阳光无处可藏。“要是有嘀嗒糖该多好啊。”她说。

卡尔想了一会儿，然后点了点头。他伸手从裤子的后面口袋中拿出一个三张邮票大小的塑料盒子。盒子里放着抗过敏的苯海拉明药片，这是来之前妈妈给他的。大家将杂草压平，就地坐下。卡洛琳将那个棕色的袋子打开，郑重其事地把手枪拿出来放在自己的身边，然后将可乐分给大家。卡尔走过来，坐在她的身边。他给每个人分了两片粉红色的药片。“不给你算了，”他对艾尔比说，“你今天把我给烦死了。”

但是艾尔比就是伸着手，怎么也不放下。卡尔最后还是给了他两粒药片。

“我就要这个。”霍莉说着将那两片药片放到嘴边，又取回来，用大拇指摩挲着药片。她从袋子里拿出那小半瓶酒，像喝可乐一样吞了一口。杜松子酒的威力让她大吃一惊。一瞬间，她只想把喝进去的酒赶快吐出去，但还是紧紧地抿着嘴唇忍住了。她把酒瓶递给妹妹，然后仰面躺在草地上。“现在走到湖边我也不介意了。”霍莉说。

珍妮特喝了一口杜松子酒，马上咳嗽起来。她侧过身，将自己手上的药片都给了艾尔比，“我的也给你算了。”

艾尔比盯着自己手掌上多出来的两粒药片，现在他有四片了。这四颗药片在明亮的阳光的照射下，在周围枯黄杂草的映衬下显得格外的鲜艳。“为什么？”他满是狐疑地问道。

珍妮特耸了耸肩，“我一吃嘀嗒糖就肚子痛。”这有可能是真的。珍妮特吃什么都肚子疼，这也是为什么她总是那么瘦。

弗兰妮很好奇地看着卡洛琳，想搞明白她是怎么将药片藏到手掌里面的，还故意喝了一口可乐，好像是要咽下药片一样。卡洛琳做事经常给人一种信得过的感觉。弗兰妮还发现其实她并没有真的吞下那些酒，她在将酒瓶竖起来的时候嘴巴都没有张开。当酒瓶传到弗兰妮手上的时候，她决定来个折中的做法——喝下酒，捏着药片。杜松子酒的威力惊人。顺着咽下去的酒，一股热辣辣的感觉从喉咙一直流到肚子里，最后在两腿之间郁结。这刺激是那么的明亮，那么的火热，让她的身体一下子清醒了起来。她又满满地喝了一口，才把酒瓶递给艾尔比。几个孩子里面，艾尔比喝得最多。

大家不介意等等再走，反正等待就是生活的一部分。旷野里，酷热难当，只有可乐还依然冰凉。在草地上躺一会儿，看着空荡荡的天空，听着艾尔比喋喋不休的歌声，也是件十分惬意的事。终于，大家又准备出发。卡尔坐起身来，将自己的空可乐瓶摆放在艾尔比的腿边。

“你在乱扔垃圾。”弗兰妮说。

“我们回来的时候就带走，”他说，“我们待会儿回来的时候带他回去。”

吞了四粒药片，还喝了那么多的杜松子酒，顶着炎炎的烈日，艾尔比沉沉地睡着了。于是，大家都把自己的空可乐瓶放在艾尔比的腿边。卡尔从霍莉和两位异父异母的妹妹手上收回分给她们的药片，再放回到那个小盒子里，塞进自己的口袋。在太阳的照射下，巧克力棒开始融化，手枪也被晒得发烫。他们将东西一股脑儿收起来，朝着湖的方向走去。

终于到了湖边，五个孩子都游到了比平时更远的地方才回头。这要是有父母陪伴，游这么远是不可能的。弗兰妮和珍妮特到处寻找洞穴。在湖边的树丛里她们碰到两个垂钓的男士，他们教她们怎么才能钓到鱼。卡尔从湖边的鱼饵商店里偷了一包鱼饵。反正没被人看见，所以包在纸里面的手枪也就没有派上用场。卡洛琳和霍莉爬上高高的岩石，从上面跳进水中。这样一遍一遍地爬上跳下，直到累得游不动爬不动了为止。每个人都被太阳晒黑了。出来之前谁也没有带毛巾，大家就这样和衣躺在草地上。等太阳晒干泳衣再走太麻烦，于是他们就这样湿着衣服往回走。

他们回来的正是时候，艾尔比已经醒了。他正坐在可乐罐中间发愣，努力忍着不哭出声。没有问其他人去了哪里，也没有问自己身在何处，看见大家走过来，他站起身就跟着大家往前走。他现在也被晒得变了颜色。下午两点钟，待他们结束了万分精彩的上午时光回到汽车旅馆，还穿着半干不湿的游泳衣在各自的房间里看电视的时候，他们的父母才来敲门，满脸的歉意和愧疚。父母们肯定是太累了，他们也不敢相信自己居然睡到现在才起床。他们说要带孩子们去吃比萨，还要带他们去看电影。孩子们湿漉漉的游泳衣、太阳晒过之后黝黑的脸以及蚊子叮咬之后的肿包，他们似乎都没有留意。卡曾斯家的孩子和基廷家的孩子都微笑着接受了他们的歉意。他们做了梦寐以求的事情，度过了无比美妙的一天，最关键是父母居然不知道这一切曾经发生过。

这一年暑假的剩余时光里还发生了很多这样的事情。以后的每年暑假，他们六个人都在一起度过。在一起的日子，并不是每天都充满了乐趣，但是谁也不否认，在一起他们做了很多事情，很多事情都是那么的有意义。幸运的是，这些事情居然一次都没被父母发现。

第四章

音乐来来回回就是那几首。那盘总共能播放两个小时的磁带，放了一遍又一遍。在酒吧经理看来，同一首歌曲播放到第二遍之前，客人们要么已经结账走了，要么早就已经喝得不省人事。但这酒吧里至少还有一个人始终头脑清醒，精力集中。乔治·本森的那首《化装舞会》第二次响起的时候，她在酒吧里已经工作两个多钟头了。这意味着，如果说有谁烦透了这周而往复的音乐的话，就只能是这些在酒吧工作的人了。听着烦人的音乐还要聚精会神，绝对不能出任何差错，因此吓跑了好几个在这里上班的人。上班八小时意味着要把整盘磁带里所有的歌曲完整地听四遍。不幸的是那个负责打烊的人，还得再多听半个小时。弗兰妮实在无法忍受，工作一个月后她就向弗雷德反映了自己的烦恼。作为这家酒吧的两个夜间值班经理，弗雷德是为人还不错的那一个，他还负责管理另一家酒店餐厅。比起酒吧，酒店餐厅的事情更多，利润却不如酒吧。他告诉弗兰妮，循环播放同一盘磁带没什么影响。

“当然有影响啊，”弗兰妮说，“都快把我烦死了。”她上身穿一件紧身无袖黑色短裙，下身穿一条裁剪合身的白色裤子，脚上穿着一双黑色的高跟鞋。长长的金色头发随意地扎在一起，她看上去像是音乐录像带中的天主教教会学校女学生。最开始接手这份工作的时候，她很怀疑自己能不能忍受这套工作装。现在看来，这一身打扮并没有给她带来多少烦恼。真正让她不能忍受的反而是这些背景音乐。辛纳特拉演唱的《一年好时》再次响起，她恨不得端起手上托盘里的鸡尾酒，推开大厅的旋转门，消失在漆黑的冬日夜晚。

弗雷德朝她点了点头，“相信我，我在这里工作都快满五年了。你慢慢就会习惯。”他回复弗兰妮的方式很像是一位父亲在说话。他给出的建议毫无价值，但他这个人没有家长作风，也不会动不动就解雇员工。

“我可不希望在这里干五年，我也不想习惯这烦人的音乐。”这位夜班经理的眼睛里闪过一丝不悦。弗兰妮还想再试试看能不能说服他，“难道不能换一盘磁带吗？可能会有老顾客光临啊。我也不是要抱怨说音乐不好听，我想说的是，播放一些不同的歌曲不是更好吗？不是音乐不好，一遍一遍重复真是让人受不了。这些人也演唱了其他歌曲嘛。”

“是有些其他的磁带，就是不知道放到哪里去了，”弗雷德说着扫了一眼这间狭窄的连个窗户都没有的办公室，“也没有谁愿意换磁带。”

“我来换好了。”

他推开椅子站起身，略带安慰地在她的肩上轻轻按了一下。在这里上班，难免要和别人发生身体上的接触。女服务员会和来接班的人吻别，酒吧经理时不时会在员工的肩膀上拍一拍，不满意小费收入的勤杂工会在你通过杯盘清洗处的时候故意用屁股挡住你的通道。顾客，天哪，他们就更喜欢这一套了。在法学院上学的两年时间里，从来没有人敢揩她的油。当然在法学院里，学生们一入学就明白责任二字是什么意思。在经理这个狭小的办公室里，弗兰妮很容易就能嗅到从弗雷德嘴里喷出的伏特加的气味。最让她吃惊的是，她居然能分辨出酒精的味道。“稍微等一下，”他说，一副确定无疑能找到的语气，“应该是放到什么地方去了。”

弗兰妮侧身从经理的小房间退出来。路过厨房，厨师们那油腻腻的音箱里正低声地播放着盗版的盒式录音带。厨师们随着乐曲哼唱，脑袋还一起一伏地打着节奏。只要不是太过分，经理往往对此睁一只眼闭一只眼。

“吧台美女，”杰瑞尔朝她喊道，“麻烦给我来杯柠檬水吧。”他说着将一个硕大的塑料杯从传菜的小窗口里递了出来。杯身上印着“7-11”的标志，盖子上带着一根吸管。

“没问题。”弗兰妮应了声，拿着杯子走了。厨师们都是大个子的黑人，他们都很信赖女服务员。而女服务员则个个都是身材娇小的白人女孩。她们也愿意给厨师们端些饮料到厨房里来，免得他们热死在撒哈拉沙漠一般的厨房。

“别忘了哦。” 杰瑞尔的面前放着一块白色的砧板，他拿一块准备切的牛排指着她说。

弗兰妮绝对不会忘记他要的柠檬茶，也不会忘记他要放多少糖。他还要几包椒盐饼干，说是补充顺着面颊流下来落在炉灶上发出“呲呲”声响之后瞬间消失的汗水里流失的盐分。厨房里每个人喜欢喝什么她都记得清清楚楚。弗兰妮做事很专业，十张桌子上的客人谁点了什么，谁要了坎特一号伏特加，谁要了瑞典伏特加，她都记得分毫不差。独自来喝酒的男人能够在她那里得到足够的安慰，但是她又不会让某一个人独占她的时间。午夜过后步出酒吧，走在芝加哥凌厉的寒风中，她在脑海中一遍遍问自己，做一个糟糕的酒吧服务生和做一名法学院的学生，到底孰优孰劣？大三的第一个学期刚开始不久她就办理了退学手续，结束了自己在法学院的学习。为了获得一个自己无论如何也无法获得的律师事务所合伙人身份以及随之而来的收入，她已经欠下了累累的债务。对一个对自己的人生并没有什么明确规划、除了读书什么也不会的女孩子而言，去酒吧做服务生也许是唯一不需要脱掉遮羞的衣服还能够挣到钱的工作。这也符合她一再坚守的两条标准：其一，不做律师；其二，穿着衣服挣钱。她也做过一般的餐厅服务员，就是穿着黑色的胶底鞋，捧着放菜的托盘的那种，只可惜这种工作挣钱太少了，连优惠券上的东西都买不起。在帕尔玛大厦酒吧间朦胧而柔和的灯光中，男士们经常会为十八美元的账单支付两张二十美元，到底为什么会这样谁也说不清。

她往那个聚酯材质的杯子里装满冰块和柠檬汁。一个喝橘味白酒的顾客正在对着海因里希大吐人生的苦水。海因里希是这个酒吧负责买酒的服务生。盛放橘味白酒的酒瓶就摆放在苏打水的旁边，顺手就能拿到。她想柠檬水和橘味白酒混在一起味道估计也很不错吧。要想喝白酒，就算是在酒吧工作的人也要付钱买。根据规定员工在工作期间严禁饮酒，尤其不允许将酒卖给正在厨房里使刀弄叉、还经受着热火炙烤的厨师们。杰雷尔说过，要是弗兰妮能给他拿一些特别的饮料的话，他就给她十美元小费，但是弗兰妮没想要挣他的钱。她的这个举动让厨房里的人们觉得她有些神秘，有些与众不同。别的女服务员收了厨师们的钱才给他们端饮料，即便是端饮料给他们，也不装满杯子，而且厨师们给小费她们也不拒绝。

弗兰妮脑子里想着“侵权行为法”。用这种方法来对抗这周而复始的酒吧音乐，也通过这种方式来对抗那些让人憎恨和不齿的行为。“侵权要素是指行为本身给被侵权人带来恐惧和伤害等其他冲突性接触，该行为给受害者带来恐惧，有害行为和冲突性接触由此产生。”夜深了，狂饮杜松子酒和奎宁水的高潮渐渐散去，酒吧里慢慢地安静下来。人们轻声细语地交谈，享受着正餐之后的其他饮料，譬如说小杯白兰地，浅酌榛实利口酒。大家知道，再这么喝下去，估计都出不了酒吧的门了。很快就要到弗兰妮下班的时间了，现在就剩下她一个人。她还需要四下里检查一番：整个酒吧里还有两桌有两个人，另外一桌只坐着一个人。另外两个女服务生已经下班了，其中一个要赶着去前夫家的沙发上接走已经睡熟的孩子，另一个和酒店的男服务生去另一家便宜的酒吧约会了。走之前她们都和弗兰妮吻别，相互吻了吻对方的脸。想着海因里希可能去门廊里抽烟了，弗兰妮赶紧走到吧台的另一头，脱下鞋松松脚。前后弯曲一下脚趾，然后又在不那么干爽的地垫上摩挲了一番。从铝制的罐子中拿了三颗马拉斯奇诺樱桃，再将一片橙子放进嘴里。这两种水果一起吃最美味。满嘴都是两种水果的味道，就在这时她看到了里昂·博森。本来只是匆匆一瞥，但是在他抬眼看向她的那一刻，她发现自己已经没有了机会，就算有机会她也不愿意逃离。

“你好。”他说。里昂·博森坐在那里，和她隔着两把椅子。深灰色的西装，白色的衬衫，衣领处的扣子有一颗敞开着，可能口袋里还装着领带。要是他们两个人愿意的话，很容易就能握到对方的手。酒吧里的男人都不用太留意，这是弗兰妮的原则。他们要不要坐在桌子那边去，她可管不着。也不知道他在那里坐了多久？十分钟？一个小时？“你好。”她答道。

“你看上去变矮了，”他说，“是吗？”

“你脱了鞋子。”

弗兰妮低头看了看脚背上袜子留下的红色印痕。这些痕迹要在下班回家之后好久才能彻底消退。“是的。”

他点了点头。他的头发有着铁青的颜色，就像羊背上的毛。梳好这一头头发肯定费了不少心思。“脱掉鞋子舒服是舒服，只怕过不了一会儿你的脚可就惨了。”

“习惯了就好。”弗兰妮说这话的时候想起了弗雷德，他就是这么告诉她的。路·劳尔斯的歌曲《只有我一人》响了起来。她就这么面对着他，隔着吧台听着这首歌。说来也巧，这是唯一一首让她不觉得厌烦的歌，它的用词是那么的完美，名词和动词搭配得恰如其分。

我没有司机，没有人送我回家；
我没有仆人，没人为我煮茶。

里昂·博森点了点头，一手握着杯子，里面只剩下冰块。就在里昂·博森坐在她面前的那一刻，弗兰妮就在脑海中构思了一个和这个男人相关的故事，她想着回家后第一件事就是找到《第一城》和《塞普蒂默斯·波特》这两本书，然后把上大学时看过还画了线的那些部分再好好读一遍。她还想着要叫醒库马尔，告诉他自己和里昂·博森在酒吧里聊了天，里昂·博森还谈论了她的鞋子。库马尔这个人对什么兴趣都不大,但是他铁定会让她讲一讲详细的过程，当她讲完后，他还会让她再讲一遍。从一开始她就知道，在帕尔玛大厦的酒吧邂逅里昂·博森将会是未来好长一段时间里引以为傲的谈资。要是没来芝加哥上法学院，就不会有后来的半途辍学，没有半途辍学，就不会来酒吧打工。她会把和里昂·博森邂逅的事情讲给父亲和伯特听。

但是里昂·博森没打算离开。就在她胡思乱想的时候，他依然坐在她的面前，期待着她的注意。“为什么要去习惯它？”

“你说什么？”她一时忘记了自己在和人交谈。

“你的鞋子。”他和照片太像了,高高隆起的鼻梁,柔和的大眼睛。他就长着一副漫画脸，和《纽约客》杂志的书评栏目对他的素描简直一模一样。

“啊,这双鞋子和这身制服是一套。穿制服能挣更多的钱。”当然,她是不会告诉他,这一身制服是聚酯面料,好洗还不需要熨烫。以前,弗兰妮上的是天主教学校,每天根本不用想穿什么衣服上学的问题。

“你的意思是说,因为鞋子不合脚,所以我要多给你点小费咯？”

“你要是愿意的话，”她在这个地方工作了这么久，知道很多事情会怎么样进展，“你会多给的。”

他忧郁地看着她，可能这就是他的神情吧，似乎每一个努力将脚塞进高跟鞋里的女人都让他心痛一样，这着实让人迷惑。“到现在为止我还没有给你任何小费，如果真要那样，你不妨把鞋子穿好，然后看会发生什么事情。”

“我可不是你一个人的服务员。”她满是遗憾地答道。里昂·博森起身离开了吧台！一转身，他找了张桌子坐下来。桌上烛光摇曳，他舒舒服服地坐在那把裹着红色皮革的椅子里。

“我要是点东西喝，你就得为我服务，”他举起手中的空杯子，晃了晃里面剩下的几块小冰块，“你叫什么名字啊？”

她告诉了他自己的名字。

“我认识的人里面还从来没有人叫弗兰妮，”他这么说着，好像知道这个名字是一件多么荣幸的事情一样，“弗兰妮，再给我来一杯苏格兰威士忌吧。”

顾客坐在桌子边，她就得为他们服务，如果客人只是倚着吧台，那就不归她管。虽然帕尔玛大厦酒吧的服务生不是工会的成员，但他们每个人都知晓自己工作的职责和范围，她对自己的工作内容了然于胸，“哪种苏格兰威士忌？”

他再次微笑着看着她。他已经对她微笑两次了！“精选威士忌，”他说，“我和别人不一样，我是看账单给小费，不是看鞋跟的高低付小费。所以嘛，你随意给我一杯就好了。”

她还没有来得及穿好左脚的鞋子，海因里希就抽完了烟，精神抖擞地嚼着薄荷口香糖走了进来。他顺着吧台朝他们走过来。朝着里昂·博森伸出两个手指，意思是询问他是不是已经决定好了再来一杯。这个手势是不想麻烦顾客站起来，看上去好像他们二人的关系是那么的神圣，已经不需要语言就能相互理解。弗兰妮迎上去想要拦住他，整个人就朝着他倾过去。海因里希赶忙伸手扶住她，好奇地看着她那脱了鞋子只穿着丝袜的双脚。海因里希和里昂·博森年龄相仿，大概也是五十岁上下。他来得正好，弗兰妮知道自己得赶紧走开，吧台里面这片小王国属于海因里希。

“麻烦你帮我一下。”她说。在他扶着她的那一会儿，本来什么都可以不用说。

海因里希转向里昂·博森，轻轻地扬了扬眉毛，非常正式地询问了一番。

里昂·博森点了点头。

“跟我来。”海因里希说。他引着弗兰妮走到吧台后边放满了酒的架子边，架子上有库拉索酒，还有荷兰薄荷香甜酒，都放在高高的架子上，落上了一层灰尘。

“他是里昂·博森。”弗兰妮低声对他说。

海因里希点点头。他点头是什么意思呢？是说自己知道谁是里昂·博森？还是说自己没明白她想说什么？只有他自己知道了。弗兰妮听到过海因里希在打电话的时候讲德语，说德语的时候，海因里希的声音显得更有力量。他平日里看的书是哪种语言的，又或者他平时看不看书？里昂·博森的书翻译成德语是什么样的？

“这位顾客就交给我吧，”弗兰妮说，“可以吗？”她的皮肤晶莹剔透，看上去更像是一扇窗户，没有哪怕一丝一毫的阴影。她也是唯一一个每天给厨房勤杂工和调酒师自己收入的百分之十作为小费的女服务员。海因里希常常在想，这个长着黄色头发和清澈蓝眼睛的女孩子很像一个德国人。但她是美国人，根本不是德国人。美国人个个都是笨蛋，无一例外。

“你又不是调酒师。”他说。

“往杯子里倒苏格兰威士忌我还是可以的。”

“你不是需要负责那些坐着的顾客吗？那个人蛮有意思，那我就不管他了。”他也不确定要索要多少作为回报。他一时思绪万千。即便是上班时一同进到储藏间，他们也不是第一个这样做的人。

“天啦，海因里希，我在大学里学的是英语，《决不再有》这本小说的前三段我都可以不看书背下来。”

海因里希在西柏林上大学的时候也是英语专业的学生，主要学习的是十九世纪的英国文学。那时候对他来说读特罗洛普的小说是一种奢侈，虽然只有一墙之隔，但是接触到那样的作品绝对是不可想象的事情。他想对她说“读这些书有什么益处呢”，最后还是忍住了，没有说出口。他伸手到她的身后，抚了抚她那玉米穗一样的发辫。他总幻想着有机会这么做，可算做到了。

她没有计较。要是在往常，她没准儿会将发辫剪下来。既然你这么喜欢，那就送给你作为纪念品好了。返回吧台，她一口气喝了一瓶麦卡伦威士忌，不是二十五年的而是十二年的那一款，反正她也没打算让他太难堪。她拿出一个干净杯子，倒上一些冰块，再倒满苏格兰威士忌。每一个酒瓶的上面都套着银色的喷口，这让倒酒充满了乐趣，当然也让她能准确地控制倒出的酒量。但是要想真的做好，也相当不容易。

里昂·博森看着吧台的尽头，海因里希正在将台架上的玻璃杯子取下来，一个一个认真擦拭着。“你欠他什么呢？”

“我也不知道，”她放下餐巾纸，再放下酒杯，“总是问价格，这可能是我们这个时代的教训吧。”他朝她举了举杯子，说了声“谢谢你，亲爱的弗兰妮”，还向她道了声“晚安”。弗兰妮当然知道听到这些话就意味着他们的交谈结束，她该去收拾其他的桌子了。但是，她没有离开。她不想向他请教他写的那些小说的情节，也没想要问他自从出版了《塞普蒂默斯·波特》之后的十二年里他的生活中发生了什么。她清楚地知道自己这无趣而艰难的人生就展示在他的面前。读法律是多么错误的一个选择，那个完全是为了取悦别人而做出的选择，让她负债累累，像极了狄更斯笔下的那些角色，也像那些参加“奥普拉脱口秀”的人，紧张的一句话也说不出一样尴尬。这就是此刻她在帕尔玛大厦酒吧邂逅里昂·博森时的感受。他慢慢地品尝着她刚刚给他端来的威士忌，他的明亮，那种隔着吧台都能感受到的明亮，让她不愿意就这么轻易放过。就像是你每天都去公园给鸟儿喂食，突然间，你瞥见公园长凳上站着一只旅鸽。那么明亮，那么耀眼，它就站在不远处的长凳上。旅鸽已经如此的稀有罕见，邂逅它的人真是三生有幸。她一动也不想动，生怕任何一点轻微的动静就会将它吓走。

“你住在这里吗？”她问，就像是在问一只旅鸽。全世界的人不都是以为你已经灭绝了吗？

他抬起宽宽的眼皮，回头看着身后的房间，“你是说帕尔玛大厦？”

“我是说你是住在芝加哥吗？”

一对夫妻走了进来，在隔着两个高脚凳的吧台边上坐下，一边放下手里的大衣、围巾和帽子。为什么？她真想问一问他们。放着那么多的桌子凳子不坐，偏偏要坐得离这边如此近。女士身上刺鼻的麝香味香水她都能闻到。她才意识到，原来这对夫妻误以为她是调酒师了。那就当一回调酒师吧。

“洛杉矶，”里昂·博森思索了许久才回答，“就看你怎么看了。”

“来一杯柠檬威士忌酒。”男士一边说，一边将大衣堆放在身边的凳子上。堆在凳子上的羊毛大衣就要滑落到地上去了，男人赶紧拿手按住大衣袖子，斜着脑袋看着那位女士，“代基里鸡尾酒？”

“不要加冰。”那女人答道，一边脱掉自己的大衣。

弗兰妮都不知道该怎么告诉他们，调酒不是自己的职责，但是里昂·博森帮她解了围。“她不负责调酒，”他对他们说，“要苏格兰威士忌的话她还可以，超过两种酒调在一起，你们就得找别人了。”他看着弗兰妮，“是这样吗？”

弗兰妮点了点头。既然不会调酒，她就不应该站在这里。

“调柠檬威士忌酒我在行，”他看着那位男士说，又对那位女士摇了摇头，“代基里鸡尾酒我就不会了。我想你身后有个调酒器吧。”

“不晓得。”弗兰妮说。

“问一问那个德国佬，” 里昂·博森指着海因里希对他们说。海因里希还站在那里擦杯子，故意装作没听到，“找他就对了，他有些生气。”

“你对这个地方很熟悉啊。”那位女士说。夜很深了，那位女士的手套下面没戴戒指。

“不仅仅是对这个地方，”里昂说，“是对所有酒吧都很了解。”他问弗兰妮调酒师叫什么名字。海因里希竖起耳朵，听力一下子比猎狗还要敏锐。听到问他的名字，他放下了手中的毛巾。

“来杯柠檬威士忌酒。”那位男士又说了一遍。

点好之后，调酒器翻飞，当着大家的面海因里希着实好好秀了一手他调酒的绝技。那两位也如愿拿起各自的杯子和衣物，找了个角落坐了下来。海因里希调好了酒再去收拾一下桌子，小费也归他所有。反正弗兰妮和他已经有了私下的交易。

“我就是在洛杉矶出生的。”看到那对男女开开心心地离开吧台，弗兰妮接着说。她心中很忐忑，一直在等机会告诉他这一点，等了这么久，现在再说这个不知道还能不能和刚才的谈话连得上。

“但是你很开心能离开那里。”

“我很喜欢洛杉矶。”住在洛杉矶的时候她还是个孩子。经常穿着连体泳衣在马乔里家的泳池里嬉戏，经常潜到蓝色泳池的池底。卡洛琳半醒半睡地躺在充满气的橡皮筏上，在她的头顶上投下一片四边形的阴影。父亲躺在池边的躺椅上读那本叫作《教父》的小说。

“你这么说是因为我们现在身在芝加哥，又是寒冷的二月份。”

“要是洛杉矶那么好，你怎么舍得离开？”

“我妻子就住在洛杉矶，”他说，“我最近就在忙这件事情。”

“难怪人们到芝加哥来，”弗兰妮说，“是要逃离自己的妻子。”她想起了“离婚法”，想到迄今为止还有很多的案例自己都没有接触到，再一想，真的有很多案例自己都没有接触过。

“你看上去像是个调酒师。”

她摇了摇头，“我只是个服务员而已，调酒的事情我干不来。”

“你可以给像我这样不需要调酒的人当调酒师，麻烦再来一杯苏格兰威士忌吧，你调的第一杯还真不错，”他仔细地看着她，就好像她现在才出现在他的面前一样。“你又长高了。”

“你说过这样会多给我小费啊。”

他摇摇头，“不，是你说那样会增加你的小费，但其实并不会。我才不在乎你的身高呢。把鞋子脱了，我请你喝一杯。”

里昂·博森什么时候喝完他的酒的？真是很神奇。她一直看着他，也没见他做什么啊。可能是在做柠檬酸酒的时候就喝完了吧，那一会儿她的确是有些分神。弗兰妮伸手从身后的吧台上拿下酒瓶。“你不能请我喝酒，我要是喝酒就是犯禁。”

里昂往前探了探身体。“禁止饮酒？”他轻声问。

弗兰妮点点头。玻璃杯里面的冰还没有完全化掉，不换应该也可以。她也没有准确地量到底要倒多少威士忌，只管倒得超过刚才那个印记才停手。看到酒杯中泛起的银色气泡，她自信极了，一不小心就溢出了杯沿，流到台子上。擦干净台子，她又拿了一张干净的餐巾纸，放到杯子的下边。老实说，她真的不是一个好的调酒师，就算是只调一种酒，也不见得能调好。“那你怎么到芝加哥来了？”

“没准你是一个不错的分析师。”他从外套口袋里掏出香烟，然后抽出一支。

“我以后给别人讲说我在酒吧里给里昂·博森端过酒，他们准会问我你来芝加哥做什么。”

“里昂·博森？”他问道。

她没有想过自己是不是可能认错了人，她那么自信就好像他们以前见过面似的。她的脑海中回想起他以前穿着西装时的模样，“你不是里昂·博森？”

“就是我，”他回答，“但你可比我的普通读者年轻多了。你怎么会认识我？”

“你是不是觉得我只不过是一个特别热情的女服务员而已啊？”

他耸了耸肩，“莫非你想把我带走？”弗兰妮脸红了，在酒吧里的时候这种事情真的很少发生。他挥挥手，似乎想要驱散刚才的尴尬。“收回我刚才说的话，真是太荒谬了。你真是个聪明的女孩子，又喜欢读书。现在，你给里昂·博森端来了苏格兰威士忌。你可不可以叫我利奥？”

利奥。她能不能称呼里昂·博森利奥？“利奥。”她试着叫了一声。

“弗兰妮。”他回应道。

“不是说你是里昂·博森我才这样对你，”她说，“里昂·博森，我对所遇到的人都很感兴趣。”

“你很想知道我为什么到芝加哥来？”

她隐隐觉得这并不是自己想象的那样。“好啦，我对此并不感兴趣了。我就是爱说话。”

他端起杯子，轻轻地抿了一小口，再浅浅地用上嘴唇沾了沾酒，好像不喝一下就不够礼貌似的。“你是记者？”她把手放在胸口。“我是酒吧服务员。”事实上，每天弗兰妮早上起来刷牙对着镜子的时候她都在这样告诉自己，出门上班的时候她也这么告诉自己，告诉自己就是个酒吧服务员。正可谓熟能生巧。她从围裙前兜里拿出芝宝牌金属打火机，大拇指按着“啪”的一声打开。他再向前探一探身体，摇了摇头。

“不对，你要看着我，不要看着香烟。在给别人点烟的时候，你要看着这个人的眼睛。”

尽管那很不容易做到，弗兰妮还是按他说的那样做了。里昂·博森朝她点燃的火焰靠了靠，双眼定定地看着她的眼睛。她的心一阵乱颤。“看吧，”他一边说一边吹了吹腾起的烟，“这样才能得到更多的小费，和鞋子没有关系。”

“记住了。”她说着扣上打火机的盖子。

“告诉你吧，我到芝加哥来就是为了喝一杯，”他说，“现在我住在爱荷华市，你去过爱荷华吗？”

“我还以为你住在洛杉矶呢。”

他摇摇头，“不准耍滑头。我在问你问题。”

“我还没去过爱荷华。”

他又抿了一小口杯中的酒，似乎想要看看抽过烟后酒的味道会不会更好一些。很显然，酒的味道好了很多。“那个地方要是没有特殊的事情也没什么好去的。种玉米的，贩牲口的，还有就是写诗的人会去那里。”

“难怪我没有去过。”

他点点头，“那里的酒吧里到处都是学生。有学生的地方我也不想去。其实这也不是最主要的原因。”他停下来，没有继续往下说。他在等她接话。里昂·博森应该是个正直的人。

“那是什么原因呢？”

“那里酒吧的冰块里含有除草剂和杀虫剂，肯定还有液体肥料。一尝就能尝出味道来。不仅仅是酒吧里的冰块那么简单，所有的水都有问题。所有不是法国产的瓶装水都有这个问题。我听说春天冰雪融化的时候更严重，浓度会更高，刷牙的时候就能尝到味道。”

她点头称是，“你就是因为爱荷华的水里面有化学残留，才专门到芝加哥来喝酒？”

“这是其中一个原因，还有就是那里的学生太多。”

“你在那里给他们上课？”

他随意地吸了一口烟，“上过一个学期。真是不该去上课。听上去好像是一大笔钱，但是和你的付出相比，真是不值得。签协议之前没人告诉你水有多深，没人给你好好解释。”

“在家里用法国水自己制作冰块不是更容易吗？刷牙也可以用

法国瓶装水。”

“理论上讲当然可以，但是做起来就是另一回事儿。你要么拎着自己做的冰去酒吧，要么就得待在家里自饮自酌了。那我可受不了。”

“所以你就跑到芝加哥来喝酒？”弗兰妮问。看他还愿意继续讲刚才的话题，她的心里别提有多么高兴了，至于原因到底是什么，一点也不重要。“出来也挺好的。”

“这就是你看到的情景了，”他一边说一边用手轻轻地拍打着吧台，“锡达拉皮兹市也解决不了问题。”

“得梅因市那个地方也不行。”

“你又变矮了。”

“你让我脱了鞋子啊。”

“你的意思是我让你把鞋子脱了你就会脱吗？”

“不穿鞋子我更开心。”

他摇了摇头。她不知道他摇头是表示开心还是失望。他没几口就抽完香烟，将烟头摁灭在烟灰缸里。“你有没有想过当作家？”他问。

“没有。”她回答道。她本来是想告诉他“我只想当好服务员”。

他在她的手上拍了拍。她故意把手放在吧台上，放在离他不远的地方。也许他想要握一握呢。“非常感谢。我跑了这么远就为了喝口酒，我可不想和另一位作家坐在一起。”

“要不要再来一杯？”

“你真是个好姑娘，弗兰妮。”

问题是弗兰妮不知道在自己注意到他之前，里昂·博森已经在这里坐了多久？在她顶替海因里希之前，他已经喝了多少酒？看到他越发的清醒，她敢打赌，这个人就是那种怎么喝都不显醉态的人。有人就是这样，他们从看似清醒直接就进入到不省人事的状态，中间并没有任何的过渡。“你今天晚上是在这里的宾馆入住吗？”她小声问道。

他斜着脑袋，等着她把话说完，一脸的和善。

弗兰妮摇了摇头，“我是说你要是待会儿再开上车回爱荷华的话，那我可能就要蹲监狱了。”

“你要蹲监狱？这太不公平了。”

“爱荷华州的‘达兰店民事责任条款’就是这么规定的。”她无可奈何地摊开双手。

“达兰店？”

“这名字是要更新一下才好。”

“其他达兰店的老板们有没有意识到这一点？”

只有法学院读了一半的人会这么觉得。她本想这么说，想一想还是放弃了，只是简单地摇了摇头。

“好吧，别担心。我只要能走到电梯那里就好了。”

弗兰妮重新拿起装着苏格兰威士忌的酒瓶，“电梯里出了什么事就是你自己负责。”就在这个时候，灯光突然变暗了。海因里希的这个操作让夜幕一下子降临到这间酒吧。他总是猛地把灯光调得很暗很暗，让人恍惚一下子掉进黑暗之中。每当这时，她都有那么一秒钟在想，是不是有什么微小却重要的东西入侵了她的大脑。“这是个信号，”里昂·博森看着天花板说，“来双倍的量。”

取来大杯子，倒上两倍的威士忌，弗兰妮穿上鞋子走过去招呼自己负责的另外两桌顾客。这么久没有招呼这些顾客，她在要小费的时候都有些不好意思。只是这两桌客人并没有由此而拒绝。其中一位把信用卡交给她，另外一位是个生意人，给了她一张不可思议的大钞票，然后拿起大衣离开了。再次返回到吧台，海因里希正在拿塑料膜包裹那些用来装鸡尾酒橄榄的不锈钢罐子，然后将晚上没用完的马拉斯金樱桃装好放进冰箱里。

“他们是不是因为你的鞋子给你付了小费啊？” 里昂·博森问她。杯子里的鸡尾酒已经喝完了，他斜斜地倚在靠背上，目光迷离。

“是的。”

“给了多少？”

忙着手上的活的海因里希也抬起了头，他不介意听到这个不合时宜的问题。从来没有人问过给多少小费的问题，他很想知道答案。

她有些迟疑，“十八美元。”

“这不是实话，还有那张支票。他们要是喝了梦拉榭年份葡萄酒的话，那就是骗了你。”

“不是梦拉榭年份葡萄酒。”海因里希说。

弗兰妮叹了一口气。她需要钱，可是这哪里解释得清楚呢。她住在库马尔家客厅的沙发上，还不是为了能付得起下个月的账单。

“二十二美元。”

海因里希“噗”了一声。挤压嘴唇发出的声音，其实并没有人挤压他的嘴唇。

“我真后悔选错了职业。” 里昂·博森叹道。

海因里希满脸狐疑地看着他，“真要是你的话他们不会给这么多小费。”

“另外一桌呢？” 里昂问。弗兰妮握紧了拳头，别问了。

"我可从来没有猜对过。"他对海因里希说。他伸手拿出钱包扔在桌子上。那是一个皮质的钱包，里面装满了各种银行卡，还有照片和现金，以及折在一起的各种发票。钱包扔到桌子上发出沉闷的声音，和垒球撞到手套上发出的声音一样。"现在，"他说，"你自己拿吧，我做不了数学了。"

弗兰妮将他的账单输进收款机，把那一方小票折起来，然后把它放进一个清澈透明的高脚玻璃杯里。帕尔玛大厦酒吧有这样的传统，以此来表彰那位消费了很大一笔钱的顾客。整个晚上这只旅鸽就一直坐在她身边的长椅上。但是，你又能做什么呢？总不能把这一切都塞进自己的钱包带回家吧，自己也不能就在那公园里过夜，不能一直等着它自己飞走。夜色已深，寒凉刺骨。

里昂·博森叹了口气，然后打开钱包。"你不准备帮我了？"他说。

弗兰妮摇了摇头，开始擦桌子。她猜想数学的确是个挑战，对于喝醉了的人更是如此，他们哪里还要算清百分比，索性摆一次阔好了。她又猜想，这些人舍得多给小费，是不是因为让她看到了醉态，想要用钱来掩饰自己的尴尬。又或者是他们希望她会跟在身后，暗示因为这十八美元的小费，她愿意和他上床。

虽然已经将账款整整齐齐地放到了账单上，里昂·博森依然坐在那里没有离开。他面前的酒杯和餐巾也已经撤了下去。别的人都走了，整个酒吧里就剩下他一个人。天啊，酒店的勤杂工早就来了，只想知道酒吧的桌子是不是都已经清理干净。他从背后看着里昂·博森。是时候用吸尘器吸地了。

到了弗兰妮下班的时间。她穿上了大衣，重新返回到酒吧。这件大衣是她考上法学院之后妈妈送给她的礼物，是一件肥肥大大的衣服。妈妈开玩笑说这衣服就是“一个睡袋加两个袖子”。说得真没错，好多个夜晚，她睡在沙发上，都是将这件大衣盖在毯子上，然后缩着身体钻进去。她站在里昂·博森的椅子边上。“我要下班了。”她说。这是自从到这里上班以来，她第一次希望夜班的时间能够再长一些。“今天晚上真是太开心了。”

他看着她。“我还需要你帮帮我。”他不露声色地说。

那只旅鸽扇动翅膀飞离了公园的长凳，落在她的膝盖上，脑袋靠着她大衣的褶皱。

“我去叫海因里希。”虽然现在只有他们两个人，她还是小声地对他说。这也是为什么她不应该抢了海因里希的顾客。即便是个著名的小说家，她也不应该去抢着服务。因为到最后还得请他来帮忙。“他能扶你走到电梯那里去。”

他把头稍稍往左一偏，似乎在说“不”，然后就胡言乱语起来。“别叫那个德国佬，我只是想要——”他顿了顿，想要找到合适的词。

“你想要什么？”

“指引。”

“那我去找个大个子来。”

“我又不是要你抬我。”

“那就好。”

“你不也是要往电梯那个方向走吗？”

他能这样问，对她来说不是一种荣耀吗？关于这次邂逅所发生的最有意思的部分莫过于里昂·博森醉到没办法自己走出酒吧，醉到要她帮忙才行。当然她不会把这件事告诉任何人。那不是弗兰妮做出的最好的决定，当然也不是最坏的决定。在他们邂逅之前的那些年里，他为她做了那么多，他写了那么多优美的小说。她从桌子上拿起他的手放在自己的肩上，他就整个人靠在她的身上。“站起来。”她说。

一旦男人从高高的酒吧凳子上下来站在地上，他们的身高就会让人大吃一惊。即便是穿了高跟鞋，弗兰妮的肩膀也只够得到他的腋窝。压在她身上的重量也远远超出了她的想象，但她还是把他扶住了。“站一会儿，保持平衡。”她说。

“这个你很擅长啊。”

他的手无意间就放到她的左边胸口上，她得把它拿开。海因里希这会儿去哪里了？又去抽烟了吧。尽管德国人没那么容易被冒犯，但要是让他看见这一幕，肯定会被他挖苦一番。弗兰妮的手臂扶着里昂·博森的腰，穿过两边黑漆漆的冰川一样的椅子留出的通道。

“等一等。”他说。弗兰妮停下了脚步。他扬起下巴，像是要回忆起什么一样。难道他还想再要一杯喝的？“这首歌。”他说。

弗兰妮听着音乐。空荡荡的酒吧里播放着音乐。这是格拉迪斯·奈特与种子合唱团在歌唱。这首歌的大意是说两个人的关系破裂了，但是谁也不愿意承认是自己的错。这首歌她听了不下三十遍，以前听到的时候总是很喜欢，但是现在，她再也不喜欢这首歌了。

“你觉得这歌怎么样？”

里昂抬起放在弗兰妮胸口的手，在空中指了指，“我进来的时候正好在放这首歌。我一直在想，没有你我该怎么办。”他轻轻地哼唱着。

她和那些人互不相识。她身上的酒吧服务员制服可能会出卖她的身份，但是现在这衣服也被裹在外套里面了。至于那双鞋子，酒店里任何一个傻乎乎的女人都有可能这么穿。帕尔玛大厦的大堂富丽堂皇，大厅里摆放着饱满蓬松镶着滚边的印花棉布沙发。几个沙发摆在一起围成一圈，中间隆起的部分直指着天花板上垂下来的树枝状顶灯，远看像是一顶土耳其毡帽。洋溢着浓郁东方风味的地毯大得几乎可以覆盖整个篮球场。大堂的天花板直抵二楼，有着小型罗马西斯廷教堂式的内饰。穹顶上画着亚当和夏娃，以及众所周知的古希腊神话中的阿芙洛狄特和仙女。仙女们在云彩中嬉戏。游客们到了这个大堂也忍不住要在各种插花前面摆出造型拍照。二月里插的是牡丹花。即便已经是凌晨一点多钟，还有人在大堂里走动。大理石做成的柜台后边，好几个穿着干练的男女服务员正在为他们提供服务。此时酒吧已经打烊了，但是酒店前台需要随时有人值守。

铜黄色的电梯门像镜子一样照着弗兰妮和里昂。他们看着镜子里的自己，电梯来了好一会儿才想起要去按向上的按钮。“你看上去似乎不愿意和我在一起。”他说。他左摇右晃，好像是被镜子般的电梯门里面的两个人演出的这一幕电影迷住了。

她小声提醒他扶稳。数字亮起，电梯来到了他们的面前——5，4，3，2，1——电梯门轻盈地打开。“你可以进去了。”她一边说一边使劲儿推他让他自己站好。她别无他求。

他看着手臂下的她，“我进到哪里去啊？”

“进电梯，你说过的。”但是他压根没有想把自己的重量从她身上挪开。她真切地感受到了他的无能为力。看样子没有她的帮忙他根本进不了电梯。里昂·博森一言不发。电梯门就要关上了，她冒着失去平衡的危险，伸出一只脚将门挡住。

“好吧，”她说，其实她是在自言自语而已，“好吧，好吧，好吧。”她拖着他一起进了电梯，电梯门关上了，“你住在几楼？”

“什么好吧？”

“你住在几楼？”

“我不记得了。”他说话的声音沉重而清晰，每个字像是炮弹砸在地面上一样。

“你是不是住在这个酒店啊？”

“是的，我敢保证。”他的回答带着淡淡的不满，但是他的回答也让她一阵狐疑。

电梯门即将打开，弗兰妮按着“关门”按钮将门关上，又按了一下 23。这栋大楼总共有二十四层，最顶上的那一层是一个阁楼，要想上到顶楼的话需要有电梯钥匙才可以。“你的钥匙是不是在口袋里？找找看。”

“你帮我找吧。”

弗兰妮把他扶着让他靠着电梯的一角，那样正好可以帮他保持平衡。然后在他的上衣口袋，裤子口袋，里里外外搜了个遍。小时候的夏季，她、卡洛琳经常和爸爸一起玩这种游戏：质问嫌犯，搜身，开汽车门。菲克斯认为这一切都是成为警察所需的练习。里昂·博森的口袋里有折好的手绢（熨烫过，没有绣他的名字），一副眼镜，一卷“救生圈牌”软糖（少了两颗），一张飞往洛杉矶国际机场的行李单，再有就是一个钱包。她赶快打开钱包，现在酒店的钥匙都是信用卡模样，往往就放在钱包里。

“喂，”里昂问道，“你是不是不想让别人看到和我在一起？”他的声音里透着一股调皮的味道。

电梯发出“叮”的声响，表示已经到达终点，门再次打开。门外二十三楼的电梯间宽大阔绰，气势恢宏：长长的菱形沙发绕墙一周，十个地脚镜顺序排开，一部旧式家用电话摆放在桌子上。弗兰妮又按了一下“5”，“我就是不想别人看见我和你在一起。”

他又摸了摸上衣的口袋，想看一看她是不是落下了什么。“我真是讨人嫌啊。”

“你在酒吧里当着大家的面给了我一叠钱，现在我就跟你去你的房间，我这样做会被炒鱿鱼。”当然，她可以向芝加哥大学的学生法律援助中心求助。在这个中心里，法学院三年的学生们免费为同学们提供法律服务。他们提供的帮助绝对物超所值。她的朋友就是这个中心的一员，他们肯定会把她作为首要援助的对象，提供免费的帮助。到时候她会告诉他们自己之所以被开除是老板指控她卖淫。事实上换作任何其他学过英语的学生都会情不自禁：遇到了里昂·博森，想要送他安全地返回房间（真的是这样吗？难道不是每个学英语的人都想和里昂·博森上床吗？那么你呢？当时没有这么想，绝对没有。是的，她从未那么想过。）。对大学来说，最愿意看到的是她能够保住工作，以便能偿拖欠的贷款。但是，再一想，她才记起来自己已经不欠学校任何钱了。她的欠款早就被转卖过两次了，现在她欠下的债务已经转到“北达科他州农民信托基金”的名下了。像是妓女一样被买来卖去的是她的贷款而不应该是她自己。五楼到了，电梯门打开，外面也是一个相同的电梯间。电梯门再关上。他们又再一次上到第二十三楼。有没有人在监控器里看着这里正在发生的一切呢？他的钱包里有一张名为里昂·阿里尔·博森的宾夕法尼亚州驾照，一张美国运通银行卡，一张万事达卡，一张护照签证，一张俱乐部的贵宾卡，再有就是一张加州帕萨迪纳市图书馆的图书卡。快速往前翻了翻，还有几张和弗兰妮年龄相仿的女大学生的照片，几张折起来的发票，她没有打开看。帕尔玛大厦的门卡就在那里。谢天谢地。那是一张草绿色的卡片，上面印着酒店的名称，简单而奢华，让人赏心悦目。卡片的一端有一小块磁铁，就是这个可以打开酒店房间的门。“你住在哪个房间？”

“812。”

电梯门再次打开，又是二十三楼。弗兰妮按了一下“8”，“你刚才不是说不知道吗？”

“刚才那会儿真的是不记得了。”他撇过头去答道。他还不能很好地适应电梯的运行，每一次启动和停止他的身体就跟着一起摇晃，往前两英寸，再往后两英寸，让人一下子就想起了悬挂电梯轿厢的缆绳。他完全可以告诉她楼层号码，这样他们就可以尽快走到坚固的地面上。门再次打开，他努力要往前走，看样子是想摆脱她的帮助。她重新把他的手臂放在自己的肩上。她身上的大衣是为了抵御外面零下二十几度的温度而准备的，现在，她已经热得满身是汗了，面颊上已经有了丝丝汗迹，在灯光下闪着微光。汗水顺着大腿流下来，流进她的鞋子里。

“你不会丢掉工作的。”他小声地对她说。他知道这么小声地说话，让弗兰妮很感激。并不是所有人喝醉后都还能这样的克制。“我会告诉他们我们俩是好朋友。我们现在就是好朋友。”“别人会不会这么想就不一定了。”她说。走出电梯，走廊也是一样的宽敞。“旧世界”的奢华真是浪费了不少空间啊。在这之前，她从来没有到楼上来过。在她看来那简直是和强行入侵他人的住宅一样。长长的走廊没有尽头，两边的墙壁上挂着诸多名人的绝美黑白照片：多萝西·丹德里奇、法兰克·辛纳屈、朱迪·加兰，等等，还有很多很多。弗兰妮盯着这些照片看，嗨，杰里·刘易斯你好啊。她清楚地知道，脚下这镶嵌着黄色、粉色和绿色图案的地毯看久了会让人晕眩。这种地毯和苏格兰威士忌可不是什么好的搭配。中间有一个服务台，台子上放着一个咬了一半的鲁宾三明治，旁边还散落着几根薯条，台子上还放着一个花瓶，花瓶里插着一枝红玫瑰，银色放酒的桶子里还倒放着一瓶没有打开的酒…… 806，808，810，812，终于到了。她侧着身体帮助里昂·博森保持住平衡，然后将卡插进门锁里。门锁上的红灯闪烁了两下就没有了反应。

“妈的，”她低声说着，然后又试了一下，红灯再次闪亮，“要不然我去你家算了？”

“那可不行。”

“我睡别人家的沙发。”她说。除了偶尔和库马尔上床，她和他的关系并不是那种性质。她真的是需要有个地方睡觉。

“1812 房，”他微微直起身对她说，“这就是。”

等电梯真是难以忍受，她应该就将他放到那些菱形的沙发上。沙发那么宽敞，把他扔到那里也可以。或者应该下楼去拨打宾馆的内部电话呼叫服务员，就告诉他们说是自己在八楼看到有个男人在沙发上睡着了。

“1812 房。”

“你是在想着音乐的前奏呢，还是在想着战争啊？你哪里是住在 1812 房。”

他想了想，看了看他们面前依旧紧锁的门。“那还是战争好了，”他说，“麻烦你停一下，我需要休息一会儿。”

"我也一样。"弗兰妮说，她下午四点半就开始上班了。她不想再上到十八楼去，不想再一间一间地刷着门卡。

"你好像很紧张，"他的声音听上去好像已经快睡着了，"你以前有没有遇到过麻烦？"有了她的肩膀的支撑，他感觉舒服多了，但脚还是不利索，看上去就像她在拖着他经过一片坑坑洼洼的石头路。弗兰妮就这样拖着他经过电梯间。

"我现在就遇到了麻烦。"她说。再帮他这么一次，然后就离开。到时候他也不好责备她。要是在走廊里摔跤可就惨了。他比她高出十英寸，可不止比她重一点点。要是摔倒了，她准会被他压在下面动弹不得，没准还会折腿折腰什么的。真要是那样，就只能等到半夜服务员往门下塞账单的时候发现他们。而且她连医疗保险也没有买。终于到了 821 房间，她掏出房卡，刷了一下，红灯亮了两下，然后是绿灯。门锁弹开，她拧着门把手打开门。就是 821 房间。她真是欣喜若狂了，继而也搞明白了问题之所在。

里昂·博森出门之前房间里没有留灯。弗兰妮将他拖到床边上，让他坐下，然后"啪"的一声打开灯。房间真不错，蓬松的床头靠背，厚厚的窗帘，还有一个小小的书桌，最适合这位著名小说家坐下来搞创作。总而言之，这么舒服的房间，留给一个喝醉了酒的人睡觉真是太可惜了。松软的椅子上放着一个旅行袋，椅背上搭着一件轻便的外套。在他们回来之前勤勉的服务生早已经将床重新整理好了。平整的床罩，雪白的枕头，雪白的床单。躺进去裹上被子睡一觉，那感觉一定是棒极了。她在想，要是她就在这超大号床的最靠边的地方躺下来睡上一两个小时，也不会有人知道吧。真要是那样的话，一旦她因为卖淫而被老板开除，还在枕头上找到了她的头发，法律服务就更加难以为她辩白了。“麻烦你伸伸手。”

里昂·博森身体前倾，手臂往后，这样好让她帮忙脱掉外套。作为一个男人，以前也少不了有人为他脱外套。他长长地舒了一口气，似乎终于感受到这个世界的重量了。

把西装放在大衣的上面之后，她又俯身去给他脱鞋子。里昂·博森的系带皮鞋看上去真不错，擦拭得干干净净，一尘不染，柔软的像是手套一样。她把鞋子放在远离床边的地方，免得他半夜起来上厕所踩到。她把他的脚从地板上抬起来，连着他整个人，一下子放到床上。他就顺势滚了过去。裤子、皮带就算了吧，她可没想要帮他脱这些。

“下次我就知道了。”他说，整个人都埋在那松软微凉的床单和温暖舒适的毯子里。

她在他的肩上轻轻拍了一下，想让他稍微清醒一点。“做个好梦。”她说，声音轻的就像枕头一样柔软。一切终于结束，她又可以如以前那样爱他了。她帮他盖好被子。

“你能不能再待一会儿？”没有面对面的尴尬，四下里一片安静，现在有大把的时间，只是请她再多帮一个忙而已。这在弗兰妮看来就是男人和女人的区别。他双目紧闭，说这话的时候依然处于半睡半醒的状态。她什么也没有说。帮他掖好被子，关掉灯，黑暗中，她坐在离他最远的那片床沿上换了鞋子。她的包里还有一双平底鞋，上班的时候她每天只踩在地毯上，好使那双鞋子看上去就像新的一样，这样的话能多穿好几年。

* * * *

菲克斯·基廷和艾伯特·卡曾斯两个人水火不容，他们真的没什么一致意见。但是在卡洛琳和弗兰妮上大学读法律专业这件事情上，他们居然在没有商量的情况下（事实上，他们两人从来没有商量过任何事情）达成了一致。两个孩子很小的时候，这个想法就生根发芽了。那个时候卡洛琳刚刚上中学，弗兰妮还在抱着布娃娃睡觉。菲克斯和伯特基于各自的理解对她们的人生做出了大致相同的规划。这两个孩子对美国的历史没有一丁点的兴趣，她们也不怎么擅长理性思维。她们不会和人辩论，但是相互之间的大喊大叫真是没完没了，精力无限。两位父亲也并非真正知道两个女孩子的优势之所在。他们只是想让孩子们去实现他们自己未曾完成的梦想罢了。

伯特对自己的每一个孩子都有这样或者那样的设想，甚至对珍妮特也不例外。在他看来，珍妮特要是能顺利毕业，以后没准还能做一做产权调查之类的工作。对每个孩子都抱以厚望，这样让他觉得自己是个公平公正、不偏不倚的好父亲。早早就为孩子们订立好了人生规划，要想把这些一一都实现的话，他知道自己需要寻找到成功的途径。律师是卡曾斯自己正在从事的行业。不仅如此，他的曾祖父曾经是宾夕法尼亚铁路公司的法律顾问，祖父曾经担任过巡回法庭的法官。他的父亲，威廉·卡曾斯，大家都叫他比尔，在弗吉尼亚州中部的城市夏洛茨维尔经营着一家颇有影响力的律师事务所，专门提供不动产方面的法律服务，主要是为那些购买弗吉尼亚州小面积农业用地的客户们拟定买卖合同，等到这些土地转变了用途之后，再将其变成公路两边的商业区。这份工作收入不菲，所以比尔早早就退了休。比尔妻子的叔叔去世时没有子嗣，她便继承了叔叔所拥有的半个英联邦可口可乐装瓶公司的所有财产。比尔·卡曾斯最爱的事情就是站在自家的窗前，远远地看着大枫树掩映下的林荫车道，感受生活的美好，期待着这一切能够永远和自己相伴。

伯特对法律有着杰弗逊式的理解，他认为任何人要想成功，都得知法懂法，就算只想当个护士或者老师，也需要先学好法律。他坚信，不管一个人多么聪明有趣，如果不懂法律，那么他的婚姻和生活迟早会出问题。

对菲克斯而言，法律的意义更加简单直接：他希望自己的两个女儿能够当律师，当律师能挣大钱。假如她们能够当律师多挣钱，以后结了婚就不会因为别的男人有钱而抛弃自己贫贱的丈夫。菲克斯毫不掩饰地相信历史会重演，发生过一次的事情，再一次发生又有什么好奇怪的？

卡洛琳十三岁那年，弗兰妮十岁，菲克斯就给她们一人买了本卡普兰公司出版的《法学院入学考试指南》。用红色的锡箔纸包好，同其他一些每年马乔里都会挑选的寻常礼物，诸如图板游戏、毛绒小兔、水彩画板、毛衣以及八音盒等等，一起寄到弗吉尼亚，作为送给她们的圣诞礼物。

“这个想法很疯狂但也不错。”弗兰妮把拆开的圣诞礼物包装纸扔得满地都是，还在圣诞树下面寻找可能没有发现的其他礼物。伯特伸手拿起弗兰妮的那一份学习材料说。

“你没有开玩笑吧？”贝弗莉一边问，一边试穿她妈妈寄给她的那件黛青色的翡翠呢绒长袍。那是她妈妈亲手缝制的圣诞礼物。在别人看来这袍子臃肿的像把雨伞，但是贝弗莉的妈妈，也就是伯特的岳母却认为这袍子时髦极了。

“每个月读一章，”伯特翻看着目录说，“一个月读一章应该不是很多。现在她们不需要理解那是什么意思，只要熟悉其中的法律概念和术语就可以了。要是能坚持下去，到时候铁定能够考个好分数。”他曾经设想过要自己开一家律师事务所，他认为菲克斯的这个想法是一个很好的开端。

卡洛琳穿着红色的法兰绒睡衣，睡衣上印着驯鹿和鼓鼓囊囊的袜子的图案。她真想对着伯特说“滚开吧，不要忘了这可是我的爸爸送给我的礼物”。她绝对不会当着伯特的面去摸那本书，不能让他开心。弗兰妮和姐姐不一样，她正忙着打开外婆送给她的那本精装版的《布鲁克林有棵树》。翻开书刚看完第一句话，她就确定无疑地知道这个圣诞节假期就读这本书了。让《法学院入学考试指南》见鬼去吧。圣诞节那天上午稍微晚一点的时候，菲克斯给她们打来了电话，告诉她们自己真的太想念她们了，告诉她们自己是多么希望能够和她们在一起（两个女孩子各自拿着电话分机接着来自她们爸爸的电话，她们一个在厨房里，一个就在伯特和贝弗莉的床边。听到爸爸这么说，她们忍不住号啕大哭起来。）。他还告诉自己的两个女儿，他已经接到了法学院的入学许可。来年一月开始他就要去参加美国西南学院法学院的夜校课程了。上夜校意味着不能三年就结业，得要花四年的时间。他说四年就四年，以前迪克·斯宾塞就是这么做的。真后悔自己没有早点动手，他还说绝对不会让自己的一生都在后悔中度过。

“我要是在你们这个年纪就开始的话，说不定现在已经是一名高级合伙人了吧。”他对女儿们说。他那个时候只能去代理人公司打杂。她们的父亲像唱着歌一样地对她们说。父亲特别喜欢一早起来就哼歌。“你们俩有大把的时间。你们从现在开始学，我也从现在开始学，到时候暑假见面时我们还可以一起切磋切磋。”

现在是圣诞节，弗兰妮可不想学习，她更不想承诺暑假的时候还学习。爸爸早就答应来年夏天要带她们到太浩湖去旅游，说到时候还要租一艘平底船，让她们从船上跳到水里去游泳。现在又说要切磋法律知识，她可不想将旅游换成坐在厨房的桌子旁边你考我我考你的拼写比赛。

通话结束后，卡洛琳就已经同意了父亲的安排，愿意加入到父亲的行列。她夹着那本书回到自己的房间，还关上了门。她要和自己的父亲一起上法学院。

弗兰妮擤了擤鼻涕，擦干眼泪回到客厅。妈妈正在清理满地的包装纸和绑扎礼物使用的红色卷曲彩带。她把这些东西统统塞进一个包装袋里。伯特坐在沙发上，喝着咖啡，欣赏着房间里的圣诞场景：葱郁的圣诞树，漂亮的妻子，壁炉里熊熊燃烧的炉火，听话懂事的继女。

“爸爸要上法学院了，”弗兰妮说着在单人沙发上舒舒服服地坐下来，手里拿着那本心爱的小说，“他还希望我们也好好学习，还要我们到时候和他一样上法学院。”

贝弗莉站起身，手上的袋子已经塞得满满的了，却轻得像装了一袋子的羽毛，“菲克斯要去学法律？”

伯特摇了摇头，“他这个年纪，还是算了吧。”

“不是啦，”有机会解释这件事情，弗兰妮很开心，“他是像迪克·斯宾塞那样。”弗兰妮很喜欢斯宾塞夫妇，过去每年暑假去洛杉矶的时候，他们都会送午餐给她们吃。

这个名字在伯特的脑海中一闪而过。迪克·斯宾塞，地方检察院的副检察官。过去是个警察，是这个人邀请他一起去参加菲克斯家举行的施洗仪式，也就是弗兰妮的施洗仪式。

“他上哪家法学院啊？”伯特问。他还记得斯宾塞是加州大学洛杉矶分校毕业的。

“西南法学院。”弗兰妮答道，非常自豪于自己的好记性。

“天哪。”伯特说。

“好了，”贝弗莉捋了捋垂落下来的头发，“这对他来说挺好的。”

“是啊，”伯特说，“那可真的不容易，每天下班之后还要去上夜校，他哪来的时间学习。”

弗兰妮看着他。她长长的头发也是金黄色的，稍稍有些弯曲。今天早上起了床就急着下楼来打开礼物，她都没来得及梳头发。“你有没有上过法学院？”

“当然啦，”伯特回答，“我是弗吉尼亚大学法学院毕业的。但我不是夜校毕业生，我上的是正规教育。”

“那是不是就没有那么难？”弗兰妮问。想着自己父亲能同时做两件事，她真为他感到自豪。教会学校的修女们告诉她，那些努力做事的人都会得到上帝的眷顾。

“非常难。”伯特说着抿了一口咖啡。卡洛琳从楼上下来，谁也没有理睬，穿过客厅径直朝厨房走去。她想要找点零食吃。她觉得有些饿了，想要拿几块咖啡蛋糕。

“你爸爸要上法学院了，”贝弗莉笑着对她说，“真了不起。”

卡洛琳猛地站住脚，似乎她的脖子后边被她妈妈扎上了一根浸了麻醉剂的飞镖一样。脸上的表情说不准到底是恐惧还是愤怒。大家一看，就知道说错了话，想要补救已经不可能了。“是你告诉他们的？”卡洛琳质问弗兰妮，还朝着她猛地冲过去。

“我没有……”弗兰妮小声地说了几个字，就不敢再作声。她想说自己不知道卡洛琳不希望别人知道这件事情，她不知道应该保守这个秘密。但这一切辩解都没有说出口。

“你觉得爸爸会希望他们知道这件事情吗？要是想要他们知道，他为什么不亲自对他们讲？”卡洛琳冲上去，伸出双手，使劲摇晃着妹妹瘦弱的肩膀，把她从椅子上推了下来。弗兰妮的两只胳膊被姐姐抓得生疼，摔到地上的那只手臂更是疼痛难忍。她知道卡洛琳肯定非常生气，比以前的任何时候都生自己的气。以前卡洛琳从来没有在别人面前打过自己。

“天哪，卡洛琳，”伯特赶快放下杯子，“赶快停手，贝弗莉，快别让她这样打弗兰妮。”

圣诞节真是难熬。他们四个人对这句话各有各的理解。贝弗莉稍稍往旁边靠了靠，没有人想看到弗兰妮受伤，但是她从心里有些害怕自己的这个大女儿。反正没有见血，她还不想现在就插手。

“不要你管我，”卡洛琳生气地对伯特说，刚才吃进去的甜点都喷了出来，“要管你就管这个告密的家伙。”弗兰妮“哇哇”地哭了。晚上睡觉的时候，手臂上被姐姐抓过的红色伤痕肯定会变成紫色。卡洛琳转身“登登登”地上了楼，每一步都像是对台阶的重重撞击。她选择空着肚子继续去学习。

菲克斯开始了自己在法学院的学习。每次和女儿们谈话的内容也总是围绕着各种侵权行为。“帕斯格拉芙夫人在东纽约长岛火车站里，站在一个天平的旁边。”他娓娓说道，像是在和孩子们简述发生在某个邻居身上的故事。现在只有卡洛琳一个人在听着电话，弗兰妮早已经放下自己的话筒去读那本叫作《克里斯汀·拉夫朗的女儿》的小说了。他们当然不会忘记“法学院暑假”那个约定。卡洛琳和菲克斯坐在厨房的桌子边，菲克斯为她讲解着各种各样的案例。他说这对他来说非常有帮助。他认为，要是自己能将一个案子里面所包含的法律问题给一个小姑娘讲清楚的话，足以证明他已经掌握了这些法律条文。“有人说，法学院就是教会你去思考，其实根本不是那回事儿，法学院是教会你如何记忆。”他伸出手指，掰着数各种法律名词，“过失，过失致死，侵犯隐私权，毁谤，非法侵入他人土地或房屋罪，等等”，卡洛琳一边听一边做笔记。弗兰妮也在不停地阅读。在他父亲读法学院的这几年里，她读完了《大卫·科波菲尔》和《远大前程》，读完了简·奥斯汀和勃朗特姐妹的所有作品。最后她还读完了《盖普眼中的世界》这本书。

现在，卡洛琳和菲克斯之间有了一种新的特殊联结。就剩下“逝者相关条文”这一部分还没来得及讨论，他们父女二人之间的感情比以前更加亲密了。父女俩都认为“物权法”部分最为乏味无趣。这一部分的内容是其他部分的五倍，却对他们的直观推理能力毫无裨益。对于这些没完没了的重复内容，没有别的办法，只能一行一行地读下去，仰仗各种记忆术。什么是要约？什么是受理？什么是第三受益人？“物权法”对警觉性和注意力的要求很高。

“家里要是有两位律师就太好了。”吃饭的时候菲克斯隔着餐桌对弗兰妮说。这两位律师指的是卡洛琳和他自己。弗兰妮知道这不是发笑的好时候。

自从上了法学院，菲克斯就愈发钟爱卡洛琳。一方面是卡洛琳的年龄比妹妹大一些，离婚之后，他们父女两人有了更多的交流。另一方面卡洛琳特别讨厌伯特，她对伯特的恨意就像是火焰一样明显，她还使出各种办法来让贝弗莉的生活变成一团糟。然后，还把自己的战绩报告给父亲。菲克斯总会安慰她说“没关系”。听到女儿活灵活现、事无巨细的复述，他当然是心生快意，乐不可支。他打心底希望贝弗莉的生活一团糟才好。卡洛琳长得也很像菲克斯——棕色的头发，皮肤一晒太阳就呈现出金黄色。弗兰妮更像她妈妈，皮肤白皙，头发金黄，身体协调能力差。两个女儿都很漂亮，但是比起她们的妈妈，那可就逊色太多了。早上六点多钟，父亲会带着她们，背着壁球球拍和几盒子的壁球去杂货店背后的小巷子里打壁球。卡洛琳能最多连续击球二十七次。“啪啪啪”，球稳稳地击打在“大西洋和太平洋食品公司”的后墙上。她那修长的手臂下意识地在空中挥动，优雅极了。而弗兰妮最多的连击是三次，这也只发生过一次。姐妹俩真正的区别还体现在卡洛琳真的很在乎这一切上。她在乎打球的规则和结果，也很在乎自己所有课程的成绩，哪怕有些课并不是她喜欢的内容。她很在意父亲对母亲的评价，很在意父亲对一切事情的态度。弗兰妮只想回到车子里去读阿加莎·克里斯蒂写的侦探小说。大多数时候，她也都能如愿离开。

结束了第二天的加州律师资格考试，菲克斯给远在弗吉尼亚的女儿们打了个电话，告诉她们参加考试的那些考生们有多么疯狂。有人搬来了自己的椅子，有人带着自己的幸运台灯，还有一个特别迷信的家伙让朋友帮他把自己的桌子搬进了考场。太疯狂了！律师考试时间长，难度大，持续的时间就像是要人在盛夏的时候一口气从麦克阿瑟公园跑到警察学院那么久。但这就是训练的意义和价值。直到一切到来的时候，你已经准备就绪，尽管表现自己就好。菲克斯已经准备好了，考试已经结束，他只等结果揭晓。

弗兰妮把这个消息告诉了伯特。她走进他的书房关上门，然后压低声音说，“我爸爸参加了律师资格考试。”

弗兰妮愿意和伯特单独待在一起。伯特和贝弗莉现在已经不怎么单独待在一起了，卡洛琳和伯特从来没有单独待在一起过。伯特从面前的一摞文件中抬起头看着她，“他通过了没有？”

“他刚刚参加考试，”她说，“但是我觉得他肯定能通过。”四年里爸爸除了工作就是学习，牺牲了所有的假期，花了好多的金钱——几乎是他所有的积蓄。应该没有别的结果。

伯特摇了摇头，“加州的律师资格证很难考。很多人都是考了好几次才通过。”

“你是不是也考了好几次啊？”

伯特这人性子很急，唯独对弗兰妮非常有耐心。她挺着肩膀站在那里。他看着她，似乎有些抱歉地摇了摇头，然后低头继续忙自己的工作。

菲克斯没能通过考试。

马乔里打电话来把这个不好的消息告诉了孩子们。“没有人能一次就通过，我认识好多律师，他们都说没什么大不了的。你爸爸还会再考一次。第二次的时候就会更有经验，到时候肯定会更有把握。”

“下次考的内容会和这次的一样吗？”卡洛琳很想知道答案。

她真的很想哭，但还是忍住眼泪，她的手紧紧地握着电话的听筒。

“我想应该不一样，”马乔里迟疑地说，“估计每次的题目都不一样。”

“他是什么反应？”弗兰妮在电话分机里问，她知道，现在自己需要说点什么才能让对话继续下去，“他知道结果之后的反应怎么样？”考试之前，菲克斯要弗兰妮和卡洛琳为他祈祷，她们都虔诚地做了。她们还请圣心教会的修女们帮忙一起为父亲祈祷。到头来，他还是没能通过。

“我们一起去了我母亲家，美美地吃一顿晚餐。”

“哦，那还不错。”弗兰妮说。马乔里的妈妈有一种化腐朽为神奇的能力，再怎么普通的东西，她都能烹饪出让人欲罢不能的美味来。

“我妈妈给他准备了杜松子酒和奎宁水，还有烤肉卷。告诉他没通过的确很可惜，但是能够坚持不放弃才是真的了不起。她还说，面对人生的重重检验，只需要有一次命中就可以了。我想这么说会让他好过些。”

为了应对第二次考试，菲克斯准备了好多卡片。他认识的一个人在第二次参加这个考试的时候准备了卡片，最后这个人通过了律师资格考试。暑假的时候，菲克斯把卡片拿给女儿们看。卡片都摆放在鞋盒子里面，按照主题依次分开，算起来总共有一千多张。洗车的时候，卡洛琳都会拿出一些来检查菲克斯，她将卡片反过来贴在胸口，告诉他正确的答案。“按照规定，一方若想持有另一方的土地，需要依法享有有效的所有权。依据习惯法，相关持有人——”弗兰妮站在那一长排窗户外边，看着汽车慢慢地滑进去，像是滑进一个挂满了“叮叮”作响的衣服的屋子，这些衣服从天花板上垂下来（持续不间断），再穿过一团团的肥皂泡沫（恶意侵占），终于被洗净（公开且众所周知），然后再上蜡（有侵占事实）。任凭洗车的水喷得她满身都是，但是依然抵挡不住“逆权侵占四要素”对她的袭扰。

这些索引卡片真的很不错，但是依然没起到多大的作用。甚至在参加第二次考试的时候，菲克斯连自己的桌子都搬去了，却依然没有通过。马乔里的妈妈还是给他好好地准备一顿晚餐，告诉他再考一次也没有什么不好意思，好多人都是这么过来的。菲克斯又考了一次，还是没有通过。他就此打住了，直到卡洛琳和弗兰妮准备申请大学之前，没有人再谈论法学院的事情。

时间一晃，卡洛琳已经是洛约拉学院高年级学生了，她开始准备法学院的入学考试。她的那本《卡普兰指南》上边层层叠叠地贴满了胶带纸，画满各种颜色的线条，贴满了各种便利贴。参加这个考试的人都迷信得很，平时她在学习小组和其他同学一起使用一些新鲜的材料，到了晚上睡觉前，躺在床上，她还是会拿出当年爸爸寄到弗吉尼亚的圣诞礼物来复习。菲克斯和伯特都认为多年的准备一定会有令人满意的结果，可惜他们两人的愿望都落了空。通过法学院入学考试的分数要求是180分，卡洛琳·基廷得了177分。她自己也不知道哪里扣了这三分。因为这个分数，她再也没有原谅过自己。

* * * *

那天晚上弗兰妮想尽办法才从里昂·博森那里搞明白原来他所住的酒店房间号码是821，然后把他扶进了房间，之后趁没人知道的时候悄悄地离开了。在这之后又过了大概两个星期，有一天她在酒吧接到一个电话。当时是下午六点十分，桌桌客满，吧台前面的凳子上也都坐满了人，还有好多人就站在别人的椅子后边，手里握着酒杯，高声说着话，一边等着有人离开腾出个位置。另一个上班的服务员是凯利。就是那个离了婚、自己带着孩子的女人。她把手放在弗兰妮的背后，凑近她的耳朵跟她说话。在这样的环境之下，人们自然而然地变得亲密起来，就算说话也是如此。“有你的电话。”她那涂了口红的嘴唇都快蹭到弗兰妮的耳朵了。即便如此她的声音在周围的嘈杂声中依然变得模糊不清。

从来没有电话打到酒吧来找弗兰妮。倒是凯利有好多电话，有时候是她的前夫，有时候是临时帮忙照顾孩子的人，还有的时候是她的妈妈。她妈妈间或也会帮她照顾照顾孩子。凯利的孩子总有一些别人解决不了的麻烦事，每次不等值班结束，就会有电话打过来。弗兰妮的脑子里闪电般地搜索了一遍，猜测是不是有哪位亲朋好友过世了？再一转念又否定了这个念头。酒吧里一片嘈杂，人们高谈阔论，一声高过一声，杯子“叮当”作响。磁带里播放着路德·范德鲁斯的歌，下一首就是平·克劳斯贝的。海因里希拿着电话筒的手直直地侧向一边。好让话筒离自己的耳朵远一点，似乎那话筒是马路上什么肮脏污秽的东西一样。他一边拿着话筒，一边和顾客说话，下巴稍稍低垂，一脸的不置可否。不用他说什么，她用手按着另一只耳朵，似乎这样能隔绝周围的噪音似的。

“我是里昂·博森。”那边一个声音说。

“真的吗？”她问道。稍微想一想，她就不会这么问。上次把他送进房间、安顿他睡下这件事之后，她又读了一遍《第一城》这本小说，他的形象时时在她的脑海中出现。她不确定他是否还记得那天晚上发生的事情，就算他还记得，她也不认为还有机会再得到任何关于他的讯息。期待里昂·博森给她自己打电话是需要怎样的自我膨胀和自负！可惜这些品质弗兰妮都没有。

“我早该给你打电话了。”

“为什么？”她问。

“给你添了麻烦，也不知道你现在怎么样了。”

“哦，不麻烦，我还好。”她说。她看着酒吧里熙熙攘攘的顾客，想象着他笔下小说里的人物就坐在这里喝酒。塞普蒂默斯·波特端着高脚酒杯，他的女朋友们在他身边嬉笑。

“我听不清楚你说什么。”

“我说我很好。酒吧里好吵，现在这个时间大家都好兴奋。”海因里希盯着她看，她赶忙用手捂住话筒。“里昂·博森的电话。”她对他说。没办法，他只好摇了摇头，转过身去。

“星期五你能不能到爱荷华市来一趟？”

“爱荷华？”

“到时候我要参加一个派对，估计你也很感兴趣。”他停了一会儿。酒吧里太热闹了，但是弗兰妮还是能听清楚他电话里的每一种微小的声音。她使劲地将听筒贴在耳朵上。

终于，他又开口说话了，“也不是那样的。也不知道你愿不愿意，但你要是能来，我也 许才撑得住。我会给你订一个房间，不是帕尔玛大厦那种房间，但也还能将就一晚上。”

“我没有汽车。”弗兰妮说。

“我会给你买一张汽车票！汽车票更好，这边的天气好难捉摸，你要是开车我更不放心。坐汽车可以吗？我会把汽车票寄到酒店那边，就写‘帕尔玛大厦酒吧弗兰妮收’。你姓什么？”

放眼望去，弗兰妮看到自己负责的一张桌子上有个男士正举着杯子向她摇晃。顾客居然向服务员要酒喝，这种事情以前从来没有发生过。“基廷。不好意思，我要干活去了，”她对他说，眼睛盯着那个空杯子里的冰块反射的人们头顶的灯光，“再说下去我就要丢工作了。我可以坐汽车去你那里。”

星期五是弗兰妮当班，但是要想找人顶班并不难。上班就有钱，不上这个班，她顿时有了丢钱的感觉。尽管不需要自己买车票不需要自己付房钱，但是这趟旅程依然让她少挣了钱。

“他想和你做爱。”听了弗兰妮讲述的关于电话的事情，库马尔这样说。她下班回到家的时候，他还坐在桌子旁学习，面前堆了一摞书，还放着很多便利贴。虽然熬了一晚上，读了一百多页的书，连带着一百多条脚注，他一点也不觉得沮丧。他不怎么想弗兰妮的事，也不怎么和她上床。

库马尔这样猜有什么错？除此之外，还有什么理由能让人把一个酒吧服务员从这个州邀到另一个州呢？但是再一想也不一定就是那回事。过了两个周之后里昂·博森才给她打电话，这是什么意思？是不是说他想忘了她却怎么也忘不掉？还是说爱荷华的酒吧女服务员都不如她？“有可能是他欣赏我的为人，”她一边说一边被自己故作轻松的糊涂话逗笑了，“我的陪伴魅力无限。”

他一脸抚慰的神情看着她，微微耸了耸肩，什么也没说。

和里昂·博森邂逅的那天晚上回到家，她叫醒库马尔告诉他刚刚发生的一切。凌晨两点多钟，她爬到他的床上，摇着他的肩膀，“知道我碰到谁了吗？你一定要猜一猜。”库马尔也很喜欢那些书。他们认识不久后，两个人就探讨过那些小说。她去厨房冲咖啡，回来的时候库马尔正捧着《塞普蒂默斯·波特》，书架上还有厄普代克、贝洛和罗斯的书。“你在看里昂·博森的书？”他问道，只是想知道这是否只是她前任男朋友忘了带走的而已。

进入芝加哥大学后不久，弗兰妮就认识了库马尔，他们在法学院的专业课上坐在一起，后来就决定一起学习。成为朋友之后两人就发现，根本没时间发展友谊。弗兰妮破了产只好借宿在他客厅的沙发上。听说她要孤身一人前往爱荷华州，他也说不清为什么心中隐隐地有些不快。一个女孩子不惮路途遥远去另一个州参加某个男人的派对，关键是这个女孩子是自己十分中意的人。真希望自己能和她一起去，或者干脆代替她去赴约。

在爱荷华的汽车站里，里昂·博森一直在等着她的到来。他穿着黑色的外套，带着细绒帽子，正在研究墙上那块塑料板上的汽车时刻表。乍一看还以为他是个要出远门的人。看到弗兰妮从车上下来，他的脸上露出了笑容，这笑容比当时在酒吧里他看她时的笑容热情多了。

“我还以为你不会来了。”他用下牙齿咬了咬上嘴唇，略显尴尬地说。他伸出手来和她握手。她回去之后一定要把这个细节告诉库马尔。因为按照设想，要是这个男人只是想和她做爱，他应该见面就亲吻她才对。

“这趟旅程蛮轻松的。”她说。

“你不知道啊，”他欢快地说，“我还以为就算我坐在这里冻掉了屁股，看着从芝加哥来的人一个个都走光了你也不会出现呢。

我差一点就要去核实一下从芝加哥来的汽车到底是几点到，我还以为自己记错了时间。真要是那样，我就得骂自己是个白痴了，寄一张车票给一个陌生人，只是因为我说自己希望她来，就指望她能来赴约，那可真是太傻了。我也打算好了。其实，我估摸着你八成不会来，甚至都没准备来车站接你。”

“真要是不来可就惨了。”弗兰妮说。她现在才意识到，他的电话号码和家庭住址自己统统不知道。

他摇了摇头。“要真是那样的话，我这一天肯定会很难受，很自责，确信自己是老了。我就会给学院的主席打电话，告诉他由于种种原因，我不能参加那个派对了。”

“哦，”弗兰妮很疑惑地说，“那可就毁了你的计划。”

“嗯，是的，是的。这一天就要被你毁了。”他搓着手，想要暖和一点，然后把手揣进口袋里。这个车站比想象中要好得多，地板很干净，四处的长椅上也没有看到躺着睡觉的人。只是站里站外一样的寒气袭人。中西部平原上最冷的时节就是在二月份。售票窗口仅有的那个售票员戴着帽子，扎着围巾，还穿着厚厚的大衣。

“你要不要先到宾馆去休息一下，醒醒神？”

弗兰妮摇了摇头，“不需要。”她能来赴约，对他来说根本不需要吃惊：弗兰妮当然愿意来拜访里昂·博森。问题是，多大程度上他认为自己是里昂·博森？如果他意识到自己是著名的小说家里昂·博森，那么他应该知道她一定会来赴约。但是，如果他认为自己只是她在酒吧里认识的某个普通人，他那么想真没错。她可从来没有把客人送到房间的经历，光是想一想都让她寒意丛生。那种寒意可不是车站的寒风带来的寒意。看着他，她觉得自己今天的决定应该没有错。她面前只有利奥[1]，她很开心能到爱荷华来见他。

他帮她背过双肩包，她上学的时候就是背着这个包去上课，那个时候背包总是沉甸甸的。可是现在包里就只有一件睡袍，一把牙刷，还有就是明天要换上的衣服以及那本一路上陪伴她的《爱丽丝·门罗故事集》。

“看样子你没准备长住啊。”他说。

“不就是一晚上吗。”

“好吧，在天黑之前我带你到处看看，熟悉一下爱荷华。”

“汽车上看了一路，和伊利诺伊斯很像，反正和芝加哥不一样。”这一趟旅途花了五个半小时。她时断时续地读着门罗的小说。窗外白雪皑皑，大雪覆盖下成千上万根玉米秆光秃秃地站立在广阔无垠的原野上。夕阳下这些玉米秆在地面上拉出长长的影子。她将头斜靠在窗户上，看着玉米地一片一片地在眼前飞驰而过。幸好有些树丛的点缀，但是窗外的雪原依然还是那样的无趣和乏味。

“看来你是看明白了，”他指着那处朝着停车场的双开门说，“那就去吃晚餐吧。”他们再次一起走进寒风中。雪又开始纷纷扬扬地飘洒，刚刚清扫过的路面上，现在又有了一层积雪。

积雪覆盖着地面，汽车都趴在停车场上，没有开动过的痕迹。矮小的灌木丛默默地承受大雪的重压，等待着春天再次光临大地。刺骨的寒风吹动着她的大衣，她觉得自己都快被冻僵了。这个地方的确不比芝加哥差，温度可能还要高上一两度，即便如此，走在寒风中就像是踩过一地的碎玻璃。她在脑海中想象着早期定居在这片

---

① “利奥”为“里昂”的昵称。

土地上的人们的形象，他们赶着敞篷车走过这片荒原，为的是要寻找更好的生活。为什么他们会在这里驻足呢？是他们的马匹瘸了腿吗？他们是在春天的时候抵达这里的吧？是不是饥肠辘辘的他们停下马车，对自己说，走得够远了，就这里吧？

“告诉我为什么这个地方比洛杉矶好？”弗兰妮问道。要是能用手臂挽着他，靠在他的身上该多好啊。他那么高大，完全可以给她挡一挡寒风。

“我绝对不会和爱荷华的人结婚过日子。”

“但愿对大多数的地方而言，这是真的。”

“这也是我喜欢你的原因，你的态度总是很积极。”他伸出手掌放在她的背上，把她推进了一家意大利餐厅。餐厅里似乎刚刚结束了一场宴会。“我们来得太早了，”利奥看着手表说，“晚餐的时间还没到，还有的是时间，可以先喝一杯。你也来一杯怎么样？过一会儿会有好多吃的。”

能够进到屋子里，弗兰妮别提多高兴了。寒风紧跟着他们吹进门，发出满是寒意的“呼呼”声。风刮过餐桌，惊得其他几桌用餐的人都抬起了头。餐厅里开着暖气，可比汽车站里舒服多了。“我没问题。”她一边说一边拉开大衣的拉链，解开围巾，摘下帽子。她脚上的靴子是塑料鞋底、塑料鞋面的那种，里面还有一层像是泰迪熊身上的那种厚毛。大冬天的，好不好看都已经不重要了。

调酒师是位女士，看上去至少有六十岁。满头的金黄色头发挽起来往后梳到头顶上，穿着一件黑色的马甲，马甲太小了，差点没能箍住胸口。左边胸前的牌子上用卷曲飞舞的字体写着她的名字“瑞利”。

“你好啊！”瑞利招呼道，“上班之前先喝一杯？”

"真应该来一杯。"利奥说。

"我是不想干了，"她对弗兰妮说，干透了的睫毛膏在白色的眼仁周围像是围起了一个笼子，"但是不干不行啊。亲爱的，你想喝点什么？"

"和他一样。"弗兰妮答道，斜着头注视着利奥。

"来一杯水，再来些面包条。"

"好主意，"那女人说，转身从背后的架子上拿下一瓶苏格兰威士忌，"面包条能把这都吸干净。你要介绍他吗？"

"你们不认识吗？"弗兰妮疑惑地问。估计这个女人把她当成别的什么人了吧。她伸出手指着身边的这位男人，"你知道里昂·博森吗？"

这一举动让他们三个人中的另两个都乐不可支，利奥和这位女调酒师一起放 声大笑。笑声让酒吧里略显沉闷的气氛轻松起来。"瑞利。"她笑着介绍自己，然后向利奥伸出手。利奥也伸出双手，友好地握住她的手。

"她给我做了冰块。"他说。

"都放在这个塑料袋子里了，"瑞利探身从冰箱里抽出一个袋子，袋子上用黑色的记号笔写着"请勿触碰"，"他老是觉得爱荷华的冰有毒，害怕这里的冰会毒死他。"

"他跟我说过。"弗兰妮点头答道。

"我跟你说过这个？"利奥说着取下围巾，脱掉大衣。今天他又穿着西装，黑色的西装，配着一根带条纹的领带。

"我要把他介绍给谁啊？"

"晚上的读书会，你要把他介绍给前来参加的人。"瑞利说着用高脚杯舀起两杯酒份量的冰块。

“大牌知名作家在这个小地方也不怎么受待见，但是我有空总会去参加读书会。这些年我一直都去，那些负责活动的人都是我的顾客，你知道他们怎么对我说吗？他们说，瑞利，你也可以自己搞创作了。”

利奥点了点头，真心同意她所说的话，“的确如此。”

瑞利笑着看着他，然后又把注意力集中在弗兰妮身上，“有的时候他们会请一些小孩子来介绍这个老头子。啊，我能看一看你的身份证吗？”

弗兰妮找到钱包，从里面拿出驾照递给她。瑞利从裤子口袋里拿出一副眼镜，认真地看起来。弗兰妮平时可不会这样做，她几乎从来没有检查过顾客的身份证，就算是需要看一看，她认为要是别人愿意拿出身份证足以证明他到了来酒吧喝酒的年纪。

看过之后，瑞利将眼镜和驾照一起交给了利奥。“你看看，”她说，“弗兰妮都快二十五岁了。老实说，我还以为她最多只有十七岁。人老了就是这样，看谁都觉得年轻。”

利奥拿起眼镜也看了一番。“弗吉尼亚州的驾照？”他问，一边将驾照翻过来，估计是想知道她是否已经同意捐献器官了，“我还以为你以前是在洛杉矶呢。”

“是的，但我是在弗吉尼亚学的开车。”

“她不是你的学生，也不知道二十分钟之后会有一场读书会，那她是谁啊？”瑞利的声音还是一样的欢快。她盯着利奥，但是利奥依然看着弗兰妮的驾照。

“她是我认识的一个调酒师，”他有些不耐烦地说，似乎想起了什么，他抬起头看着瑞利，笑着说，“我的另一位调酒师。”

弗兰妮没有纠正他。吧台后边的那位女人估计是根本不想听到她说话。瑞利给两个杯子都倒上笛沃兑威士忌，然后把杯子推到他们面前。“这两杯总共八美元。”她说。面包条和水不由她负责。吧台的另一头来了好些顾客，大家都挤进这温暖的酒吧里，她走过去招呼客人。

利奥把一张十美元的钞票放在吧台上。他的这位朋友愿意在自己家里为他制好了冰再装在袋子里带来酒吧。她刚才的举动的含义，他有没有心领神会呢？他没有任何表示，只是一心想着杯子里的酒。“过一会儿有一个读书会，然后他们要给我开一个派对。这都是义务行事，人不是很多，这些都是合同上写好了的内容。别的派对我根本不去参加。”

“你没有告诉我有什么读书会啊？”

利奥轻轻地摇了摇头，“我一直认为不需要告诉你有这么一件事。首先，我估计你根本不会坐车从芝加哥赶到这里来。就算你来了，一路上坐车你肯定会觉得很疲倦，就会去宾馆休息一下。我这个人就是这样，一到新地方就觉得好累。旅行让人觉得累，新环境也一样。所以呢，我以为你会直接去睡一觉。看来，你比我更加精力充沛。”

“就算是你如愿地将我扔在宾馆里，自己在这里开读书会，然后再过来接我去参加派对，难道就不害怕有人问我‘你觉得读书会怎么样？’这样的问题吗？”就算是她从来未曾与他邂逅过，她也会来的。假如知道里昂·博森在爱荷华市举行读书会，她一定会自己坐汽车赶过来参加。身为《法学评论》的主编，库马尔听到她的想法一定会大叫不可能。反正他自己是绝对不会这么做的，更不会陪着她一起过来。她的心思里昂·博森哪里能懂!

“也有可能，他们会说‘天哪，真是一场冗长无趣的读书会。’关键是，我可没有扔下你不管，我是为你着想。我的动机是良好的。”

弗兰妮笑了。里昂·博森看了看手表，然后扭头朝着瑞利的方向看过去。她此时正在酒吧的另一头笑着招呼新来的客人，宽大的后背正对着他们。“你是专家，请问怎么才能把一个忙碌的调酒师叫过来？”

“请她们去参加你的读书会啊，”弗兰妮答道，“每召必到。”

他敲了敲手表的表盘，似乎发现了什么，“走之前还可以再喝一杯。”

弗兰妮把自己的杯子推到他的面前。杯子里的冰块做得很讲究。冰开始慢慢地融化，笛沃兑威士忌融合了这古老的法国泉水，味道变得柔和起来。“我没喝，”她说，“这是我多年来发现的小秘诀，这样的话大家都会喜欢和我做朋友。”

利奥看了看杯子，又看了看弗兰妮。“天哪，”他说，“你简直就是个魔术师。”

第五章

瞥见一辆不太常见的自行车停放在公寓外边的走廊上，珍妮特觉得有些奇怪。这里哪是停自行车的地方！将购物袋挂在手腕上，她打开房门。穿着外套和靴子爬上四楼，着实让她浑身发热。打开门就看见弟弟坐在沙发上，她的儿子正坐在他的膝盖上玩耍。

“你看！你看！”丈夫福德兴奋地搂着她的肩，都忘了要把她手上的塑料袋接下来。帮忙临时照看孩子的这个女人叫宾图，赶忙跑过去从她手上接过袋子，又帮她把大衣脱下来。他们两个人，她的丈夫和这个女人，每次都这样做，好像她是威廉斯堡的女王一样。

“艾尔比？”毫无疑问，眼前的这个人就是自己的弟弟。要说有什么区别的话，那就是当年的孩子现在已经是一个大人了。以前，艾尔比的头发黑黝黝乱糟糟地在头上打着卷儿，现在却梳成一条粗粗的辫子。是不是最后一次见面后，他就再也没有剪过头发，珍妮特心里想。怎么有了颧骨呢？有传言说马特波尼部落的人们的头发基因通过母亲遗传。莫非这种基因在卡曾斯家族最年幼的成员身上又有了显现？看上很有这种迹象。

“我的印第安小野人。”那时候每当艾尔比大喊大叫地跑来跑去的时候，特里萨就这样叫他。现在，他就坐在那里，安静得像一把餐刀。

“吃惊吧。”艾尔比说。这简单的三个字是在陈述事实：我很吃惊自己居然出现在你家的客厅里，抑或是说看到我在这里出现你很吃惊吧。“你有孩子了。”这对他来说才是最吃惊的事情。孩子的名字叫达尤，他正抓着艾尔比那绳子一样的头发玩耍。看到妈妈后他开心地笑了，一则是因为妈妈回来了，一则是因为这个奇怪的客人。

“围巾。”宾图说着从珍妮特的脖子上取下围巾，取下珍妮特头上的帽子，她掸了掸落在上面开始融化的雪。这正是一年中的二月天气。

珍妮特转身对丈夫说，“他是我的弟弟。”那神情似乎他刚刚才进来一样。艾尔比坐在自己家的客厅里，这的确是可遇不可求的事情，就像是在机场或者是在某人的葬礼上偶然遇见多年未曾谋面的亲人。

“我在街上见到过他！”福德说，“我下班的时候看见他拎着自行车从我们这栋楼的前面经过。”

艾尔比点了点头，算是认可了他的话，“他跟在我后边，我还以为是哪个神经病呢。”

“是在纽约的时候。”宾图说。

突如其来的好消息让福德兴奋不已，他还没有从激动中回过神来。“我当时不停地喊‘艾尔比！艾尔比！’，神经病怎么会知道你的名字！”

珍妮特走出门，来到走廊上待了五分钟。她什么也不想，只想好好地整理一下自己的心绪。房子太窄了，艾尔比和达尤坐在沙发上，珍妮特、福德和宾图就站在那里。他是刚刚才到的吗？还是说已经来了好一会儿了？她不知道自己错过了多少对话。

“你就那么走在大街上？”她问艾尔比。我住的那条街，还是说全世界所有的大街？

“我是要来看望你，”他答道，“我按了门铃。”他耸了耸肩，似乎想说自己的确尝试过。

“但是他按错了门铃，”宾图说，“不是这里的门铃。”珍妮特转身看着自己的丈夫，这一切似乎都难以置信。

“你怎么知道他是我的弟弟？”她的家里没有一张艾尔比的照片，福德肯定从来都没有见过艾尔比。珍妮特拼命地回忆上次他们姐弟见面的情景。当时他只有十八岁，就要坐车离开洛杉矶。那已经过去好多好多年了。

福德笑了，宾图也用手掩着自己的嘴。“你自己看看。”他说。

她看着弟弟，他简直就是她的加大版：个子更高，比她更瘦，皮肤也比她的黑。她没有说过他们姐弟两人长得很像，但是和屋子里这两个从西非来的人一比，这一切就更加明显了。达尤长得像福德和这个帮忙带孩子的女人，珍妮特和艾尔比长得一模一样，这情景真是太有趣了。每次晚上宾图开门迎接她回来，她总能看到宾图天才般地用一根黄色的带子将达尤系在胸前。珍妮特会忍不住问自己，“这真的是我的儿子吗？”

“我们真的有这么像吗？”她问弟弟，但是艾尔比没有回答。他正忙着将那只小手从自己的头发上拉下来。

“我等着是为了看你高兴的样子，”宾图说着捏了捏珍妮特的手臂，“我要走了，现在是你们家人的团聚时间。”她弯腰吻了好几下孩子的额头，“明天见，小伙子。”然后她又说了一通苏苏语，听上去像是鸟儿在歌唱一样，反正是一些和她的祖国几内亚的首都科纳克里有关的内容。

“我去送送她，”福德说，“这样你们也好有时间说说话。”他得走了。他脸上兴高采烈的神情似乎一分钟也不能多待，一副就要回家去的表情。他穿上珍妮特的大衣，戴的也是珍妮特的帽子，围巾也是她的。反正就在面前放着，福德对男女衣服的区分不是很在意。“再见，再见！”挥了一次手，又再挥一次手。看上去像是要陪着宾图回几内亚似的。简简单单的离开而已，就被福德办得盛大无比。

“难道不需要解释一下吗？”关上门，听到脚步声和优雅的法语在楼道里渐渐消失，艾尔比说。福德和宾图两个人在一起的时候只说法语。

“他们是夫妻？”

珍妮特不愿意承认，但是他们两人没在眼前，感觉好了很多。屋子里没有他们俩就不会那么拥挤，空气也清新了许多。“福德是我的丈夫。”

“他有两个妻子？”

“宾图只是来给我们帮忙带孩子。他们两人都是从几内亚来的，现在又都住在布鲁克林。但他们并不是夫妻。”

“你信吗？”

珍妮特对此深信不疑，“你不要想方设法让我抓狂。能再见到你我就已经心满意足了。妈妈知道你在哪里吗？”

他没有搭理她的问话，“那就是说这个孩子真的是你的？”他伸开手臂抱着达尤，尽量让他够不到自己的辫子，一前一后地摇晃着他，达尤笑嘻嘻地在他的手臂里又蹦又跳，开心极了。“你有没有想过卡曾斯家族的那些老人看到你这样会怎么说？他们也许会要求你把孩子交给欧内斯廷来养。”

“欧内斯特已经去世了。”珍妮特说。她死于糖尿病——先是双脚，后来眼睛也失了明。祖母都已经在圣诞节的账单上列出了给欧内斯特的礼物花销，但后来消息传来，说她们的这位管家已经不在人世了。打那以后，珍妮特就没有太多地想起过欧内斯特。现在她的面孔又清晰地浮现眼前，珍妮特感觉有些对不起她。祖父母家里的人，珍妮特唯独喜欢欧内斯特。

艾尔比听到这个消息呆呆地坐了好一会儿。“还有谁？”当然还有别的人也去世了，但是她真想不起来这些已经不在世的人里面，还有谁是艾尔比在意的。她摇了摇头。孩子把艾尔比的头发塞进嘴了，她赶忙把他接过来。艾尔比肯定不想让自己的头发沾上孩子的口水，她也不想看到儿子的嘴里满是头发。她把自己的手给达尤，小家伙马上把它咬进嘴里。他的牙龈痒痒，咬着她的手掌可能会好受一些。他一边咬吮着她的手，一边盯着她的眼睛。孩子的牙齿咬痛了她，这疼痛感将她拉回到现实，拉回到此时此刻的这间屋子。

“就算是想要个非洲孩子，你至少也该给他取个好听一点的名字，不要那么的非洲。”

珍妮特右手指梳理着儿子头上细细的头发，“告诉你吧，事实上他的名字叫作卡尔文，但是就连我自己都不想这么叫他。好长一段时间里，我们都只喊他‘孩子’。慢慢地，福德就开始叫他达尤。”

艾尔比的脊柱不由自主地挺直了，过了一会儿他又弯下腰去看着孩子的眼睛，“卡尔？”

“你是从哪里来的？”珍妮特问。

“加利福尼亚。是该走了。”

“一直在加州吗？”

听她这么说，艾尔比微微地笑了笑。这个笑容让她又想起了自己弟弟曾经的模样。“也不是吧。”他答道。他穿着一件黑色的毛衣，毛衣袖子挽到手肘上，手臂上露出黑色的文身图案。这些图案一直延伸到手腕，绕了手腕一圈。什么都是黑色的：黑色的文身，黑色的毛衣，黑色的牛仔裤，还有黑色的靴子。珍妮特怀疑他的眼睑或者睫毛也涂了黑色粉底，看上去也是黑黑的。

“那就是说你现在住在这里？”这不算是个问题，但是在那一刻她想知道的实在太多。

“我也不知道，”他伸手摸了摸达尤的下巴，达尤又“咯咯”地笑了起来，“得看情况。”

她现在才看见放在沙发旁边的旅行包，就放在她的靴子旁。自打进门起她就全身心地投在他的身上，都没有留意到这个旅行包的存在。

艾尔比耸了耸肩，似乎对一切都不是很在意，“你丈夫说我在找到住处之前可以在你家沙发上借宿一段时间。”

只能睡沙发了，要不就得睡在福德晚上学习时用的那张小咖啡桌上，或者是那把单人沙发上。孩子睡在卧室里的摇床里，摇床放在床边挨着墙。晚上要是起身上厕所，她得从床头爬到床尾再下到地上。珍妮特在沙发上坐下来，她的孩子现在刚刚学会爬，挣扎着要离开她的怀抱到地上去。她松开手，把他放到地上。

“我不会在这里久住。”艾尔比说。

这是他能说出口的最像道歉的话，即便如此，听他这么说依然让她心中产生一阵疼痛——这么多年过去了，她依然没有能力、没有时间或者说没有钱为他提供庇护。他在过去这八九年里，除了偶尔寄张明信片证明自己依然活在这个世界上，就再也没有露过面。这让她一时很难原谅。一想到他还会离开，她真想站起身来将门死死锁住。过去有多少个夜晚他需要有个地方藏身？即便这样他都没有给她或者霍莉或者自己的妈妈打过电话。现在他来到她这里，说明有些事情发生了变化。孩子拉开了旅行包的拉链，想要知道里面装了什么东西。“你尽管住在这里。”她说。

* * * *

艾尔比和珍妮特不是弗吉尼亚人，他们两人都出生在加利福尼亚。从这个意义上讲，他们二人像是一个小团体，尽管这个小团体中的任何一个人都不愿意在其中久待。和福德结婚后珍妮特怀孕了，那年她二十六岁，第一次申请护照。福德想要带她回几内亚的老家去见一见他的家人。在邮局里填申请表的时候，“出生地”这个问题让她停住了笔，她根本不想填弗吉尼亚，因为那里根本就不是她的出生地。过去卡尔经常拿出生地这样的小问题折磨艾尔比和珍妮特。“四下里瞧一瞧。”有一次，当他们开车从杜勒斯前往阿灵顿，车窗外边是南加利福尼亚少见的葱葱绿色和斑驳的光影。“现在他们还让你们进去是因为你们年龄还小。爸爸能获得允许见你们。再大一些之后，你们就算到了机场也会被拦下来，再把你们送上飞机。”

“卡尔。”继母叫了声他的名字。她正开着车，懒得管他们的谈话内容。从汽车后视镜里可以看到她虽然带着大大的杰基·奥纳西斯款的太阳镜，但确实有些生气。

“他们也会把你送走，”他对她说，然后把脸转过去看着窗户，“那是迟早的事儿。”

卡尔死后，无论是珍妮特、霍莉还是艾尔比，没人再提起过回弗吉尼亚的事。他们的父亲经常会坐飞机到洛杉矶来看他们，带他们去海洋世界或者诺特贝瑞农场玩儿，还带他们到西好莱坞的餐厅用餐，女孩们就去靠墙的那个巨大的鱼缸里游泳。但是那些亲密无间、无忧无虑的暑假已经一去不复返了。后来，就是那次纵火之后艾尔比一个人回去，上了一所糟糕的学校。霍莉成年之后也回去待了两个晚上，想要看一看通过自己研修的佛理，到底能获得多少的内心安宁和宽恕。珍妮特自此再没有提起过那个地方以及那里的人们，不仅仅包括她的父亲，两边的祖父母，还有她的叔伯舅姑，以及那一帮亲属表亲，也连带她的继母和那两个异父异母的姐妹。这一众人等她都再也没有提起过。诸位，永远都不要再见。她倾心于自己的这些真正意义上的家人：特里萨、霍莉、艾尔比——也就是托伦斯这个家里每天朝夕相处的三个人。最有趣的是，直到那时她才意识到自己居然没有把父亲已经在多大程度上离她而去了放在心上。他离开孩子们已经好多年了，顶多就是时不时陪大家去一趟游乐园而已。母亲自己睡一个房间，艾尔比也有自己的房间。谢天谢地，珍妮特可以和霍莉睡一间房。经常在夜里，她躺在床上，听着霍莉的呼吸声，许愿以后不再那么讨厌艾尔比。不管他怎么让人厌烦，不可理喻，他总是自己的弟弟。现在，她只剩下这一个亲弟弟了。

但是那些年要做到真正的情感上的宽容真的很难，无论多少次珍妮特在夜里告诉自己要更加温柔和善，很可惜的是她真的做不到。没有父亲，又失去了卡尔，南加州卡曾斯家剩下的四个人变得更加地吝于与他人结交。无论他们各自有什么样的能力，似乎连蜜蜂蜇了孩子这样的小事都会让他们无从应对。她们的妈妈需要上下班，需要购物，需要接送他们上学，她的步伐比以前更快了。她总是奔来忙去，一刻都不得停歇。一会儿是找不到钱包了，一会儿又找不到钥匙。对她来说，做晚饭更是不可能的事情。霍莉在桌子的抽屉里发现了一叠弃之不用的废支票，她就模仿着特里萨的签名。特里萨·卡曾斯，特里萨·卡曾斯，特里萨·卡曾斯。一遍又一遍，直到她能在纸上完美地掌握好签字的力度和角度为止。霍莉的辛勤练习以及在造假这个方面付出意味着，他们又可以在出门远足的时候，只需签上名字就可以将账单寄回家。相信信用的人就会有信用，霍莉拿着自己的杰作给妈妈看。从那以后特里萨就让霍莉来负责缴付各种费用，当然没有告诉她这样做到底是惩罚还是奖赏。特里萨在算账持家方面可谓是一塌糊涂，这种能力的欠缺在她和伯特幸福生活在一起时就已经显露无遗。在霍莉执掌家里的账本之前，第三次催款单和断电警示通知单早就送进了信箱，但是却不知道被放到哪里了。所以每年总有那么一两次家里会陷入一团漆黑。除了不能看电视，倒也没什么别的损失。只好就着燕麦片做晚餐了，餐桌上烛光摇曳，这让他们不禁想到了有钱人家和热恋之人的生活。但是，等到厕所冲不了水，淋浴的喷头干干的谁也洗不了澡的时候，那可真是无法忍受。每个人都意识到，水费是一定要按时缴的。霍莉还不到十四岁的时候，就已经相当的老成了，什么事情都会做，尤其擅长数学。在学校里学了家政学之后，她就尝试保持家里的收支平衡了（在这门课上，她还学会了如何应对家里的紧急情况，如何创造性地用烤盘做晚餐）。意识到家里的经济拮据后，她像老师谢泼德夫人那样，每周都在冰箱上贴一张基本预算表。谢泼德夫人告诉她们以后结了婚也得这么做。预算表的最下面她还用红色的荧光笔写下这样的句子：

本周所需花费：$______

这样一来，就算是艾尔比也能注意到。

珍妮特把梯子从厨房搬到院子里，把那些长得不算太高的橙子都摘下来，然后用篮子统统搬进厨房里，用一个用了好多年的金属榨汁器榨橙子汁。即便榨汁要花好多的时间，但她还是不以为意，因为喝橙子汁是家里的习惯之一。夜里，特里萨又从冰箱上拿下那个榨汁器作扳手用。她从来没有问过是谁这么有想法，居然知道要榨橙子汁。珍妮特可不像她的妹妹，她绝对不会自吹自擂。她们的妈妈对有些事情还是依然有反应——倒橙子汁的时候要是洒到了桌子上，她还是会擦一擦的——但是，她对什么事情都不再好奇。除了对卡尔念念不忘，别的事情她一概不管不问。

一般情况下，她不太谈论卡尔，但是也有些微不足道的小事情让她无法忍受，比如说过去他们经常会在商店里买一些冰冻了的图姆斯通牌[①]比萨，现在再走过冰冻食品区的时候，他们分明能感觉到母亲的迟疑和不安。是不是因为卡尔最喜欢就着碎肉和意大利香肠

---

① 图姆斯通是英语单词“墓碑”的音译。

吃这个牌子的比萨？还是说这种比萨的牌子太刺眼了，让她不愿意直视？妈妈从来没有解释过。反正现在他们都是直接叫外卖，直接将比萨送到家门口。直到有一天晚上，大家都在一边吃比萨一边看电视，他们的妈妈走过来，向大家询问那个长久以来一直盘桓在她脑海中的问题，“给我讲一讲卡尔的事情。”电视里播放着雅克·库斯托主持的节目。毫无关联和征兆。

“你想知道什么？”霍莉问。孩子们不太明白母亲的意思，现在离卡尔去世已经过去六个多月了。

“那一天到底发生了什么？”特里萨说，害怕孩子们没明白，她又补充道，“在你们爷爷奶奶家里的时候。”

难道从来没有人告诉过她吗？他们的父亲也没有给她任何解释？一切都让霍莉来承受，对她真是不公平，但只能这样了。珍妮特盯着自己的碟子，艾尔比，哎，艾尔比什么也不知道。这个时候，霍莉庆幸卡洛琳教过她该怎么应付别人的询问。否则，她真的不知道该怎么说才好。她告诉母亲那天的情景：女孩子们跟着卡尔离开了厨房，因为有壁虱，弗兰妮想要回到自己的房间去换上一条长裤子。从卡曾斯家的厨房到谷仓有两条路可以选择，卡尔和女孩子们选择走不同的路，当女孩子们到达的时候她们看到了卡尔。特里萨当然知道卡曾斯家房子的格局。当年她和伯特的婚礼就是在房子外面的前廊里举行的。婚礼当天院子的草坪上还搭了一个凉棚，几百位亲朋好友前来祝贺，大家跳舞喝酒好不热闹。现在在客厅的柜子里面还放着一本奶白色真皮封面的婚礼影集。那个时候，他们的父亲英俊潇洒，而他们的母亲脸上还长着雀斑，又瘦又苍白，看上去像是童话故事里的仙女，真是一个年轻的新娘。

“为什么是你在等她换裤子？”母亲问，“她自己的姐姐怎么没有跟她在一起？”

“卡洛琳也在等她，”霍莉说，“我们都在等她，女孩子们都在一起。”她告诉妈妈，她们看到卡尔躺在草丛中，起先大家还以为他是在开玩笑。别的女孩子都跑回去了，只有弗兰妮一个人留了下来，以防万一。

“以防万一什么？”听说只有弗兰妮一个人留下，特里萨觉得有些难过。

要说出这些话真的很难过，霍莉多么希望有完全不一样的结局。“以防万一他醒过来。”她说。

“我都看见了。”艾尔比说着话，眼睛还一直盯着电视机的屏幕。里面正在播放广告，一个漂亮的女人正在往面包上抹花生酱。

“你什么也没看见。”霍莉说。他当时既没有和女孩子们在一起，也没有和卡尔在一起。他当时正在呼呼大睡，现在大家都很清醒。

“你们到的时候我已经走了，你们赶到之前发生的事情我都看见了。”

“艾尔比。”母亲的声音里充满了怜悯，她觉得自己能够理解儿子的心情。她对整个事情的来龙去脉也一无所知。

“你当时睡着了。”霍莉说。

艾尔比转过身来把自己的叉子朝姐姐扔过来，看样子是想用这叉子刺穿她的心脏。但是叉子只挨到了她的肩，没什么大不了的。艾尔比只有十岁，他做事总是很鲁莽。“他是被射中的，我是唯一的目击者。”

“艾尔比，住嘴。”母亲对他说。她用手抓着自己的头发。很明显孩子们知道母亲很后悔问他们这件事。

“没事儿了。”霍莉这种冷漠和不屑一顾的语气让艾尔比怒火中烧。

“就是在谷仓干活的内德干的，”他大声说道，“是他拿爸爸的枪把卡尔打死的。就是那把卡洛琳从爸爸的车子里拿出来的枪！我都看到了，你没有看见是因为当时只有我一个人在那里。别人都不知道我当时就在那里。”

珍妮特和霍莉都哭了。他们的妈妈也哭了。最后，艾尔比大声地哭着说，“我恨你们，我恨你们，你们都是骗子！”

在八月份这糟糕的一天到来之前，卡洛琳早已决定要当一名律师。大家当时都飞奔着往家的方向跑，去喊欧内斯特过来看一看卡尔怎么了，欧内斯特打电话叫了救护车。卡洛琳告诉别的女孩子——霍莉、弗兰妮还有珍妮特——当时到底发生了什么，虽然当时大家都在场。欧内斯特拖着不怎么合脚的鞋子和五十多磅的身体与女孩子们一起穿过房子后边的农地赶来。卡曾斯夫人等在家里好指挥救护车。就在这个时候，卡洛琳已经在脑子里想好了怎么描述整个事情。她哪里有时间做这件事情啊？大家不都是一起跑来跑去吗？是在回房子的路上吗？接卡尔的那辆救护车闪着红灯，风驰电掣一般地开走了，警笛的声音如哭如诉（哦，卡尔应该很喜欢这个声音吧）。卡曾斯一家人开着自己的汽车跟着那辆救护车往医院赶。混乱之中，欧内斯特到处找，不知道艾尔比跑到哪里去了。他们的父亲还在阿灵顿，得到消息，他赶紧冲出办公室往停车场跑去。然后开着车飞奔到夏洛茨维尔去见自己儿子最后一面。没有人知道贝弗莉去哪里了。这个时候，卡洛琳把其他几个女孩子统统赶到楼上父母卧室里的卫生间，把她们推进去，还从外面锁上了门。只有弗兰妮一个人放声大哭起来,可能是因为只有她一个人和卡尔单独待了十五分钟，那个时候别的女孩子都跑回去叫人了。当时只有弗兰妮一个人知道卡尔已经死了。救护车上下来的那些人不愿意说“死”这个字，他们能做的只是尽可能地提供帮助。卡洛琳让她的妹妹赶紧闭嘴。

“听我说。”卡洛琳说，好像大家平日里不听她讲话一样。这个暑假她就十四岁了。她说话的时候声音尖利，语速很快。她的腿上和网球鞋上有草叶滑过留下的淡淡痕迹。“我们没有和他在一起，明不明白？卡尔独自一人去了那个谷仓。我们是后来去找他的时候才发现他躺在草丛中。一看到他躺在地上,我们就跑回家去告诉大人。这就是我们知道的情况。不管谁问，就这么回答。”

“我们为什么要撒谎？”弗兰妮问。没有必要撒谎，为什么要撒谎呢？没有他们的掺和那天发生的事情就不会那么糟糕吗？一则是难过，一则是无法忍受自己妹妹的愚蠢，卡洛琳狠狠地扇了弗兰妮一耳光。弗兰妮根本没有料到会被打耳光，一点准备也没有。她一个趔趄，头重重地磕在壁柜的门上。她的太阳穴到眼睛那块马上肿起了一个大包。这又得好好解释一番。

看到这个情景，卡洛琳非常生气，又不得不去安抚每个人，让她们安静下来。她转身看着珍妮特和霍莉，这两个人更加可靠，“难过是难免的，大人们也愿意看到我们表现出很难过的样子。但是我们难过是因为看到他那样了，不是因为当时我们在场。”那个时候，她本来想告诉大家撇清关系的唯一办法就是到树林里玩游戏，本来大家是打算去的。卡洛琳在考虑每个人可能要承担的责任，因为她是卡洛琳,什么事情也不能影响学校对她的录取。接下来的那个秋天，她就要上高中了。

“那你给我讲一讲，当时到底发生了什么事情。”一天傍晚特里萨问珍妮特。这距离卡尔去世已经过去一年多了。一般来说，家里有什么事情，没人会去问珍妮特。那天霍莉在街角的朋友家里写作业，艾尔比和最近认识的一帮男孩子们在外边骑自行车。只有珍妮特和母亲在家里，这种母女二人独处的时光着实不多。妈妈随口问她，就像是问起一件她自己忘记了的事情一样，和问她“我的口红呢？”“我的电话呢？”一样随意。

珍妮特清晰地记得在那间厕所里卡洛琳的神情以及当时她对大家的吩咐。她还记得当时卡洛琳满头是汗，头发被汗浸湿了，黏在两边的太阳穴上。她身上的蓝色T恤衫也湿了一大片。但是卡尔再也见不到了，他的面庞有一年多没有再出现。“我当时没在场。”珍妮特说。

“你肯定在场。”母亲说，像是珍妮特记错了。

“如果你想知道是谁干的，就需要不厌其烦地多问几遍。”卡尔去世前好几年的某一个夏天，她们都在弗吉尼亚过暑假，弗兰妮这样教她。这只是弗兰妮教她的作为警察常用的技能之一。她还教过她怎么打开别人的汽车门，怎么拆开听筒偷听别人的电话还不被发现。“迟早会说漏嘴。”弗兰妮告诉她。

珍妮特不确定母亲是不是也想让她说漏嘴。“他不想等我们，”她说，“他就去马厩里去看那几匹马，我们随后才过去。”

“你随后才去。”她的母亲问。

珍妮特耸了耸肩，在当时的情况之下，这样的神情是不够礼貌的。“当时天已经晚了。”也就是在卡尔死后，特里萨脸上的雀斑才没了踪影，就好像是纷纷离她而去了一样。珍妮特看着妈妈的鼻梁，想要看清楚，想要回想起这之前她的样子。

“艾尔比吞的药片是你给的？”妈妈问她。

“是卡尔，”珍妮特说，能够说句实话让她感觉很舒心，“他过去经常那么做。”

那天发生了那样的事情，没人关心艾尔比怎么样了，唯独欧内斯特还在挂念他。在阁楼和地下室找了一圈也没找到，她猜他是和贝弗莉在一起。贝弗莉在哪里，没有人说得清。她没有开车，也没说过要出门。要是她去城里了，肯定是带着艾尔比一起去的。要是在其他任何日子里，说贝弗莉带着艾尔比一起进了城，或者说带着他一起去了任何地方，都会让女孩子们大呼不可能，她们打死也不会相信这种说法。

* * * *

“该死的单车男”，这是托伦斯的邻居们对他们的称呼，后来他们索性就这样称呼自己。他们骑着单车从别人家的草坪上经过的时候，在行驶的汽车之间一闪而过害得司机猛踩刹车的时候，在杂货店的停车场拐着弯从购物的妇女身边急速驶过吓得她们魂飞魄散的时候，身后总是少不了传来一阵阵咒骂声。他们差点让人闯出大祸，那一刻，大家恨不得宰了他们才能弥补所受的惊吓。来自马特波尼家族的艾尔比，长得既不像父亲也不像母亲，来自萨尔多瓦的劳尔，还有两个黑人小男孩，小的那个，长得稍微好看一点、但是更加睡眼惺忪的叫列尼，另外一个，也是四个孩子里个子最高的叫作爱迪生。

这就是“该死的单车男”的成员。十一二岁的时候，他们就开始在一起骑单车。这个年纪正是让父母生气的时候，下午和傍晚他们不待在家里，父母们也乐得清静。一开始，他们就做出一些很危险的动作，要么是快速从行驶中的汽车前面插过，要么是七弯八拐地穿过别人家的草坪。有一次他们一边像印第安人一样高声喊叫，一边急速从一辆汽车前面滑过，导致司机把车开上了马路边的勒石，撞到电话亭的柱子上。十二岁那年的夏天，有辆汽车的车门突然打开，一下子让列尼飞到了空中。另外三个人及时刹住了车，目睹了自己的小伙伴像体操运动员一样在蓝蓝的天空中划过一条优美的曲线。要是脑袋或者其他什么部位先着地的话，那肯定会小命不保，所幸的是，列尼右手先着地，手掌拍在地面上，导致骨头戳穿皮肤露在外边。没过两周，艾尔比也出了状况。一场大雨过后，路面的油渍都流到人行道上，他的车子打了滑，重重地将他压在下边。他的肩膀摔碎了，有一只耳朵也被生生拉了下来。最后耳朵缝了三十七针才重新安上。这吓得爱迪生和劳尔那个夏天再骑车去公园的时候，都小心翼翼地不敢乱来。爱迪生到家里来看望还在躺椅上的艾尔比。客厅里黑乎乎的，因为摔碎了肩膀，大部分时间艾尔比就得这么躺在躺椅上。

“夏天的时候，谁都有可能发生这样的事情。”看动画片的时候爱迪生对他说。这话艾尔比听了很受用，于是他给了自己朋友两颗药片，一颗是消炎用的泰勒诺，另一颗是含有鸦片成分的止痛镇咳药可待因。

待到从杰弗逊中学毕业的时候，艾尔比、列尼和爱迪生十四岁，劳尔十五岁。他们每一个人都已经人高马大，但个子依然在长。远远看去，真的分不清骑车的是孩子还是大人。他们把车骑得像风一样快，你追我赶互不相让，人人都想当自行车比赛中的领头人。

上了中学以后，“该死的单车男”就不怎么偷商店里的糖果了，他们感兴趣的是艾伯森超市里那一罐罐鲜奶油。他们把鲜奶油藏在线衫里面，然后像袋鼠一样弯着腰溜出去。有时候他们胡乱地坐在艾尔比卧室的地面上，剜一点碳氟化合物放到嘴里，感受那一点淡淡的甜味和刺激，或者是把午餐包上面的航空胶水扯下来。四个孩子的母亲都绝望了，埋怨孩子怎么交了这样的朋友，都觉得错不在自己的孩子，要怪也是怪别人。只有特里萨和她们的想法不一样。

十四岁的那年夏天，天气炎热的一天，在离家好几英里的地方的一条辅路上，劳尔的单车链条掉了。辅路向前延伸出一块开阔地，再旁边是一片工业园。劳尔放倒车子开始修理，其他几个人就等在一边。开阔地上长满了齐人高的杂草，草已经枯萎，没有人修剪。托伦斯就是这样。艾尔比仰面躺在人行道上，人行道上的温度很高，若是再高两度，他就得乖乖站起来。热热的地面让他的肩膀舒服极了。要是有一副墨镜该多好啊，但是四个孩子谁也没有墨镜。他从长短裤那个宽大带扣子的兜里拿出一个蓝色的比克打火机，口袋里还有一个小烟斗，一起装在一个带着木制盖子的网状盒子里。当然不是真的能用，只是摆设而已。他早就没有钱了，他从霍莉帮人家带孩子挣来的私房钱里偷来的那些早就花光了。依然躺在地上，他伸出手臂在空中拨弄手上的打火机。

“什么东西？”列尼问。他也想坐在地上，但是地面对他来说太烫了。艾尔比居然敢躺在上面，真是不可思议。

“火遇到火会烧得更旺。”艾尔比回道，觉得自己的回答很深奥。将头转向右边看着旁边的荒草地，他看见两只棕色的蛾子正在枯草丛中飞舞。就在他转身往右的时候，比克打火机的火苗跳腾出来，点燃了地上的干草。

这样的草地就该来把火。火苗烧起来，燎到了他的手掌。他在地上滚了两圈，赶忙跳起来，一把抓住自行车。火“呼呼”地烧起来，发出欢快的“噼噼啪啪”声，听上去像是用手撕裂玻璃纸发出的声音。

“妈的，”劳尔退后了一步，“你在干什么啊？”他们推着车往后退了退，一只脚搭在地上，但就是舍不得现在离开。四个孩子都定定地站在那里，陶醉于眼前的场景，心里充满了一丝丝奇诡的寒意。草丛中的动物四散逃命，他们在人行道上站着，一点也不担心。火烧到他们的腰那么高，再到齐胸高的位置，再一会儿就高过了他们的视线，他们什么也看不见了。橙色火焰在空中跳跃，像一片海市蜃楼，如梦如幻，变幻多端。黑色的浓烟卷着火苗腾上天空，向周围的邻居们控诉艾尔比刚才私下里的所作所为。“着火了！着火了！”他们朝着工业园里面大声地喊叫。其实，四周的火势已经慢慢地消减下去了。火头在寻找新的枯草。他们四个人看到火头在蔓延，在寻找新的活路。再过一分钟，估计又可以欢快地燃烧了。

“我们赶紧走吧。”爱迪生说。谁说不是呢？谁会愿意身处这样的险境之中呢？

顾不得火舌汹汹，顾不得火声呼呼，甚至连自行车都顾不上，从第一分钟开始，他们在想的就是怎么才能把火扑灭。远远地，听得见警笛声响起。要是在前一天，他们肯定会跑过去一探究竟，会跟在那辆红白相间的大卡车后面，像是在追随自己喜欢的乐队。今天他们只想早点离开，越快离开现场越好。

有一年的夏天在弗吉尼亚，艾尔比和卡尔的爷爷第一次教会了他们怎么制作一把火柴手枪。只需要一个旧式的弹簧衣架，几根橡胶带，一盒火柴还有就是一小块砂纸。无聊的老人们总是要孩子们听他们的话，人们期待他们能将家族的智慧传授给小辈们。火柴枪就是他想传授的技艺。对弗吉尼亚这个地方而言，也有异乎寻常的意义。这个地方雨水多，每天都阴沉沉、湿漉漉的，自然不容易发生火灾。这个地方的人将砍下来的树木放在车库里，希望某一天木头能干了当柴烧。做好了枪，他们的爷爷把一根火柴放好，“噌”的一声，火柴被点燃射向前厅，在空中划出一条优美的弧线。

“千万不能在谷仓里玩，”将自己的发明递给孩子们的时候，爷爷一再嘱咐他们，“你们不要自己单独玩这个东西，听见没有？要是想玩这个火柴枪，得有我在场才行。”

卡尔对这个东西不感兴趣。一有机会，他就从爸爸的汽车中用来放手套的那个储物箱里拿出手枪，然后把枪插在自己的圆筒短袜里，再用一块大手帕把袜子的口部绑紧。那天他爷爷教他们怎么用旧衣服夹做火柴枪的时候，他就带着那把手枪。

艾尔比没有手枪，所以这个小小的喷火器让他很着迷。五年以后当他再次回忆托伦斯的那些人的时候，他发现自己依然记得很清楚。把那些原材料都放在餐桌上，他给自己的这个小民防团成员一人做了一把这样的火柴枪。在爱迪生家的后院里，他把厨房用纸和克里奈克斯抽纸放在不同距离的位置上，尝试着用火柴枪把它们点燃。后来他们把一家卖酒的商店后面堆放的一摞纸盒子点燃了，还把爱克森加油站外面一颗枯死了的矮树丛点燃了。有时候，他们早早地起床，用火柴枪射击邻居家门口台阶上还未来得及取走的报纸。

枪法越来越熟练之后，他们一边骑车一边射击。他们乘车一直坐到日落大道，朝着棕榈树射火柴，然后往后退，等着树冠着火之后，看有没有被点着的老鼠从细细的树干上掉下来。他们想要对着那些老鼠射击，但是老鼠并没有着火。毕竟老鼠跑得快，也没有那么容易着火。

整个夏天，他们到处放火，也不管四处都那么干燥，还经常刮着风，更不管挂在路边的护林熊训诫标识。去他的护林熊。他们对点燃整个树林才不感兴趣呢。他们欣赏的是准确性，讲究的是火苗的艺术，想看到的是燃烧的报纸和某一小处废弃的空地。上了雪瑞高中的第一学期的头几个月，他们还在玩火柴枪。他们在商店里偷点东西，偶尔也会被抓住，但是作为纵火犯他们却熟练于躲避被抓的危险，直到有一天，他们将学校点燃了。

星期五最后一节课，劳尔上了美术课，这个周一切正常，转眼就到周末了。他一丝不苟地画了好多恶龙，在树林里喷着火。下课铃声响起，同学们都疯了似的将东西统统装进书包准备离开，他侧身悄悄地将窗户的插销打开，大家都忙着收拾东西，没人看见他的这个举动。美术教室就在学校教学楼的底层，挨着地面，窗户又大又宽敞。他这么做，就是想扳动一下窗户插销而已。德尔·托瑞小姐，他们的美术课老师在离开学校之前肯定会把它再插上，就算她忘了检查窗户，学校的清洁工人在擦地搞卫生的时候也会插上的。

“我要去检查一下。”星期六上午，劳尔对其他几个孩子说。反正也没有什么别的事情可做，他们都没有问他到底他要去检查什么。大家骑上车，跟着他一起到了学校。他带着大家顺着一排矮树从走到美术教室的位置。这排矮树篱笆墙是要挡住街上行人的视线，免得人们往教室里看。劳尔轻轻地点了一下窗户，窗户一下子就打开了。艾尔比顿时觉得这个周六变得有意思起来了。他们把自行车藏在树篱笆的后边。四个人当中列尼个子最小，他就首先从窗户里钻了进去。

星期六的学校何以变成世界上最让人着迷的地方，这真是他们人生中的谜团。一切的改变就在一天，艾尔比的妈妈以前经常这样告诉孩子们。二十四小时而已。没有成群结队的孩子们的喧嚣，没有苦涩黯淡的大人们的干扰，此时此刻的教室里安静极了。头顶上的日光灯不再发出“滋滋”的电流声，阳光照在墙壁上，洒落在油毡铺就的地面上，像是池水一样映照在他们的脚边。爱迪生在脑海中想象着自己老了之后，到了自己父亲的那个年龄之后，再回到这个教室会是什么样的情景。他觉得到时候，这整栋建筑都会为他一个人所有，毕竟他认为未来没有别人还会回来。劳尔停下脚步端详着软木板上展示的获奖美术作品。只有一两幅作品还算不错：一幅是素描，画的是一个穿着背心裙的女孩；另一幅尺幅很小，画的是一只碗里装着两颗梨。但是这两幅画都只得了荣誉奖，而一幅从杂志上撕下来的图片拼贴而成的摩天大厦获得了第一名。他禁不住想，德尔·托瑞小姐，虽然不能总说她愚蠢，估计也是没能发现到底哪位同学才是真的有艺术天分，毕竟学生太多了。

有那么一会儿，列尼不见了踪迹，但是大家都没有发现。直到他再次返回，大家才看到他从教室的另一头朝他们走过来。“你们，”他一边说一边挥舞着手臂，好像大家很想念他一样，“到这边来，过来看看这边吧。”

网球鞋摩擦地面发出的“刺啦刺啦”声在大厅里回响，这声音让艾尔比忍不住笑了起来，其他几个人也跟着笑了。他们一路经过数不清的柜子，每个柜子都上了锁，看上去都一模一样。“看这个。”列尼说着转身进了男厕所。

列尼的个子没有别的学生高，又显得特别的瘦削，在托伦斯的公立高中里，尤其是像他这样的一年级学生，最让他恐惧的地方就是厕所了。他想尽一切办法让自己远离那个地方，但越是这么想，就越是想上厕所。就是这个房间，昨天还是一个乌烟瘴气、充满了危险和恐惧的地方，就像是瘾君子的巢穴，充满了屎尿废气以及难闻体味和酸腐恐惧，现在却如此干净整洁，一尘不染。空气没有什么特别，似乎有着一股好闻的高乐氏漂白水的味道，像是置身于某个公共游泳池里。一切都井然有序——镜子和水槽在一边，厕所坑位在另一边，每一个厕位都装有一扇绿色的金属铁门——看上去和谐而对称。厕位和洗手池之间留有很大的空间，以保证你从厕所里出来的时候不会撞到其他人，除非这个人要故意撞你。他们几个人第一次留意到整个房间的瓷砖有三种颜色，也搞不清楚为什么要这么做，大概就是为了好看而已，劳尔走到一个小便池的旁边，侧头看着身后的地面，发现地上有阳光射进来。“什么时候装上的窗户啊？”

反正也没有人拦着，他们又到女孩子的厕所里看了看。女厕所和男厕所没什么大的不同，就是围着墙壁的那三条瓷砖换成了粉红色，还有就是男厕所里装小便池的地方装了一个丹碧斯月经棉自动售卖机。售卖机锁扣的地方有一个投币口，不知道是谁在投币口的白色搪瓷表面刻了“吃我”两个字。有人想把这两个字用砂纸抹掉，但是没有成功。女厕所让他们有些失望，即便是有姊妹的艾尔比和劳尔也觉得女厕所应该是这个模样才对。

整个学校里，所有的储物柜都和校长的办公室一样上了锁，这真让人扫兴。因为，他们本来还打算从桌兜里偷点东西的。他们商量着要不要从每间教室里拿些东西然后放到另一间教室里去，或者只挪动几样东西，让人摸不着头脑。最后，他们还是决定不动任何东西。星期六待在学校，这感觉真是太棒了，如果还想再来，最好什么东西也别动。

这么说来，就在大家准备离开的时候，艾尔比把一些火柴扔进了美术室的垃圾桶里，这种做法真是让人无法理解。那些日子，他的口袋里总是装着好几包火柴，为的是要练成一只手也能将火柴点着的功夫。他当时完全可以使劲儿摇一摇火柴盒，这样火就能熄灭。但是这一次，他点燃了火柴之后，连着剩下的那盒火柴一起，全部扔进了一个垃圾桶里。那个垃圾桶就在不远处的墙角，离他们刚才钻进来的那扇窗户不远。他的这个动作就像是昨天劳尔扳开窗户插销一样。没有什么原因，不知道为什么会把划着的火柴扔掉。不是为了给其他的几个孩子留下深刻的印象。因为最近一段时间他们每个人都是随手划了火柴就扔掉。来到美术室里也没有什么理由，就是恰好而已。至于为什么周六他们会出现在学校，事实上，也是没有什么原因。

那个被扔进火柴的金属垃圾桶有半人高，体积大概比他们平时在普通教室看到的垃圾桶大十倍。那些垃圾桶里通常扔的是同学们刚做过的突击测试的试卷，上边往往写着一个让人难看的分数。美术室的这个垃圾桶应该清空了才对，因为学校里的所有垃圾桶都被清理得干干净净。但是在这个垃圾桶底部的衬垫处还有一些揉皱的报纸和几片站满油彩的抹布。画笔上浸满了颜料，就拿这些抹布来擦拭。这样一来，这个垃圾桶就像是地狱着了火一样燃烧起来。火苗“噌”地冒出来，吓得艾尔比赶忙跳到一边。他的脚上像是安装上了弹簧。其他的三个孩子也吓得躲到一边。

火苗蹿到深绿色的聚酯窗帘上。这是一幅两层的窗帘，能够阻隔阳光，使整个房间变暗。每个学期快结束的时候，德尔·托瑞小姐就会拉上窗帘，用幻灯片给大家展示美术史这门课上的重难点。这些窗帘有年头了，估计和这些孩子们父母的年龄差不多。烧起来比地上的干草都要快。火舌一下子蹿上天花板的隔音板，在四个孩子的头顶上燎过去，火势传到了房子的另一头。房子的另一头放着很多的颜料、蜡笔、画纸和几大罐子的溶剂，就像自制燃烧弹一样等着被点燃。和他们最喜欢的在室外野地里点燃的火不一样，房间里着火了，浓烟像墨汁和焦油一样，油腻腻、黑沉沉地笼罩住了整个房间。浓烟围绕在他们周围，橙色的火焰卷裹着窗帘，吞噬着室内的空气。整个房间都燃起了熊熊大火。刚才他们钻进来的那个窗户现在居然打不开了，想从那里再钻出去已经不可能了。

他们谁也没有在室内纵火的经验，甚至都没见过房间里着火是什么样子，所以只能想象着运用起他们在室外放火时学到的各种技巧：只是定定站在原地一动不动，还愚蠢地认为既然是他们点燃了火，火就得尊重他们。突然，学校的火警警报响了起来。声音那么大，那么刺耳，好像就响在他们的脑子里一样。以前，他们最喜欢的就是消防训练。消防训练的时候，要丢下手中的一切，每个人都要排好队，一个挨着一个，弯着腰低着头往外跑。警报声把他们一下子拉回到训练时的场景，这也让他们有了活路。以前练过那么多遍，今天终于派上用场了：他们弯着腰，低着头，手拉着手一起往门口的方向跑。火苗撩到艾尔比的身上，点燃了他上身的红色巴伦T恤衫，烧着了他的脊背。跑到走廊里，爱迪生一把将艾尔比的衣服拉下来，火焰烧伤了他的手。走廊里，平时他们都没有注意到的消防喷洒都开始了工作，细细的水柱喷在这空无一人的走廊里，浸湿了墙壁上挂着的美术参赛作品。推开侧门，室外阳光明媚，他们跑出去，一下子瘫倒在停车场旁边的草地上。大口地吸着新鲜空气，咳嗽，恐慌，喘气，他们满身都是烟熏火燎的气味。有那么一刻，艾尔比想到了自己的哥哥，他不知道卡尔在垂死之时是不是也是这种感受。他们四个人都躺在草地上，眼泪从他们被熏黑的面颊上淌下来。刚才那一会儿，奋力逃生消耗了大量的体力，现在他们疲惫得动都动不了。就这么躺着，没过多久，消防员们就找到了他们。

让艾尔比去弗吉尼亚同伯特和贝弗莉一起生活，做出这样的决定，对特里萨来说简直是要她的命。但是，艾尔比真的需要和父亲在一起。别的人，任何别的人做他的父亲都比伯特做得好。卡尔的死不是伯特和贝弗莉导致的。特里萨在心里静静地这样告诉自己。他们两人疏于在细节上管教孩子，鉴于艾尔比刚刚闯下的大祸，特里萨也没有别的办法。即便这样，把这一切归咎于伯特和贝弗莉能让她的心里好受一些。用“好受一些”这种说法肯定不是很恰当。难道她给伯特打电话的时候能问他“艾尔比现在成这个样子。一切都怪我你心里会好受一些吧？‘好受一些’对不对？”？

特里萨清楚地知道，小儿子自己已经管不了了。反正这个世界上没有人再主动地承担起管教他的重任，除了让他去他父亲那里，已经没了别的选择。最后，艾尔比不得不去阿灵顿，后来他在私立学校也过得不好，又被送到北加州的寄宿学校，最后又去了特拉华州的军校成了一名军校生。十八岁那年的夏天，他又独自一人回到了托伦斯。要是寄宿制学校还要他的话，他应该上三年级了。霍莉和珍妮特都放假在家，她们想尽办法带他去海滩玩，去参加老朋友们的聚会。但是，无论在哪里，艾尔比都像铁砧一样静静地窝在沙发里，看着大家玩游戏，自己却一杯接着一杯地吃裹了厚厚一层糖的炸玉米片。他数着字数说话，一整天说的话加起来不超过二十个词。反正放酒的柜子不讲什么组织和原则，于是，他的每一天都来来回回地围着它转，但是没喝完这一瓶他绝对不会去拿下一瓶。

有一天，他宣称接到爱迪生打来的电话。他的这位老伙计在旧金山组织了个乐队，要艾尔比过去帮忙，只需将扩音器从汽车上搬下来、插上电就可以。爱迪生和其他几个伙计住在一起，艾尔比去了只需要加一张床铺就行。听到这个消息，艾尔比很兴奋，珍妮特、霍莉和特里萨也都是高兴得不得了。搬搬东西，拔拔插座，这个工作艾尔比肯定能胜任。特里萨赶忙给儿子买了一张去旧金山的车票，还给他做了一个大大的花生酱三明治。霍莉和珍妮特每人从自己攒的钱里拿出一百美元给他。他把自己的行李包和自行车塞到汽车的下边。一家人在车边等着，看他在窗户边坐好，大家和他挥手再见。他又要走了，去了还不知道要给别人添多大的麻烦。车窗外边的每个人都在心里舒了一口气。

艾尔比正在刷牙，福德挤进了卫生间。轻轻地敲了一下门，他让他进来，然后顺手把门关上。卫生间窄得挤不下两个成年男人，但还算是一个说话的好地方。艾尔比的身体紧紧地贴着洗脸盆，福德下身穿着法兰绒的睡裤，上面套着一件白色的T恤，站在一大堆牛奶盒子以及各色的毛巾和几大包纸尿裤的旁边。“我的兄弟，”他说，“你听我说，我告诉你，你尽管和我们住在一起。想住一周就住一周，想住一年就住一年，想住一辈子就住一辈子。直到有一天你想搬出去住为止。你不管住多久我们都欢迎。”

牙刷还含在嘴巴里，艾尔比的下嘴唇上挂着薄荷味的牙膏泡沫。他的姐夫就这样搂着他的后颈脖，拿前额头抵着他的前额。这是某种部落的仪式？是表示真心实意的意思？还是某种许可？关于自己的姐姐，他的记忆也仅限于年少时的那些恍恍惚惚的记忆，至于自己的这位姐夫，他可真是一无所知。就这么顶着，艾尔比点了点头。今天晚上，他的确需要有个地方睡觉。

福德笑了，“好的，好的，好的。你的姐姐需要有家人在身边。达尤也需要有个舅舅。这样的话，我也有了兄弟。你知道，我的老家也离得远。”

“好吧。”艾尔比说。

“我们可以聊天，就像现在这样。你看看这个家，这就是你的家。不要以为我们都很忙，”他摇了摇头，“我是个说停就能停下来的人。你只要说‘兄弟，停一停，过来我们聊聊天。’，我马上就能过来。你有什么需要尽管开口。”。福德停了停，再次抬眼看着他。但是他们离得太近了，想要聚焦都很难，“艾尔比，你缺什么不？”

艾尔比想了想，弯腰在洗脸池里吐掉嘴里的牙膏。他现在头痛欲裂，“泰勒诺？”

听到这么个小小的要求，福德喜笑颜开。他的牙齿、眼镜还有前额都绽放出喜悦的光芒。他从艾尔比的身旁探过去，打开小药箱，从第二格里拿出他需要的药。“泰勒诺，”他自豪地说，“你不舒服？”

“头疼。”他瞟了一眼药箱，里面有好多药，泰勒诺、儿童泰勒诺、滴眼液、滴耳液还有滴鼻子的药水。

福德用黄色的杯子接了一杯水递给他，那是一个公用的杯子，“赶快睡觉，这个药有助于睡眠。回来这一路距离不近。”

艾尔比吞了四片泰勒诺，点了点头。这点头的意思既有感谢，也是向他道“晚安”。福德很严肃地点了点头，然后退出了卫生间，还顺手将门关上了。珍妮特告诉过他这个友好的家伙是从哪里来的，但是他现在已经忘记了，纳米比亚、尼日利亚还是加纳？突然他想了起来。

应该是几内亚。

白天的时候，孩子睡着了之后，无论宾图的动机是什么，即便她不是姐夫的第二个老婆，艾尔比也不愿意一直待在家里。一方面是房子里真是太热了，热的就像是在站在赤道上。暖气片的引出管伸向地下室，发出“嘶嘶啦啦”的声音，听上去好像是有人要把它敲碎似的。宾图和达尤对这声音都不以为意，但是却让艾尔比抓狂。难怪珍妮特和福德早早地就出门去上班。一台加湿器不停地往这个逼仄的房间里喷着水汽，八成是想在布鲁克林这个高楼环伺的地方创造出撒哈拉南部地区的气候吧。“这个对肺有好处。”艾尔比正想坐起身来看能不能把它关了，宾图笑着阻止道。通往救生通道的窗户被挡住了，他只好走下四楼去抽根烟。第三次下楼抽烟的时候，他把自行车一起扛了下去，骑着驶上白雪覆盖的街道。下午一点多左右，他找到了一份骑车送信的工作。

每到一个城市，他都能找到这样一份差事。他也觉得这是唯

——一份适合他干的事情。叫他纵火犯肯定不合适，自从十四岁之后，他就再也没生过火，哪怕是在壁炉里生火他都没有再做过。现在，他已经二十六了。问他什么时候可以开始上班，他说马上就可以开始。于是这一天剩下的时间就是尽快摸清曼哈顿的路线。这个并不复杂。

“你太了不起了。这就是说你决定留下来了。旅行的人是不会在第一天就出门找工作的。暂住的客人更不会去找事做。现在，你是这里的居民了。一旦住下来，你就拥有了整座城市。”

珍妮特微笑着看着自己的弟弟。珍妮特的微笑就是这个样子，眼珠在眼眶里微微地转动。非洲人，她似乎是在这样说。你能做什么呢？她上身穿着毛衣，下身穿着裙子，这是她上班时穿的工作装。她研究生的时候是学习生物工程的，可是到二年级的时候怀孕了。珍妮特原来一点也不笨。她告诉艾尔比，前一夜他们还决定要去堕胎，后来就决定要来上一次激进的社会实验，那就是把孩子生下来。因为这个实验，她就不得不退学，转而去飞利浦做起了一名现场服务工程师。她负责从皇后区到布朗克斯区这一片区域核磁共振仪的仪器安装、使用指导和售后服务等工作。

“我把电源插上，”她轻快地说，“教他们看懂说明书。”虽然这份工作不需要动什么脑筋，也没有什么精神上的滋养，她本来是可以继续做下去的。昨天晚上在给艾尔比铺床的时候，她解释给艾尔比听。本来她可以一直干到福德从纽约大学拿到公共卫生学博士学位，等到达尤年龄再稍微大一点就可以上日间托儿所了，“达尤托儿所”，他们在家里这么叫。“我再不去上学的话，”她一边往沙发上铺床单一边小声对艾尔比说，“这场激烈的社会实验就要失败了。因为再不去上学我估计就得自杀了。”

艾尔比抱着孩子，珍妮特热着宾图为他们做好的晚餐。福德架好桌子，打开一瓶酒，一边讲着今天发生的事情，“美国人喜欢给非洲人接种疫苗，对于《纽约时报》而言，最美妙的照片莫过于一群灰头土脸的尼日利亚孩子排队等着接种疫苗。但是给她们自己的孩子也接种疫苗，这些纽约的母亲们就会说疫苗已经过时了，说疫苗不是人体自然产生的抗体，说疫苗可能导致比起要抵抗的疾病更为严重的问题。今天我花了一天的时间，就是要说服一个上过大学的女人，带她的孩子去打疫苗。我应该上医学院，不是医生，他们都不听我的。”

“我听你的，”珍妮特对他说，“别上医学院。”

“有个女人告诉我说她根本不相信流行病学，”他用双手捂住自己的脸，“这太让人震惊了。”

“纽约这个地方麻疹已经灭绝，”珍妮特拍了拍他的肩，“麻疹这种流行病已经被人类打败了。”

珍妮特洗着拌沙拉用的青菜，福德将切过的面包片包在锡纸里面放进烤箱。在这个狭窄的厨房里，他们在彼此的身边，或进一步或退一步，准备着一家人的晚餐。

“你今天怎么样？”他问她，“肯定有让人开心一点的事情吧。”

“你是指医院地下室里核磁共振仪展示会吗？”

福德停了一秒钟，笑着摇了摇头，“算了，算了。”他转过身来看着自己的妻弟，一脸的期待，“我说艾尔比，你今天过得怎么样？”

艾尔比抱着外甥换了一下手，对着孩子说话，“门口的保安把我拦了下来，我给他们看了我的身份证，然后就让我进去了。但是在电梯口又被第二个保安拦了下来，又说我不能上去。”

福德深以为然地点了点头，“这发生在一个白人身上，真是让人印象深刻。”

“我差点被 M16 路公交车给撞到。”

“好了够了，”珍妮特说着把一碗蔬菜沙拉放到桌子上，“你也别讲了。”

“那这就该轮到达尤了。”艾尔比说。

福德从他手上接过孩子，“达尤，别人的我都不想听了。我的儿子，说一说，今天过得开心吧？”

“舅舅。”达尤喊叫着，伸出双手试着往前走。

一直以来，艾尔比都生活在社会的边缘，甚至有好多次都已经跨过边缘，跌进深渊之中。看着窗外的夕阳洒落在布鲁克林鳞次栉比的建筑物上，他不知道眼前的生活是不是才是人们的追求——为家人做晚餐，拥抱孩子，讲述一天的所见所闻？是不是这才是生活本来的样貌？

艾尔比的自行车就是一个大杂烩，各种配件，各种维修，现在已经很难说这是一辆“施文”牌自行车了。他的工作就是递送小件的包裹和一些需要公证签收的保险单据，以及其他一些很有潜力的手稿之类的东西。有时他需要拿到对方的签字之后再把文件送回到原处，有的时候他还要在见证人一栏签上自己的名字。纽约这个地方有送不完的邮件，总是有人需要把什么东西送到某个特定的地方。所以一天下来，他真是忙得马不停蹄，直到他自己喊停才会结束这一天的工作。还是像以前“该死的单车男”那个时候一样，他会从公交车前面驶过，从出租车之间穿过，吓坏了这些来自康涅迪克州的司机们。游客们看见他的自行车朝着自己冲过来，吓得赶紧往路边上躲。到了目的地，他会把车放到肩膀上，像是扛着自己的弟弟一样，走向电梯间。他比自己父亲还要高出两三英寸，个子已经够高了，但是肯定还有好多人比他还高。只是他太瘦了，这就愈发显得他个子高了。往往那些前台工作人员看到一个瘦高个儿拿着个马尼拉纸质的信封，肩上还架着一辆自行车走进来，脸色都会不禁一变，只见那自行车还在他的肩头上压出一道凹槽。黑色的文身，长长的发辫，他的样子简直就是一副活动的骨头架子，就像是死神光临一样，似乎他已经准备好了要骑着车将他们统统带走似的。

“你该增加热量的摄入量。”晚上当他一瘸一拐地爬上楼回到家的时候，珍妮特这样对他说。

“职业病。”他答道。不论你信不信——白天的时候他已经和好几个房屋中介见了面。

艾尔比挣了些钱，最开始几个月他还在考虑要不要明天或者什么时候就离开，现在他开始把自己挣到的工资的一半交给珍妮特，让她来交房租、买酒和咖啡，或者作为达尤的教育资金或她自己的学费。剩下的那一半，他都换成一百美元一张的大面额钞票，卷起来塞进自己的旅行包里带拉链的隔层中。他最开始是尝试着把钱交给福德，但是福德连看都没有看一眼。第二天他就只好在地铁站等到自己的姐姐，然后把钱交给她。珍妮特点了点头，就把钱装进了口袋。

“你觉不觉得什么时候我们应该去接受一下治疗？”他们说着话，经过路边的酸奶店，经过修鞋的铺子，经过那些在门口摆着好多水仙花的韩国超市。可能她以为他给她钱是想让她去看一看医生。“要是我们确定接受心理治疗的话，最好把霍莉和妈妈也叫上一起，让她们也同时通过电话进行治疗。”艾尔比告诉过珍妮特说自己暂时还不想和妈妈通电话，但是，珍妮特早已给母亲打了电话。她总是在上班的时候给妈妈打电话，告诉她这里发生的一切。

“那么爸爸呢？”艾尔比问。他的一只胳膊搂着珍妮特的肩膀，走在熙熙攘攘的街道上。他也不知道为什么，这样的事情过去从来没有发生过，但是这种感觉好极了。姐弟两人走得那么的合拍。

“我敢打赌爸爸早就治疗过了，估计他的治疗早就结束了吧。”

“从来没有说要通过电话的方式和我们一起治疗？”

珍妮特摇了摇头，“他估计想都没有这样想过。”艾尔比到布鲁克林来是想在这里改过自新重新做人，现在从一定程度上讲，他已经做到了。除了还是会喝酒，但他已经在极力地控制酒精的量和饮酒的频率。还会去玩快球游戏，这让他晚上有去处。抽烟就不用算在内了。所谓的坏习惯其实就看你从哪个角度去考察。以他的过往来考察他现在的表现，任何知道的人都会说他现在已经判若两人了。他也攒了些钱，够他自己出去租房子住了。但是他却没有想要搬走。现在的房子真的是小的有些可笑，但是珍妮特和福德让他真的不愿意搬走。每天一进门，达尤就抱住他的腿，把自己的一双小脚踩在他的脚背上，还用自己的手臂抱住他肌肉壮实的小腿，让艾尔比把他提起来。“舅舅”是达尤最喜欢说的词，所有词语里面这个词发音也最准确，每天叫个不停。艾尔比很喜欢这个沙发，可惜对他来说稍微短了一些。每天傍晚骑着车回到家，他会让宾图早几个小时离开，这样一来他就可以带着达尤去公园玩。这是他最享受的时光。晚上他回来晚了，看到福德还坐在门口的台阶上等他，身边放着啤酒。这种场景让他感动，但是他却不知道那种感觉叫什么才好。迟早他都得离开，但是在此之前，他愿意从中国超市里买些芝麻酱味道的面条回家，每天早上起床，他会主动把毯子卷好塞到沙发的后边。每个月总有那么几天晚上，他会很晚才回家，为的是能给他们一些私人的空间。回到家，开门进去，他会尽可能地轻手轻脚，为的是不要吵醒熟睡的亲人。

“昨晚你去哪里了？”珍妮特总是会问他，这个时候艾尔比心里会想“她在挂念我”。

最开始，外出晚归的晚上他会去酒吧或者电影院，很快他就发现，这些地方随随便便就能花掉他一天的工资。后来他就去图书馆，坐到关门才离开。然后去基督教科学阅览室，坐在那里直到也关了门。根据所读书本的质量和情节的缓急，他有可能会去二十四小时都不关门的公共洗衣房看书。坐在那些死去的飞蛾和“轰轰”作响的烘干机旁边，伴着无处不在的干衣纸的味道，他在那里继续读书。他认识了好几家出版社的前台接待人员，每次给他们送信的时候，他都会问一问他们最近在看什么书。这样一来他就总是有书读。给别的地方送货，他很少收到任何礼物，倒是出版社的前台人员不介意给这个死神般的骑自行车送信的小伙子一本书去读。

“告诉我你觉得怎么样。”其中一个对他说，他对她报以微笑。艾尔比的微笑是那么的耀眼，他童年时候矫正牙齿带来的奇迹超乎一般人的想象。有这样一个微笑，前台的那位女接待已经觉得收到了作为回报的礼物。

六月份上旬的某个午夜时分，艾尔比又在威廉斯堡的洗衣房里看书。街道上，出租车依然在呼啸而过，但是喧嚣声已经淡去了很多。这本书是昨天读的，看得太入迷，竟然让他忘记了时间。这本书不像平时他读的那些惊悚或者侦探类的小说，维京出版社的那位前台接待员决定要给他一些好书看。她不仅仅给他本周才上市的书，有的时候她就是这么做的。她曾经给过他《大卫·科波菲尔》之类的书，还说她觉得他会喜欢，说像他这样的人应该会想到去读一读狄更斯。于是他就开始读。这是本他应该在弗吉尼亚上学期间就读完的书。那个时候一连好几个月，他和别的小孩子一样把《大卫·科波菲尔》放在书包里背来背去，但是从来没有想要翻开看一页。“我在弗吉尼亚的时候要是就遇到了你的话,”看完之后他对那位前台女接待说，“指定不会考试不及格。”

“你是从弗吉尼亚来的？”她问。这个女士和他母亲的年龄相仿，可能要稍微年轻几岁。他能看出她是个聪明能干的女人。这样的对话往往不会超过两三分钟，但是他很喜欢和她交谈。艾尔比有事在身，而她办公桌上的电话也总是响个不停。她拿起电话，请对方稍微等一等，不等对方回答，她就挂断了电话。

“也不是从那里来,”他说,“我小的时候,在那里住过一段时间。”

“站着别走，”她说，“就一会儿。”她再出现的时候手里拿着一本平装书，书名叫《与你同行》。“这本书去年大获成功，还赢得了国家图书奖，销售量惊人。你看过没有？”

艾尔比摇了摇头。去年他还在旧金山，送货挣到的钱都买了食品。东岸就算有一颗流星划过天空，他也不可能知道。

她把书翻过来指着背面一个男人的照片，“这是他十五年来完成的第一本书，可能还不止十五年。本来大家对他已经失望了的。”电话铃声再次响起。暂停键上面的灯闪烁起来，是时候工作了。她把书递给他，然后挥挥手和他说再见。他微微向她鞠了一躬，微笑着离开。

纵观整本书，全书开头或者说第一章的大部分内容他都非常熟悉，故事脉络清晰，娓娓道来。最接近事实的是，这本书很快就让他入了迷，慢慢地他读出了一种身临其境的感觉。这种感觉真是太疯狂了，还没有读多少他就深深地爱上了这本书。

故事发生在弗吉尼亚的一对邻居身上。一对夫妻是老住户，另一对夫妻才刚刚搬过来。两家共用一条车行道，相交甚欢。关系好到能够互相借一些杂七杂八的东西，能够帮忙给对方照看孩子。好到两家人一起坐在平台上，喝着啤酒谈论政治。其中一家的丈夫从政。两家总共有六个孩子，你家跑我家窜，女孩子们亲密无间，关系好的总要挤在一张床上睡觉。顺着这个思路往下看，不难看出故事的结局，只是谁也没有料到会发生一些糟糕的婚外恋情，成为他们各自的生活无法预知的沉重负担：工作、房产、友谊、婚姻还有孩子，可以说他们以前辛辛苦苦为之奋斗的幸福都在那一刻凝固成不可能。那些曾经美好无双的孩子们，现在变得像一团蛇一样棘手。年龄最大和最小的两个都是男孩子，中间是四个女孩。从政的那一家有两个女儿，当医生的那一家有两个男孩两个女孩。从政的那个男人爱上了医生家的妻子。丈夫变成了别人的丈夫，妻子变成了别人的妻子。年龄最小的那个男孩无法接受这样的变故，这着实成了一个大难题。他就代表着无法克服的种种麻烦。情人们除了依然要工作，依然住在那房子里，想尽一切办法单独在一起。他们真正想要摆脱的其实是那一群孩子，尤其是那个年龄最小的男孩子。其他的孩子们也烦有这么个小跟屁虫，索性就给他喂下苯海拉明药片，为的是没有他在身边碍手碍脚。最大的那个孩子对蜜蜂之类的昆虫过敏，他的兜里总是揣着苯海拉明。给最小的孩子喂了药片，然后把他放在洗衣篓里，再给他盖上几层要洗的床单，然后他们几个就可以无忧无虑地骑车到城里的游泳池去玩。谁都不想束手束脚，谁不想一身轻松？

艾尔比用大拇指按着正在看的那一页，合上书。洗衣房突然变得冷起来。此时的洗衣房里多了两个年轻的朋克，男孩子的头发用胶水定了型，根根直立，女孩子的鼻翼上打了孔，还装了两个鼻环。他们两人坐在一边抽烟，洗衣机里洗着他们的衣服，乌黑的洗衣水在机子里打转。那个女孩子似笑非笑地看了艾尔比一眼，估计以为他也是一个朋克。

那个小男孩知道那是苯海拉明药片吗？其他孩子管那个药片叫嘀嗒糖，但这个最小的孩子知不知道真相呢？他有的时候醒来发现自己在床底下，有的时候在草地上，有的时候在汽车里，或者是在洗衣篓里身上还盖着毯子。小的时候在弗吉尼亚，他有时醒过来发现自己躺在洗衣间的地面上，身上盖着要洗的床单。他搞不懂为什么自己睁开眼睛的时候会在那些地方出现，他都不记得自己睡着之前去过那里。“因为你是个孩子啊，”霍莉对他说，“小孩子需要充足的睡眠。”

艾尔比的手冻得有些发僵了。他把书放到邮差包里，将车推到街道上，车轮滚动，车条发出“嘀嗒嘀嗒”的声音。那两个朋克好奇地看着他离开，搞不懂他为什么没有带走洗完的衣服。虽然下一部分还没有读，但是艾尔比已经能够猜出要讲的内容。一定是关于年龄最大的那个叫帕特里克的男孩子的死亡，关于如何在需要的情况下给那个最小的男孩子喂苯海拉明药片。他觉得这本书上所写的不会是真的。

艾尔比推着车走在街道上。他有没有在那些发生在丹麦的侦探故事中发现自己的影子？他有没有在那些滔天浩劫的惊悚小说中发现自己？问题的关键是不是他总是将自己看作是这个世界的中心？

这不应该是问题的关键。

回到家的时候已经是深夜两点多了，他打开卧室的门，站在床脚边。珍妮特、福德和达尤都睡得很沉很香。也许是他们潜意识里已经接纳了和他住在一起，所以根本没有听到他回来的脚步声。也有可能是白天他们都太累了，不管是谁站在这里他们都不会醒。外边的灯光照进卧室也毫无影响。这里毕竟是纽约，即便是晚上也不会太黑暗。达尤仰面朝天地睡在两个大人中间，珍妮特的一只手放在他的胸口上。看着别人熟睡的样子真是件令人无法忍受的事。她有没有告诉过福德曾经发生的事情？可能她告诉过丈夫自己的一个哥哥早早就去世了，除此之外，还会告诉他什么别的吗？艾尔比对谁也没有讲过，他没有告诉过小时候一起骑车的那几个小伙伴，也没有告诉早上和他一起喝咖啡的其他快递员，就连当时在旧金山和他亲密到共用一个针头的艾尔莎，他都没有告诉。他甚至从来都没有提起过卡尔。把手放在姐姐的脚上，连着床单和床罩一起，他捏了捏她的脚。她还在睡梦中，只想要挣脱。但是他还是捏着没有放手，直到她睁开眼睛醒了过来。谁也不愿意被弄醒之后发现床头站着个人。珍妮特轻轻地叫了一声，那完全是因为恐惧才发出的声音，这个声音让她的弟弟心痛不已。她的丈夫和孩子依然在安睡。

“是我，”艾尔比小声说，“起来。”他指了指卧室的门，然后走到客厅，站在那里等她出来。

第六章

在阿默甘西特海岸边租了一栋房子，里昂·博森准备到那里去度过即将到来的夏天。从这栋房子往外看，大海并不在视线中。只有写出一本完全不同的小说，才有可能负担得起一栋看得见大海的房子。但是，不管怎么说，这是一栋相当漂亮的房子，宽敞的大厅，明亮的房间，门廊宽的放得下一张坐卧两用大长椅，厨房里还有一张硕大无比的餐桌，看上去好像是清教徒们已经拼好了大餐桌，迎接即将开始的感恩节大聚会。这栋房子的主人是一位女演员。她本人现在正在波兰拍夏天的戏，夏季也是她唯一工作的季节。房地产经纪人曾经明确告知这栋房子不能向外出租，鉴于这位演员是利奥的忠实粉丝，便答应租给他。事实上，她是希望在拍摄《与你同行》这部电影的时候，自己能够扮演其中的某个角色。她希望自己能饰演那位有了婚外情的女医生，希望利奥住在自己家里，一整个夏天看着自己那些可爱的东西，还有自己的照片，到时候选演员的时候会首先想到她。

为了防止出现任何不明的纠葛，利奥告诉房屋中介，根本没有什么拍摄电影的协议。

中介只好作罢。即便像她这样对电影行业一无所知的人也知道，演员人选在对外公布之前都是各方关注的热点，至于说对电影《与你同行》演职人员的选择，只怕是她无法插手的事情。“没事儿，”中介说，“电影拍摄之前，她还会努力的。”利奥租这套房子是想趁着夏天的时光好好写一写自己的下一本小说。新书的大纲还没有写好，他的图书经纪人早已经将它卖给了出版社，反正《与你同行》这本书已经启动了新书的售卖机。他租这一处房子也是为了哄弗兰妮开心。他告诉她说，到时候她什么也不需要做，每天躺在客厅宽大的沙发里看看书就可以了，或者骑着自行车到海边去看书也可以。“沙滩，海浪，玫瑰。”他一边说一边用手指挑起她的几缕秀发，又任其在指尖散落。吃过晚餐，他们并肩坐在门廊里，他给她读这一天里的创作成果。“这个假期听上去挺不错。”但是，这个假期他们过得真不怎么样。傍晚时分，微风徐来，高高的树篱笆遮住了偷窥者的视线。他们哪里知道，正是坐落在山顶的这栋美宅成了毁掉这个假期的罪魁祸首。

几棵果树随意地栽种在宽阔的草坪上。冬长暑晚，仍有几棵树还在开花。现在六月已至，草坪上的那几棵樱桃树依然花团锦簇，开满了深粉色的花。每逢星期三，园艺工人就会上门来修剪一番这开满花儿的樱桃树。不多时，一个秘鲁籍的工人就会带着一个大网兜过来，将落在游泳池里的花瓣都捞走。房子有五个卧室，都是统一的斜顶天花板外带天窗的建筑样式：临窗放着座椅，床上铺着软软的被褥，四等分橡木铺就的地面上覆盖着手工编织的地毯。里昂·博森告诉那位女房屋中介说自己只想找一处小巧别致的地方，但是对于他的要求，她却不以为然。“按照你和我们签的协议，越小的房子反而越贵，”她说，“要是真的按照公平的市场价格出租，你都不知道这栋房子会要你多少租金。多余的房间你要是用不上，我建议你把它们锁上就好了。”

听上去这个问题得到了完美的解决。但是大自然似乎很讨厌夏天在阿默甘西特的海岸边居然有一间空置的卧室。尤其是这些空房间的主人是一位女演员，而租住这些房间的人又是一个小说家。谁不想来一探究竟呢。他的小说编辑埃里克，这个人恨不得雇上一队保镖每天带着枪保护自己的摇钱树，第一个打电话来。说是能在远离城市喧嚣的地方聚一聚，一起探讨一下关于新书写作的事情，那一定是件妙不可言的经历。埃里克说为了避开交通高峰他星期四就赶过来，他的妻子玛莉索要参加一场开幕式，晚一点才能到。他估计星期五那天玛莉索过来的时候需要乘坐当地的小型公交车才行。

玛莉索？利奥迟疑了一下，还是马上愉快地应承下来了——好的，好的，到时候大家好好聚一聚。挂断电话，他看了看面前的黄色的拍纸板，又看了看窗外。下雨了。他静静地坐着，欣赏窗外那棵开满了花的樱桃树，思忖着人们是不是也砍下樱桃树造纸，然后做成拍纸板呢？起身下楼，他想问一问弗兰妮，是时候该开车到城里去吃午餐了。

“埃里克要来也好。”利奥对弗兰妮说。雨下得不大，他们就在咖啡馆外面的凉棚下面坐下来。这家咖啡馆他们每三天就会光顾一次，感觉棒极了。“我到时候问一问看能不能给你找份工作。知道吗，你要是做编辑肯定会比他做得好，这个我敢肯定。”

弗兰妮摇了摇头，“算了吧，不用麻烦他。”

服务员走了过来，利奥碰了碰自己的空酒杯。已经是下午两点钟了，这个时候吃午餐真是够晚的。“你要是不说他也会看出来。我到时候只会提到你想找个事情做一做。或者我会跟玛丽索说。”

“埃里克又不是不知道我，”她说，“他要是想雇佣我的话自然会和我联系。”埃里克肯定知道弗兰妮和利奥不在纽约常住，事实上，他们每次不管待在哪里都不会超过四个月。这样的话，做任何一般的工作都不可能。更何况，弗兰妮也不确定自己是不是真的想当编辑。

“埃里克在派对上见过你，要说认识，倒是真的没有过。这次他来就是个好机会。”

周四下午，埃里克来了之后他说自己不介意留下来吃晚饭。这个周他每天晚上都得到外边去应酬，现在能在这里边谈边吃晚餐真是倍感轻松。埃里克身材瘦削矮小，一副送信人的模样。估计是有人说过蓝色和他眼睛的颜色很搭，因为弗兰妮从来没见他穿过其他颜色的衣服。他抬头看着楼梯，满含情感地摸着楼梯的扶手。

利奥看了看弗兰妮，“那好吧，你说呢？”本以为也没什么大不了，可事实却绝非如此。她以为就是一顿晚饭的事儿。弗兰妮到厨房去给帕尔玛大厦的杰雷尔打电话，向他请教怎么做牛排。这个时候他肯定刚刚上班，应该正在切香芹。

“吧台美女，”他说，“赶紧滚回来上班啊。你知道除了你没人愿意给我倒杯水。”

她笑了，“你是说让我整个夏天都来给你倒柠檬水？你是我的朋友，现在就帮帮我吧。”

杰雷尔正在经理的办公室里站着，经理这个时候正盯着他。怎么还会有电话来找厨师。他告诉她要先在牛肉上面抹一点欧贝调味料，让肉入味儿。“只抹一点就够了。做牛排放多了不好，”接着他详尽地给她讲了如何做芦笋、如何煎土豆的一些基本知识，“还要买一些沙拉和面包，可得花点钱。你不会准备全部自己做吧。”

商店、肉店、面包店，弗兰妮一家挨着一家走，最后还去了趟酒类专卖店，买了一瓶苏格兰威士忌和一瓶杜松子酒。回到房子，将刚才采购的东西从车上统统搬进厨房。利奥和埃里克说什么也不愿意一起到城里去购物，说是要趁机先谈一谈小说的事情，工作优先嘛。利奥沙哑而高亢的笑声从房子旁边的飘窗阳台上飘过来，他说在那个阳台上抽烟也没有关系。为了表示友好，弗兰妮拿了两杯冰块和一瓶麦卡伦威士忌到阳台上去。二十九岁的她今天穿着一身沙滩装：短裤，拖鞋，搭配一件 T 恤衫。大家在玩过家家，今天她当女主人。

“埃里克，你见过这个姑娘吧？”利奥坐在椅子上，双手放在她的屁股上，把她推到他的面前，“多美的人啊，像梦一样。”

“的确像是梦一样美。”埃里克回答道。然后问弗兰妮可不可以给他一大杯加冰了的佩莱格里诺或者是皮埃尔矿泉水。

弗兰妮点了点头，很高兴自己预先想到并且买了赛尔脱兹牌的天然气泡矿泉水。她转身回厨房。他们没有谈论要写的小说，而是在谈论契诃夫。埃里克不确定重新翻译的十卷本契诃夫是否还有市场。她不明白到底是哪一个故事让他们如此捧腹。

作为一个主张女权的人，弗兰妮不禁要问自己为什么周四的晚上要给利奥和埃里克做晚餐，而那两位男士连手指都不会动一下。周五玛丽索也从城里赶了过来。她穿着带刺绣的亚麻束腰外衣，围着一条红色的围巾。一来就直接坐到飘窗阳台那边，还说自己最想要的是来一杯白酒，要是有夏布利酒就最好了。看到玛丽索，她的心被轻轻地刺痛了，那感觉像是被人用塑料皮筋在后脖颈处狠狠弹了一下一样。她问玛丽索有什么可以为她效劳，玛丽索径直从钱包里摸出一支香烟来请她帮忙点上。她也抽烟，这让弗兰妮大为震惊。这到底是怎么一回事儿？

“这个地方真是棒极了！”玛丽索笑着从弗兰妮的手上接过酒杯，“但是，在我看来利奥才是最幸运的人。”

和前一个晚上一样的理由，大家依然不愿意出去吃晚餐。玛丽索侧身看着那些开着花的樱桃树，“离开这个地方出去？然后和那些都是坐小型公交车过来的人挤在一起吃晚餐？真是身在福中不知福啊。”玛丽索在索和区经营一家画廊。住在女演员的家里，听着女演员家蟋蟀的鸣叫，该是何等的惬意。

弗兰妮面色如常，但是利奥能从中看出那一闪而过的不悦。他拍了一下手，似乎想要调动一下气氛。“那就吃和昨天晚上一样的晚餐，昨晚上的晚餐真是完美，那就再吃一次。没问题吧，你看呢？”他问弗兰妮。

“玛丽索不吃肉。”埃里克很绅士地笑着说。埃里克和玛丽索同利奥的年龄相仿，估计都是刚刚六十岁出头。他们的一个儿子正在约翰霍普金斯医院的皮肤科做住院实习医生，还有一个女儿在家里做全职妈妈。

“吃鱼吧，”玛丽索说着模仿女童子军的样子说出了自己的请求，“我真的是一个素食主义者，但是在有人的情况下我会吃点鱼。”

他们三个人都坐在藤椅上，背后靠着象牙白色松软的靠垫，满脸天真和期待地看着弗兰妮。再给杰雷尔打电话请教已经不可能了，再打给他准会被他骂作是个愚蠢的傻瓜。想要做鱼只好给自己的妈妈打电话了。“还有什么别的吗？”弗兰妮问。

埃里克点点头，“有没有什么松脆的东西？坚果或者饼干，最好是二者兼有的那种？”

“酒吧零食之类的。”弗兰妮说着转身去厨房拿自己的车钥匙。

弗兰妮和利奥的关系可不是这样子的。他们两人交往已经五年多了，这是一种建立在崇拜和相互不信任基础之上的关系。尽管过了这么多年，他依然不相信她会真的和他在一起：并不仅是因为她太年轻（不是年轻一点，而是根本不同时代的年轻），也不仅是因为她拥有他这个年纪不配拥有的美貌。最关键是她简直就是一根能将他拉回到工作中的电缆：她就像是电流一样，闪着火花。弗兰妮·基廷就是生命本身。对于弗兰妮而言，她能像称呼安东·契诃夫一样称呼里昂·博森，和他同床而眠，每天醒来知道他就在自己的身边。虽然时光流逝，这依然让她怦然心动。除此之外，对她来说那些毫无意义的生活，却是他最有意义的内容。

但这并不是说他们之间就没有问题：关于那无法预知的未来，现实一点说，注定被两人之间三十二年的差距，以及利奥过往的人生所区隔。从法律上讲，利奥到现在依然没有离婚。他那位在洛杉矶的妻子时刻握着对未来版税的分享权利。那是一份十分乐观、又让人心动的权利。只要新书一出版，就自动到账。任何一本还没有完成的书作，利奥都断然地拒绝放弃。不久前刚刚出版的那本畅销书，接着又有一大堆的预订。这让他赚得钵满盆满。再加上获奖以及广阔的外销市场。当到了重新进行版税检查的时候，他的妻子肯定会委托律师来好好地清算一把。

现在这个时间段利奥应该很有钱了吧，但是他有数不清的尊贵客人和重要的机构要招待——这让他仅仅能够保持收支平衡。而且这些客人让他分身乏术，无暇顾及新书的创作。是啊，钱是不少挣，但那是一条河里的水却要流到数不清的沟沟岔岔里去。他为了和第一任妻子离婚付了不少抚养费。第二任妻子的结局也一样。这个女人让他花了不少钱。和第一任妻子生的女儿总是缺钱花，因为她缺的不仅是钱，但是要钱是最容易表达她各种需求的方法。他和第二任妻子生了两个儿子，这两个儿子根本懒得和他说话——一个在凯尼恩学院上二年级，另一个是洛杉矶的哈佛西湖学校三年级学生。他们的学费以及各项开销，统统都要利奥来支付。

弗兰妮也知道早该清晰地规划自己的人生了，但是利奥紧紧地抓住她不放，就像是小孩子抱着自己最心爱的毯子一样。诚实地讲，一个人为自己的偶像所需要，自己的偶像如此离不开自己，那种感觉真是妙不可言。对弗兰妮来说最有可能的是申请某个大学的研究生，但是她现在也不确定自己到底学什么才好。所以她也乐得将自己打扮得漂漂亮亮的陪着他出席诸如斯坦福大学或者是耶鲁大学的系领导为他准备的晚宴。隔一段时间她还是会回到帕尔玛大厦去工作上一两个月，这个时候就一个人住在湖滨北大道的公寓里。她的一切花销都由利奥买单，所以钱不是问题，关键是她很怀念自己挣钱养活自己的感觉。更何况，还可以和老朋友们见面，而且每次她再回来上班帕尔玛大厦也从来不拒绝。

“简直是疯了，”他总是在已经喝得醉醺醺的时候给她打电话，“我孤零零一个人在这里，你反倒去给别人当服务员？明天一早你就赶快坐飞机回来，我会给你把机票寄过去。”这可以算作是他们两个人之间的玩笑话。但是说要寄一张票给她，这也不能完全当成是玩笑而已。

“你会没事儿的。”这个时候弗兰妮不会把电话里的那些话当真。因为，第二天一大早，待他醒过来之后，就什么也记不得了。“这样也好，我真的需要时不时地出去工作一阵子。”

“你已经是在工作了！当全世界都对我无能为力的时候，是你为我提供了源源不断的灵感。我会给你开工资的，一会儿就给你开张支票。弗兰妮，我写的书也是你的书，是你的书。”

但是真到写书的时候，就完全是另外一回事了。他会说她讲述的那些事情只不过是他想象力中的一鳞半爪而已，他小说里写的根本不是她的家事。谁也看不出那里面有他们的影子。

但是，那就是关于她家人的故事。

除了巨大的年龄差异以及他那位不睦的妻子，更令她作呕的是他居然要把她的家事写进小说里。读着小说的终稿，她感觉到心惊肉跳。弗兰妮和利奥真是了不起。这的确是本不错的小说，但是对小说的内容她并没有丝毫的羡慕。她只是觉得这是里昂·博森的作品，是自己让这件作品成为现实。

每个人都能掰着手指算清楚，但是大家肯定会忽略他们二人之间另一个不得不提的问题，这个问题即便是在弗兰妮看来也算不上什么问题：那就是她滴酒不沾。无论弗兰妮怎么轻描淡写地搪塞，在利奥看来这完全是禁欲式的生活方式。和朋友在一起的时候她是这样，他们两个人在城里吃完晚饭的时候，利奥早已经三杯灰比诺白葡萄酒下肚，而她依然一滴酒都没有喝，饭后她就主动地坐到驾驶位上去开车。即便没和他在一起，她一个人远在异地的时候，她在喝酒这件事情上的做法也没有任何的不同。她解释说是因为很久以前她因为酒后开车，结果发生了车祸，打那以后她就再也不喝酒了。就为这件事情，他对她没少劝。但是弗兰妮的态度让他感受到她作为一个学习过法律的人的那一面。在他眼里，弗兰妮不回学校完成学业真是巨大的浪费。

他总是这么对她说，“你那次是不是撞死了人？”

“我才没有呢。”

“是把人撞伤了？还是压死了一只狗？”

“都不是。”

“你有没有受伤？”

她合上书，深深地叹了一口气。她正在读约瑟夫·罗斯的《拉德茨基进行曲》，这是他推荐她看的书。“这件事情你就饶了我吧。”

“你是不是个酒鬼？”

弗兰妮耸了耸肩，“怎么可能？应该不是。”

“那你为什么不喝一点，陪陪我呢？在家里喝一点有什么关系，又不需要开车。”

她弯腰吻了他一下。这表示她不想继续探讨这件事。“你尽可开动脑子，”她温柔地说，“还可以想得更精彩一些。”

弗兰妮到厨房去给她的妈妈打电话。她的妈妈住在弗吉尼亚州。“晚餐要做鱼，”她说，“四个人，我完全搞不定。”

“为什么不出去吃呢？”她妈妈问。

“估计不行。这简直就和《加州旅馆》唱的一样，人们一旦进了门就再也不想离开。要是不需要做饭的话，我也一样不想离开。”

“你做饭？”母亲说，“我知道了。你有没有参观一下她的柜子？”

弗兰妮大声地笑了。妈妈总是能够正中要害。“格调牌的比基尼，一柜子的丝质吊带裙，好多件开司米长毛衣，轻的像羽毛一样。还有好多你见都没有见过的鞋子。她的脚小的像个眼药瓶，你都不晓得多么瘦。”

“她穿多少码的鞋？”

“七码。”弗兰妮曾试着想要把脚塞进一双拖鞋，感觉自己一下子成了灰姑娘的那个同父异母的妹妹。

“我要是在的话就可以帮你做饭了。”妈妈说。

弗兰妮笑着叹了口气。她妈妈的脚也十分的小巧。“不想再有客人来。现在的客人已经是大麻烦了。”

“我不是你的客人，我是你妈妈。”她轻声对她说。

那一刻，弗兰妮在想，要是妈妈就坐在沙发的另一头读着书，该是多好啊。经常都是弗兰妮一个人回到弗吉尼亚去看望母亲，她在芝加哥的酒吧里上班的时候，母亲也来看过她。利奥和她妈妈仅有的几次见面，双方都很冷淡，礼貌而已。她的妈妈比利奥都要年轻，也读了他写的《与你同行》那本书。很高兴在那书里，她变成一名医生。当然，要是书里彻底没有她，才是她最开心的事情。贝弗莉根本不相信利奥会把弗兰妮的前程和幸福放在心上。有一次他们在一起喝酒的时候，贝弗莉曾经直接这样对他说。他们两个人都不希望贝弗莉来扰乱他们的夏日美好时光。

“求你了，”弗兰妮说，“教教我怎么做鱼吧。”

她的妈妈放下电话去拿做海鲜的食谱，“你要是按照我说的做，反正你从来都不会按照我说的做。你要是哪怕只听我一次，你这辈子不知道会有多大的成功。”

她妈妈说得对。母女两人你一言我一语。埃里克和玛丽索说要想在曼哈顿吃顿好吃的晚餐真是不容易。弗兰妮的妈妈把一切都想到了，甚至沙拉里面要放油桃，要买哪种奶酪饼干都不忘提醒。客人们都很满意，弗兰妮也很满意。但是利奥依然没有和她一起进城去买东西。也没有任何人进到厨房里帮忙，哪怕是帮忙切个灯笼椒也没有人愿意。等到她去阳台上招呼他们吃晚餐的时候，埃里克正在读一篇契诃夫的小说。他抬起手示意她不要开口，要等他把故事读完再说。他这一读就读了将近十五分钟。弗兰妮心里想着锅里炖着的虾肉，炖的时间超过三分钟就不好了。这一顿饭，客人都十分满意。他们的表现也让人感恩不尽。埃里克挽起穿着的蓝色亚麻衬衫的袖子，将所有的碟子都收拢到水槽里。仅此而已。

星期六一大早，利奥的经纪人阿斯特丽德打来电话。前一天，她的秘书打电话到埃里克的办公室，本来和利奥没什么关系。办公室的人在交谈中提到埃里克和利奥都在阿默甘西特。阿斯特丽德在萨格港有一套房子。夏季的时候，她每周的星期四晚上会去那里，住到下周一早上再回去。难不成是他们想去那里拜访她？阿斯特丽德说他们今天傍晚也会到阿默甘西特来。“他们”包括她代理的一位作家，一个非常有潜力的年轻作家。这个年轻人在她那里已经住了两个星期了，确定了两本新作的定稿。

“我把地址告诉你。”利奥迟疑地说。

“不用了，”她说，“谁不知道你住的那栋房子呢？”

“阿斯特丽德？”埃里克有些不快，却尽量做到不露声色。

埃里克正在玩周六报纸上的填字游戏，连胡须都没有刮，他是懒得刮。

“她也没问。”利奥说。利奥蛮喜欢阿斯特丽德。埃里克却对她不太感冒，这也说明阿斯特丽德没白干，毕竟同行是冤家嘛。

“该吃午饭了。”埃里克说。

玛丽索从楼上走下来，穿着一件红色的泳衣，头上戴着一顶宽沿儿的遮阳帽。“我去游会儿泳。”她说。

“一会儿阿斯特丽德也会来这儿。”埃里克说。

玛丽索停住了脚步，用手抚了抚墨镜，“哦，她就住在萨格港，应该不会在这里久待。”

弗兰妮开车出去，在布里奇汉普顿一家价格昂贵的食品店买些做好了的午餐回来。把午餐放进车里，她开始意识到，这些人谁也不会马上离开，所以又转身回去买了晚餐一起带回去。利奥把信用卡交给她，这两顿饭花了他不少钱。回到家，阿斯特丽德已经到了，和她一起来的还有一个面色苍白的年轻作家，名字叫乔纳斯。乔纳斯头发黝黑，穿着黄色的亚麻裤子。这个人的饭量能顶其他所有人的总和。弗兰妮为此很伤心，包括明天的午餐都被一扫而光了，什么都没有剩下。

“为什么要重印契诃夫呢？”那位年轻的作家问埃里克，一边将那份香料鸡胸肉和柠檬水煮三文鱼统统放到自己的碟子里，“为什么没有勇气去出版一些俄罗斯年轻作家的作品呢？”

“可能是因为我没有在俄罗斯的出版社工作的缘故吧，”埃里克给自己倒了一杯酒，然后又给玛丽索的杯子里加满，“哦，还有一个原因那就是我不懂俄语。”

“乔纳斯会说俄语。”阿斯特丽德说，那语气像是个骄傲的母亲一样。

“当然会啊。”乔纳斯应声道。

阿斯特丽德点了点头，“而且他对苏联国内那些被拒绝移民的人颇有研究。”

“没有什么被拒绝移民的人，”利奥说，“七十年代的时候，那些人可以自由移民。”

“我专门研究苏联国内的被拒绝移民的群体，”乔纳斯说，“相信我，直到现在，还有大批的犹太人在饱受俄罗斯的压迫。”

“那你看是不是应该出版一些俄罗斯青年作家写的关于苏联时期被拒绝移民的这个群体的作品呢，而不是出版一个研究这段历史的美国人的书。难道这样做不是更能体现出足够的勇敢吗？”

“你不想出版我的书。”

埃里克颇有深意地笑了笑，“我们权且把它当成一个平局，怎么样？契诃夫是我的兴趣之所在，那被拒绝移民的人是你的研究重点。我们两个人关注的都不是新鲜事儿。”

“这个是要做北非粉蒸羊肉吗？”玛丽索指着沙拉拌黄瓜和番茄问弗兰妮。

“以色列的做法，”弗兰妮一边放菜一边答道，“就是量更大一些。”方才她在食品店的决定看来是对的。

该吃晚饭了，利奥和他的客人们都在房子里的沙发上坐着。乔纳斯看上去似乎正在忙活他的手稿，反正他的膝盖上放了厚厚的一叠纸，嘴巴里还咬着一支铅笔。来吃晚饭还带着手稿，这事够怪的。埃里克刚刚游完泳。两个小时之前他还说自己撑得吃不下什么东西了，现在也感觉到饿了。现在，他最需要的是来杯喝的。

利奥抬起头笑着看着他，“现在有点想法了。”

总算挨过了长长的下午时光，弗兰妮虽然不需要做饭，但是一会儿给这个烧水，一会儿给那个递碟子，要么就是给那个帮个忙之类的。多买的酒都被全部喝完了，现在连女演员家的卡巴度斯苹果酒和苏特恩白葡萄甜酒也不能幸免（“弗兰妮记一下，看我们都偷了她多少东西，”利奥一边在食物存藏室里翻箱倒柜，一边吩咐道，“我到时候要给她补上。”）。大家吃饱喝足后都出去了，弗兰妮一个人站在客厅里，一片狼藉，好像是酒神巴克斯闯进来过一样。她吸了口气，开始收拾打扫。

那个瘦高个子的年轻作家跟着她来到厨房。一开始，她还以为他有心想要搭把手帮忙，结果他只是感兴趣而已。现在，他戴了副眼镜，她不记得刚才看稿子的时候他是否也戴了眼镜。

“我和克诺夫出版社已经签了合同，”他告诉她，一边还用洗碗布包着一个玻璃杯拿起来，“不要告诉别人哦，我希望能和法勒·施特劳斯·吉鲁出版社（FSG）签约。在我还在上学的时候，就梦想着能在法勒·施特劳斯·吉鲁出版社出书，但是——”他朝弗兰妮耸了耸肩，然后斜靠在水槽边，“你知道的。”

“他们不想出版你的书？”她问。

乔纳斯看上去很伤感。“钱的原因，”他回答，“每个人都知道法勒·施特劳斯·吉鲁出版社没什么钱。”

弗兰妮清洗着碗碟，利奥走了进来。“你在这里啊！”他冲那位年轻作家喊道，张开双臂，一只手里还拿着个高脚玻璃杯，“我带你去看棵树。”喝了酒之后，利奥就喜欢大声嚷嚷。有的时候弗兰妮会想，窗户都敞开着，邻居肯定能听见他的嚷嚷声。

“一棵树？”乔纳斯问。因为靠水槽太近，他的杯子上附上了一层水雾。

利奥用手臂搂着他的肩，把他领走了，“走去看一看。夜色很迷人啊。”

“真的吗，利奥？”弗兰妮在他的背后问，“一棵树？我看这是你唯一能想到的。”

阿斯特丽德没有留下来过夜，但是与她一起来的这个年轻作家却留了下来。乔纳斯说他喝了酒就会晕车，现在他喝了酒，就不能坐车走了。他打量着这栋房子，然后说这里简直就和菲茨杰拉德小说里的情景一模一样，既然这样，留下来过夜也是理所当然的安排。阿斯特丽德要是留下来过夜还算情有可原，毕竟她收到了邀请。她主动说明天中午午饭前后会开车来接他。

女演员那些丹麦生产的瓷器都被放回罩着玻璃的柜子里，镀锌的工作台面已经被擦拭干净，垃圾也都清掉了。弗兰妮停下手来满意地环顾四周。这些客人的到来让她这三天可忙坏了，但这其实就是她的日常生活，她早已经习惯了。也许做饭依然是个挑战，至于添酒倒垃圾，清扫房间，外出购物以及安安静静地当一个听众，这些于她都是驾轻就熟。明天就是星期天了，一切都会在明天结束。弗兰妮真为自己感到自豪：她表现得恰到好处。对朋友们的招待十分热情，利奥一定会感激不尽。

每个人都睡眼惺忪余醉未醒，吃早餐的时候，要吃鸡蛋的人，个个都想吃到不寻常的做法。利奥宣布要开始工作了。他拿起拍纸本和几支笔，端着一杯苏格兰威士忌，还用大袋子装了两卷契诃夫文集（埃里克总算劝动了他，请他写完自己的小说，闲暇的时候为新版契诃夫文集写一点介绍性的文字），起身穿过草坪，到房子后边那个只有一个房间的小屋子里去了。一张小桌子，一个单人床，还有一把松软的椅子。屋子里还放着一盏奥斯曼式的落地灯。一看这装饰就能猜出这间小房子的功能：肯定不是为了写作，事实上，利奥也根本没有动笔。他到这里来完全是为了避开那一群因为仰慕这栋房子的名声而纷纷赶过来的飞蛾。

“他去工作了就好啊。”埃里克对弗兰妮说。他一双手握着咖啡杯，目送着利奥离开的背影，就像是一个站在海滩上的女人目送着捕鲸船消失在海平面上，久久不愿离开。“大家都要鼓励他，确保他一鼓作气写完这本书。他这次可不能再错失了大好的势头。”

弗兰妮想说“没有什么大好的势头了，因为压根就不会再有新作”，但是，她忍住没说出口。她很怀疑利奥是不是已经告诉过他这件事。“他一定会的，”她淡淡地应了一句，“等一切都安顿好，一切都安静下来就好了。”她能不能问一问他要乘几点的公交车离开呢？她看着埃里克，他一头花白的头发，细长而卷曲，眼镜推到头顶上。“让我看看公交车的时间，”她说，“我开车送你到车站，星期天的时候肯定排了好长的队，得等好久才行。”

玛丽索摇了摇头。“星期五来的时候我已经坐够了，星期天再坐一次，我是想都不敢想，”她看了一眼丈夫，“你准备什么时候回去？”

埃里克一前一后地摇着脑袋，好像在计算小费一样。“星期二？可能是星期二。我还要再查一下再决定。”玛丽索点点头，把手上的报纸推到一边，她看的是报纸的“时尚专栏”。

“好，我还要再住一天，我比你晚一天到。”乔纳斯穿着一件T恤和一条绿色的男士泳裤走进厨房。“能不能给我来杯咖啡？”他说，斜着眼睛看着早上的阳光，“我要去游泳了。”

弗兰妮真是有话想说，但是，最让她吃惊的还是那位作家的泳裤。“你哪里来的泳裤啊？”

乔纳斯低头看着自己，“这条泳裤？我也不记得了。好像是美国户外用品连锁店买的。”穿上T恤衫，在阳光的照射下，他看上去像个不足二十岁的小伙子。

“这是你的游泳裤？你带过来的？”他们都齐刷刷地看着她。

“我带过来的，”他说着用手指拽了拽身上的衣服，“看着怎么样？”

“你还带了换洗的衣服来？”

他感觉到了她排山倒海般的疑惑，只好语无伦次地为自己辩解，“我晕车，我坐不了夜班车。阿斯特丽德告诉我说这是个好大好宽敞的房子。”

他到的时候，弗兰妮去城里买东西了，所以没看见他还带着个手提箱。如果他不打算走的话，到时候她还得洗床单。电话响了，乔纳斯如释重负般地给自己倒了一杯咖啡，然后从后门走了出去。

“我要和我爸爸说话。”电话那头说。

“你是阿里尔？”

对方没有回答。答案是利奥有两男一女三个孩子，但是现在只有女儿还会偶尔给他打打电话。这么一想，电话那头肯定就是阿里尔。

“稍等一下，”弗兰妮说，“他在后边的房子里，我这就去叫他。”

埃里克关切地看着她，想要知道阿里尔打电话的原因，但是弗兰妮没有理会他。穿过湿漉漉的草地，走过那片樱桃树，前边的游泳池里，乔纳斯已经脱了T恤躺在跳水板上，咖啡杯子就放在里头不远的地方。走到那栋小房子的门前，弗兰妮没有敲门就走了进去。

“阿里尔打电话来了。”她说。

利奥躺在单人床上，手里捧着一本契诃夫的书。他抬起头笑眯眯地看着弗兰妮，“你有没有告诉她我在工作？就跟她说，我待会儿打给她。”

“不会要你命的，”弗兰妮说，“我不想去回复她。”

“嗯，我也不想啊，那你就去厨房直接把电话挂了算了。”

走出小房子，走到这座院子的最后面。弗兰妮记得树篱笆有一处缺口，她从缺口处走了出去：穿过邻居家的院子，顺着他家的车行道往前走，一直走到大路上。她穿了一双平底人字拖，每走一步鞋底就拍击着脚底发出“啪啪”的声音。此时此刻身上要是带了钱，骑着自行车，戴着帽子该多好啊！但是一切的一切，她最想要的还是能够独自一个人静一静。她忍不住要相信是她自己将一切的不舒服不自在都揽到了自己的身上。要不然也不会总是有人吩咐她去泡杯卡布奇洛，要不然她一定会兴高采烈地去为他们泡卡布奇洛，因为端咖啡并不是她的本职工作。她去端咖啡仅仅是因为她是一个乐于助人、心怀感恩的人，仅此而已。如果是那样的话，她一定会感觉很开心，而不用对别人是否只是把她当成一个长相靓丽的女服务员耿耿于怀。眼看就要三十岁了，她多么希望自己已经找到了一条出路，摆脱只是被人当成一个乐子的窘境。正如上次在洛杉矶和爸爸见面，他说的那样“给人当情人不是正经行当。”爸爸没有读《与你同行》这本小说，但是姐姐卡洛琳已经读过了。

“那里面也没有什么属于恶意伤人的内容，”卡洛琳对她说，“他掩盖得很好。”

“谢天谢地你没有给《时代周刊》写书评。”

“我只能说这本书我不喜欢，但是也不会起诉书的作者。”

“那里面几乎没有写到你。”

卡洛琳笑了，“也许这才是让我生气的地方。如果真要起诉的话，也只能走集体诉讼的办法，让全家人都参与进来。”

“啊，”弗兰妮说，“这可能是把全家人召集到一起的好办法。”

现在的弗兰妮一心想着卡洛琳，真是不可思议。小的时候相互看不惯，你讨厌我，我讨厌你，一起长大后反倒形成了一种奇怪的依恋之情。姐妹俩对一切都了如指掌。卡洛琳在硅谷负责和专利相关的法律事务。这是个苦差事，没有什么会比这份工作更难做。后来和一个叫沃顿的软件工程师结了婚。沃顿是他的姓，但是从来没有人叫他的名字都直接称呼他的姓。那是因为他父母给他取了“尤金”这个名字。弗兰妮始终相信，是沃顿的爱融化了卡洛琳，让她的脸上总是洋溢着笑容。在弗兰妮的记忆里，姐姐以前对任何事情都冷脸相向。至少在她面前总是这样。卡洛琳和沃顿生了个孩子，名字叫尼克。

利奥去斯坦福大学讲学的那一整个学期，弗兰妮和卡洛琳有大把的时间待在一起。卡洛琳一再地鼓励她重新回到法学院去完成未完成的学业。弗兰妮知道，这份鼓励就是爱的表现。

“相信我，”卡洛琳说，“我也知道读书是件辛苦的事情，学法律尤其如此。但是迟早你都得做点什么。一旦找到了想做的事情，哪怕就是已经八十岁了，你也会乐此不疲地为能做这件事情而去看招聘广告。”

“听上去你好像是想让我接受一段不怎么幸福的婚姻似的。”

“不一定就不幸福啊。你为什么就不明白呢？拿到法学学位，然后去为反对住房歧视政策打官司，或者去给出版社打工，负责给作家拟定合同。”

弗兰妮笑着摇了摇头，“我会搞明白的。”她还能怎么回答自己的姐姐呢。

但是她至今也没有搞明白。现在，走在阿默甘西特的小镇上，她只想避开自己深爱的那个男人和他那一帮朋友。弗兰妮一边走一边透过商店的橱窗玻璃往里面看。经过一个放着一张报纸的长凳，她在上面坐了下来，从头到尾地把报纸看完。光线柔和的像蜂蜜一样，现在她已经不想再去责备那些还不想走的客人们。她一直磨蹭到午饭结束，她觉得现在回去应该没有人会要求她做午餐了。路过她和利奥最喜欢的那家餐馆，要是此时能够在这里碰到他该多好啊。最终，她决定往回走，要不然还能做什么呢？她决定一会儿就悄悄地上楼躲进卧室里。可是，他们在阳台上远远地就看到她回来了。

“弗兰妮，你没在家，我们玩得好开心哦。”利奥对她说，似乎她不在家没有什么好奇怪的，现在她的再次出现更不值得大惊小怪。

阿斯特丽德又从萨格港过来了，他点了点头，“害得我还要买三明治带过来当午餐。还剩了一些加果汁的冰水。”

“我和埃里克去城里买了些东西，晚餐的时候吃。”玛丽索说。

“看谁是不是还得再去一趟城里，”埃里克补充道，“我们没买多少。”

弗兰妮仰头看着他们。阳光斜斜地照在阳台后面的墙壁上，隔着阳台边缘上盛开着的水仙花,每个人都像是罩了一层薄薄的面纱，变得柔和了许多。多么像在动物园里观看老虎啊。

“刚才霍林格打电话来了，”利奥说，“他和艾伦开车也在来这里的路上，估计再过一两个小时就到了。”

“霍林格？”阿斯特丽德问，“你可没有告诉我他会来。他怎么知道你在这里啊？”约翰·霍林格不是阿斯特丽德的客户。他的小说《第七个故事》打败了《与你同行》获得了普利策奖。这样一来，就向公众完美地展示了竞争而不伤害友谊的美好形象。事实上，在那之前，他们根本连朋友都算不上。

以前弗兰妮的确是害怕约翰·霍林格和他妻子来，但是现在已经没什么了。他们来了，只不过是在桌子边上多加两把椅子而已。如果阿斯特丽德和乔纳斯不打算走的话，加在一起就是八个人。

“你呢？”埃里克瞧了一眼弗兰妮，似乎是终于记起她离开了好久，“今天开心吧？”

弗兰妮伸手放在额头上挡住阳光,抬头看着他,一脸的迷茫。“是的。”她说。得到这个回答后，他们就不再理会她了。

厨房里那张长长的木头桌子上放着六个纸盒子，旁边还有十来个包着绿色外皮的玉米。她听到有什么东西发出“窸窸窣窣”的声音，其中有一个盒子在十分突兀地往前挪动。

利奥走进厨房站在她的身后。“霍林格要来，真是对不起，”他说着吻了吻她的鬓发，“他问都没有问一下，马上要出发了才打电话告诉我。真的应该到堪萨斯去租一个汽车旅馆避暑。”

“他们还是会找到我们的。”

“我一整天都躲在小房子里，就是想让他们以为我在写作。你去哪里了？”

“盒子里是什么东西？”弗兰妮问道。其实就算不问，她也知道那里面是什么。

“玛丽索说买些虾会很有意思。”

弗兰妮转身看着他，“她说她是个素食主义者。她知道怎么烹饪吗？”

“又不是什么难事，扔到水里面煮一下就可以了，你知道吗，”他的双手放在她的肩头，直视着她的眼睛，表现出一副勇敢无畏的样子，“虽然我也不愿意，但还是要告诉你，过一两天阿里尔也会过来。”

什么事情都可以发生，唯独例外的是让弗兰妮和阿里尔同住一屋。阿里尔在纽约的时候，弗兰妮尽量不在格拉梅西公园附近出现。这也是她们保持彼此最后一点尊敬的唯一方式：她们两个人不能同时出现。“她要是知道我在这里的话，应该就不会来了，”弗兰妮说，“我接了电话啊。”

“我猜她只是想来见识一下这栋房子。几个月之前真不应该告诉她我们的安排。那个时候也没想着一定就会租这栋房子。她只说想放个假。”

“窸窸窣窣”的声音听得她很心烦。现在再看那些盒子，就感觉它们都在桌子上胡乱地移动。一想到盒子里待在黑暗中的这些龙虾，再想到阿里尔·博森也要到阿默甘西特来，让她愈发心烦意乱起来。这两个东西居然让她产生了情感迁移，情不自禁就有了联想。利奥也顺着她的目光看向桌子。

“我要是有一对龙虾的大钳子该多好啊，”他忧伤地看着那些缓慢移动、似乎想要摆脱盒子的龙虾说，“直接钻到平静大海的海底去。”

“利奥，她恨我，这个你是知道的。”

利奥强挤出一丝尴尬的笑容，“啊，会不会这个夏天以后她就不再恨你，你们两人就能友好相处了呢？这种情况迟早会发生。”

“具体是什么时候？”弗兰妮问他。她不是说阿里尔什么时候才会不再恨她——对于这个问题，弗兰妮清清楚楚地知道答案——弗兰妮想知道她什么时候来？

他叹了一口气，将她揽入怀中。这就是文学作品里常说的“温暖的胸膛”。“她也没说定。可能是明天，也可能是星期二。她只说要是一切都安排好了，她今天晚上就能过来。但是我看今天晚上是不太可能了。”

“是带着芭顿一起来吗？”芭顿是阿里尔的女儿，是利奥四岁的外孙女，也是他唯一的一个孙辈。

利奥从冰箱里拿出半瓶午餐时没有喝完的灰比诺葡萄酒，又从水槽的旁边拿出一个杯子，把剩下的葡萄酒都倒进杯子里，“可能还会带着男朋友一起来。一个叫格利特的男人。我猜应该是个德国人。她说暂时还不能确定格利特的时间安排。这一次需要取悦男朋友，估计她会注意自己的言行吧。”

“难道是我吃饱喝足了要去和她起冲突吗？”她对着龙虾说。

“你说这话是什么意思啊？”利奥问。

弗兰妮摇了摇头，“没什么。只是接你的话而已。”

“你这可不是接我的话。”他说着端起酒杯到阳台上去了。

把一把剪刀放到包里，弗兰妮抱起那六个盒子去开汽车。她总是认为自己没什么天分，但是每次总能十分娴熟地抱起许多不可思议的东西。她能感受到龙虾在黑暗的盒子里面刮来蹭去弄出的动静。

“需要帮忙吗？”乔纳斯看到她，赶紧加快了脚步朝她走过来。他刚从泳池里起来，前胸和后背呈现出不同的颜色。

“我能行。”她说着将盒子放下来去开车门。

“你这是要到城里去吗？”

“再回城里去。”她说着将自己的乘客在后排座位上安顿好——一边放三盒。

“等我一下，我去穿件衣服，”看到能逮着这个好机会，他的脸上笑开了花，“我正好需要进城去买些东西。正好可以陪你一起去。”

她想拒绝他，想要给他解释一番，想想还是点了点头。待到他出了厨房的门，一两秒后，她就上车，直接开着车离开了。

除了偶尔在床上情意浓浓的时候，弗兰妮和利奥很少谈论结婚这件事。即便是他的双手拂过她的后背的时候，也只是说要不是因为过去和未来，他们估计早就结婚了。他们绝对不会提及这个横亘在他们眼前的原因，那就是利奥的女儿。

一般情况下，弗兰妮都不愿意回忆她和利奥刚刚确立关系的时候，她和阿里尔之间发生的那几次灾难性的见面。她没有奢望过能喜欢上利奥的女儿，只是希望在某一天她们二人之间能够保持一种最低限度的淡淡的善意。为了这个想法，每当阿里尔在场的时候，她总是设身处地地想一想自己的父亲菲克斯。设想要是菲克斯因为一个比自己还年轻的女人抛弃了马乔里，自己会有怎样的反应。设想一下，菲克斯和一个年轻的酒吧女服务生混在一起。两个人不仅是周末在一起，一晃都五年了。自己的父亲爱上的这个女人没有能力自食其力，只会在汽车旅馆开房间，等着他躲开监视的眼睛跑出来和她幽会。当她这样想的时候，阿里尔对她喷薄而出的愤怒也就没有那么难以忍受了。但是，弗兰妮这个人最受不了别人恨她。天主教圣心学校没有教会她如何应对别人的恨意，高中时期也没有让她做好准备。法学院倒是用尽全力想要把她变得坚硬起来，但是尽管瞧一瞧她是如何应付法学院的这些努力吧。

把车子停在离码头不远的地方，弗兰妮抱着那六个盒子往码头走去，路过垂钓的人和他们身边的水桶和鱼线，路过身边手牵着手的游客。她只想把这些龙虾都扔进深海里去。明天，这些愚蠢的家伙可能又会爬进别人的网兜，但她就是不想让它们在获得自由之后没过一分钟就再次爬上岸。六个盒子一字摆开，就像码头上的圣诞节，节肢动物的圣诞节。现在这些龙虾的背部呈现出青黑色，不是红色，红色那是煮过了的龙虾的颜色。一只只龙虾仍然是生龙活虎的样子，闻到咸咸的海水的味道，变得更加有劲儿了，不耐烦地在空中舞动着被捆住的螯钳。它们都不知道自己即将错过什么，作为龙虾，它们什么也不知道。她拿出剪刀，插进盒子里，使劲儿剪开封口处的胶带，又尽量不要剪到龙虾的爪子，还不能剪到自己的手指（剪掉第一道封条不算困难，第二道就是一个挑战了）。全部剪开之后，她用手指把龙虾一只一只地拎起来，远远地扔进大海。龙虾跌落在海面上溅起好看的水花，然后沉到水里，再也看不见了。

把所有必需的供给品都装到车里，开车回到房子，天已经很晚了。她瞥见利奥正站在阳台上和一个人说话（九个人吃晚餐？真是受够了），其他的人都不见了踪影。一辆线条流畅的银色奥迪汽车往院子里面开去，应该是霍林格一家人到了。弗兰妮还想着赶在他们到来之前先洗个澡，看来已经不可能了。她把装在盒子和袋子里的东西统统搬进厨房。来来回回跑到第四趟的时候，利奥带着一个扎着长辫子的年轻人走了进来。

“弗兰妮。”利奥叫道。

弗兰妮将手上抱着的沉甸甸的盒子放到桌子上，那盒子里一半是白酒一半是红酒，车里还有一箱酒等着她去搬。她把手放在盒子上，确保放稳了。第一眼看到那个男人，她就知道自己真是错得离谱，千不该万不该，不该把不属于自己的东西再转交给别人。当时就知道不应该，但是那个时候也没太在乎。利奥就那样听着她的诉说，不厌其烦地问她各种问题，还要她把整个故事再给他讲了一遍。世界上没有什么比得到利奥的倾心和关注更珍贵。

“天哪，”艾尔比叫道，“你还是老样子。”

他却比她想象中要高出很多，也比她想象中要瘦许多。他穿着一件无袖的T恤，一条宽宽大大的裤子，遮住了口袋。他的手臂黑黝黝的，鼓鼓的全是肌肉，手腕上文满了图案。她马上认出来这个人就是自己的那个兄弟，只是已经很多年没有见面了。“是你吗？”弗兰妮问。

难道她没有想到过他迟早会出现吗？那本小说刚刚出版的那几个月里，她经常期待着在街角的某个地方会和他不期而遇，但是时光流逝，这样的相遇并没有发生。她是不是把他忘记了？“你是怎么找到这里的？”

“我找到了他，”艾尔比指着利奥说，“事实上，我最先找到的就是他。”

“这样最好。”利奥说。

“我没想到会是你，”艾尔比对弗兰妮说，“但我猜得八九不离十，肯定是有人告诉了他这一切。”

按照计划，他们要去牲口棚给马儿刷毛。如果他们刷了马儿的毛，再清理几处马厩的粪便，一般那天的整个下午内德都会让他们轮流骑那匹温顺的母马。

但是艾尔比真是把大家逼疯了，到底他当时做了什么不能忍受的事情呢？现在他就站在自己面前，弗兰妮反倒记不起具体原因了。也可能他也没有做错什么，只是需要有人看着他，但他们当中谁也不愿意留下来。他并不是什么妖魔鬼怪，大家却都说他是个魔鬼。事实上，艾尔比没那么糟糕，主要当时他是最小的一个。

“艾尔比好丑啊，”弗兰妮对大家说。然后她转身望着他，“你今天早上起床刷了牙没有？”

球就这样滚动起来。霍莉低头朝自己弟弟的脸上吹气。她眼睛“咕噜”一转，“嘀嗒糖，谢谢。”

卡洛琳看着卡尔，“你也一样。他是从来不刷牙的。我估计他来这里就没有刷过牙。”

卡尔从口袋里拿出一个小塑料袋子，袋子里还有四颗，他把四颗一股脑儿都给了艾尔比。

“全部给我？”艾尔比问。

“你嘴巴太臭了，”卡尔说，“不然马都会被你吓坏的。”

珍妮特走了出去，她没有告诉大家她要去哪里，大家只是说会在这里等她回来。

“我也想走！”艾尔比说。

弗兰妮摇了摇头，“欧内斯特让我们都待在这里。”

没过一会儿，他就睡着了。卡尔把他扛到楼下的洗衣房里，把他放到一堆要洗的毛巾上边。那天是星期天，欧内斯特要准备一大桌子的晚餐，没时间洗衣服。

二十年前的那天下午，他基本上一直都在昏昏欲睡。二十年后的今天，在读了一位素未谋面的作家描写的关于那天所发生的一切之后，艾尔比就站在女演员的大房子里。弗兰妮摇摇头，感觉到手脚冰凉，她从来没有感觉到这么冷过。“对不起，”她说，感觉声音太低了，于是她又说了一遍，“我知道道歉没什么意义，但我是真心想说对不起。我真不该这么做。”

“你怎么就做错了呀？”利奥问，他从箱子里拿出一瓶必富达金酒，“我想来杯酒，你们谁想也来一杯？”

“你是不是觉得我永远都不会读那本书，对不对？”艾尔比问，“我看你的这个猜测也没错，的确过了这么久我才读到。”

“你回来之前我就在向他解释，”利奥说着倒了一杯酒，“作家的灵感来自不同的地方，绝对不是一事一物而已。”

弗兰妮看着利奥，希望他端起杯子到阳台上去找他的那些朋友们抽烟聊天。“稍等一下，”她对他说，“这个事情和你没有关系。”

“当然和我有关系，”利奥说，“那是我的书。”

“我还是搞不懂，”艾尔比指着弗兰妮，然后又指着利奥说，“在小说里你们准备怎样结束我这一辈子？”

“那根本就不是你的生活，”利奥说，“这就是我要给你解释的，那只是我的想象而已。”

艾尔比像一根鞭子一样猛地转过身去，双手推在利奥的肩膀上，逼着他往后退。利奥吓了一跳，酒杯掉到了地上，一时间，地面上弥漫着杜松子酒的醇香。

“你是没搞明白我为什么会在这里，是不是？”艾尔比说，“我都恨不得要把你宰了，不要以为我做不出来。把我惹火了，你就会知道我如果想要干掉你根本就不在话下。”

弗兰妮想要到利奥跟前去挽着他的胳膊，但是她并没有那么做，而是转身面对着艾尔比。

是自己对不起艾尔比，是她和利奥一起对不起他。

“听我说，我们出去谈一谈，”她对艾尔比说，“我们到外边去说。”

利奥踉踉跄跄地站稳身体，满脸通红。他没有艾尔比高，但是比他胖，年龄也是他的两倍大。后来他对天发誓说艾尔比打了他一拳。高脚酒杯滚落在他的脚边，居然没有破。“我这就打电话叫警察。”他上气不接下气地说。

“谁都不要报警。”弗兰妮说。

“你知不知道自己在说什么？”

玛丽索推开旋转门走进厨房，埃里克跟在她身后，“弗兰妮，我买的龙虾去哪里了？”

一开始，弗兰妮还没有反应过来她说的是什么意思，也没有搞明白她怎么还在这里没走，马上她就想起来是怎么回事了。“走开。”她说，眼睛还是看着艾尔比。

“你知不知道那些龙虾花了多少钱？”

埃里克的手放在妻子的肩膀上。“我们到客厅去，”他说，“他们这里有朋友。”

“我们难道不是朋友吗！”玛丽索穿了一件翠绿色的连衣裙，

脖子上还戴着一条纯色的金项链。霍林格也到了，他的妻子穿得很正式，像是要参加晚宴的样子。在这栋房子里，就数霍林格的名声比博森大。当然，这种说法有人可能并不赞同。霍林格的写作生涯没有间断，以前也赢得过更大的奖项。晚餐的食材还在桌子上的盒子里和袋子里放着。“乔纳斯说你把那些龙虾都放到了汽车上。你把它们弄哪里去了？”

艾尔比转过身看着弗兰妮，“你是在给他们干活吗？”

弗兰妮把手从艾尔比的手臂上放下来，然后握着他的手，“我们走吧。”

“这个人是谁啊？”玛丽索问。玛丽索这个女人什么也不是，根本没有人邀请她来做客。

“他是我弟弟。”弗兰妮回答道。

“他根本就不是你什么弟弟。”利奥大声说。他的嗓门高的外边草坪上的人都听得见。

早上出门的时候，弗兰妮责怪自己没有把钱包带在身上，这一次她不会再做这样的傻事了。“站在这里别动，”她对利奥说，“一切都会没事儿的。”

艾尔比拿起那瓶酒。

“你不会是要和他一起走吧？”利奥问。

“要是不和他离开这里的话，难道还要邀请他留下来吃晚餐，然后再带他上楼去客房住下？”

“我看这样吧，”埃里克说，“为什么不请我们的客人一起来喝一杯呢？玛丽索你去拿个开瓶器，再拿几个杯子。大家都坐下来喝一杯。你手上拿着酒。”埃里克冲着艾尔比点点头，然后转身对弗兰妮说。“霍林格一家也到了，他们来的时候你到城里去了，来打个招呼吧。”

埃里克还想着把事情挽回到晚宴上。那个时候他还不知道艾尔比是谁。其实除了只知道弗兰妮是利奥的女朋友之外，他连弗兰妮是谁都不明了。利奥对人说她是他的创作灵感，他经常这么说，于是大家就当了真。对于埃里克而言，比邻而居的两对夫妻搬到一起住，还有那些不得了的孩子们，这些除了是小说里的情节他真的想不出其他的可能。正当弗兰妮要安抚利奥的时候，玛丽索推门进来了。听到这么嘈杂的声音，其他人都从前廊走到厨房里来了。哈喽！哈喽！屋外传来关汽车门的声音，还有笑声，阿里尔在外面叫着爸爸。

* * * *

现在，要是让贝弗莉和伯特来讲一讲那个故事，他们准会说是在卡尔死后他们才离的婚。这样说也不算错，他们是离了婚。但是要用“之后”这个词，只怕有些误导人。把这两件事情连在一起讲，就好像是说这二者有因果关系一样，就好像是说因为卡尔的死让这对夫妻中的某一个人受不了由此带来的悲伤，然后他们的情感随之渐行渐远，终于无法再找回当初的彼此一样。但是，事实并非如此。

伯特责备贝弗莉说她不该把六个孩子留在农场让欧内斯特和爷爷奶奶去照看，而她自己却偷偷地开着他母亲的汽车到夏洛茨维尔的哈利与唐托剧院连着看了两场电影。(她当时也没有想要连看两场，看到剧院里那么空，又安静又凉爽，就忍不住再看了一场。看自己最喜欢的电影，她一直哭个不停。电影结束之后，她没有直接走到大厅里。眼泪把她的睫毛膏冲散了，她决定在电影院里再坐一会儿再走。）难道他真的以为她会每时每刻都看着孩子吗？难道他真的以为就算是她那天下午没有去看电影而是无聊地留在家里，在自己的房间里看完一本书或者杂志之后，打个盹，然后她会下楼和孩子们一起去给马梳理鬃毛吗？就算是在阿灵顿的时候她也是让孩子自己去玩耍，不和这些孩子待在一起她才能够保持头脑清醒。在农场里的时候，至少还有大人看管。难道他父母的农场就对发生在其中的事故没有任何责任吗？那么欧内斯特呢？她把孩子交给她照看，虽然没有告诉她自己出门去做什么。贝弗莉、伯特再加上伯特父母的育儿经验加在一起都没有欧内斯特经验丰富。她那个时候也不认为孩子们去牲畜棚那边玩耍有什么危险。

伯特坐车回阿灵顿上班，他也不好要求贝弗莉和孩子们一直待在他父母在乡下的房子里哪里也不去。若是说孩子们去牲畜棚玩耍需要有人陪护，他自己就是最合适的选择。贝弗莉根本就不愿意待在他父母的房子里。这两位老人总是不忘问孩子们他们生身母亲的情况——特里萨怎么样了？特里萨在干什么啊？他们说她是个了不起的女人，还要孩子们告诉特里萨他们随时欢迎她再次光临。

孩子们也不愿意和伯特的父母待在一起。比起这里，上一个暑假去的那个汽车旅馆更让他们印象深刻。在这里，每次进门之前孩子们都要先脱掉鞋子，再用一块毛巾把脚底擦干净了，之后才能进去。客厅是孩子们的禁区，无论如何也不允许进去，所以他们就控制不住要恶作剧，听到楼上有人下来，他们就壮起胆子以极快的速度冲过客厅，以至于一不小心把那个英国男人带着的一只猎狼犬陶瓷雕像撞得掉在地上，摔了个粉碎。

伯特的父母也不希望孩子和他们住在一起。他们好心好意地接纳这些意料之外的客人，主要是想多看看他们的儿子，至于儿子的孩子们或者说儿子的再婚妻子以及再婚妻子的孩子，他们根本不关心。但是，伯特却匆匆地离开了。

欧内斯特也不乐意他们住在那里。但是她也没有办法拒绝。这就意味着多了八张嘴吃饭（伯特走了之后就是七张嘴），大堆大堆的衣服要洗，还要发明一些新游戏和孩子们玩，孩子们打架了还要去劝和，还要让自己的主人们不难受。这么多负担一下子都摞在她的肩膀上，但是她没有一句怨言。

伯特匆匆忙忙返回去上班是因为在正常的工作周里，要想找个地方确保自己和法律助理的婚外情不被发现，实在是一件昂贵、危险而且着实难办的事情。琳达·黛儿（她的名字一定是这两部分一起，别人喊她“琳达”的话她会拒绝答应）曾经说过希望能像正常女人一样和他去餐厅共进晚餐，希望能像正常的女人一样和他上床，半夜醒来在半睡半醒的迷糊中做爱到天明，然后起床一起去洗澡。其实伯特对琳达·黛儿并不是非常的着迷。这个女孩子性格自我，予取予求，不知节度。他往办公室打电话的时候，她就这样在电话里说。那他还能怎么样？哪还敢待在农场不过来？

他的母亲把电话打到他的办公室，告诉他卡尔出事了。他赶忙跳上汽车，无暇顾及路上的时速限制，正常情况下赶到夏洛茨维尔医院要花三个多小时，这一次他两个半小时不到就赶到了。哪个当父母的在这种情况下会不心焦呢？他想都没有想过要回家去清理房子，根本没有时间思考。

对于贝弗莉和伯特两个人来说，他们已经忘记了到底是什么摧毁了他们之间的感情。看到自己床上一片狼藉，还有一条从未见过的红色内裤，贝弗莉哭了。奸情暴露了，也让伯特大吃一惊，狼狈不堪。在孩子夭折这件事情面前，一时的不忠算不得什么。在孩子夭折这件事情面前，一切都没什么了不起。但是贝弗莉无法接受这种逻辑。在痛苦和损失的较量中，伯特无疑又赢了一局。无论是为了婚姻本身，还是为了其他的几个孩子，早就该挽回这场濒临破碎的婚姻了。接受现实并不意味着原谅。一条细细的绳索维系着他们之间的关系，让他们在这场注定以失败收场的战斗中继续坚守。卡尔死后第六年，他们才正式告别这段婚姻。可是，他们两人又有谁记得这中间的六年时间呢？他们相信，各自的悲伤早就让他们劳燕分飞了。

如果贝弗莉和伯特的离婚不能归咎于卡尔，那就更不应该归咎于艾尔比。艾尔比从加州来，只是见证了这对情感早已严重透支的夫妻是如何一步步走向离婚的深渊。唯一的事实就是，他的到来让一切更加无法容忍。卡尔死后的五年零两个月第二十七天，艾尔比在托伦斯雪瑞高中的一间美术室的一个垃圾桶里扔了一盒点燃的火柴。特里萨给伯特打电话告诉他那场火灾的事情，哭着说艾尔比现在已经被关进青少年管教中心了。挂断电话，伯特请贝弗莉给她的前夫打电话，麻烦他把艾尔比捞出来。一切解决之后，伯特给特里萨回了个电话，在电话里他说她就是一个不称职的母亲。星期六一大早，她居然不知道自己唯一的儿子骑着自行车跑到哪里了？他告诉她，她那个家不安全，也不适合孩子的成长。她没有别的选择，只好把艾尔比送还给他。伯特拿着电话说这番话的时候，贝弗莉在厨房里炒洋葱做沙拉酱肉，准备晚餐。她关掉火，悄悄地来到卡洛琳的房间。她的大女儿已经上了大学，伯特从来没想到她会出现在那里。

当然，特里萨可以把责任踢回来。但是前夫暴风骤雨式句句剜心的冷言冷语只想表达一个简单的道理：她不能保证艾尔比的安全。特里萨当然也不认为伯特能做到万无一失，但是新的朋友，新的学校，完全在这个国家的另一边等等这些因素加在一起，对艾尔比来说也许是一个不错的选择。星期一的时候，校长打电话来告诉她，艾尔比以及其他几个男孩子被责令等候调查，如果调查证明他们有罪（鉴于星期六一大早有人看到他们从那栋楼里面跑出来，还承认自己放了火），那么他们将会被学校开除。星期二特里萨又给伯特打了电话，说是准备送艾尔比去坐飞机。

艾尔比就快十五岁了。他一直走到露台的尽头，然后将箱子扔在地上，一屁股坐在一把白色铁椅子上，点燃了一支烟。而他的父亲正忙着从旅行车的后边将打包装盒的自行车取下来。从杜勒斯机场回来的路上他已经告诉过他，今天晚上贝弗莉有事外出，没有做晚餐。每周星期二的晚上，贝弗莉都会去社区大学参加法语的学习课程，课后她会和自己的同学们一起去餐馆吃晚餐，顺便练习法语会话。“她正在寻找迷失的自己。”他的爸爸说这话的时候，艾尔比一直看着窗外。

“那他怎么从机场到家里来？”听到贝弗莉说自己没时间去机场，伯特问道。

去掉自行车的外包装，伯特将自行车从车库里推出来，看上去像是圣诞节的早晨一样。他是想说“看吧，像是新的一样！”，但是看到儿子面前的那一包香烟，更让他郁闷的是那只红色的比克打火机就放在这孩子面前的桌子上。那辆自行车好像是没有支架，于是他就将车子斜靠在露台的椅子上。

“谁让你拿着打火机的。”他说，那语气听上去更像是一个问句。

艾尔比困惑地看着他，“为什么不可以？”

“因为你他妈把学校都烧了。不要告诉我你妈妈没有禁止你再用火！”

父亲的愚蠢把艾尔比逗乐了，“我没有烧掉整个学校，只是在美术室里放了把火。那只是个意外，他们得重新建一座美术室。现在学校又重新上课了。”

“那我现在告诉你，不准许你再用火。不准再玩火也不准抽烟。”

艾尔比深深地吸了一口，礼貌性地将头转到另外一边吐出口中的烟。一开始他就在室外抽烟，也是为了表达一种尊敬。

“任何时候都不准你再用这个东西。”

“那我能不能用煤气炉？”

父子俩都盯着桌子上的那只打火机，伯特刚想伸手去拿，艾尔比已经将它攥在手里了，眼睛还看着父亲。那种情况下，伯特可以把他揍一顿，也可以选择不揍。艾尔比放下香烟，仰着头，眼睛瞪得大大的。伯特站直身体，往后退了一步。他从来没有打过自己的孩子。现在他也不想打。仅有的几次动手，也只不过是在卡尔做着白日梦的时候，轻轻地扇他一巴掌而已。

“不要在房子里面抽烟。”伯特说着转身进了屋。

艾尔比怔怔地看着这栋房子，这已经不是当年他还是一个孩子的时候来过的房子了，这栋房子他以前见都没有见过。在上次他来弗吉尼亚到现在的这段时间里，贝弗莉和伯特搬了家，也没有告诉霍莉、艾尔比和珍妮特三个孩子。为什么要告诉他们这些事情呢？反正他们再也不回来了。就是在机场接他的时候，父亲也没有和他提起。他是忘记说了吧？还是他觉得艾尔比根本不会注意到这个变化？猩红色的墙壁，白色带凹纹的立柱，看上去是爷爷奶奶在夏洛茨维尔乡下那栋大房子一楼的模样。房子周围长满了各种树木，他一个也叫不上名字，一切都清清爽爽，井然有序。不远处可以看到游泳池的一角，冬天来了，游泳池上面已经盖上了毡布防冻。从露台的窗户往厨房里看，铜制的吊灯从天花板上垂落下来。要是推开厨房的门走进去，他真的不知道自己该往那边转，哪一间才是自己的房间。

卡洛琳现在应该已经大学毕业了吧，在艾尔比的印象中，她应该有好多朋友，大家都想邀请她去家里一起过暑假。也可能她会去做各种不同的暑期兼职，比如说去夏令营做指导老师，或者去某个政府部门实习。所以她不太可能经常回家，甚至连公用电话都不需要。卡洛琳经常挂在嘴巴边上的话就是一旦她长大离开这个家，就再也不会回来了。不管以哪种标准来衡量，她都绝对不是个好姑娘，暑假里那些破坏性活动都是她组织大家干的。卡洛琳恨所有人，尤其恨自己的亲妹妹。但她就是能把事情做成。想到当时她仅仅用一个挂衣钩就能把旅行车的车窗打开，从储物箱里找出那把枪，艾尔比禁不住摇了摇头。他这一辈子就没有崇拜过什么人，卡洛琳是唯一的例外。

另外一个就是弗兰妮了。自从五年前他们离开弗吉尼亚之后，就再也没有见过她，他甚至都记不清她的样子。其实在所有的孩子里面，就他们两个年龄最相仿。她走到哪里都带着一只猫。在他的印象中，一想到她，自然而然地就想到了那只猫：甜甜的笑容，矮矮的个子，总是想要取悦别人，总容易犯困，总想爬到别人的膝盖上。

艾尔比就一直在房子后面的露台上坐着，远处的橙色路灯亮了起来，冷风吹拂着他的手臂，带来阵阵凉意。他不想就这么进屋去问父亲哪个房间是给他准备的。他想着要不要翻一翻自己带来的箱子，看一下他的那些小伙伴们凑在一起、作为临别礼物送给他的那一大包香烟，他马上意识到自己今天已经拉低了厚颜无耻的下限。那个打火机要是被父亲没收了他也不能说什么，但他就是不想让任何人拿走自己的东西。骑上自行车熟悉一下新的环境也好，但他一直坐在那里一动不动。艾尔比脑子里还想着这次换地方的事情，就看见弗兰妮开着车上了自家的车道，缓缓地停下了车。

她上身穿着一件白色的衬衫，衬衫的袖子挽起来，下身穿着条蓝色的格子裙，齐膝的长袜，一双棕色的鞋子。典型的天主教学校里女学生的打扮。她又瘦又白，头发都梳到脑袋后边。艾尔比站起身，掐掉香烟，一时间不知道弗兰妮会不会欢迎他的到来。弗兰妮将背包扔到地上，张开双臂，径直朝他走过来。弗兰妮根本无法理解这个生活在厚厚的墙壁外边的男孩，没有人愿意将他揽入怀中。她将他抱在怀里，紧紧地搂着他。她的拥抱温暖而有力，闻上去有淡淡的迷人的女孩子的馨香。

“欢迎回家。”她说。就这两个词。他看着她。

“怎么让你在外边待着啊？”她低头看着他的箱子问道，“至少也可以到车库里去坐着吧？”

“我喜欢待在外边。”

弗兰妮看了看面前的房子，伯特书房的灯正亮着，“那我们就在这里站一会儿。我能为你做什么吗？你肯定很饿了吧？”

艾尔比看上去真的很饿的样子，不仅是他那看着让人心碎的瘦削身形（卡曾斯家的孩子都是这么瘦），他那凹陷的眼睛也让人觉得他一定是饿坏了。他看上去像蟒蛇一样，似乎一口气就能吃下一整头猪。即便是那样，也不足以弥补他的营养不足。“我想喝点什么。”

“想喝什么？”弗兰妮问。她打算转身进屋，脑子里还在想着妈妈藏匿饮料的地方。

“杜松子酒。”

她回头微笑着看了看他。星期四的晚上和酒。“我是不是说过‘很开心你的到来’？好像忘记说了。很开心你的到来。你不打算和我一起进去吗？”

“我马上就进来。”他说。

她已经进屋去了，艾尔比抬头看着天空。有什么动物在空中急速地飞过，是麻雀还是蝙蝠？耳边伴着蟋蟀不绝于耳的鸣叫声。托伦斯，再见了。

没一会儿，弗兰妮又回来了，手里端着两半杯加了冰的杜松子酒，胳膊下边还夹着一瓶七喜。她在自己的那一杯里面加了一些苏打，再用手指搅了搅，然后看着他，来回摇晃着手中的七喜饮料。

“谢了。”他说。

“很绅士哦。”他们模仿着电影里的情景碰了杯，女孩子们在睡衣派对上悄悄地从大人那里拿东西来喝时也是这样碰杯。弗兰妮以前有过喝酒的经历，但是从来没在家里，没在上学日的晚上喝过酒，更从来没和艾尔比一起喝过酒。如果终有一天要打破这些规矩的话，那么今天正是时候。“干杯。”

酒的味道让她稍稍做了一下鬼脸，而艾尔比却只是笑着抿了一小口。他又点上一支香烟。香烟配美酒，味道棒极了。他们俩就那样静静地坐着，一句话也没有说。发生了那么多事情，过去了这么久的时光，想要开口不禁要细细思量一番。

过了一会儿，伯特也走了出来。看到弗兰妮回来了，他似乎很开心。他吻了吻她的面颊，香烟弥漫，消除了杜松子酒的气息，“我还不知道你回来了。”

“我们两个。”弗兰妮笑着说。

伯特摇了摇手上的汽车钥匙，“我这就去买比萨。”

弗兰妮摇头说，“妈妈做了晚餐。都放在冰箱里了，我来热一下。”

伯特看上去很吃惊，却也难以说明为什么会吃惊。毕竟天天都是贝弗莉做晚餐。他伸手提起艾尔比的箱子，“你们俩都进来，外边越来越冷了。”

天已经完全黑了，三个人一起进了屋。端起各自的酒杯，艾尔比收好自己的香烟和打火机，跟着父亲走进门去。

第七章

“这么说是艾伯特·卡曾斯的那个孩子让你和那个老家伙分手的了？”菲克斯说。他们正开着车往圣莫妮卡去，车窗摇了下来，大家准备去看电影，开车的是卡洛琳，弗兰妮坐在后排座椅上，把头伸到前排的两个座椅中间。

“我怎么从来没听说过这个故事啊？”卡洛琳问。

“能不能不要叫他‘守财奴’？”弗兰妮对父亲说。

“对不起，”菲克斯把一只手放在胸口上，“那个老酒鬼。愿上帝能让他安息。我想向那个孩子致敬。他终于赢得了我的尊重。”

弗兰妮想着要不要过一会儿给艾尔比打个电话，把这个小新闻告诉他。“又不是说那天晚上我离开了就再也没回去。那个夏天，我一直都在阿默甘西特。”当然还有阿里尔和她那位让人无法忍受的男朋友,外加一个整天哭闹的女儿芭顿以及那一大帮访客要应付。弗兰妮和利奥的关系终于到了摊牌的时候，那是二十多年前的事情了，但是她到现在依然记得清清楚楚。

“但是他的出现很关键，对不对？”菲克斯说，“这个孩子往车子的轮胎里插了颗钉子。”

卡洛琳摇了摇头，“是艾尔比发现了汽车轮胎里的那个钉子。”她说。

弗兰妮笑了，叹服自己姐姐对那件事情的判断真是无比准确。

“我真应该坚持把法学院上完，”弗兰妮说，“那样的话我就能像你一样聪明。”

卡洛琳摇摇头，“不可能。”

“往旁边那条道上开，”菲克斯指着说，“在交通灯那里左拐。”菲克斯的膝盖上放着一张“托马斯兄弟版城市地图”。弗兰妮要把电影院的地址发到他的手机上，被他拒绝了。

“你知不知道为什么这个电影花了这么久才拍摄上映啊？”卡洛琳看了一眼后视镜，然后熟练地超过了旁边那辆保时捷。无论世事多么的繁杂，卡洛琳绝对是个好司机。

“这很正常。利奥不想卖那本书的电影版权，所以只能等到他去世了才能做。我猜他的妻子也不好对付吧。”他的妻子叫娜塔莉·博森。十五年前利奥过世的时候，他们依然没有离婚。他们居然在那场婚姻的战争中坚持到了最后，不能不说是个奇迹。做了那么多年他的妻子，现在是他的未亡人。弗兰妮只在他的葬礼上见过她一次，远比她想象中瘦小，当时她就坐在犹太会堂的前排，芭顿长大了好多，陪坐在她身边，旁边是芭顿的妈妈和利奥的第一任妻子。埃里克作为首席抬棺人，这是一份荣誉，只是当时的他已经太老了，棺材六分之一的重量就让他吃不消。考虑到过往的那些时光，是他打电话给弗兰妮，告诉她利奥去世了。她问他利奥当时准备写的那本新书的情况，那本都提前预约好了、大家都在等他完成的新书。

埃里克伤心地说，没有什么新书。

大家都露了面，时间带走了每个人的韶华：埃里克和玛丽索，阿斯特里特，霍林格夫妇，还有十几个其他的面孔——那年夏天所有的客人们都出现在他的葬礼上，向他致以这个世界的问候。弗兰妮站在人群的后边，和整个葬礼上最无关紧要的那一群人站在一起，站在他以前的学生、忠实的读者以及曾经的那些女朋友们中间。娜塔莉·博森最后决定把自己的丈夫葬在洛杉矶，好让她的恨意永不止歇。

“他的老婆，”菲克斯说，“往好处想，我们要感谢他的老婆。”

“利奥的老婆？”

菲克斯点点头，“她真是个无名的英雄啊。”

“这个怎么讲？”今天是菲克斯八十三岁生日，他的癌症已经转移到脑袋里了。弗兰妮也在尽心尽力帮他克服这个难关。

“要不是她像一条斗牛犬一样死死咬住不放，想要更多的钱，利奥可能就是个单身汉了。”

“啊。”卡洛琳点点头。她把头发染成淡淡的红色，还略微带一点棕色的底色，就跟她小时候头发的颜色一样。现在她每周上三次普拉提健身课。这都是跟她母亲学的，要让自己动起来。卡洛琳看上去比妹妹还要年轻。

“不知道你在说什么。”弗兰妮说。

菲克斯笑了。卡洛琳什么时候都不会错过捣乱的机会。

“利奥要是真离了婚，”她解释说，“那他就会和你结婚。”

“弗兰妮小姑娘，”他的父亲努力转身，想要看着她，“这是你这辈子躲过的唯一一颗子弹。”

弗兰妮和卡洛琳早早就知道，要是她们两人同时去看望父母中的同一个人，就是在浪费资源。父母离了婚，现在各自住在这个国家的两头，再加上结了婚，节假日丈夫这边的父母也需要偶尔去看望，弗兰妮和卡洛琳决定分开承担这些责任，以便能够兼顾。一年之中的假期就这么多，公休假啦，飞机票啦，还有孩子的校园表演要参加，以及一些不得不错过的其他场合。年龄大了之后，姐妹两人愈发地珍惜在一起时的那份真情。洛杉矶离旧金山的湾区相去甚远，但是弗兰妮还是乐此不疲。艾尔比也住在那里，距离卡洛琳的家有两个小时的车程。卡洛琳的大儿子尼克现在已经是西北大学毕业班的学生了。至少在卡洛琳和沃顿来学校度过家长日的时候，弗兰妮可以开车去和他们三个见面。卡洛琳的另外两个孩子，两个女孩子，也让弗兰妮思念不已。就像卡洛琳思念弗兰妮的两个儿子一样。拉维和阿米特这两个孩子，无论弗兰妮和他们在一起多久，终究不是她自己亲生的，他们是她丈夫带过来的孩子。但是卡洛琳总是觉得怪怪的，很难对弗兰妮的这两个继子产生完完全全的亲密感。

这么说来，正常情况下弗兰妮和卡洛琳不需要同时来到洛杉矶为父亲庆祝生日，鉴于菲克斯已经超出了肿瘤专家对他存活时间的预估，这一次，她们决定放弃每年都在实施的探访安排。今年的生日可能是他的最后一个生日了。瞥一眼副驾驶位置上的父亲，她们更加确定自己的做法是正确的。她们放弃各自生活中的安排，一起赶来加州。

“明天这个的大日子，我们准备怎么过啊？”前一天晚上卡洛琳问，“没有任何限制哦。”

他们四个人坐在小房间里。是菲克斯和马乔里现在的住处。退休之后他们就搬离以前居住的多尼，住到了圣塔莫尼卡。这真是一处不错的房子，除了离海边有两个街区的距离，其他一切都棒极了。四十年前，菲克斯熟识的一位警察在和一位破产的法官打扑克的时候，无意之中听说这个地方即将被拍卖。也就是在那个时候，他成功地赢取了马乔里的芳心，让她同意嫁给自己。他们用马乔里刚刚从她那位在俄亥俄州的姑妈那里获取的遗产作为首付，拿下了这栋房子。买下来之后就出租，四十年之后，当他们退休的时候，房子就完全是他们的了。

“你就拿这个求婚？”那时，马乔里虽然嘴上这么说，但是还是欣然接受了。“爸爸的那一份是多少啊？”多年之后，当弗兰妮终于完整地知道了这个故事，她打趣地问。每次女儿们来，菲克斯和马乔里都要开着车载她们路过这栋房子，远远地指着房子告诉她们那是他们的房子，说总有一天他们会住进那栋房子里。“你那时候自己有钱，怎么就要嫁给他呀？你完全可以自己买下来然后租出去。”“你们的父亲想在海边拥有一栋自己的房子，而我呢就想嫁给你爸爸，”这么说着，马乔里禁不住笑了起来，接着又说，“他其实也是想娶我，只是他这个人反应慢。我是觉得，最后大家皆大欢喜才好啊。”马乔里一边说一边将一份营养液推进菲克斯的聚酯管中。比起丈夫的八十三岁，七十五岁的她真是年轻，只是她早已经不和丈夫在同一个时间进餐了。她毛衣下面的肩胛骨是那么的明显，看上去像是一个线圈做成的支架。

“我们去看电影吧，”菲克斯说，“我们要去看弗兰妮电影的日场放映。”

“菲克斯，”马乔里对他说，声音很疲惫，“我跟你说过。”

“我的电影？”弗兰妮问。当然，她知道他在说什么。当时那本书出版的时候他也这么说。

“你男朋友写的关于咱们家的故事。我就想着要找个机会看看关于我这一辈子的电影，”菲克斯似乎对于自己的这个想法很满意，“那本书我没看，这你知道。我才懒得花钱买那个老东西的书呢。既然现在他已经死了，这钱只能由他的老婆得，我就好受一点。更何况我看报纸上对这个电影的评论说，演你妈妈的那个演员不怎么样。我猜这非让她火冒三丈不可。”

马乔里举起一只手，“我就不去了。你和你的女儿们好好快活一天吧。你们回来的时候，我做好纸杯蛋糕等你们。”她的手瘦得只剩下皮包骨头了。几个小时的清闲远比一个月的退休金支票更有价值。

“啊，爸爸，”卡洛琳说，“待在家里拿把钳子把我们的脚趾甲一个个拔下来不是更有趣吗？”

《与你同行》这本书出版的时候，弗兰妮能理解姐姐的那份愧疚感。但是直到现在，她依然认为那一段时光是如此的精彩：纽约青蛙餐厅的餐会，颁奖仪式上利奥上台领奖，没完没了的获奖图书巡回交流活动，每天晚上人们像是着了迷一样簇拥着他，读者在桌子前面排了长长的队，等着和他握手告诉他这本书是如何改变了他们的人生。他再一次声名大噪，再一次回到这个世界的镁光灯下。每天晚上在不同的宾馆里，他把自己的认可和感激一股脑地都奉献给她，把她的脸捧在手中，疯狂地做爱。他的目光无法从她的身上移开。他深爱着她，他感激她，更需要她。这就是那个时候里昂·博森对她所做的一切。即便是这种种的付出，她也颇有收获。

现在要去看的这部电影，勾起的不仅仅是她对背叛家庭的愧疚，诉说她和一个男人的陈年往事，更让她回忆起自己曾经深爱的那个男人，以及这个男人在被第二任妻子出卖之后孤独一人凄惨离世的过往。

弗兰妮不明白利奥写《与你同行》这本书的意义究竟是什么，但是当她读到这本书的时候，她知道想要做些什么已经太晚了。这部电影是另一种情形。小说迟迟没有被拍成电影。弗兰妮恳求利奥不要将这本小说的版权卖出去。她也知道，这样的承诺意味着一大笔经济损失。当那本小说还是书稿的时候，她就一再地恳请他。

在一张长方形的卡片上,利奥写上了自己的承诺,因为对他而言，弗兰妮就是太阳，是月亮，是天空中最后那颗闪闪发亮的星星。

在二十七岁生日到来之际，谨以此献给弗朗西斯·泽维尔·基廷

《与你同行》一书的电影版权永久归你所有

以此表达我对你的感激之情和永恒的真爱

里昂·阿里尔·博森

他一直谨守着自己的那份承诺，即便是后来他们不再通话，他急需钱花的时候，也没有任何的变动。他去世之后，她没有向任何人提起过他给她的那份承诺。她去向谁提起呢？他的妻子吗？她清楚地知道拿一张小小的卡片去对抗那一众律师，根本没有任何的胜算。理性一想，就能知道，他们很可能会将这卡片拿走再也不还回来。

“算了吧。”弗兰妮说。算了吧，她根本不想看这部电影，尤其是自己的父亲和姐姐就坐在身边，旁边有那么多陌生的面孔，人挨人地挤坐在圣塔莫妮卡的 AMC 电影院的三号厅里，吃着爆米花。

菲克斯笑着用手扇了一下躺椅的扶手，“别呀，你们两个又不

是小姑娘了，没什么电影能让你们受伤害。你不知道一个绝望的就要死的人，是多么想看一看电影里一个英俊潇洒的电影明星是怎么饰演自己的啊。更何况，这个故事已经是老皇历了。就算是让你们两个难受到明天，我们也要去看一看这部电影。今天可是我的生日。”

卡洛琳停下车，弗兰妮从后备厢里拿出推车。

菲克斯早就不开车了，但是他还是不愿意卖掉车。

命运总会有大逆转的时候，谁知道在接下来的十一个小时里，会不会找到有效的治疗方案，如果真是那样的话，他身体里的癌症不就可以治愈了吗？希望，菲克斯说，是生活的血液，而他的汽车不可替代。这是一辆维多利亚皇冠汽车。以前这是一辆没有标号的警车，后来他从警察局把它买了过来。弗兰妮管它叫“蝙蝠战车”，因为在需要的情况下，这车一小时能跑到一百四十英里。当然，他不会开到那么快，但是他知道这车的潜力，感觉真是棒极了。

弗兰妮打开车门，从汽车的脚垫上抬起父亲的脚，轻轻地将脚挪到一边，然后抓着他的手臂。“数一二三。”她说。他们两人一起数着数，他前后摇动着身体以便能搭上节奏。这车能追得上一辆被窃的法拉利，但是现在却对他无济于事。弗兰妮把他从车子里扶出来，卡洛琳趁他站起来时赶紧将轮椅放在他的身下。一个月之前，菲克斯还非常抗拒这个东西，那个时候他还拒绝使用轮椅，走路的时候只肯扶着马乔里，哪怕摔过几次跤也不愿意改。但是，现在他已经不再抗拒了。弗兰妮把他的脚放到踏板上，他说了声“谢谢”。

当时那位在阿默甘西特有座大房子的女演员想要在电影中饰演茱莉亚这个角色，也就是想扮演弗兰妮的母亲。可是她哪里知道，那个真正的弗兰妮就住在她的房子里面，睡在她的床上，垫着她的埃及棉床单。利奥说是艾尔比导致他们两人的关系破裂，他认为要是没有艾尔比那么一闹，他和弗兰妮会一直幸福地生活在一起。但是卡洛琳看得准：不是艾尔比往轮胎里扎了颗钉子，那颗钉子早就已经在轮胎里面了。利奥只想把他们之间的问题归咎于一个无辜的人，在弗兰妮看来，真正应该责备的是那个女演员和她的那栋大房子。怎么有人能这么有钱，买这么大的房子，还放在那里不去住。那个游泳池又大又深，看上去一点也不像是游泳池，更像是十九世纪盖的盒式房子，后来房子被风吹走了，留下了这个坑。游泳池里的水来自泉水。谁也说不清那游泳池的来历，说不清那泉水是从哪里来的，反正在这栋房子建好之前，这地方就已经有池子和泉水，诉说着它的历史。蔷薇花爬到了东边的墙壁上，在一片斜坡边上形成一个巨大的三角，像穹顶一样罩在上边，开满了各色的花。整个夏天就像蔷薇花的风暴一样，红的，白的，还有些是淡淡的粉红色。一朵压着一朵，一朵刚凋谢，一朵又在更高的枝头上绽放。整个夏天，草坪上总是洒落着一层被风吹落的花瓣。在她的卧室里有一副克里姆特的画作，尺幅不大却无疑是真品。画面上是一位女士，长得像极了这位女演员的某位祖辈。谁会把克里姆特的画作挂在夏季避暑用的房子里呢？弗兰妮觉得这栋房子毁了她和利奥的感情。除了那位女演员，谁也不能幸免。他们分手很久之后的某个晚上，利奥打电话给弗兰妮，告诉她那位女演员邀请他再去一趟阿默甘西特共进晚餐。尽管已经告诉了她那本小说不会被拍成电影，但是女演员还是想和他谈一谈电影的事情。

“去一下又何妨。”她说。

“你还记得冰箱里放的那些香槟吗？”利奥隔着电话问弗兰妮。

弗兰妮当然还记得那些香槟酒。

“哦，我们喝了呀，”利奥在坎布里奇的寓所里叹着气，“什么也没有发生。这就是我想告诉你的内容。晚餐之后，我根本都不愿意和他一起上楼去。那里依然是我们的卧室，弗兰妮。我真的忘不了。”

从电影行业的标准来看，那位女演员和她为了赢得某个角色而做出的种种努力都已经是旧话了，她也早就不再是任何电影热捧的角色，母亲的角色她已经演不了了，六十岁的她，估计连演童话故事里的女巫都不合适。现在留给她的就是在一些热门电视剧中扮演贵妇人的角色，或者偶尔饰演某个资深的参议员，某个公司残忍的首席执行官。圣塔莫尼卡这家电影院的灯光暗下来的时候，弗兰妮心中总算有了一丝满足：那位漂亮的女演员可能也会在某个地方观看《与你同行》这部电影，当年她可是挖空心思想要扮演茱莉亚。

然而这又有什么值得欣慰的呢。

在黑暗中，弗兰妮同父亲和姐姐一起享受着那种可能出现在脑海中的想法：还有比在电影中重看自己的童年时光更糟糕的事情吗？夏日时光里，伯特带领着全家八个人，像是夏洛克驱赶安东尼奥一样驱赶着这些拿着水龙头到处乱跑、骑着自行车进进出出的孩子们。霍莉扭着腰转着呼啦圈，艾尔比突然跳到她面前，想要拽掉她的衬衫。伯特的声音从电影院的另一头响起来，让他们赶快去做点有意义的事情。但是对于这些孩子而言，现在回想起那段时光，一切都是那么的有趣。那段视频可能现在还存放在母亲的抽屉里或者父亲的车库里的某个角落。弗兰妮决定下一次去弗吉尼亚的时候看能不能把它找出来，打开投影仪再看一遍。那样的话就又能看到卡尔本人跑来跑去，就可以忘记电影里扮演他的这个阴郁低落的男孩子了。真实生活中拍摄的录像远比在电影中看到的别人对你的拙劣模仿好出一千倍不止。虽然对于孩子来说，拍摄他们的一举一动不啻于一场灾难，即便记录下了一些难堪的情景，依然要比这些陌生人的刻意模仿好很多。电影中，霍莉和珍妮特变成了一个人，看着既不像霍莉也不像珍妮特，而是一个令人生畏的低能儿，一跟人争论就只知道重重地蹬着地板，狠狠地摔门。霍莉和珍妮特哪里做过那些事情？当然电影里的小演员并不是要完全再现真实生活中的那些孩子，他们也不知道那本书和真实生活的关系，甚至，他们根本没看过那本小说。电影让人备受折磨难道仅仅是因为其中的一切都是错的吗？或者是因为那其中的一切事情都没有真正地发生过？总是能在那两个相互交换了角色的家庭中看到一些似曾相识的场景。

“那不是你，”她读完那本小说的时候利奥曾经那样告诉她，“也不是你们中的任何人。”那时，他就坐在芝加哥寓所的另一间被他当作书房使用的卧室里。那时候他们还没什么钱。她坐在他的腿上，哭得稀里哗啦，他一边用手抚摸着她的秀发，一边安慰着她。她的判断并不准确，是他为那些故事带来了永恒的美好。这才是轮胎中的那颗钉子。或许也不是。和她的阅读无关，和他的书写无关，而是在爱荷华的某一天早晨，利奥刷着牙，弗兰妮在洗澡。利奥将嘴里的牙膏泡沫吐掉，撩了一下浴室的帘布，对她说，“我在考虑你给我讲的关于你继母的故事。”

她光着身体躺在浴池中，脖子以下都隐藏在浴液泡泡里。她能想到的莫过于里昂·博森倾听了她的诉说，以及卡尔的死值得他做进一步的反思，仅此而已。他把一只手伸进水里，用一根手指在她光滑的乳房上画着圈。

让她万万没有想到的是，五十二岁的时候，她居然要坐在电影院里，看着当年自己微笑默许的结果，看着自己讲述的故事被搬上银幕。电影屏幕上，卡尔并没有死，他还在下一部分等着出现，其他孩子给艾尔比喂了好几次药，每次镜头切换到卡洛琳的时候，就见她在扇其他孩子的耳光，或者打他们一拳。其实这个电影根本就不是关于这些孩子们的故事，主角一个是那家里的母亲，一个是另一家的父亲，是关于他们两人如何在夜幕降临时隔着两家共用的汽车道遥遥相望的情景。那个饰演弗兰妮妈妈的演员，每每盯着远方看的时候，总会用手反复地抚摸自己那长长的金色头发，大概是想表现不忠给她带来的巨大压力。她穿着一袭蓝色的长衫，让她健美的身材显露无遗。电影中的那位母亲通过好多视角来表现：医院，她的孩子们，她爱上的邻居，以及她那位邻居的妻子也是她的好朋友。只有她的丈夫似乎对她的一切不闻不问。屏幕的正中间是站在厨房里的妻子，而她的丈夫只出现在屏幕的边角处。又有人在叫她，她便转身离开了。

“够了。”菲克斯吼道。他把双手撑在椅子上，尽力想要站起来，看样子是想自己走出电影院，但是脚却依然在轮椅的踏板上，一步也没有挪开。卡洛琳赶忙从自己的座位上站起来，冲过去，赶在他摔到残障人士专用座位前面的空地上前把他扶住了。他们在黑暗中艰难地往前跋涉，膝盖和双手紧贴着电影院内铺了毡毯的地面。弗兰妮的双臂环抱着父亲的胸，他的双手拍打着她，想要挣开。

“我自己可以站起来！”他说。

其他观众齐刷刷地转过头来看着他们。没有人让他们小声点。

屏幕上刚好换了内容。中午时分，饰演卡尔的那个演员在街道上奔跑，他的弟弟跟在他的后边想要追上他。明亮的光线让观众能够清楚地看到嘈杂声响的来源：一个老头坐在轮椅上，两个女人正在努力地帮助他站起来。没有人知道电影里正在上映着他们的故事。

“赶快出去！”菲克斯急切地说，“赶快出去！”她们把他扶着重新坐回轮椅，脚还扭着拖在地板上。他想踢弗兰妮，但是脚却被她捧住了放在踏板上。卡洛琳推着车，弗兰妮从座椅上拿起各自的包。三个人没有跑出剧院，但是以最快的速度离开。弗兰妮紧跑几步赶到前面去打开门，门外长长的走廊直通电影院的大厅。穿过大厅，路过闪着彩虹般霓虹灯的爆米花售卖点，路过那几个十几岁的小检票员，他们都穿着棕色的聚酯纤维马甲。“嘣！”穿过那扇双层玻璃大门，他们终于重新看到了耀眼的阳光。

“妈的！”在停车场里，菲克斯大声说道。一位母亲带着两个孩子正匆匆地走过他们的身边，听到骂声，她停了停脚步，稍作迟疑，赶紧带着孩子走开了。弗兰妮用双手捂着自己的脸，哈哈大笑。卡洛琳弯着腰，下巴放在父亲的肩膀上。

“生日快乐，爸爸。”她说着轻轻地吻了一下他的脖子。

“妈的。”菲克斯又沮丧地骂了一句。

“好吧，”她摸了摸父亲的另一边肩膀，“妈的。”

看过电影他们又一起来到海边。弗兰妮和菲克斯都不想去，说是已经累了，想要回家，但是卡洛琳是那个开车的人。

“这可不能是爸爸今年生日这天的记忆，”她说着踩了踩油门，提醒他们这是辆动力强劲的好车，自己是个称职的好司机，“我只想把这电影从我的眼睛里抹掉，我们一起去看看大海吧。”

“来首阿尔塔芒特的歌吧。”他的声音很低沉，似乎是刚才在停车场上的恶言咒骂已经让他无话可说了。

“现在去海边，会不会让他受不了？”弗兰妮对卡洛琳说。

菲克斯笑了，“能在我两个女儿的陪伴下死在沙滩上，我又有什么好害怕的啊。我死了之后就请乔·迈克来主持我的葬礼。”

“乔·迈克早就不是牧师了，”卡洛琳说，“他给我主持过仪式。”

再次把父亲从车子里弄出来比第一次的时候难多了。他更是帮不上忙了，但是弗兰妮和卡洛琳两个人能够搞定。到海边来的主意还真不错。一年四季，圣塔莫尼卡的海边风景总是不会让人失望，今天更是如此，加上刚才在电影院里的那一幕，现在看到海滩，更感觉风光比以前任何时候都美好。菲克斯有一张永久残障人士停车卡，这让他的维多利亚皇冠在任何时候都能找到一个相当不错的停车位。

“正常人要是想把车停在残疾人的车位上得交两百美元，”菲克斯摇了摇头，“这种快感你们哪里体会得到。”

弗兰妮推着轮椅，他们三人沿着满是沙子的步行道往前走，海边的风景映入眼帘：海鸥、海浪、穿着比基尼的女孩、穿着沙滩裤的男孩，还有站在木屋里瞭望的救生员，像是仁慈的上帝一样注视着海面。这些年轻健美的身材真应该去给防晒霜产品拍广告，或者去拍青春永驻却没有观众的排球比赛广告。有人在遛狗，有人吃着冰激凌，有人在沙滩上铺了颜色亮丽的浴巾，躺在上面晒太阳。

“你们知道这些人是谁吗？”卡洛琳好奇地问，“今天是星期四，难道他们都不需要工作吗？”

“他们就是来庆祝我的生日的，”菲克斯说，“我准他们一天的假。”

“这些孩子不需要上学？”卡洛琳看着五六个小孩子拎着水桶像海狸一样搬运着沙子。

“你们还记不记得我以前是什么时候带你们来海边玩的？”菲克斯问。

“每年都来。”弗兰妮回答道。

菲克斯看着远处的波浪，海面上有个男人踩着一块亮色的板子冲浪。“怎么没有看到有女孩子啊。”他说。

“女孩子们都在那边的浴巾上躺着。”弗兰妮说。

菲克斯摇了摇头，“不对。真应该教你们俩冲浪。要是你们和我住在一起的话，我肯定会教你们学冲浪。”

卡洛琳伸手用手指梳了梳父亲的头发。她小时候唯一的愿望就是和自己的父亲住在一起，但是大人们就是不肯。“你自己也不会冲浪啊。”

菲克斯看着海浪点点头，算是认可了这个说法。“我游泳也不行。”他说。

一个小男孩正在放风筝，红白相间的龙形风筝被放到了天上，又打着旋，直直地掉落到地上。两个女孩子穿着比基尼滑着滑轮从他们身边驰过。她们长长的腿差点碰到弗兰妮的膝盖。

“你妈妈不喜欢你们这样。”他的眼睛还在盯着那个冲浪的人。

弗兰妮不知道他是不是在说滑滑轮的女孩子，但是卡洛琳马上接过话头，“妈妈不是那个外科整形医生吗？”

“你们的妈妈人很不错，这就是我的评论。我肯定不支持她，但是我想要你们知道，她并不像电影里演的那样不堪。”

两个女孩子隔着轮椅看了看对方的眼睛。卡洛琳歪了歪脑袋。

“爸爸，”弗兰妮说，“电影里的人根本就不是我们。”

“这就对了。”菲克斯拍了拍她的手，似乎想说他很欣慰她能这么想。

回到车上，卡洛琳和弗兰妮都看了看自己的手机。刚才在电影院里的时候，她们都把手机关了机，后来又忘记将其重新打开。

“我要是也有个电话该多好啊，”菲克斯说，“这样的话我也可以成为你们中的一员。”

“你看《托马斯地图》就可以了。”卡洛琳一边说一边用大拇指上下划着那数不清的工作短信。

弗兰妮收到了两条短信，一条是库马尔发来的，问她支票本放到哪里去了，另外一条是艾尔比的，写着“打我电话！！”。

“等一下。”弗兰妮说着又下了车。

电话响了一声他就接通了，“你还在洛杉矶吗？”

他们两周之前发过电子邮件，她告诉他自己要去参加父亲的生日。“我现在就站在海边。”

“我真的需要你帮我个忙，你居然没有告诉我那个该死的电影这个周就上映。”

“千万别去看。”弗兰妮说。那个孩子还在努力把风筝放上天。海边的风很足。

“我的妈妈病了，已经病了三天了，很严重，她自己去不了医院。她在电话里说没事儿，还说自己总是生病。但我觉得她的情况不太好。我今天晚上就赶过来，她应该现在就去看医生。邻居的电话打不通，她最好的朋友也不在家。我妈妈一点也不爱社交，就算是有一些交往的人她也没有告诉我。现在我实在是没有办法了。我又不想叫个救护车去把她吓个半死，可能也不是什么大问题。”艾尔比顿了一下，接着说，“我想知道你能不能去帮我看一下她。珍妮特在纽约，霍莉远在瑞士。我会给我妈打电话告诉她你马上就到。她肯定不乐意，但还是会给你开门的。”

弗兰妮回头看了一眼维多利亚皇冠，心里知道这辆车能够以飞一样速度赶过去。透过窗户玻璃她看见自己的姐姐和父亲坐在车上像两个赴约迟到的人。“好的，”她说，“把地址给我。一会儿我会打电话告诉你是不是需要过来。”

电话那边没了声音，她还以为是自己的电话没了电。她总是不记得给它充电。然后又听到了艾尔比的声音。“啊，弗兰妮。”他说。

“你妈妈不知道那个电影吧？”

“我妈连有那么一本书都不知道，”他说，“事实上，小说真的不是隐藏秘密的好地方。”

二十多年前，艾尔比坐着火车赶到阿默甘西特。在去之前他已经读完了那本小说，然后把书给了珍妮特。从火车站走了三英里才找到那位女演员的大房子，他就想弄明白自己生活中的故事怎么就落入别人的手里了。

和利奥争吵一番之后，她和艾尔比从后门走了出去，看都没看阿里尔和芭顿一眼。他们一直走到房子后边的那个小屋子，路上碰到了约翰·霍林格。他穿着一身带褶皱的夏季套装，嘴里抽着香烟，一边称赞着夜晚的美好。“这真是个好地方啊。”他好奇地对他们说。

关了灯，弗兰妮和艾尔比在黑暗中就着瓶子喝杜松子酒，你一口我一口。谁也不知道他们在那里，其实当时谁也没想知道他们到底在哪里。利奥和他的那些朋友们坐在阳台上抽着烟，喝着霍林格带来的酒。利奥肯定对弗兰妮的这个异父异母的弟弟心怀不满，不知道从哪里跑来这样一个怒气冲冲的人。当然，他也不会向客人提起为什么她的这个弟弟如此生气。

“你来之前有没有告诉珍妮特？”弗兰妮问他。

“没有，没有，”黑暗中艾尔比摇了摇头，“要是知道我来她肯定也会一起来，把他给杀了也说不定。”

“不是他。”弗兰妮说。杜松子酒的灼烧是那么的畅快，却也似曾相识。她意识到自己藏起来的酒现在正好能派上了用场。“都是我的错。”

“是的，”艾尔比说，“我可不想让珍妮特把你给杀了。”

* * * *

“赶快去救人，”弗兰妮一坐上车就说，她把情况跟姐姐和父亲说了一遍，“我把你们两个送到家放下，然后我去她家看一下。应该要不了太久。”

“刚才是艾尔比给你打电话？”菲克斯问。

“就是他。”

“太疯狂了！”卡洛琳说，“他为什么会给你打电话呢？”就算是卡洛琳也倍感意外。

原因很简单，弗兰妮和艾尔比是好朋友，她和库马尔还去参加了他的婚礼。在她家的冰箱上还放着一张他女儿的照片。几乎每一年他们都不会忘记给对方送生日祝福。

“我不好替你姐姐表态，反正我不需要你把我先送回家去，”

菲克斯说，“我已经好久没有见到特里萨·卡曾斯了。”

“那你是什么时候见过她呢？”卡洛琳问。那些年夏天的晚上，四个女孩子睡在同一间房间的上下铺里聊天。她们都一致认为卡洛琳和弗兰妮的父亲能娶珍妮特和霍莉的母亲的话，那可真是再完美不过了。

“那一年艾尔比把学校烧了。我没有告诉过你这个故事吗？你妈妈打电话给我让我把他从青少年管教中心捞出来，就好像我那么喜欢给她帮忙一样。”

“这一部分我们都知道，”卡洛琳说，“讲一下特里萨那一部分。”

菲克斯摇了摇头，“想一想也挺有意思的。管教中心的那些人把那几个孩子交给我，其实他们根本不认识我是谁。当时我只是给他们看了一下我的警徽，告诉他们我是来领艾伯特·卡曾斯的。没过两分钟，我就签了字，他们就把他给提了过来。我敢打赌现在可不会这么简单，至少教管中心不会这么操作。还有其他的两个还是三个混蛋，如果没记错的话，有两个黑人孩子，还有一个是墨西哥的。接待我的那位警员还问我要不要把他们也一起带走。”

“那你是怎么做的？”弗兰妮问。这个故事她听了好多遍，偏偏漏掉了最有意思的一部分。

“我没管他们几个。连那一个我都不愿意，哪里还愿意管另外的几个。我当时带他先去了医院，他的后背被点着的T恤烧伤了。他们给了他一件衣服穿着，但是这小子闻上去一股烟味。坐在我的车上，我让他不要把窗户摇上去。”

“老爸，你的心真狠啊。”卡洛琳说。

“心狠个鬼。是我救了那小子，是我把他捞出来的。后来我还带着他去拜访了你们的叔叔汤姆。那个时候你叔叔还住在离洛杉矶机场不远的韦斯切斯特。去机场的那一路真是堵得要命。我就这么带着艾伯特·卡曾斯的儿子，在我的车上，他还散发出一股木炭味儿。他和你们汤姆叔叔好好地谈了一下关于玩火的事情。你们知道吧，你叔叔小的时候也很爱玩火，总是爱烧东西。但绝对不是放火烧学校，这个要搞清楚，他只是烧一些空纸盒子或者一些大家都觉得没什么用的东西。很多消防员小的时候都喜欢玩火。他们先是学会怎么放火，然后学会怎么灭火。汤姆给他解释了一通，然后我又开着车回到托伦斯。光开车就开了一整天。”

“就是那一次你和特里萨·卡曾斯见了面，对吧？”卡洛琳问。

“是的，那一次我见到了特里萨·卡曾斯，非常棒的女人，我记得。她真的很难过，但是依然抬着头没有被吓倒。只是她的那个孩子真的是个小流氓。”

“他改了蛮多。”弗兰妮说。

“我也觉得他进步了蛮多。首先我发现是他让你和那个吝啬鬼没订成婚——”菲克斯举起手，“等一等，我再说一遍，对不起，那个老酒鬼。另外呢，他现在知道担心自己的母亲了。”

“我们没有订婚。”弗兰妮说。

“弗兰妮，”卡洛琳说，“那就让艾尔比放心吧。”

“还是托伦斯的那栋房子？”菲克斯问。

弗兰妮读了一下发过来的地址。

他点点头，“还是老地方。我来告诉你怎么走。你边开我边给你说。”

所有的故事都在脑子里，弗兰妮心想，微微闭上了眼睛。我什么都没听说过，什么也不往心里去，什么都没做好，很多时候都不在场。就这么一路到了托伦斯。

在弗吉尼亚的时候，六个孩子共用两间卧室一只猫。他们从对方的碟子里夹食物，使用相同的浴巾。在加州却不是那样，每个人的东西都得分得清清楚楚。霍莉、卡尔、艾尔比和珍妮特从来未曾获邀去菲克斯·基廷的住处，卡洛琳和弗兰妮也没有机会去特里萨·卡曾斯家里看看。六十年代的时候，伯特还在洛杉矶地方检察院任副检察官，他和特里萨买了那处房子：这个房子离市中心很远，离海边也不近。三间卧室，一间给伯特和特里萨，一间给卡尔，还有一间是霍莉的。后来又生了珍妮特和艾尔比，于是孩子们就得两两共享一间卧室。这里是他们的第一套房子，他们曾经计划要从这里起航，驶往更加精彩的未来。最后，除了特里萨一个人住在这里，每个人都离开了。首先是卡尔，然后是艾尔比，最后霍莉和珍妮特也走了。直到最后一年大学开学之前，珍妮特和特里萨独处了一段时间，她们才开始交谈。那段时光里，她们过得很开心，甚至能够相互逗乐，这让她们两人都很吃惊。

事实上，这个故事并没有那么悲惨。特里萨日复一日地去地方检察院上班，托伦斯这个城市也变得更好了。以前的时候，邻居们有了钱后都纷纷要逃离这个地方，现在这里越来越有人气，很多人又搬了回来。特里萨居然在满是石头的花床上种出了一个精彩纷呈的花园。花园里的植物的种子都是从一家杂志社获得的。房子外边又加了一个露台，男孩子们的卧室改成了一个舒适的房间。房产中介在她家的信箱里放了一张手写的便条，询问她愿不愿意卖掉自己的房子，她二话没说将那便条扔进了垃圾桶。特里萨也很满意自己的职业，作为律师的专职助手，她的工作让人满意。那些律师们总是劝她也去法学院上课——说她比他们中的大多数人都更聪明——但是她根本没有这样的打算。她在那个县一直工作到七十二岁那年退休，最后领到了一份足以让整个加州破产的豪华退休金。在她退休的派对上,包括那些离开好久了的律师们都赶回来向她举杯致敬。大家凑在一起，买了一块表，作为礼物送给她。

每年她都会去一趟纽约,去看望珍妮特和福德还有他们的孩子。她爱他们，但是纽约这个地方让她受不了。加州的人习惯拥有自己的大房子、自己家的汽车和草坪，她怀念那里的无拘无束。攒够了钱后，她买了一张飞机票到瑞士的那家禅宗中心看望霍莉。整整十天，每天她都和自己的大女儿坐在垫子上，除了呼吸，什么也不做，一动不动地打坐。特里萨很喜欢那种呼吸方式，但是那里太安静了，让她受不了。想一想女儿们的生活，就像是金凤花姑娘走进了三只熊的房间：要么太烫要么太凉，要么太硬要么太软。她坚持自己的观点，什么都需要，但是绝不吹毛求疵。每年，艾尔比都会回托伦斯两三次。她会列出一张需要修理的清单，而他就会一项一项地解决掉，给车库装了新的发动机，还给热水器来了一个大清洗。一直勉强谋生的他，现在已经是无所不会无所不能了。目前，他在沃尔纳特克里克的一家修车工厂上班,他很喜欢这份工作。圣诞节快到了，他会寄一张飞机票给母亲，请她过来和他的妻子女儿一起坐在圣诞树下过节。有的时候吃着爆米花，坐在壁炉旁，一遍一遍地玩儿钓鱼纸牌游戏。这些也一样让她受不了，她总是找个借口躲进卫生间，站在水槽旁边流眼泪。几分钟之后，她会洗上一把脸，擦干净之后，再回到客厅的时候就像是什么也没有发生过了。这不就是她梦寐以求的生活吗，但是她一分钟也不愿意久待。

和伯特离婚之后，特里萨约会了好几个律师，好几个警察，但是最后都没能结婚。这是她的原则，绝对不能破坏。哪怕是下班之后一起去喝一杯也不行，对方只好马上跟她强调，只是去喝一杯而已。珍妮特上大学那会儿，特里萨爱上了一个叫吉姆·陈的公共辩护律师。他们两人在一起度过了十年的美好时光。有一天在县法院的停车场里，吉姆心脏病突然发作，倒在了地上。当时到处都是人，大家赶忙拨打了911报警电话。其中一个还带着婴儿的女秘书曾经学习过一些急救知识，一直帮他做心脏复苏，直到救护车来了才停手。可惜有的时候，正确的事情也一样会无功而返。特里萨现在明白，生命就意味着失去。当然生命中还有一些其他的东西，一些好东西，但是失去却会像大地一样坚硬，让任何人都无法拒绝。

她的胃疼痛不止，她忍不住打起了寒战，胃部不断痉挛，她好不容易才吸上一口气。要是在三天前，她可以自己开车去看医生，但是这三天里她一口东西都没有吃，现在她虚弱得根本没有力气开车了。福德是个医生，她本来可以给他打个电话问一问如何是好。在自己的脑海中这些对话都演练好了，但她还是决定不打这个电话，免得打扰远在这个国家另一边的他：她肯定要赶快找个朋友来帮忙，或者更简单的做法就是打电话叫一辆救护车来。这些解决办法她都不愿意。她感到太累了，幸好还能自己去厕所，能够烧杯水，然后再回到床上躺着。今年她已经八十二岁了。她想象着孩子们会趁这次胃痛的时机来认真地考虑一下她是不是还适合一个人独居于此，还是说请她搬到北方去，住在离艾尔比的家附近的地方住。她肯定不会搬到珍妮特那里去，大家到布鲁克林去寻找爱情，或者是写小说，或者是生孩子。但是对于那些上了年纪的人，那里根本不是个好的选择。尽管在禅宗中心从精神上讲可能是一个不错的选择，但她绝对不可能去和霍莉一起生活。

到了第二天，事情变得更加严重，这一次胃痛可能需要她回答关于自己来日几何这个大问题：这次要命的疼痛，可能真的会要了她的命。她的阑尾依然还在。小学生们在旅行中要是得了阑尾炎，会有丧命的可能，她等了这么多年，可能也要交代给这个病了。这还不是最糟糕的情况。最糟糕的是什么呢？腹膜炎？虽然不会像吉姆·陈那么快就死在停车场，但是也不会拖很久。身体感觉稍微好一点的时候，她就把开箱子的钥匙、汽车所有权证还有自己的遗嘱都找出来。对于那些一辈子都从事法律工作的人来说，除非对未来失去了所有的希望，否则都会留下一份合理的遗嘱给后人。她的财产由三部分构成。房子的贷款早就付清，价值也比买的时候上升了很多。还有就是存款。孩子们离开学校之后她就不怎么花钱了。把一切都摆在餐桌上，她坐下来，打算留个字条。但是这个字条不要看上去像自杀的人写得才好，她这个人是绝对不会自杀的。她只是觉得不管过后谁进到这个房子里，除了能够看到她的尸体，还应该能找到汽车的钥匙。她的目光停留在平时自己用来写购物清单的那张便签纸上。便签纸的最上边有一排雏菊，几个杂乱摆放的粉红色字母在其间跳舞。这些字母组成“待做事项”几个字。她以前从来没有留意过自己买的便签上居然有这几个字，“待做事项”，真是太可笑了。但是她已经没有精力再去找一张空白的纸了。疼痛再一次来袭，她真想去床上躺着。

感觉很不好

以防万一

爱你们的妈妈

只能这样了

第三天唯一的问候来自艾尔比。她模糊地意识到自己做了一个相当明智的安排。他不停地打电话来询问情况，她在电话里也只能解释说自己的疼痛去了来来了又去，反反复复。还有几次她干脆就没去接电话。一想到要起来接电话她就心生为难。这一次她还是接了电话，他让她起来去把门打开，说弗兰妮·基廷来看她了。

“弗兰妮·基廷？”

“她正好在城里她爸爸家，我请她过来一趟，来看一下你。”

“我知道谁应该来看我。”特里萨说，觉得自己真够可怜。她也有自己的朋友，她其实只是决定要一个人待在家里做一场和死亡相关的实验。

“我知道你有朋友，但是等你给她们打电话的时候我肯定就等得不耐烦了。快去开门，她马上就到。”

特里萨挂断电话，低头看了看自己身上穿着的带拉链的棉质袍子。小的时候住在弗吉尼亚，她的妈妈管这种衣服叫作“模特儿装”。这件衣服穿在身上已经三天了。这三天里辗转难眠和疼痛的汗水已经让它皱皱巴巴了。自从三天前胃痛开始到现在，她没有刷过牙，没有洗过脸，甚至连镜子都没有力气去照一下。弗兰妮·基廷来和贝弗莉·基廷来是两回事儿，但是现在她已经分不清这母女两人的区别了。贝弗莉·基廷后来成了贝弗莉·卡曾斯，再后来又做了贝弗莉某某某，珍妮特给她讲过，可是她已经记不清楚贝弗莉在和伯特离婚之后又嫁给了谁。那个叫贝弗莉的女人太漂亮了，漂亮得让人受不了。即便五十多年过去了，一想到这个她依然心痛不已。每年夏天结束后孩子们从父亲那里回来，带回来的照片里总有贝弗莉的身影。孩子们在水池边玩耍或者是荡秋千的时候，她看上去就像是大明星凯瑟琳·德纳芙突然闯进了镜头一样。她可不想在临死的时候还惦记着贝弗莉的美貌。她比特里萨年轻，虽然也没有年轻几岁，但这当然很重要。贝弗莉现在还不到八十岁吧。

又是一阵疼痛袭击了她，她需要紧紧地抓住躺椅的边缘才能让自己坐直身体。疼痛从盆腔开始，从下到上，哪里都疼。会不会是子宫癌？或者是骨癌？怎么会来得这么快？她要是不给弗兰妮开门，她肯定会给她的父亲打电话。艾尔比说弗兰妮本来是来探望自己父亲的。他的父亲现在应该也很老了，但是他要是给警察打电话，警察肯定会强行进来，一探究竟。警察们就是这个样子：说干就干，无可阻挡。她能感觉到头皮上流下来的汗水。

没一会儿，她那一头短发就湿透了。她勉强从躺椅上站起来，艰难地向前门挪过去。每挪一步，她就在心里骂一遍“婊子养的”。这句话成了她的咒语，借着这句话，她才能平息一下自己的呼吸，这个方法是霍莉以前教给她的。她把前门打开，拉开围栏的插栓，再拖着身体回去换身衣服，往脸上抹了两把水。多么希望有漱口水啊。她知道自己已经没有刷牙的力气了。

没过五分钟，她就听到了一个声音，“卡曾斯夫人在吗？”又过了几秒，传来一个似曾相识的声音，“特里萨？”她听见门前的围栏打开了。

“等一下。”她使劲拉上运动裤，再套上一双拖鞋，在头上缠了一条毛巾。太痛了。她的头发太短了，但是现在谁还在乎她的外表呢？珍妮特说她看上去像是刚刚做完化疗，霍莉说她看上去像个尼姑。倒是艾尔比从来都没有提起过母亲的头发。

“我是弗兰妮。”那个声音说。

“我知道，弗兰妮。他告诉我了。”特里萨闭上了眼睛等着。她吸一口气，心里默念着“婊子养的”，呼一口气，心里还是默念着这一句咒语。这样能稍稍好过一点。

弗兰妮走进客厅里，她的身边还有另外一个人，一个皮肤白皙，一个肤色浅黑。皮肤白皙的那个穿着十分随意，脑后的马尾辫颜色花白，没有化妆，穿着一件棉质的上衣，领口的部位有一根细绳子。肤色浅黑的那个明显更喜欢打扮，但是谁看了她们一眼，都不会想着回头再去看第二眼。这两个女孩子都没有珍妮特或者霍莉漂亮。特里萨靠着自己的意志咧嘴笑了。

“这是我的姐姐，卡洛琳，”白皮肤说，“我希望你不要介意我们的到来。艾尔比很担心你。”

“他倒成了个爱操心的人，”特里萨说。她尽力地不让自己喘粗气，“想一想他曾经给人带来的麻烦和担心，不敢相信他现在反倒成了那个担心别人的人。”

“这种事情很正常。”卡洛琳说。

特里萨久久地盯着她们。她看过她们的无数张照片，听说过关于她们两人的无数故事，早就知道卡洛琳性格要强，弗兰妮性格温和。两个女孩子在天主教学校成绩都不错，但是卡洛琳要更聪明一些，弗兰妮更善良一些。“我知道这听上去很不可思议，我是不是在哪里见过你们俩？”

“在卡尔的葬礼上，”弗兰妮回道，“应该就只有那一次。”

特里萨点点头，“我有点记不清了。”

“你现在感觉怎么样？”卡洛琳问她。直截了当地有事说事，充满了权威感。特里萨觉得要是自己不实话实说，卡洛琳说不定会过来戳一下自己的肚子。

“我病了好几天了，”她双手抓着椅子，“但是已经开始好转了，我能坐起来了。等你们到了我这个年纪，你就知道活着不容易了，一点点小毛病就能把人撂倒。”

“要不要去看医生？”弗兰妮问。

我愿不愿意去看医生，特里萨心里在问自己。早知道就该去看一看。特里萨不想表现得太糟糕，这两个女孩子又没有什么过错，毕竟她们还是艾尔比请来的。一切都和她们无关。

“不需要。”她答道。

更精明的那位稍稍一侧脸，“大家都在这里，让我们开车送你去医院吧。免得一会儿十一二点了再叫救护车来，就更困难了。我也不想这么说，但是你看上去情况不太好。”理性女人的说法。她应该已经成了某个律师事务所的合伙人了吧。

“我今年八十二了，”特里萨说着，已经能够感觉到自己脸上淌下来的冷汗，“看上去情况不太好已经有好些年了。”

“那就是说你不打算去医院了？”卡洛琳问。尽管是基于好心好意，但被告还是拒绝对方送她去医院的好意，这一点需要确定下来。

“很抱歉我儿子麻烦你们到这里来，其实也没什么事情。他要是提前告诉我的话，我肯定不会让他给你们打电话。”只希望她们赶快离开，她就可以坐下来了。或许她们一离开，她就会直接摔倒在地上。她已经挪不到床边上了，能在沙发上躺下也不错。

“好吧，”弗兰妮说，“我的父亲也来了，就在汽车上，他想向你问声好。你能不能去和他打个招呼，然后我们马上就走。”

“菲克斯在车上？”

弗兰妮点了点头，“今天是他的生日，八十三岁生日。所以我们才都在这里。”弗兰妮等了一会儿，看特里萨没有任何的反应。她决定孤注一掷，“我爸爸得了食道癌，他快不行了。”

“怎么会这样，真是让人难过。”特里萨对菲克斯·基廷颇有好感。虽然只和他见过一次面，就是艾尔比放火烧了学校教室的那天，但是在她的印象里，他是个很不错的男人。她和菲克斯在厨房说着话，艾尔比怒气冲冲地摔门进了他自己的房间。从冰箱里拿出冷冻的橙子汁，那是她一下一下挤好的，两个人一人倒上一杯。他端起杯子碰了一下她的杯子，然后看着她的眼睛说“要团结一致”。在她看来，这是这个世界上最亘古不变的道理。

“请他进来吧。”特里萨说。她也不知道现在要怎样才能去给客人倒杯喝的，对她来说真的太难了。

卡洛琳摇了摇头，“整个下午我们都在外边，现在想要把他再放进轮椅已经办不到了。”

走到前门也就是三两步的距离。去年艾尔比在门的两边各安装了一个铁扶手。要是特里萨能勉强走到外面去，怕是也走不回来。“麻烦告诉他，我向他问好。”她说。

“爸爸快要死了。”弗兰妮说。

我也一样，特里萨想要对她说。她打量着面前的这两个女孩子。

突然，她意识到这两个孩子正在一唱一和：一个扮演那位警察的好女儿，另一个扮演坏女儿的角色。她决定不上她们的当。有一阵疼痛袭来，从盆骨直涌上来。她端端正正地站得太久了。闭上眼睛，手指紧紧地抓住椅子的扶手，她努力地控制着自己的呼吸。

“我来拿你的包，锁门，”弗兰妮说，“包是在厨房里吗？医保卡是不是也在包里面？”

特里萨微微点了一下头，表示认同她的说法。另一个女孩子已经走过来用一只手扶着她。她的动作很轻柔，但是也足以将她提起来了。

“可以走了吗？”卡洛琳问。

这几级台阶她走了何止上千遍？但是，现在她却感觉像是伊娃·玛丽·森特站在西北边的拉什莫尔山上一样举步维艰。基廷家的女儿一边站了一个，把她扶起来。她本就不是一个大个子女人，比起她的儿女们,她显得那么娇小,更何况岁月早就让她开始萎缩了。所以对这两个女孩子而言，她根本算不上什么负担。乍一看，她们两人像是在绑架这位老太太，几乎是提着她走过草坪，然后把她放在汽车的后排座椅上。把她的身体往前送，脚还在车子外边，这让专业人士看了会很难过。她们两人根本就像是专门来掏老人兜的。给她扣上安全带，想要让她坐稳一些。她疼的呻吟起来，安全带压着了她的腹部，让她受不了。于是又把安全带给她取下来。

“特里萨·卡曾斯，”菲克斯坐在前排和她打招呼，“我们又见面了。”

“爸爸，”卡洛琳说，“告诉我们怎么走。”

特里萨感受得到特里萨声音中的焦急。她们不仅仅是要把她送到医院去，她们还想越快越好。菲克斯把怎么去托伦斯纪念医学中心的行车路线告诉给了她。

他甚至都不需要看地图就能讲得一清二楚，地图册中的每一页都已经深深地烙在他的脑海中了。

疼痛稍稍褪去了一些，特里萨睁开眼睛四下里看了看。坐在汽车的后座上，眼看着自己的计划泡了汤，她不禁叹了口气。死亡也许并不是她最想要的吧。看一看外边，南加利福尼亚，又是多么美好的一天啊！“祝你生日快乐！”她对菲克斯说，“听说你身体不好，我很难过。”

“癌症，”他答道，“你怎么样？”

弗兰妮正在打电话，“你妈妈已经坐在我们的汽车上了，我们正在往医院开。”

“不知道，”特里萨说，“可能是盲肠破裂吧？”

卡洛琳踩了一脚油门，这辆维多利亚皇冠像是赛马一样在街道上疾驰。

“是在和艾尔比通话？”菲克斯问，“让我和他说句话。”

“爸爸。”弗兰妮说。她的父亲把手伸向后座。特里萨用自己的手握住菲克斯伸过来的手，轻轻地握了握。

“艾尔比，我爸爸想要和你说句话。”

“你爸爸？”他问道。

弗兰妮把电话递给菲克斯。

“小伙子？”菲克斯说，也不知怎的，他的声音听上去满是信心，“你妈妈就在我们车上，我们会好好照顾她的，你放心吧。”

“谢谢你，”艾尔比说，“你又救了我一命。”

“我们一直会陪着她，直到查清楚病因。你放心，我们不会把她丢到医院门口就不管了。”

“我要不要马上就赶过来？”艾尔比问。

菲克斯看了一眼后座上的特里萨。此时此刻她就像一只没有了羽毛的小鸟，从鸟巢里跌落了下来，摔在人行道上。虽然一息尚存，却已经单薄如纸，身上没有一处健康舒坦。“希望明天能见到你，怎么样？一会儿再联系。这个东西怎么挂断啊？”他一边问，一边摁了一下电话上的那个红色按钮。

“我们的孩子都不错，”特里萨对菲克斯说，“虽然闯了不少麻烦，总算都还蛮好。”他的样子让她大吃一惊。得了癌症真的是在和魔鬼握手。

在急诊处门口将车停稳，弗兰妮进去给特里萨取来一把轮椅，卡洛琳从后备厢里把父亲的轮椅拿出来。两个女孩子一起配合着才把两位老人扶上了轮椅。特里萨很轻，安顿她要容易得多。她紧闭着双眼，咬住嘴唇，忍着一声也没吭。菲克斯现在这会儿疼得很厉害，他的四肢僵硬，要把他从车子里扶出来非常不容易。谁也没有想到今天有这么多事情发生，她们出门的时候也没有带镇痛药。他真是太累了，每当感觉到疲惫不堪的时候，他总是用两只手按着肋骨，像是要把自己强按着合拢在一起似的。弗兰妮想着能不能先从急诊室给父亲弄一片止痛药应急，要不然真不知道怎么才能把父亲送回圣莫妮卡的家。她也知道要止痛药八成很困难。弗兰妮和卡洛琳推着菲克斯和特里萨来到登记处。接待他们的是个年轻的拉丁裔小姑娘，涂着浓浓的睫毛膏，穿着低胸的T恤衫。她看了左边的轮椅又看了右边的轮椅，再从右边看到左边。她脖子上的金色十字架的底端，正好压在开口很大的胸口处。

“两个都是？”她问。

“只是这位女士。”弗兰妮答道。

卡洛琳出去找地方停车，“我给马乔里打电话让她把纸杯蛋糕放到冰箱里去。”

“我毁了你的生日。”特里萨说。

菲克斯大声地笑了。她们好久都没有听到他这么爽朗的笑声了。“你毁了我八十三岁生日？说真话，你能活到这个岁数。”

“医疗保险卡？”

弗兰妮拿过特里萨的包，询问能不能打开她的钱包看一看。面巾纸，钥匙，还有一盒薄荷糖。在她的钱包里，弗兰妮找到了特里萨的医保卡，一张蓝十字蓝盾的副卡，还有就是她的驾驶证。她还开车吗？

“姓名？”那个女孩子照着电脑屏幕上的内容开始读，根本不记得这位病人是否曾经来过。

“孩子们小的时候我是这里的常客，”特里萨说着看了一眼四周，貌似她到现在方才醒过来，“缝针啦、扁桃体发炎啦、中耳炎啦。但是自从他们长大离开之后，我就再也没有来过了。家里没有了孩子，也就没有紧急情况。我也到医院来做过乳房 X 射线检查，或者是来探望朋友，但是，我从来都没有想到过自己有一天也需要到急诊处来就医。”

“所有的信息卡上都有。”弗兰妮对那位女孩子说。

“当年卡尔被蜜蜂蜇了，我也是把他送到这里来。”特里萨说。

“他在弗吉尼亚被蜜蜂蜇了。”菲克斯一边说一边想帮帮忙。

“询问病人是我们的工作内容，”那女孩子说，“这有助于医生的评估。”

弗兰妮看着她，然后看了看特里萨。那个女孩子叹了口气，开始在电脑上打字。

“他第一次被蜜蜂蜇了，我就是带他到这里来就诊的。”

“我好像没听说过他在别的地方也被蜜蜂蜇过。”弗兰妮说。卡尔葬礼的那天早上，伯特把孩子们都召集到客厅里。他告诉孩子们哪怕是被蜜蜂蜇一下对卡尔来说都有生命危险。经他这么一说，大家顿时觉得轻松多了，也就不认为自己当时要是做点什么的话，还有将卡尔救活的可能。事实上，他们是有机会挽救他的生命的——要是他们坚持劝说卡尔不要在想让艾尔比闭嘴的时候，将所有的苯海拉明药片都塞到艾尔比的嘴里。他们应该告诉卡尔不要在他们其他人不在场的时候，独自一个人给艾尔比喂药。如果他听得进去的话，在他自己需要的时候，还能有几颗留给自己。当他倒在地上的时候，他们应该跑过去帮忙，而不是仅仅认为他是在哄他们玩儿，然后视而不见地离开了半个小时。

“我们都知道他特别容易过敏，”特里萨说，“那回是第一次。”

“那是他几岁时候的事？”卡洛琳站在大家的身后问道。他们都不知道她什么时候回来的。她一心想着自己的孩子们。他们有没有被蜜蜂蜇过？她试着努力回忆。

特里萨闭上眼睛，在脑海中按照年龄的大小，把自己的几个孩子都数了一遍，“他那个时候至少有七岁了，艾尔比还在学走路，两个女孩子一个三岁，一个五岁。应该是那个年龄没错。卡尔和霍莉在后院里玩耍，我带着两个小的在屋子里。我一个人要带四个孩子，真是不容易。你们俩有没有孩子啊？”

“我有三个，”卡洛琳说，“一个男孩两个女孩。”

“我两个男孩。”弗兰妮说。

“可惜两个男孩子都不是她自己生的。”菲克斯说。

“卡尔被蜜蜂蜇了。”卡洛琳接着说，想要引导着她往下说。

“用了什么药没有？”那个拉丁女孩问。

弗兰妮从特里萨的包里掏出两个瓶子给她。这是弗兰妮在特里萨家的洗手间的水池边上找到的，一瓶是赖诺普利抑制剂，一瓶是助睡眠的药物替马西泮。

特里萨看了看桌子上放着的橙色药瓶子，又看了看弗兰妮。

“我猜他们会问这些。”弗兰妮说。搜罗别人的药瓶子可能是超出了一般人能够接受的限度。她是绝对不会允许其他人打开自己的医药箱的。

“我总是教育孩子们做事要彻底。”菲克斯说。

“亲属姓名？”

大家互相看了看。“我想应该是艾尔比。”弗兰妮说。

“本地联系方式？”那位女孩的手指在键盘上跳动。

“留我的好了，弗朗西斯·梅达。”于是，她留了自己的电话号码给她。

“与病人的关系？”

“继女。”弗兰妮答道。

“等一等。”菲克斯说。自己女儿和特里萨到底该算是什么关系呢？他在脑海中思忖了半天。

“好吧。”卡洛琳对妹妹说。

终于把表填完了，那位女孩子吩咐他们去等着。“护士马上就来。”

“麻烦快一点，”卡洛琳直截了当地对她说，她就是个有话直说的人，“她病得很厉害。”

“好的，太太。”女孩子说。她眼睛上的长睫毛对她来说肯定是一种负担，给人一种昏昏欲睡的感觉。

弗兰妮推着特里萨，卡洛琳推着父亲。他们在离电视机尽量远的地方找了个地方停下来。窗外，天尚未完全黑下来。

“你真该回家去了，”找到一个角落停下来，特里萨说，“我就在这里等会儿，她们一会儿就回来找我。放心吧，我不会乱跑的。”

“我把爸爸送回去，”卡洛琳说，“然后我再过来接弗兰妮。”

“跑来跑去太麻烦了，”菲克斯说，“我最好也等在这里看一看结果。要是我撑不住了，他们可以顺便帮我也看看。我喜欢托伦斯这个地方，好多警察都能活着离开这里。”

“把故事讲完吧。”弗兰妮对特里萨说。

菲克斯抢着说，“我曾经办过一个案子。有一个人停下来等交通灯，当时他的车窗玻璃摇下来，一只蜜蜂飞了进来，叮了他一下。就因为这个，他的脚一下子没能踩住刹车，车子直接冲进了十字路口，撞到另外一辆汽车上。有可能当时那人已经丧了命，大家百思不得其解，直到后来验尸的时候才搞明白。案发后几天，我再次到那个案发现场。当然，我不是去找那只肇事的蜜蜂，我就是去现场看看。就在离交通灯不远的地方有一棵问荆，各种昆虫飞来飞去，至少有一半是蜜蜂。”

特里萨点点头，好像认为这和那件事密切相关，“卡尔从后院里进来，脸色苍白。我到现在还记得他的脸看上去可怕极了。当时我还以为是霍莉呢。他们两个经常拿着棍子或者扫帚你追我赶，我还以为是霍莉发生了什么。我说‘卡尔，霍莉到哪里了？’。我抬头往院子里看，想知道她的踪影，就听到卡尔的嘴巴里面发出了可怕的声音，声音很大，听上去像是从针孔里吸气一样。他抬起手拽着我,然后就直直地仰面摔到了地上。他的嘴唇和两只手都肿得老高。我把他抱起来，看到他的T恤上有一只蜜蜂。蜜蜂还粘在他的身上，像是一个自杀了的人，死了之后还阴魂不散。”

“有时候就是这样。”菲克斯说。

卡洛琳握着妹妹的手。谁会想到这种事情呢？这真是一个令人吃惊的故事，弗兰妮紧紧地勾着卡洛琳的手指。

“要不是那只蜜蜂，我想他在七岁的时候怕是已经死了吧，所以我能够理解当时发生的事情。我赶忙把他抱起来冲出家门，迅速地把他放到车上，开着车往医院里赶。那个时候路上还没有那么多的汽车。我一直跟他讲要深呼吸，要深呼吸，要憋住气。”

“那其他三个孩子你是怎么安排的呢？”卡洛琳问。

“就把他们扔在家里，甚至连门都忘记锁了。我后来把事情的经过讲给伯特听，他听了之后很生气。当时我真是害怕得要命，现在想起来还真为我自己感到自豪。我救了自己儿子一命。伯特说‘你怎么能扔下孩子不管！你应该把孩子们放到车上，一起带着去医院。’。他是没在现场不知道情况。而且他总认为我是个不称职的母亲。要是真像他说的那样把所有的孩子都拉上车，带去医院的话，卡尔肯定没救了。医生都是这么跟我说。他告诉我说，那次蜜蜂蜇得多么严重，还说卡尔要是再被蜇一下，肯定更不得了。但是，你也知道，谁能阻止一个男孩子出门啊？总不能一辈子都把他关在家里吧。更何况像卡尔这样的男孩子。我就总是告诉他一定要随时把药片带在身上。家里随时准备着一支肾上腺素和一根针管。伯特带孩子去他父母家时没有带上药和肾上腺素，就算带去了估计也不晓得怎么给他打针注射。也没有人检查卡尔身上是不是还带着药片。”特里萨摇了摇头，“也不怪伯特。过去我是怪他，现在我也不这么想了。越是想要的东西，越是不在手边上。我就知道会这样。就算他天天跟我在一起，也难免会有那样的结果。”

“谁能救得了谁呢？”菲克斯说着从轮椅里伸一只手放在她的手背上，“保护大家的安全也不过是个美好的愿望而已。”

“伯特发誓说要把院子里的那棵橙子树给砍了。一开花就满是蜜蜂，他对这些树大为不满，好像是那树对他的孩子做了什么一样。但是几天之后他就什么都忘记了。我和他都一样。”

她止住话，四下里看了看，“当时急救室还是在医院的最后面，现在这里可是好多了，什么都是新的。”

做了 CT 和另外一项检查之后，医生出来走到他们面前。“卡曾斯先生？”他对菲克斯说。

“不是。”菲克斯说。

这让医生有点困惑。他就是来汇报病人情况的，于是就接着说。“卡曾斯夫人得的是乙状结肠支囊脓肿。现在我们先要给她用抗生素退烧，让她感觉好受一点。再观察白细胞数量以及夜间退烧的情况。不能进食，明天早晨会再给她检查一下，看一看情况如何。她病了多久了？”

卡洛琳看着弗兰妮。“大概三四天了。”弗兰妮回答说。医生点点头，在一张纸上记了些什么，告诉他们病人要转到另外一个房间去，然后就走了。他们觉得医生是在揣测这一家人的粗心大意。病得这么重，怎么不早点送来就医？可是这又该怎么回答好呢？

“不是癌症。”医护人员过来推走她的时候特里萨对菲克斯说，然后说了声“再见”。“看样子我得在这里过夜了。”现在已经给她装上了心脏监控仪，通过手背在做静脉注射。

“你很幸运啊。”菲克斯说。他是真心地为她感到高兴。

“哦，”特里萨说着用另外一只没有打针的手抚摸了一下自己的额头，“癌症，真对不起我开始还这么说。是给我打了吗啡吗？怎么感觉晕头晕脑的了。”

菲克斯轻轻地挥了挥手表示没关系。

“晚上我会过来看你。”弗兰妮说。

特里萨让她不用来，“我给艾尔比说过了，他明天一早就能赶到。我要一直睡到那个时候再起来。说句实话，我现在已经疲惫不堪了。毕竟你们是来看你们的爸爸的，我却浪费了你们半天的时间。”

“要是这一整天都被你浪费了才好呢，”卡洛琳说，“下半天可比上半天有意思多了。”

“我们再等等，等你睡着了我们就走。”菲克斯说，语气中既有绅士风度也包含着不确定。他在轮椅里面坐得太久了，需要现在就回家躺下。当然，能把特里萨送来就医，再想想特里萨的状况，他感觉也不错。但是疼痛哪能忍那么久，现在他就觉得像是被棒球棍不停地击打，疼痛难忍。

“我就要闭上眼睛了。你们到门边的时候我就睡着了。”她微笑着看了看菲克斯，然后就像她自己说的那样，闭上了眼睛。当时要是能和菲克斯结婚该多好啊，她这么想着陷入了梦乡。菲克斯·基廷真是个好男人。现在他病了，她也病了。真要是结了婚，自己怎么照顾他呢？

卡洛琳和弗兰妮推着父亲往电梯走去。他们现在在医院的另一边，从急诊处进到医院，然后又到住院部，这是医院里相隔很远的两个地方。走出去，他们发现来到了一个从来没有来过的地方。卡洛琳花了好一阵子才找到自己停放的汽车。把轮椅放进后备厢，找到停车场的出口，菲克斯已经在前排座椅上睡着了。弗兰妮看着手机上发过来的地址找到了返回圣莫妮卡的路。

一路上，卡洛琳和弗兰妮都没有说话。是不是害怕父亲会听到他们交谈的内容呢？为什么有这种担心呢？是他们做错了什么吗？菲克斯的头靠在座椅的靠垫上，张着嘴巴。要不是还轻声地打着鼾，还以为他已经断气了呢。

“她说当时卡尔脸色苍白，发出吓人的叫声。”卡洛琳说。

弗兰妮点了点头。库马尔的大儿子拉维得了哮喘。有一年的夏天，他们一家一起到威斯康星州的湖边去度假，她手忙脚乱地在他的背包里找喷雾器。就听到他的嘴里发出卡尔咽气时发出的那种声音，又高又利，像是在吹口哨。如果那不是呼吸的话，一定是断气时才会发出的声音。

“我清楚地记得当时我的脑子里在想什么，”卡洛琳说，“卡尔早就死了，但是直到现在我还是觉得当时我可以做点什么帮帮他。应该没有人知道我们给艾尔比吃了苯海拉明药片吧。当时我应该把枪放回到车子里。卡尔怎么会拿到那把该死的枪呢？”卡洛琳看着她说，“谁会想到那把留在汽车里的枪会被自己那个十来岁的儿子绑在腿上？我有什么好担心的呢？卡尔的死和那把枪没有任何关联。这就像是一棵大树压垮了房子，而我只是捡走一片树叶而已，这根本无关紧要。”

“我们那个时候都是孩子，根本不知道该怎么办才好。”

“是我把事情搞得更糟糕了。”卡洛琳说。

弗兰妮摇了摇头，“不是你把事情搞得更糟糕，事情已经糟糕透了。”她的前额顶着前排座椅。

“也许我应该告诉她。”

“告诉她什么？”

“不知道，或许告诉她说卡尔死的时候并不是孤孤单单的一个人，我们都陪在他身边。”

“霍莉和珍妮特当时也在场，她们都没有想要告诉自己的妈妈。谁知道呢，也许她们已经告诉过了。也不知道当时在弗吉尼亚发生的事情特里萨知道多少。”

“这个周末她真应该去看一下那场电影。”

“你的愧疚感怎么能跟我比，”弗兰妮说，“你的愧疚根本算不上什么。”

卡洛琳和弗兰妮最终还是没能好好地陪父亲过完八十三岁的生日。去特里萨家的时候，路上的交通状况还过得去。现在，从托伦斯开会到海边父亲的家，一路上真是开得异常艰难。他们三人到家时，夜已经很深了。他们这一番好心好意，导致菲克斯在轮椅上在汽车里坐得过久。疼痛辐射到全身的每一个地方，双脚、双手、包括脑袋里的骨头都疼痛难忍，最疼的还是他身体里癌症所在的地方。

“我要去睡了，”几个人一起把他弄进房子，他对马乔里说，声音小到听都听不清，她要弯了腰凑到他的嘴边才能听见，“疼得受不了了。”他一边说一边用力地拽着自己的衬衫，想要把它拽掉。

马乔里帮他把扣子解开。生了这么久的病，菲克斯一点肉都没有了，对任何突如其来的碰撞都没有缓冲的余地，现在的他真是只剩下了皮包骨头。

“你们去见了特里萨？”马乔里问弗兰妮，本来她是想说“你们把他带到中南部去闻烟尘味儿了？”。

“我们刚从电影院出来，她儿子就打电话过来，说她需要去医院。”她们姐妹俩真应该先把父亲送回家再去。其实艾尔比打电话的时候他们已经快到家了，最后不是菲克斯而是她决定先不回家。“没想到最后耽搁了这么久。”

卡洛琳用勺子盛了一勺苹果酱，再把镇痛药放在勺子里，让父亲服下。这样吞起来会容易一些。

“她没有自己的家人在身边吗？”自从菲克斯第一次带着两个女儿到马乔里妈妈那儿学游泳开始，马乔里对这两个女儿总是很有耐心。但是拖着自己重病的父亲去帮助一个都不认识的人，这无异于要催他的命。

“她有家人，”弗兰妮答道，“但是都没有住在她的附近。爸爸说想见一见她。”

“他都不认识她，怎么想到要见面？”马乔里一边说一边帮他把皱皱巴巴的衬衣脱下来。“我扶你上床吧。”她对他说。

弗兰妮和卡洛琳还站在卧室里，看着马乔里扶着父亲侧身上了床，她几乎是滚着把他安放到床上去的。“能不能告诉我，今天我是不是还把什么别的什么事情也搞砸了？”

“不是你的错，”卡洛琳抚摸着她的脸说，到现在为止，她们两个人什么都还没有吃，也不打算吃了，“你是不知道。不管怎么样，我们三个人都必须去一趟才行。这是我们欠她的。虽然马乔里无法理解其中的缘由，但是即便那只是一个错误，我们对马乔里都有所亏欠。”

弗兰妮疲惫地看着姐姐，笑了笑。“亲爱的，”她说，“仅存的孩子该怎么办呢？”

“这就不关我们的事了。”卡洛琳说。

她们姐妹两人同住在楼上的房间里。卡洛琳去房间里给沃顿打电话道晚安。弗兰妮到院子里给库马尔打电话。

“支票本找到了没有？”弗兰妮问。

“找到了。六个小时之前我给你打电话的时候你就该问一问我。”

“是啊，但是真的没时间打给你，”她打着哈欠，“今天你要是也在这里的话，肯定会可怜我的。孩子们练球回来了没有？”

“我还没有看到他们。”库马尔说。

“别再让我难过了，我今天真是累死了。”

“拉维在洗澡，阿米特假装在电脑上做家庭作业，我一不盯着他，他就开始看一些奇奇怪怪的视频。”

“那你现在有没有看着他？”弗兰妮问。

“我在啊。”她的丈夫回答说。

马乔里敲了敲窗户的玻璃，挥手示意让她进来。

“我得进去了。”她说。

“你还没有回到家吗？”

“是别的事情，不用担心。”说着她挂断了电话。

“你爸爸想让你去和他说晚安，”马乔里疲惫地说，“不敢相信他还没有睡着。”

“卡洛琳也在他的房间里吗？”

马乔里摇了摇头，“他说只想和你谈谈。”弗兰妮答应一定不会待太久。

房间里的两张床已经被拼在一起了，上面还铺了最大号的床罩，猛一看还以为是一张床，其实只有菲克斯的那一边是一张病床。病床稍稍抬起来一些，这样可以使他不会感到那么痛，睡着了的时候口水也能够顺畅地吞下去。弗兰妮推门进去，看到父亲穿着蓝色的睡衣，眼睛盯着头顶上的天花板。

“把门关上，”菲克斯说着轻轻地拍了拍自己身边的床沿，“我们说会儿悄悄话。”

走过去，她在父亲的身边坐下。“真是不应该把你也拖到托伦斯去，”弗兰妮说，“在为艾尔比和特里萨着想的时候更应该为你想一想。”

“别把马乔里的话放在心上。”菲克斯说。

“马乔里是在担心你的安危。这也是为什么我们要赶快去看一看特里萨，她那里一个人都没有，没人关心她的安危。”

“不要再说这些了。我有一件很严肃的事情想和你谈一谈。听我说好不好？”菲克斯躺在床上，空荡荡的，只剩下皮包骨头了。

“把那个床稍微抬起来一点。”他说。弗兰妮照着他说的做了。“好的。把旁边的那个抽屉打开。”

抽屉很深很长，里面塞满了纵横字谜游戏书、信封、平装本的《加州经典远足路线指南》、一本吉卜林诗歌集、一副手部肌肉锻炼绷带、一些维克斯达姆感冒药，以及一些零钱。还有一串佛珠，这让弗兰妮很是吃惊，“你要我找什么啊？”

“在抽屉的最里边。”

把抽屉再往外拉出来一些，弗兰妮在一堆纸里反复地翻找。找到一把枪。什么也没有说，她把枪拿出来放在自己腿上。“找到了。”

她说。

他伸手摸着她的手，摸到了那把枪，笑了。“马乔里答应我说，等我退休了什么都可以带回来。她说搬到海边之后，就不准我再摸枪。我都没有告诉她。”

“好的。”弗兰妮把手放在父亲的手背上。她分明能摸到他那薄如白纸的皮肤下边的骨头。摸着蝙蝠的翅膀也是这样的感觉吧，她想。

“38 毫米史密斯维森。这把枪跟了我有些年头。”

“我记得。”她说。

“我的家里怎么能没有枪。”

“你是不是想让我帮你照看它？”弗兰妮也不敢确定自己能不能胜任。放到包里不行，肯定也不能拿回芝加哥的家里。家里还有库马尔和三个男孩子。虽然心里不想要那这把枪，但她能处理好这件事。

“我再也拿不动它了，”他说，“太重了，连从抽屉里拿出来都做不到了。想东想西，唯独没有想到这一点。”

那个时候她和卡洛琳还是小孩子，到了夏天爸爸就带她们到警察学院的射击场，对着纸靶学射击。在这个世界上，射击是她唯一一项比卡洛琳做得更好的事情。她很擅长射击。菲克斯的朋友们纷纷走过来观战，看到她的射击结果，大家忍不住“啧啧”称赞。“记得要让这个女孩子当警察！”他们都这么说。弗兰妮眼睛亮，手腕稳。听到大家的夸赞真是笑开了花。

“这个你不用担心。”弗兰妮说。

“朝着我开一枪，可以吗？”父亲问道。

“你刚服用的镇痛药开始起作用了，爸爸，赶快睡觉吧。”她把父亲的手从手枪上抬起来，然后弯着腰，吻了吻他的额头。

“既然起作用了，你为什么就不能听我说呢？我们没有太多的交谈时间了，就你和我。枪我已经拿不起来了，这里只有你知道这件事，自然也不会有任何怀疑。很多警察在即将走到生命尽头的时候都会选择自杀。这真的没什么不对的。”

那把放在她的膝盖上的手枪一下子变得沉重起来。“爸爸，我怎么会朝你开枪。”他张着嘴巴看着她。此时他没有戴眼镜，她能够看到他眼睛里的白内障。在那个夏天的某一天，蜜蜂还在他的衣服上爬来爬去，卡尔是不是也是用这样的眼神看着特里萨呢？在卡尔快要死的时候，他是不是也是这么看着她？这个她已经记不清楚了。

“我真的需要得到你的帮助，弗兰妮。安眠药不晓得被马乔里藏到哪里去了，就算能找到，我也没法拿到，我也不知道怎么服用。她每次给这个管子里加药的时候，就仿佛是在给汽车加油，仿佛我就是辆汽车。我自杀了，也不会有人在意。”

“相信我，大家都会在乎。我会在乎。”

“明天马乔里和卡洛琳要去购物，你留下来陪我。拿两双一次性手套，把一双手套套在另一双的上边。你把我的手放在枪的上面，然后用手握着我的手。”

弗兰妮把手放在父亲的手背上。无论是镇静剂还是疼痛的折磨，她都无能为力。“爸爸。”

“枪口不要直接对着脸，也不要直接对着喉咙，稍微偏一点。把枪直接顶着下巴，再稍微朝旁边挪一点，大概呈二十度夹角的样子。等一切都准备好了，你一定要稍稍往后倾，免得你受伤。”

她很想知道为什么父亲没有让卡洛琳来做这件事？卡洛琳是他的心头肉，深得他的信任，但是卡洛琳肯定不会照他的吩咐做。

“我做不到。”她说。

“开枪之后你就松手，枪掉在哪里就掉在哪里。摘下手套塞进你自己的口袋。照一下镜子，不要在脸上留下任何血迹，然后给911打电话。你需要做的就是这些而已。没有人会找你的麻烦。根本就和你没关系，是我自己做的，你只是帮了我的一点忙而已。不会给你留下污点。”他努力地想睁着眼睛，闭上了再睁开，最后还是闭上了。

“这就是污点。”她说。离开父亲跟着母亲一起住到了伯特的家里，这对她们姐妹两人来说，总觉得亏欠父亲。诡异的是，现在这种想法再次涌上心头，似乎不按照吩咐做就是再次对不起父亲。

“一旦做错了事，人总是会担惊受怕，”菲克斯闭着眼睛说，“警察们也同样害怕做错事。脑子里总是在揣测门的那一边迎接自己的会是什么：是不是不在外边，是不是在壁柜里？但最后都不是。很多事情都不会如你所愿，比如说洛梅。对这个世界上的大多数人而言，毁灭他们的往往不是外部世界，而是他们自己的内心。你能明白我说的话吗，弗兰妮？”

“我明白。”她应道。

他伸手拍了拍她的手和那把枪，“我现在就只能靠你了。”说完这句话，他就沉沉地睡着了，嘴巴还张着，似乎还有话没有说完。

坐在父亲的床边上，弗兰妮把枪里的子弹卸了下来。卸子弹，擦枪，再装子弹，自幼就是她和姐姐所学习内容的一部分。弹夹里有六颗子弹，她把它们都卸下来，揣到牛仔裤的前口袋里，再把去了子弹的枪插在腰带上，用衬衣盖着。曾经她很享受这种让裤子紧贴着腰身的感觉。

离开卧室来到客厅，马乔里和卡洛琳正在看《晚餐的约定》这部电影。电影播放到坐在轮椅上的蒙蒂·伍利对人施暴的时候，卡洛琳摁下了静音键。

“你爸爸怎么样？”马乔里问。

“睡着了。”弗兰妮能感觉到那块贴在自己腰上的金属。穿过客厅，腰里别着一把手枪，却不能告诉大家自己拿着枪，这真是太荒谬了。在她看来，马乔里不需要知道任何与手枪相关的事情，更不要说父亲的请求了。今天晚上她准备什么也不说，免得再多说一次。明天早上，她会把这个事情告诉卡洛琳。弗兰妮说她现在只想躺在床上看一会儿书。

那天晚上，弗兰妮把子弹放到一只袜子里面包好，又把枪藏在了自己手提箱中，在睡梦中，她梦到了霍莉。这么多年不见，霍莉依然是十四岁时的模样，又黑又长的直发梳成两条辫子，黄色的上衣歪歪斜斜地套在她那瘦削的躯干上。她还是小女孩的样子，满脸的雀斑，戴着牙套。在梦里，孩子们又回到了弗吉尼亚，去了伯特父母的大房子。他们正穿过房子和牲畜棚之间宽阔的田野。霍莉总是有很多话要说，现在她正在滔滔不绝地给大家讲述沿河居住的马塔波尼印第安人的悠久历史。她说英勇的马塔波尼印第安人参加了第二次和第三次安格鲁·波瓦坦战争。

“就在这里，”她说着伸出双手，“最开始参战的人还不多，随着战争的推进，英国人带来了疾病，大部分的马塔波尼印第安人都染病而死。你们还记得卡尔一心想找的箭头吗？爷爷的抽屉里就有好几枚，但是他不会给我们的。他说要自己收藏。你们知道他为什么要收藏那些箭头吗？等到以后起义的时候再用。”

弗兰妮眺望着那绿油油的山坡。牲畜棚的旁边有一个浅浅的水塘，池塘的水底下全是淤泥，天热的时候马儿们最喜欢到那里喝水嬉戏。树林在田野的远处刻画出这片土地的界限，远处的田地里码放着卡曾斯家将要租售出去的干草。整个山谷，这片草地，这明媚的阳光，远处的树林，都是如此的美丽迷人。就在这里，卡尔丧了命。卡洛琳、弗兰妮和珍妮特三个人再次跑回来的时候，已经知道发生了什么事情。卡洛琳让她留下来以便帮助卡尔，她们则跑回去喊欧内斯特女士来帮忙。为什么卡洛琳让她留下来陪卡尔？

“你把枪拿着，记住了？”霍莉说，“晚上把枪还给卡洛琳。”

卡尔紧闭着双眼，依然张着嘴，想要拼命地呼吸空气。他的嘴唇肿得很厉害，舌头已经伸到嘴巴的外边。弗兰妮就站在他的身边，扭头看了看房子的那个方向，又看了看他。想起刚才说的那把枪，她把他的裤脚往上提，枪就在那里，别在袜子里面，用一根红色的绑带绑在小腿上。弗兰妮的脑子里一直在想，要是卡曾斯家的谁，或者欧内斯特赶过来了，最好没有看到这把枪才好。否则他们每个人都会有大麻烦。“我也不知道为什么要去拿那把手枪。”她说。是啊，她真的不明白为什么。

霍莉摇了摇头，“不要把枪丢在那里。大家都很担心这把枪，老是想着该怎么办才好。”

解开绷带，弗兰妮小心翼翼地拿出手枪，枪口不能对着自己，也不能对着卡尔，然后按照父亲以前的教导，卸下枪里面的子弹。她把子弹塞进短裤的前面口袋里，然后举起枪，对着阳光检查了一番，确保弹夹里没有子弹落下。用红布把枪包好，实在是没有什么地方能藏得住这么大一把手枪。她想着把枪插在自己的腰带上，但是很明显会被发现。最后，她决定把枪先暂时藏在旁边的一棵树后边。当大家都散去之后，她再回来把那枪取走。她还想着要叫上珍妮特一起。珍妮特总是背着包，到时候把枪放到她的包里，这样就没有人知道或怀疑了。因为脑子里有别的事情需要担心，她一时忘记了地上的卡尔。

弗兰妮看着远处的牲畜棚，“我为什么总是做错事啊。”

“正确的事情是什么呢？”霍莉用双臂搂着她的腰，“我们也不知道会发生这样的事情。我们都不知道他是被蜜蜂蜇了。”

“不知道吗？”

“直到后来才知道。那天晚上爸爸从医院回来我们才知道，在那之前我们也是一头雾水。”

“我很喜欢这个地方。”弗兰妮说。在那以前，她从来都不知道自己的真实想法。

霍莉听了很吃惊，“真的吗？我恨这个地方。”

弗兰妮看着她。霍莉真是个漂亮的小女孩。为什么自己以前从来没有注意到这一点呢？在她的心里霍莉已然是自己的姐妹了。

“你怎么又回来了呢？”

“我想知道你是否没事，”霍莉说，“我们总是黏在一起，你不记得了吗？我们真的是犀利二人组啊。”

“你听，”弗兰妮抬起头看着天空，“你有没有听到鸟儿在歌唱？”

霍莉摇了摇头，“那是你的手机响了。这也是为什么我要过来告诉你不要担心。你不应该担心太多。”

“是关于那些鸟儿吗？”弗兰妮问。但是霍莉不见了，房子里又是漆黑一片，耳边传来鸟儿的鸣叫声。

“接电话。”卡洛琳在旁边的床上大声对她说。

除了手机屏幕的亮光之外，房间里一点光线也没有。她拿起电话。深更半夜的电话肯定不会是什么好消息。“你好？”弗兰妮说。

“是梅达夫人吗？”一个女士的声音问道。

“是的。”

“我是威尔金森医生。这里是托伦斯纪念医学中心。梅达夫人，很抱歉告诉你，你的继母去世了。”

“马乔里去世了？”弗兰妮脱口而出，这个消息让她一下子清醒了过来。这怎么可能？她是什么时候去的医院？卡洛琳坐起身来，打开放在两张床之间的那张桌子上的床头灯。如果说谁快去世了的话，那只会有一个人，就是她们的父亲。

“什么？”卡洛琳问。

“卡曾斯夫人，”医生说，“今天早上四点多钟的时候，心脏监控器提示护士她的心脏已经停止了跳动。我们尽力去给她做心脏复苏，但是都没有成功。”

“卡曾斯夫人？”

“特里萨去世了？”卡洛琳问。

“对不起，”医生又说了一句，“她病得太厉害了。”

“等一下，”弗兰妮说，“我不太确定是不是理解了你说的内容。请你和我姐姐说一下。”

弗兰妮把电话递给卡洛琳。这种情况下卡洛琳知道该问哪些问题。床头柜上的电子钟显示此时是凌晨4:47。她不知道艾尔比这个时候是不是已经醒了，要是定了闹钟，应该醒了吧。他要乘坐最早的一班飞机来洛杉矶看望母亲。

第八章

再有六个月就要退休了，特里萨提前给自己订了一张去瑞士的飞机票。她准备去那里的禅宗中心看望女儿霍莉。这么做是想让自己对生活依然充满期待。她一点也不盼望退休，就和那时刚刚开始这份自己深爱的工作一样，她真是战战兢兢，满心的不安与忐忑。这些年里她在这个部门看过无数人的来来往往，起起落落，多少人从风生水起到后来的一败涂地，甚至最后只能收拾东西惨淡离开。离开对每个人来说只是迟早的问题，对特里萨来说也不例外。与其被扫地出门，还不如趁早离开来得体面。七十二岁，说不定还可以开始全新的人生呢。但是，对于退休，她依然充满了困惑与不安。她在考虑是不是可以去学一学桥牌，或者好生照料一下自己家的后院。她也考虑要到瑞士去看看。

退休派对过后的第二个周，戴着同事们送的那块漂亮的金表，包里放着飞机票，特里萨坐上了前往飞机场的出租车。

霍莉再也没有回过家。二十五年前她第一次去瑞士，那次她计划只住一个月。六个月之后她才回来，为的是回来申请瑞士的永久签证。住友银行的岗位依然给她保留着。但她却正式提出了辞职。从伯克利大学经济学专业毕业之后，年纪轻轻的霍莉就在工作中显现出了自己的价值。她的公寓空置已久，这次她把家具都卖掉了，房子也租了出去。

“你是恋爱了吗？”母亲问她。她的言行举止像极了恋爱中的女人：注意力不集中，面色红润。但是特里萨也知道说她在谈恋爱真是不太可能的事情。霍莉剪落了满头的黑发，头发短到头皮都可以看到。脸上没有任何的胭脂和装饰，这么多年来，她第一次发现自己女儿脸上的雀斑依然清晰可见。虽然母女二人就坐在厨房里隔着餐桌喝着咖啡，特里萨却非常担心自己的女儿是不是被人绑架、控制了。她嘀咕着自己的女儿是不是误入了什么邪教，这个邪教可能是允许信徒长时间待在家里，为的是能够攫取她的钱财，搞乱她的正常生活。但要是直接问霍莉是不是被邪教控制了，却是个更难启齿的问题。

“没有恋爱，”霍莉说着捧起妈妈的手，轻轻地捏了捏，“绝对没有。”

后来，霍莉时不时还会回家来看看，先是一年一次，后来是每隔两三年回来一次。特里萨怀疑是不是伯特给她买了飞机票，但她也没有特意去询问。再后来，这样有规律的回家完全没有再发生过。霍莉说她再也不想回美国了。这听上去让人觉得她不回家是国家的错，错不在自己的家庭。她说自己在瑞士过得更开心。

特里萨全心全意地希望自己的每个孩子都能生活得幸福美满。但是，让她不能理解的是，为什么他们不能在离特伦斯近一点的地方找到各自想要的幸福呢？曾几何时，一个孩子出远门，其他三个都围着车子来送行。但是后来卡尔死了，他们便散落到了各地，去了遥远的地方。她想念着自己的孩子，尤其想念霍莉。对她而言，霍莉是她最能看懂的孩子，也是唯一一个时不时会在夜里钻进她的被窝、想要和母亲聊聊天的孩子。

“你可以经常来看我啊。”妈妈写信来抱怨的时候，霍莉总是这样回复她。最开始是航空邮件，后来霍莉所在的那个禅宗中心也叫作禅宗道场，终于安装上了电脑。可以使用电子邮件联系，真是谢天谢地。特里萨总是记不住那么多的地名，所以还是打印下来更容易。

“我来瑞士做什么呢？”母亲给她回信问道。

“和我一起打坐。”霍莉回答说。

多问无益。在布鲁克林的时候，她同珍妮特与福德以及他们的孩子坐在一起。她和艾尔比一起坐过的地方更是数不胜数，家里的客厅只是其中之一。过去这么多年，特里萨已经不再怀疑佛教和冥想。霍莉还是霍莉，每次见到也没什么太大的不同。没有退休的时候，总是有数不清的理由不去看望她，退休之后，能找的借口莫过于自己年老体衰，路途遥远，机票太贵，转机让人胆寒，等等。但是这些理由都不足以弥平她心中对女儿的思念。

从洛杉矶到巴黎，飞机要飞十二个小时。每次空姐推着推车从狭窄的走廊经过的时候，她都爽快地接下送来的免费红酒，然后靠着窗户舒舒服服地打盹，醒了就尽力多读几页随身带来的《英国病人》。飞机终于在戴高乐机场降落，她似乎一下又回到了二十四岁那年。检察官要求在越洋的航班上嫌疑犯和贩毒分子只能挤在人满为患的经济舱里。若想有个安静的隔间，舒舒服服地躺下睡一觉，就得招供自己曾经犯下的罪才行。下了飞机，她拖着僵硬的双腿慢腾腾地随着人流往前走：拉杆箱一路跟着那个打电话的人，像是狗一样忠诚地尾随自己的主人。每个人都这么气定神闲地往前走，弄得她都不好意思不跟上大家的步伐。昏昏沉沉间，她的脑子已经不能思考。当她终于开始思考的时候，人已经来到了一张写有“问讯处”的桌子前。然后被告知她要乘坐航班的登机口在另一个航站楼，要过去的话需要乘坐机场的通勤车才行。并且告诉她，去往卢塞恩的航班三个小时后才能起飞。

从问讯处那位英气逼人的法国男士手上接过一张做了特别标记的地图，特里萨又掉头往回走。还在飞机上的时候，她的脚就已经肿了，现在自己的这双脚要比鞋子整整大一个码。当然不会有人走过来，陪着她一路走到要去的那个登机口。但是，她还是禁不住回想起五十年前她第一次来到这个机场时候的情景：彼时彼刻，物是人非。

伯特带着她来到巴黎度蜜月。那真是一个大大的惊喜。订宾馆，换法郎，统统都是他一手操办，然后还让她的妈妈帮她把行李准备好。婚礼后的第二天，一大早，他的父母开着车把他们两人送到杜勒斯机场去赶飞机。直到那个时候，她依然不知道他们将要去哪里度蜜月。虽然她是从弗吉尼亚大学法语专业毕业，但是到结婚的时候还一次都没有去过法国，课堂学习之外，也没有什么机会说法语。

经过机场大厅的一个咖啡店，她买了些牛角面包和一杯牛奶咖啡，这些对她来说并不是什么问题。此时，孑然一人，除了大把的时间之外真可谓是身无一物了。尽管知道在公共场所脱掉鞋子不好，她也管不了那么多。一双脚肿得像是发酵了的面团，真担心待会儿怎么才能把这双脚塞进鞋子里去。二十多岁的时候第一次见到艾伯特·卡曾斯，她就被他英俊的外表所深深地吸引。他身材高大，头发金黄。每天早晨，他一睁开那双深蓝色的眼睛，都让她心动不已。她的祖母总是说，这个小伙子的家里真是太有钱了。他大学一毕业，父母就给他买了辆蓝色的菲亚特牌汽车。

第一次见面的时候，他是弗吉尼亚大学法学院二年级的学生，而她在上高中最后一年。一月的某个清晨，她匆匆忙忙地赶着去上课，一不小心踩到积雪凝结成的冰凌，重重地摔在地上。手上的书和试卷掉在雪地上，散的到处都是。刺骨的冷风袭击着她的肺，让她无法呼吸。仰面躺在地上，看着雪花在她的眼前随风飘落。就在这个时候，艾伯特·卡曾斯弯下腰，进入她的视线，很绅士地询问自己是否可以帮助她。好的，非常感谢。他把她抱起来，抱在怀中，一个陌生人，就这么一直把她送到学校的医院。他等在医院里，直到医生将她的脚踝包扎好。这让他错过了早晨要上的课。一年之后，他向她求婚，希望能在上完大学之后搬到加州去，去一个全新的地方，开始属于他们两个人的崭新生活。整天只是签订不动产合同之类的事情不是他期待的工作，他一心想要成为一名真正的律师。他还希望她能为他多生几个孩子，越多越好。作为家里的独子，打小他就希望自己能有个哥哥或者姐姐。看着伯特俊俏的面庞，再看看自己手上的戒指，特里萨感觉那一刻的自己一定是光芒四射。她对他爱得无以复加。现在这个时候想起当年的往事，除了让自己伤神还能怎样？七十二岁的她，一边往牛角面包上涂抹草莓果酱，心里还一边回忆着自己那些年对他的那份真爱。这份感情她依然深深地铭记在心里，不曾忘记。那时候，她真的爱伯特·卡曾斯，并且慢慢地习惯了这份情感。后来她对他越来越失望。再后来，他丢下四个年幼的孩子离她而去，她对他只剩下毕生的怨恨。但是当她只有二十二岁的时候，同样是在戴高乐机场，她的心里满满的都是对他的爱，哪里会预料到自己有一天会不再爱他。去取包裹的时候，他们手牵着手。站在银色的行李传送带面前，他深情地吻着她，哪管周围有人在看。反正他们已经正式结婚了，反正他们正身在巴黎。

看着熙熙攘攘的人群走过咖啡馆，特里萨不知道有多少相爱的人来这里是为了开始自己的蜜月旅行，更不知道在不远的将来，他们当中又有多少人将不再相爱。实际上，她都已经快把伯特这个人给忘了。做到这一点的确花了她很多年的时间。就是因为自己已经把他彻底忘记了，有时一整年，她都不会向孩子们询问一句他们父亲的任何情况。活了这么多年，伯特带给她的一切喜怒哀乐都已经烟消云散。她的心里只还有卡尔，依然记着吉姆·陈，但是伯特早已不再出现，尽管他现在依然在弗吉尼亚生活得很好。

喝了咖啡，休息了一会儿，特里萨又恢复了精神。忍着痛把脚塞进鞋子里，她慢腾腾地朝登机口走去。不如就待在瑞士不回来了，又或者就在那里做一个佛教徒。一想到返程之路，她就发怵。

霍莉忘记到厨房楼梯下面的那个房间去上网查看一下母亲搭乘的那趟从巴黎飞往卢塞恩的航班信息。这个房间以前是用来堆放扫帚的地方。现在站在卢塞恩机场的到港信息牌面前，她才发现那趟飞机将要晚点三个小时。她不怎么有机会经常到机场来，但在开一个小时车来机场之前不查看一下航班信息的行为也的确是够傻的。作为规定，开车出门的人同时需要随身携带手机。于是她就给米哈伊尔发了一条信息，告诉他机场的情况。她知道米哈伊尔不会介意。

因为他告诉过她说没有其他人同时需要用车，但是霍莉依然觉得汽车被自己占用这么久，说不定会给自己所在的这个集体带来什么不便。如果信息牌上的信息无误的话，也就是说，飞机至少要在两个多小时之后才能抵达。从巴黎到卢塞恩，她建议妈妈坐火车。这个距离没有人会选择坐飞机的，更何况坐火车很快就能到。但是听到要先从机场坐车到里昂火车站，还要找到需要乘坐的火车后，再乘火车到卢塞恩，母亲就不免觉得泄气和绝望。再考虑到时差以及携带行李等原因，坐火车几乎是不可能的事情。霍莉本来也想说，自己乘火车到巴黎去接她，后来还是作罢了。她不想离开太久。

霍莉早早就完成了自己在厨房里的工作，她洗完了十磅重的土豆，再去皮，切碎，然后浸上冷盐水。每一件事情，她都尽量尽心尽力做好。又到母亲来了要住的客房里检查了一番，看一看水盆旁边是不是有毛巾，床头有没有放上一瓶水，有没有放一副眼镜。晨课还没有结束她就退场了，静悄悄地从其他人的垫子旁边走过。出来开车去机场接自己的母亲。现在看来，完全没有必要这么早，完全可以等一会儿再来。对于这件事情，她有些过分地苛责自己，甚至在想要是母亲没有来看望自己该多好啊。她也知道，任由百念蘖生，不做任何评判，静观其自生自灭即可，但她还是觉得收回刚才那个想法比较好。

从报刊亭买了一块三角面包，霍莉四下里看了看，想要看周围有没有被人丢弃的报纸，毕竟自己的生活中最缺的就是巧克力和报纸这两样东西了。当然她的生活中也同样缺乏性爱，但是在机场这样的地方，即便是缺乏性爱也没有办法在这里获得。她看见有几张巴黎《晨报》和瑞士《一瞥报》（可惜她不懂德语）。最神奇的是，居然还找到了一整份星期二的《纽约时报》。一瞬间，心情就平复了许多，接下来的三个小时有三角面包和这份报纸作伴，简直算是奇迹了。撕开包着糖果的锡箔纸，咬一半到嘴里，让它在舌头上慢慢融化。打开报纸开始阅读《纽约时报》“科学版块”的内容：塔斯马尼亚袋獾死于癌症；研究表明不穿跑鞋跑步更健康；贫困的内城区的孩子得哮喘的几率和战区孩子的几率一样高。她的脑海中思考着如何解决这些问题。该怎么救治那些袋獾呢？不要让它们相互撕咬，撕咬肯定是癌症传播的主要途径吧。但是为什么她更关心那些体型小的有袋动物，对孩子们得哮喘这件事情却无感呢？为什么她自己不跑步，却也通读了那篇关于跑步的文章而跳过了那篇介绍地热能的文章呢？是她变得肤浅了吗？合上报纸，她的脑海中还在回味着刚才读到的信息。她在想自己是不是该多出来走走，或者离开自己所在的禅宗道场，又或者就像乔安娜一样永远都不要离开算了。路边的信箱是乔安娜走得最远的地方，她从来没有看到她越出那个界限一步。

记得在加州的时候，霍莉做任何事情，看任何人的时候总是不忘与人比较一番。总是关心谁得到的比自己多，谁得到的比自己少，谁比自己漂亮，谁比自己聪明，谁的人际关系比自己好（这一点上几乎谁都比自己做得好），谁晋升得快。别人在表扬她的时候总是隐隐在把她同其他一些他们更中意的人作比较。她总是想知道怎么才能做得更好，怎么才能让他们满意。因为这些想法，她晚上睡觉开始磨牙，还忍不住去咬自己左腮里面的一层肌肉组织，忍不住去咬大拇指靠指甲的那些肉，直到流血了才停止。她去看了内科医生，给他讲述自己的问题，给他看自己口腔里面的情况。医生拿着小手电筒在她的牙齿和舌头之间看了半天，最后建议她采取“冥想”的方式缓解状况。或许这是她认为医生给她的建议。“你得去冥想才行。”

听到“冥想”这个词，她的心里一下子波涛汹涌起来了，似乎她的内心已经等这个词很久很久了。终于等到了！她在心里暗暗地对自己说。终于等到了！“我该到哪里去学习冥想呢？”她问医生。这个词一说出口，她就感觉到一种发自内心的欣喜。

医生盯着她看，似乎觉得这个女人真是疯狂。“用！药！”他缓慢而清晰地又重复了一遍自己刚才所说的内容，“你很焦虑，需要用药才行。我给你写个单子，你去拿一些抗抑郁的安定片。他们会告诉你一次服用多少，要看看多少才合适。”

付了二十美元的挂号费之后，霍莉将医生开的那张处方单扔进了垃圾桶。不知不觉中，医生告诉了她该怎么做才能治好自己。那个时候，她甚至都不知道冥想是什么意思，但是，她坚信自己一定能够搞明白。阅读相关的书，开车的时候就把买来的关于佛法讲座的磁带放进播放器里收听，后来她又找到了一个每周三晚上和周六早上练习集体打坐的团体。自那以后，她就开始在家里练习打坐。每天早上早早起床，练习完打坐之后才去银行上班。六个月之后，有一位也参加周三晚上打坐的人邀请她去体验周末的静修。再后来，她就去伯克利北边的灵修中心静坐，一坐就是一个周。在那里她在一个软木板的公告栏上看到了禅宗道场的告示。第一次虽然是误解了医生口中所说的那个词，但是她的心当时就“怦怦”直跳。这就是我要去的地方，看着宣传页上印着的那座山间小屋以及那漫山遍野的鲜花，她心里想。拔掉大头针，她把那张宣传页攥在手里。

事情就这样发生了，但是一直以来霍莉认为这一切都得感谢卡尔在冥冥之中的指引。

卡尔去世后的好多年，霍莉都为自己以前和哥哥不够亲密而耿耿于怀（当然让她耿耿于怀的还有别的事情）。来到瑞士之后，她开始对自己以前的生存状态感到释然了，他们兄弟姐妹虽然经常大喊大叫，但是也不至于由此心生怨恨。虽然大家难免磕磕绊绊，但是绝对没有发生过扇耳光、抡拳头的事情。他们相互扔沙发靠垫，但是绝对没有过朝对方身上扔过盘子。帮助卡尔检查家庭作业时，霍莉从来没有表现出不可一世的傲慢。在霍莉的童年记忆里，有一次她被两个女孩子逼到教室外边的走廊上,其中一个抓住她的头发，另外一个拧住她的领口，想要把她摁到走廊边的柜子里。“你俩狗娘养的，赶快放开我的姐姐。”他一边把那两个女孩子掀开，一边骂道。两个女孩子含着眼泪跑开了，他真的把她们弄疼了，也被吓得不轻。霍莉总觉得自己应该照顾好弟弟妹妹们，却在那个危急的时刻得到了来自弟弟的保护。

作为家里最大的两个孩子，霍莉和卡尔一起照看着艾尔比和珍妮特。当弟弟妹妹年幼不懂事的时候，他们得看住他们，不能让他们去灶台旁边，不能让他们玩刀子。他们还得给妈妈帮忙，虽然并不总是协调一致，但也总算能减轻母亲的负担，只要能帮得上，总会搭上一把手。现在，她越是这么想，就越能感觉到以前卡尔对自己的关心和照顾，也就越觉得卡尔应该已经原谅了自己。生活一旦安静下来，她睁开眼睛静静地感受周围的一切，居然能更加清晰地和卡尔进行交流。当然，他们姐弟俩的交流不会涉及任何庸俗无聊的政治话题，而是享受心灵相通的美好感觉。当然，要是在山上禅宗道场的话，这种交流肯定会更加容易，但是即便是现在身在卢塞恩机场的等候大厅里，她和卡尔的交流也依然能顺畅地进行。在她看来，大多数人都没能充分地发挥自己身体的潜能，而是生活在精神的混乱中，被纷繁的商品、服务、信息和欲望所阻塞。即便幸福就在身边，他们也无从识得。要是还在伯克利，还在住友银行，或者是在洛杉矶的任何地方，她是绝对没办法听到来自弟弟的声音的。但是在瑞士这个卡尔从来未曾到过的地方，她却能更清楚地倾听他的低语。

继续看报纸。霍莉读了几篇关于百老汇演出的报道，又读了一篇书评，还有一篇关于爱荷华州洪水的评论稿。读完关于阿富汗妇女的困境的报道之后，带来的一整块巧克力已经吃完了一半。她包好剩下的那一半放进包里，准备待会儿再吃。看了看时间，她起身站在那些接机的人们以及那些手上举着纸牌子的司机们的旁边。远远地看见特里萨朝她走过来——她变矮了好多！瘦了好多！有多少年没有见过面了？十年？还是说远不止十年？——她的心里充满了爱，一股爱的热潮涌上她的心头，这里面既有她的爱，也有卡尔的爱。她向着妈妈张开双臂。“哦，妈妈。”霍莉喊道。

这一切的奇迹该从哪里说起呢？首先当然是霍莉了。她的头发理得不算整齐，黑发中间点缀了不少的白发。勃肯鞋，羊绒袜，她神采奕奕地站在那里。其他的人都挤在安全线的一边，那些人挤在一起，分不出你我，只有在另一边，“嘭”然站着霍莉。她就是那样的与众不同，走过的人都会留意到她。特里萨把她拥进自己的怀中，那感觉似乎她们母女二人从来没有分开过一样。霍莉出生时的情景还历历在目，现在又一一涌上心头。那天早晨，护士抱着婴儿走进房间，把这个完美的宝宝放在她的怀里。当年的那个小宝宝，就是眼前的这个漂亮女子，现在正站在她的面前。特里萨吻着她的脖子，将自己的面颊贴在她的胸前。“对不起，让你等了这么久。”她说。也不知道是说这三个小时的晚点，还是指这些年都没有来看她。

“我过得很好。”霍莉说着搂着妈妈的头。拎起随身行李和她自己的背包，一股脑儿地全部挂在一边肩膀上，看样子就算是把特里萨也扛在肩膀上也不成问题。问都没问特里萨，她就扛着东西径直往厕所的方向走去。不管她去不去，反正她自己是要去的。这就是霍莉：事事做主，样样负责，不等别人要求就能主动出手帮忙。特里萨指了指行李处，霍莉才陡然意识到自己的不妥，不禁笑了起来。

“你这行李一看就是加州人，”看到那么小的一份行李，她有些吃惊，忍不住说，“我也是这个样子。”

“加州人的行李是什么样子的呀？”特里萨没明白女儿的笑话，但还是大笑了起来。她笑得牙齿都露出来了。好多年了，大家都没有看到过她这样开心地大笑过。

霍莉提起妈妈的那个黑色轮式旅行包。这是一个小巧朴素的包，跟前边那些颜色艳丽、包边紧实的行李箱形成了明显的对比。“欧洲人出门大包小包的，看上去好像不再回来了似的。我估计是和曾经的战争有关系。”

九月刚到，室外的空气清新而凛冽，特里萨离开洛杉矶的时候，气温还有华氏九十六度，霍莉帮妈妈披上大衣。特里萨很高兴自己居然记得带件大衣来。出发的时候，她把这件大衣拿起来放下去了好几次，最后还是决定不拿算了，然后她锁上门，准备去坐出租车，想一想还是返回房子，又穿上了大衣。距离停车场不远的地方，阿尔卑斯山清晰可见。在飞机上的时候，从高空中可以看到白雪已经覆盖了山顶。阿尔卑斯山！她掖了掖身上的大衣，谁会料到特里萨·卡曾斯有机会能看到阿尔卑斯山呢？

霍莉开着的这辆属于禅宗道场的雪铁龙牌汽车，小的就像是一只肥皂盒。拐弯降档的时候，薄薄的车身颤抖个不停，变速杆更像是从地板上长出来的一根长长的棍子。在美国的405号高速路上，这样的小汽车肯定会被从身边飞驰而过的运动型多功能汽车（SUV）排出的尾气掀翻。但是在这条危险的山间道路上，这辆车和别的汽车没有什么区别。就算是两辆车不小心发生了碰撞也没有什么大不了的，就和在熙熙攘攘的街道上两个人擦肩而过一样，也没有什么大碍。大家都习以为常了，没有人为此大惊小怪，也没有人为此采取特别的行动来保证自己的安全。沿着峭壁安放的防护栏看上去也并不能起到什么效果，不知道安装与不安装到底有什么区别？反正每个人最后都是要死的，谁也逃不掉。车还没有开到那个禅宗中心——管它叫什么名字——特里萨好像就已经开悟了。要安全气囊做什么？不就是一个人和那个世界的障碍吗？特里萨将车窗摇下来——摇下车窗需要转动手柄！——呼吸着瑞士特有的新鲜空气。

“太美了。”她说。车子飞似的驶进一条穿山而过的黑漆漆的石头隧道，然后驶出去，满眼都是雪松树。

“别这么早感慨。”女儿回应道。

“我得告诉你，霍莉，我到现在都搞不明白。我和你在一起的时候总是那么的开心，但是在我的心里，我一直在想‘托伦斯到底哪里不好’。”车子驶过路边站着的两只长毛山羊，它们头顶上弯曲的羊角，看上去像顶着的皇冠。它们站在那里，看样子是在等海蒂和她的爷爷[1]赶它们回到山里去。特里萨看着霍莉。“怎么还有那么多人愿意住在托伦斯啊？”

“不是我们的家有什么问题，”霍莉说。很开心这个地方得到了母亲的认可，“只是说这个地方更安静，更适合我自己。”

“想一想珍妮特和福德，还有他们的那些孩子，住在布鲁克林，房子那么小，那么嘈杂。大概那样才能让她集中注意力吧。艾尔比是随时准备着出发去别的什么地方，总是想要去找新的生活。也许只有那样他才开心。他现在新奥尔良落了脚，扎了根。”

“时不时地他也会给我发封邮件。”霍莉说，心头涌上对自己这两个弟弟妹妹的思念。多么希望大家都能在同一个房间里围着母亲坐一坐啊。

“那可太好了。”

“你过得怎么样？”

“我过得怎么样？”特里萨一边重复一边伸着脖子看着身边飞驰而过的风景。

“你在托伦斯过得开心吗？对你来说那是不是一个正确的选择呢？”

汽车开过一片树林。树木高耸，树干的下半部覆盖着厚厚的苔藓，让本就粗壮的树干变得更加壮硕。树枝高擎，遮天蔽日，林下藤蔓丛生，掩盖住了地面。巨石绵延，看上去像是设计师们刻意在滚滚洪流边修砌的堤岸。让我看看那座迷人的森林！生产商肯定会这样说。

“你爸爸跟贝弗莉结婚之后，他倒是想让我带着你们几个也搬

---

① 海蒂是瑞士作家乔安娜·斯比瑞笔下的经典儿童形象。

到弗吉尼亚去住，那样的话能和他住得近一点。告诉你，我当时想都没想就一口回绝了。其实当时真的应该考虑一下他的建议。如果搬过去，对你们几个小孩子来说生活也不会这么的艰难。应该是我这个人没有那么大度吧。”

“这是我听到的最愚不可及的话了,”霍莉说着侧过头盯着妈妈，居然敢不看前方的道路，“我倒是不知道他曾经那么说过。”

“后来卡尔死了，”她耸了耸肩，“这个你肯定记得。卡尔死了之后，我们就更不可能搬到弗吉尼亚去了。我跟你说，把他安葬在那里我心里真的很难过。那段时间，我真的是准备往前走一步，就走那一步，不想什么都自己一个人扛。我真的不愿意再次改变自己的生活，我的生活已经被人改变了。但还得硬着头皮挺下去。”

“你的确是挺过来了。”霍莉把车速降了下来。前面有一辆大货车，她一次次地想要超车过去。

“我们一家人都找到了自己的办法，都挺了过来。很多时候，本来不想做的事情，最后还是选择做了。还得活下去。这是我最后的信念：毕竟我还活着，毕竟我还有你，还有珍妮特，还有艾尔比。谁都有走的那一天，我得做点什么才行。”

特里萨把手轻轻地放在霍莉的手背上，能够感觉到变速杆发出的剧烈震动，“听我说说话吧，我可从来没有跟你这么谈过。”

“在瑞士，人们都是这样的，”霍莉停下嘴边的话，似乎又重新考虑了一番，“或者说至少这是我遇到的情况，我碰到的人都很安静。”

特里萨微笑着点了点头，“哦，这样很好，我喜欢这样。”

禅宗道场不属于萨蒙，也不在图恩，应该是位于这两个地方之间，周围没有村庄，完全坐落在深草和蓝花之间，就建于山坡上的一处农庄里。这个农庄是苏黎世的一位银行家的财产。夏季，房子的主人会带着妻子和五个孩子来这附近的湖里游泳，冬天他们一家人会来这里滑雪。夏季和冬季中间的这段时间里，一家七口就完全地淡出了所有人的视野，不管是萨蒙还是图恩，抑或是苏黎世，没有人见过他们的身影。他们就坐在蒲团上，闭上眼睛，无欲无思地静静呼吸，任凭山里面的清新空气从肺里进进出出。后来他们将这座农庄交给了一家信托基金，建起这个禅宗道场，想的是能让这一家的子子孙孙什么时候过来都可以。卡特里娜在那五个孩子里面排第四，现在已经七十多岁了，她一年四季都住在这里。农庄里屋的小房间是她的卧室，她每天都能像婴儿一样安睡。和卡特里娜相伴的是十四个长住客。这个道场每年举办两次静养活动。租了通勤车往返图恩的宾馆接送前来参加活动的人们。但是，道场的主要收入来源是买手杖。

住在这里的每个都参与到手杖的制作和售卖活动中去，有人雕刻打磨，有人备料送货。他们更愿意把这个工作叫作“商业的艺术”。他们制作的手杖很受欢迎，那些从美国和澳大利亚来这里参加冥想活动的信徒尤其看重。因为他们知道自己估计以后再也没有机会来这里了。霍莉不擅长选木材也不擅长雕刻，只好负责管账。她发现其实对于一根在手柄上雕了鱼纹、用瑞士五针松制作的长手杖，也没有一个什么封顶的价格。虽然没人关心定位的基本原理，但要是再在鱼形图案的上面安装一个五欧元的指南针的话，手杖的价格就能再翻一翻。制作手杖的木材都是从洛桑的一家木材加工厂订购的。要是从德国买，还能买到更加便宜材质更好的木材，但是他们还是坚持使用瑞士的木材生产手杖。在道场的网站主页上，为手杖所做的广告上写着：瑞士五针松手杖，瑞士冥想者的敬献。每天打坐和整理杂务之余，总会留出几个小时的时间制作手杖：保罗负责把木材裁成手杖大小，莱利亚用刻刀在木柄上刻出鱼的形状，然后是伊拉负责打磨并刻上鱼鳞。依靠着这些手杖以及一些少量的捐赠，他们能够勉强应付生活，能够缴纳该缴的税费，能买得起面包和奶酪。想要买手杖的订单已经排到八个月之后了，但是对于这里的人来说，订单根本没有什么意义，就连单子也早就被塞进抽屉里，忘到九霄云外了。

“很幸运还有一间客房是空的。”霍莉一边说一边拉着妈妈的手，沿着陡峭的木质台阶往山上爬。母亲还很硬朗，但要是有一根手杖就更好了。有的时候，这里的风真的能把人吹翻。“有的客人本来说只住一个月，但是时间到了却不想走。总共就只有三间客房，总是排得满满的。客人待了又待，总想着会有人愿意离开给自己腾出住的地方。”

农庄的四周是木质的回廊，外面一片冰天雪地。回廊里放置了一些做工粗糙的椅子，供信徒们远眺的时候坐下来歇脚。远处的阿尔卑斯山就跟糖果包装纸上画得一模一样。梦幻般的景色，足以让任何一个陌生人产生向往。可能是为了多看一眼这美妙的景色，可能是因为这里的空气太稀薄，也可能是感慨于自己终于来到了这个地方，特里萨时不时地要停下脚步喘口气。

“可算让你把握住了机会。”她喘着气说。

霍莉停下脚步，看着母亲的眼睛，“我等啊等，后来其中有一个人去世了。然后我就返回加州去辞了工作。那是一个名叫菲利普的法国人。很多年以前，农庄里经济拮据，入不敷出，差点就要放弃这个地方了，后来是菲利普想出了做手杖的点子。他真是个不错的人，我现在还住着他以前住的那间房子。”

“别人的妈妈有没有来过？”特里萨问。语气尽量平淡，但还是能听出一丝要与人比较一番的滋味。自己能亲自来一趟，她感觉非常自豪。

“偶尔，比你想象中要少。”

到了房间，看到了床，特里萨就想打个盹。晚饭之后，听完晚课又打了这一天的最后一次坐，霍莉调动已有的知识给自己的母亲上了一堂关于冥想的速成课。吸进去，呼出来，伴着自己的呼吸，任由意念明灭，不去做任何的判断。“就要这样做，”最后她这么说，害怕自己没讲清楚反而带来误会，“其实也没有那么复杂。”

特里萨穿着运动装，坐在女儿身边的一个垫子上，闭上了眼睛。这身运动装是她每天早上和邻居们一起晨练时常穿的衣服。

最开始一切正常。她想到了自己左边膝盖的伤痛，又想到这里的人似乎都还不错。那个来自俄罗斯的米哈伊尔，她管他叫迈克尔，他人挺不错。这个地方是不是由他负责管理？他很热情。这里每个人的头发都剪得短短的，跟霍莉的头发一个样。为什么要这样呢？有什么区别吗？反正也不需要给谁留下深刻的印象。反正霍莉在这里过得很开心。但是这难道是真实的生活吗？到了自己这个年纪，她该怎么办呢？这里的人会不会照顾她？她准备有空的时候去问一问那个从小就在这里生活的老妇人。想一想要是把这里当作一个家，这么大一家人，要多少仆人才够用啊。她的两只脚渐渐有些麻木了。

她突然意识到自己想得太多了，真是爱胡思乱想！特里萨被自己漫无边际的思绪吓了一大跳。感觉自己就像一个在高速公路边的垃圾桶里拾荒的人，突然被垃圾桶里的一张口香糖的包装纸吸引了注意力。她轻轻地吸了一口气，又开始想晚餐时吃到的豆子沙拉。那种粉红色的豆子她在小的时候吃过。忘记了这种豆子叫什么名字。那时候，煮豆子之前母亲总是让她把这种粉红色的豆子和小石子一起都挑出来。最开始的时候，她还能认认真真地挑，没过多久就没有了耐心，索性把没捡的豆子也一股脑儿倒在拣出来的那堆豆子上边，弄得一团糟。也不知道家里有没有人曾经咬到过石子？

屏住一口气？这个对她来说太难了？可能仅仅一次呼吸还不能承担这么多的胡思乱想吧。她又试了一次。好了，这次还不错。脊背有些隐隐作痛。不知不觉中，她已经沉沉地睡着了，脑袋微微地往前倾，还发出小猫或者小狗熟睡时发出的那种鼾声，真是令人吃惊不已。再次直起腰，微微睁开眼睛，她想要知道是不是有人发现了自己的失态。四周看一看，发现旁边的人，包括自己的女儿的脸上平静的像是什么也没有发生过一样，这让她心中生出了诸多的惭愧。

打坐结束，霍莉扶着妈妈站起身。其他的人也都走过来和特里萨握手，有的还轻轻地和她拥抱。大家对霍莉都好极了，看到特里萨能来这里探访，都为她高兴。

“对于静坐，你不要担心，”其中一个叫卡萝儿的女人对她说，她那平和的眼神犹如冰川下静静的湖水，“最开始的时候的确有些乏味。”

“在来这里之前我每天都练习静坐。”保罗对她说。他就是那个负责制作手杖的人。“这是你第一次静坐吧？那肯定就像是第一次参加奥林匹克长跑一样，”他轻轻地拍了拍她的肩膀，“你真应该为自己感到骄傲。”

躺在客房的单人床上，特里萨怎么也睡不着。她睁着眼睛盯着天花板，看着墙壁和天花板接缝处的接条，看上去像一颗颗排列整齐的牙齿。坐飞机飞了大半个地球到底是为什么啊？难道就是为了来这里打坐吗？她这一辈子几乎每天都坐在办公桌跟前。开车坐着，坐飞机也是坐着。她到这里来是打算做什么呢？她来是要看望自己的女儿。不晓得伯特是不是也来看望过霍莉？他来这里是不是也打坐？她不知道自己为什么从来没有问起过这件事。月光倾泻下来，洒落在墙上，床上。她又想起自己在工作中曾经遇到过的那些男男女女。尤其是那些在她的帮助之下、洛杉矶地方检察院成功将其绳之以法的男人们。在她的帮助下，那些人终于被起诉，然后被投进监狱。夜晚来临，这些人就得在这样的小房间里躺在狭窄的床铺上熬过一个个寂静的夜晚。她以前怎么就从来没有考虑过这对那些人来说意味着什么？过去那些年，她经历了何止上百宗案件，几千宗也会有吧。那些还在监狱里的人，现在是不是也这样盯着天花板，想要清空自己的思绪呢？

接下来的每一天，每天三遍，特里萨都是这样度过静默冥想的时光。随着这里的其他人鱼贯走入禅堂，有的人会去将蓝色陶瓷炉子里的炭火拨得旺一些。大家围成一圈各自坐在一个墨绿色的垫子上，等着米哈伊尔敲击一下那面铜锣，发出“当”的一声，打坐就这样开始了。这真是太疯狂了。要不是想着自己的女儿霍莉还以她为骄傲，她早就拿起那本名叫《英国病人》的小说上到二楼的阳台上去了，或者干脆到外边茂密的草地上走走。霍莉的手臂箍着母亲的手臂，把她的垫子往自己这边拉了拉。其他人深沉地看了她们母女一眼，目光中充满了赞赏——在厨房里帮忙的时候，或者是吃饭用餐的时候，或者是打坐的时候，特里萨有时假装闭上眼睛，然后突然又睁开眼睛。弄得别人赶忙闭上他们的眼睛——别人的母亲没有谁会来拜访，即便是来，也没有谁会陪着打坐。

特里萨还是坚持陪着打坐。

莱利亚讲经的内容是关于如何放弃自我界定：童年的某些遭遇让我不能做某事；我不能做某事是因为我很害羞；我不愿意去某个地方是因为害怕那里那些粗鲁的农民，或者是害怕那里的蘑菇，或者是害怕有北极熊。其他人听后都微微笑了，算是认可她对自我限定的讲解。打坐的时候特里萨在心里同自己有过一番对话，最后认为自己这个从托伦斯来的七十岁老人，无论如何都不适合信仰佛教。但是莱利亚的一番话，特里萨觉得对自己很有帮助。伊拉的面容姣好，剪去头发之后尤其显得端庄。她带着特里萨出去散步，一边走还一边告诉她各种树木花草的名字。在树林里，她们居然远远地看到了一只阿尔卑斯野山羊。伊拉摘了杜松树的叶子在手掌里碾碎，然后把手凑近特里萨的鼻子，让她闻一闻那树叶的气味。就是这双手雕刻了每一根手杖上的鱼纹。伊拉告诉特里萨说自己的母亲五年前便去世了，还告诉她说自己非常的孤独。她们边说边往回走，她把特里萨的手握在她自己的手心里。好吧，特里萨心里想，今天就权当我也是你的母亲。她们一起走回厨房，去帮忙削苹果削土豆。

"你帮我把头发也剪了吧。"晚餐之前她对霍莉说。"真的吗？"霍莉探着身体摸了摸母亲的头发。她的头发很多，有些现在已经花白了。她把头发团起来，周围无法团在一起的那些头发就只好用发卡往后固定住，除了这么弄，也想不到其他更好的办法。

“现在这种发型我已经看习惯了,剪了能让我更好地融入大家。”当然，要是现在依然在上班的话，特里萨怎么说也不会这么做的。工作的时候，头发是一种交流，传达某种信息。而现在退休在家了，剪了头发也昭示着一种新生活的开始。邻居们，商店的店员们，大家都能感受到那种变化和不同。霍莉下楼从洗浴室里拿来一个塑料盒子，盒子里面放着一把电剪刀。在妈妈的脖子上围上一块毛巾，带她来到屋子外边的回廊上。在这里，大家都是互相帮忙剪头发，当然也可以自己给自己剪，但是找个人帮忙效果自然要更好一些。如此一来，每一个月，就要劳烦帮忙的人在自己的头上忙活一番。

“你确定要剪掉头发？”打开电剪刀之前，霍莉又问了一次。特里萨点了点头，“在瑞士的时候，我就把头发剪得和你的一样。”于是，满头花白的头发一缕一缕地散落在她们的脚边，像是纷纷飘落的雪花。剪完之后，霍莉围着母亲转了一圈，审视着自己的杰作。

“我现在看上去是什么样子？”特里萨微笑着问，一边用手摸了摸自己仅剩下些许毛发的头皮。

“和我一样。”霍莉如实地说。

晚上有的时候，霍莉会到母亲寄宿的那间客房去坐一坐。这房间她二十年前刚到这里的时候也住过。所以，依然充满了感情。特里萨把身体尽量往里边挪了挪，好给女儿腾出个位置来。于是，母女两个人侧着身并排着躺在床上说话。母女两人已经有好多年没有这样聊天了。

“你会一直待在这里吗？”特里萨问，一边将毯子拉上来，盖着两个人的肩。夜晚，这里寒气袭人。霍莉已经四十五岁了。生活如此的丰富多彩，要是她想有些改变的话，比如说再婚啦，再次去工作啦，现在该是想一想的时候了。

“可能不会永远待在这里吧，”霍莉答道，“应该不会吧。但是我也没有想清楚什么事情才会让我离开。我总想着有一天命运之神会打开门对我说‘霍莉，是时候了！’。”

“真到了那一天的话，一定要打电话告诉我，”母亲说，“下雪之后这个地方真是太漂亮了。”

接下来，她们两个人都没有再说话，似乎都已经快睡着了。后来霍莉说，“你想不想也留下来？你也可以像以前的那些我们以为会离开、最后一直没有离开的房客一样。”

黑暗中特里萨笑了笑，意识到自己其实也想象不到该如何离开才好。她的一只胳膊环着霍莉的腰。女儿的身躯就是自己的杰作啊，只是现在已经彻彻底底地和自己分离了。“我应该不会那样做。”她说。然后两个人都沉入了梦乡。

特里萨在那个禅宗中心总共住了十一天。第八天早晨，她一如既往地去参加早晨的静坐。坐在霍莉身边的那个垫子上，闭上眼睛，她看到了自己的大儿子。他的样子是那么清晰，似乎他就一直在这个房间里，似乎他就在她生活过的每一个房间里，只是她没有看到而已。在今天这一刻之前，似乎她从来没有往他所在的方向投去哪怕匆匆的一瞥。她从来没有进入过梦境，也没有过类似灵魂出窍的体验。她清楚地知道自己正在阿尔卑斯山间的农庄之中打坐，但她同时也看到自己正和卡尔以及其他的几个孩子在一起。基廷家的那两个女孩子卡洛琳和弗兰妮也在她身边。她看到这五个孩子正走进伯特父母家的厨房。她和伯特约会的时候，他们谈婚论嫁的时候，那道门她不晓得进进出出过多少次。

他们家的厨师欧内斯特正在告诉孩子们不要去给在牲畜棚里做事的内德添麻烦，告诉他们要听内德的吩咐。她看到女孩子们向她说了声“好的，夫人”。她看见欧内斯特从冰箱的下面找出了半袋子蔫掉的胡萝卜，又给了珍妮特半个苹果。珍妮特感激地看了看她。毕竟，也没有谁会记得给珍妮特什么东西。卡尔已经冲出了门廊，他懒得去等女孩子们。对于欧内斯特的嘱咐，他没有做任何回应。

“卡尔！”欧内斯特隔着窗帘喊道，“你的弟弟去哪里了？”

他没有停下来，连转身都懒得转。他耸了耸肩，双手高高举起，始终是背对着她。卡尔，特里萨想对他说，好好跟她说话！但是她什么也没有说。她的眼前出现的是三十五年前的那天发生在地球另一边的事情。但是她没办法纠正自己孩子的行为，更没有办法去改变那天所发生的事情。她只能这么静静地坐着，真是太不可思议了。

五个孩子沿着房子后边的柏油马路往前走，再转到一条泥巴路上。泥巴路的尽头是卡车压出来的车辙，杂草就在车辙的中间生长，将路分成对称的两半。霍莉和卡洛琳大声讲着话，弗兰妮和珍妮特跟在后边听着姐姐们聊天。卡尔一个人走在前面，女孩子们时不时需要小跑几步才能跟上他。孩子们一起往前走，谁也不想掉队，但是也没有谁愿意和卡尔凑得太近。卡尔是个瘦高个儿，金黄色的头发，蓝色的眼睛，长得很像他的爸爸。整个夏天都在外面玩，他的皮肤上留下了太阳的颜色。他的脸上总是有些怒气，他总是那样一副神情。他的心里有很多不乐意。他不想待在弗吉尼亚，不想和这一群女孩子在一起，包括自己的姐姐妹妹，也包括基廷家的那两个女孩子。他更不想和继母以及自己的爷爷奶奶待在一起。更别提去马厩给马梳毛，还要忍受着蚊虫的叮咬，忍受着草料和动物粪便的难闻气味。但是，也没有什么别的事情比这更值得做了。这就是十五岁孩子的通病——看什么都不顺眼。他上身穿着一件T恤衫，上面印着UCLA[1]的字样，虽然天气炎热，他的下身还是穿着一条李维斯牌的牛仔裤。其他孩子都知道，卡尔穿着长裤子就表示他又把那把枪揣在身上了。

老早以前，也就是卡尔去世的那一年，还是在托伦斯，家里就剩下珍妮特和特里萨的时候，珍妮特就把事情的前前后后都告诉了自己的母亲，包括卡尔将手枪绑在腿上的事情。霍莉和艾尔比不在家里的时候，珍妮特也敢无拘无束地给母亲讲发生在卡尔身上的事情。她告诉妈妈他们是如何让艾尔比吞下苯海拉明药片好让他赶快睡着，告诉妈妈他们是走哪条路到那个牲畜棚，以及看到卡尔倒在地上时，他们还以为是他在和他们开玩笑，以为他是想骗大家凑近之后打他们一下。其实那个时候，卡尔已经快不行了。几个孩子就坐在他旁边的草地上，等啊等，还采来了雏菊编了一个花环给他看，就是想要告诉他大家都不会上他的当。这些事情珍妮特给她都讲过，但是她以前总是没有机会亲眼见到。她以前什么也没有见到。

不仅是在这几个孩子里面，甚至是整个学校里就数霍莉的声音最甜美最好听。她前后甩着手臂唱着歌，“我们要到教堂去，去那里——”

“去那里结婚，”卡洛琳和弗兰妮一起回应道，“我们要到教堂去，去那里——”

---

① 加州大学洛杉矶分校。

“去那里结婚。” 卡洛琳和弗兰妮又应着这下一句。起先，珍妮特没有一起唱，没过一会儿，她的嘴唇也开始动了起来。

“咦，我太爱你们了，我们是——”

“你们就不能闭上嘴安静两分钟？”卡尔吼道，脚下还在走着突然就仰面倒在了地上。穿过那片深深的杂草地，他远远地走在其他孩子的前边。之间相隔那么远，其实女孩子的歌声并不会打扰到他。但是，他并不这么认为。“都给你们讲了好多遍了，还不听？”

这是他儿子说的最后一句话。

“去那里结婚。”现在包括珍妮特在内，四个女孩子异口同声地回应道。卡尔猛地转身向她们扑来。也不知道他是真的生气了还是说只是想开个玩笑，女孩子们尖叫着四散躲开了。卡尔本来可以抓住她们当中的某一个，现在他停下了脚步，似乎是要决定先对哪一个下手。他的两个妹妹以及两个异父异母的妹妹们都围着他转圈跑，也不知道怎么回事，他就感觉到脖子上一阵剧痛。他停下了脚步，举起手捂住咽喉下面的胸膛部位。现在特里萨身在瑞士，就坐在垫子上，她能够感受到儿子的身体收缩带来的疼痛。看着发生在他身上的一切，她的呼吸变得急促起来。此时他们母子已经合二为一了，她就是他。女孩子们还在转着圈唱着歌，她真想去制止她们，让她们都停下来。他想让她们停下来，但是他什么也说不出来了。那只蜜蜂还停在他的脖子上，在往上爬。他能感觉到它就在那里，但就是没办法把它拨下去。他倒了下去，不只是倒在草地上，倒向一个更加遥远的地方。身体里血液流动的声音遮住了周围所有的噪音，女孩子们的歌声他已经听不到了。他的心脏剧烈地跳动，T恤衫的颜色慢慢淡去，天空、太阳还有绿草，所有的颜色都被剥离，变得苍白。他的舌头堵住了嗓子，他想伸手去口袋里找那最后一粒苯海拉明药片。可能还剩了最后一粒吧，谁知道呢。可惜他已经不知道自己的手在哪里了。地球的引力让他重重地仰面倒在地上。身体撞向地面那可真是重重的一摔。蜜蜂的蜂针刺进了他的皮肤，他吸了最后一口空气，看见了生命中的最后一缕阳光。十五岁，十岁，五岁……在那一瞬间，他飞向了自己的母亲，他又回到了母亲的身边。将他抱在怀里，她能感觉到他的重量。她的儿子，她最钟爱的孩子，她又把他找回来了。

第九章

特里萨·卡曾斯去世了。令人难以置信的是菲克斯居然活着度过了那一年的圣诞节。你可能认为那是他人生的最后一个圣诞节吧。事实却是，他还庆祝了接下来两年的圣诞节。刚刚过去的那个感恩节才是他在这个世界上的最后一个感恩节。弗兰妮不想离开库马尔，不想缺席今年的节日庆祝，也不愿意带着丈夫和孩子去圣塔莫尼卡过节。圣塔莫尼卡是个让人难过的地方。父亲重病将逝，这几年弗兰妮和卡洛琳根本没有时间关心母亲。

“也不是只有爸爸一个人需要我们的关心。”想到母亲现在这位丈夫的境况，卡洛琳说。母亲现在是越来越信任卡洛琳了。她对卡洛琳可谓是言听计从，甚至超过了对弗兰妮的信任。在一个人漫漫的人生旅程中，总会有这样令人开心的事情出现：日子过着过着，一切就都有了转机。现在，卡洛琳和母亲的关系真是好得不得了。

“那我就抛硬币来决定好了，”卡洛琳在电话的另一头说，“你可得相信我哦。”

“我当然相信你。”弗兰妮答道。在这个世界上，卡洛琳是她最信任的人。

“要是正面朝上，你就去看望爸爸；要是背面朝上，我就去爸爸那里。”就这么说定了。

卡洛琳一家住在圣何塞。于是隔着电话，姐妹两人都不说话，只听见硬币在厨房餐桌上转动，发出“喀啦喀啦”的声音。

杜勒斯机场的天气真是太糟糕了，飞机等待降落，在天空中盘旋了四十五分钟之久。终于，载着弗兰妮、库马尔和两个孩子的飞机在雪花纷飞、漆黑沉沉的傍晚着了陆。拉维十四岁了，阿米特比哥哥小两岁，今年十二岁。租好了汽车，两个孩子坐在后排座椅上，耳朵里塞着耳机，脑袋还时不时地随着音乐的节拍晃动。飞机着陆时在结冰的跑道上打滑也好，去往阿灵顿的州际公路上汽车的拥堵也罢，两个孩子完全都不在意。整条州际公路看上去就像是一锅粥，到处都是冰，到处都是车祸。汽车像受了伤的狗一样，拖着腿一瘸一拐地慢慢往郊区的方向挪。远方归来的人急着想要准时赴宴；动身去别处的人，就想着尽快逃离才好。弗兰妮给母亲打了个电话，告诉她晚饭就不用等了。真不知道什么时候才能到家。

“晚就晚一点，”母亲这样回答她，“太晚了的话，还有洋葱蘸酱可以吃。”拉维喜欢吃咸味的食物，她就总是给他做洋葱蘸酱，阿米特喜欢吃甜食，她就给他做焦糖蛋糕。

“妈妈好像总是爱吃洋葱蘸酱。”挂断电话，弗兰妮对库马尔说。她开着车一步一停地往前走，库马尔总算回复完了最后一封工作邮件。库马尔在行业巨头马丁和福克斯公司的企业并购部门担任律师一职，主要职责就是为公司客户拟定计划，抵御商业对手的恶意收购。妻子开着汽车在茫茫大雪中缓慢行驶的这段时间里，他都没有闲下来。这样也算公平，要是他们一起回孟买探望他的父母，开车的肯定不是弗兰妮。

“在我的印象里，你妈妈的确没有吃过什么别的东西，”库马尔一边说，指头还在手机上忙碌个不停，“这正好证明了她真的是个女神。”

贝弗莉嫁给杰克·戴恩的时候，他们两个人都已经六十多岁了：只是贝弗莉刚刚六十岁，杰克已经快七十了。在库马尔看来，贝弗莉是杰克·戴恩的妻子，是阿林顿地区汽车经销王国的皇后，是个享受着快乐和权利、过着珠光宝气让人艳羡的生活的幸福女人。在他的心里，自己的岳母就是现在这个样子。至于她的过往，她的历史，他都不曾知晓。也就是这个原因，贝弗莉待他犹如亲生儿子。

杰克·戴恩现在住的这栋房子的从前的主人曾经在宾夕法尼亚州做过四任参议员。这栋高墙大门的豪宅，在圣诞节这样的节日才会打开门。墙边摆放着松树，松树之间点缀着硕大的花环。宽阔的环形车道上停满了汽车。房子里的每一个房间都亮着灯。高大的圣诞树上，霓虹灯都亮了起来。屋外的积雪映照着窗户的灯光，似乎能够照亮整个世界。坐在车上，他们看到高高的落地窗里，好多人兴高采烈地聚集在一起。从外面看进去，整栋房子就像一个巨大的玩具屋，里面摆满了玩具人偶。

“他们是在开派对迎接我们的到来吗？”阿米特坐在后座上问。在他们外婆的家里，没有什么事情不可能发生。房子前面没有留下几个空车位，弗兰妮只能把车停到最里面的一个位置上。然后，大家拿出行李，踏着积雪朝房门走去。

“圣诞节快乐！”贝弗莉赶忙打开门，迎接他们进来。她上来抱住阿米特，又抱了抱拉维，然后把两个孩子一起搂在怀里。虽然已经七十八岁了，但是贝弗莉看上去比六十五岁的人都年轻。她身材依旧苗条，还是一头的金黄色头发，满是她那个年龄的女人应该有的神情。无论是谁，只要一看到她，就知道这是个美丽漂亮了一辈子的女人。她身后的房间里挤满了人。装饰精美的圣诞树，树上挂着闪闪发光的霓虹灯，每个人的手上都端着香槟酒。客厅里那棵大圣诞树从地板一直冲到了天花板，树枝上像是挂满了晶莹剔透的钻石和蓝宝石。房子的某个角落里，有人正在弹钢琴。屋里到处都是女人们的欢笑声。

“你要开派对怎么没有告诉我们一声啊？”弗兰妮说。

“我们每年都会办一个平安夜派对啊。”贝弗莉说。她穿着一袭时髦而精致的长裙，脖子上戴着三串珍珠做成的项链，“赶快进来，不要站在门廊里，弄得好像是耶和华的见证人似的。”

库马尔和弗兰妮把行李拖进屋子，拍了拍肩膀和头发上的落雪。幸好库马尔穿了西服正装。那还是因为走之前，他直接从办公室出发去机场和弗兰妮以及孩子们会合的缘故。但是弗兰妮和两个孩子的样子一看就知道他们是刚刚到家的旅客。看到客人们端着的餐碟，两个孩子顾不上那么多，扔下行李赶忙到餐厅去找吃的东西。男孩子就是容易饿。

“今天又不是平安夜。”弗兰妮说。

“马修一家要到韦尔市去滑雪过圣诞，我就只能把派对的时间提前。这样让每个人都好安排时间。其实，我决定以后每年的平安夜派对都安排在二十二日好了。”

"那你怎么不提前告诉我们一声啊。"

库马尔侧身吻了吻贝弗莉的面颊。"你看上去真漂亮。"他说，想要换个话题。

"弗兰妮！"一个体型壮硕的中年男子走过来一把抱住弗兰妮，来回摇着她的肩，大声地问候道，"你好吗，我最心爱的妹妹？"这个男人穿着一件红色犬牙花纹带纽扣的马甲。

"那是因为卡洛琳没在这里吧，"贝弗莉说，"看你见了卡洛琳怎么说。"

"卡洛琳给我提供免费的法律咨询啊。"皮特说。

"要是你在这个假期被人起诉了的话，我很乐意为你服务。"库马尔说。

皮特转过身看着库马尔，似乎是要在脑海中搜索这个人是谁。很快他的脸上浮现出愉快的笑容，大概是回忆起了。"对啊，"他对弗兰妮说，"我都忘记了，他也是律师。"

"圣诞节快乐，皮特。"弗兰妮说。这样的夜晚，她真是高兴得快要掉眼泪了，就看她能忍多久不让它们流出来。

"皮特一家要去纽约看凯蒂。凯蒂生了个小宝宝，"贝弗莉说，"我有没有告诉你，凯蒂生了个宝宝？"

"到纽约去过圣诞节。"他笑的时候露出满口洁白的牙齿，弗兰妮不禁想起象牙。他的牙齿，看上去就像是缩小之后的象牙。他端着个玻璃杯子，杯子里装着蛋奶酒。"难以想象吧？对你来说当然不奇怪，本来你就是个城市里的女孩子。你现在还是住在芝加哥吗？"

"让他们先上楼去安顿一下东西吧，"贝弗莉对皮特说，"一会儿就下来。他们一家人刚刚下飞机。”

这个时候杰克·戴恩走了过来。他穿着一件针绣花边的马甲，上边用细细的针脚绣着一只跳跃的雄鹿。以往的杰克是个彪形大汉，身高体阔，十分伟岸。只是现在他看上去并不比妻子高多少。“这个美丽的女孩子是谁啊？”他指着弗兰妮问道。

贝弗莉一只手挽着丈夫的手臂，“杰克，这就是弗兰妮啊。我的女儿弗兰妮，你不记得了！”

“她长得很像你。”杰克说。

“这是库马尔。你还记得他吗？”

“让他去拎这些包吧，”杰克一边说，一边对着库马尔挥手，“现在就去，把包都拎到楼上去。”

库马尔微微地笑着，只是自己也不知道这笑容是什么含义。他是个有气概的男人，反正孩子们没在跟前，这个场景他们不会亲眼看到。

“杰克，”弗兰妮一只手放在继父颤抖的手臂上，“库马尔是我的丈夫。”

库马尔巴不得赶快脱身。他拎着手边的行李准备现在就离开。“好的，先生。”他说着点了点头。也不知道怎么回事，今天他居然能拎得动所有的行李。将孩子们的旅行袋挂在胸前，他稳稳地拎着东西往楼上走。

“从厨房上去。”正当库马尔拎着东西抬脚要上楼梯的时候，杰克又吩咐道。行李多得都快把他压弯了，但是他还是顺从地朝厨房走去。厨房里的楼梯又窄又陡，以前他们家里有仆人的时候，上下楼的时候都是走那里。

"他还想直接从派对的人群里穿过去，"杰克一边对弗兰妮说，目光还盯着库马尔的背影，"什么时候不看着都不行。"

"他是我的丈夫，"弗兰妮说。她时不时感到一阵阵窒息，嗓子里涌上一种奇怪的感觉。

杰克拍了拍她的手背，"告诉我，我们的美女想喝点什么？"

"算了吧，杰克。"弗兰妮还想着说自己那天的硬币抛得不错。听着硬币"叮咚"一声落在桌子上，听见卡洛琳说她可以去弗吉尼亚过圣诞节，她当时还觉得自己运气真是好。现在，弗兰妮多么想念自己的父亲，多么希望自己能够守在行将去世的父亲身边啊。

"那我去给你拿一杯蛋奶酒。"杰克·戴恩说着转身离开，走到人群里去了。

"情况更糟糕了，"皮特看着父亲的背影说，"不幸被你遇上了。他的状况越来越糟了。他今天还没有发火吧？"

"你怎么这么问？"贝弗莉淡淡地问。她爱杰克·戴恩，或者说她还爱着当年的那个杰克·戴恩。但是对于他的这些孩子们的心思，她不得不多一份考虑，而这又不是她所愿意做的事。

"因为他迟早会的。"皮特答道。他的目光扫过人群，想要找个更合适聊天的人。"马修！"他抬起手，朝自己的弟弟打招呼，"快来看，弗兰妮回来了。"

马修·戴恩穿着黑色的马甲，脖子上挂着一块金表，表链上还插着些圣诞节特有的装饰。他手里端着一只高脚杯，看上去比其他人更有节日的感觉。在杰克·戴恩家的圣诞节派对上，男士都得穿马甲。弗兰妮倒是把这件事情给忘记了。放眼朝屋子里看去，整个风格是那么的统一：女人们穿红色，男人们穿马甲。马修把弗兰妮的两只手放到自己的手里面，吻了吻她的脸颊。“你进门才走了三步远啊。”他用一种庄重的口吻对她说。

这些兄弟当中，弗兰妮最喜欢马修。其实，马修这个人讨家里每个人的喜欢。“怎么没看到瑞克啊？”她问道，想着要在自己疲于应付之前和家里的三个兄弟都见上一面，然后想好办法上楼去。

“瑞克有别的事情要处理，”贝弗莉说，“他说来不了了。”

“他会来的，”马修说，“劳拉·李还有他们家的几个女儿都已经来了。”

我在圣艾夫斯的时候
遇到个有七个老婆的男子
每个老婆带了七个袋子
每个袋子里装了七只小猫

弗兰妮忍不住想起这首儿时的童谣。戴恩家的几个儿子她都了解，现在个个都是五十多岁了。只是他们的那些妻子和前妻们着实让她迷糊，分不清到底谁是谁。他们的孩子也自然按年龄分成两拨，一拨已经长大成人结了婚，另一拨却都还是孩子。工具、小猫、袋子和妻子，到底各自有几个？（这是童谣中的一句）。在戴恩家的那些人的眼里，她可能是妹妹，可能是表亲，也有人认为她是谁的女儿，更有人称呼她为姑妈。住在纽约的凯蒂·戴恩生了个孩子？她真的搞不清到底谁和谁是一家人：认识这些人，和他们有交集，都是因为自己母亲的这一桩婚姻。杰克·戴恩的第一任妻子叫佩吉。佩吉去世都已经二十多年了。但是杰克·戴恩家每一年的圣诞节派对还是会邀请佩吉·戴恩的姐妹和她们的丈夫，她姐妹们的孩子，以及孩子的配偶和子女都会来参加。这些都是最珍贵的客人！每年的派对上，佩吉的姐妹们都会被邀请站在以前只有佩吉才能站的位置上，一边谈论着这一年的不同，一边吃着贝弗莉亲手制作的开胃小薄饼——换了新的沙发，客厅重新粉刷了，壁炉上边的墙壁上居然画了几只小鸟——怎么能这样呢，简直是对佩吉记忆的亵渎。家里的一切变化，在这些姐妹们看来都完全不能忍受。

客人们都晓得贝弗莉的女儿到了。认识她的都想要过来和她打招呼，不认识的也都知道了她的一些故事。马修侧身在她的耳朵边说，“快跑，赶快上楼去。”

弗兰妮匆匆地吻了一下自己的母亲，“我马上就下来，”说着穿过厨房往楼上走去。厨房里有两个黑人男子，正在往银色的碟子里装火腿面包。他们穿着白衬衣黑裤子，穿着马甲，打着领带。旁边还有一位男士正在从那个装有鸡尾酒调味料的雕花大碗里夹出一些煮过的虾，放到一个大盘子里。弗兰妮从厨房里经过的时候，他们没有抬头，依然专心于自己手上的事情。估计是看到了，只是装作没有看见。她从厨房后边的楼梯上到每次她和库马尔住的那个房间。戴恩家的儿子们都住在城里，每个孩子都有一套漂亮的大房子。所以，即便是圣诞节这里也不愁没有地方睡觉。杰克·戴恩退休之后将自己的汽车经销帝国一分为三。马修负责代理丰田，皮特负责斯巴鲁，瑞克负责大众。瑞克这个人又懒又刻薄，经常抱怨自己的父亲不公平，居然让马修接管丰田。当然是丰田车最热卖啊。丰田的那款普锐斯，最让他眼红。

弗兰妮轻轻地推开门，屋子里没有开灯，自己的丈夫平躺在床上。他的外套和领带已经挂在衣橱里了，鞋子放在床头边。库马尔是个爱整齐的人，当年还在法学院的时候，他就那样的一丝不苟。她脱掉外套取下围巾，放在身边的地毯上，再蹲下身体脱掉脚上的雪地靴。

“我真应该为我自己感到羞愧，”他闭着眼睛，轻声地说，双手放在自己的肚子上，“也为你感到不好意思。”

“谢谢你。”她说着也爬到床上，躺在丈夫的身边。

他用手臂环绕着她，轻轻地吻了吻她的头发，“要是别的两口子的话，现在一定会趁机做个爱吧。”

弗兰妮笑了，把自己的脸贴在他的肩膀上，“要是不害怕孩子们随时闯进来的话，有什么不可以的。”

“我们这种跨种族结婚的两口子，不被岳父拿着枪打死就好了。”

“真是对不起啊。”弗兰妮说。

“你妈妈也是可怜。我觉得你的妈妈也很可怜啊。”

弗兰妮叹了口气，“我知道。”

“你还是赶快下去吧，”他说，“我反正是没胆量和你一起下去了，但是你真的应该赶快下去。”

“我知道。”她说。

“待会儿让孩子们给我拿点吃的上来就可以了，怎么样？”

弗兰妮闭上眼睛，在他的胸口上点了点头。

要是让库马尔决定的话，他们一定会在感恩节之前就到斐济去，一直到新年将近的时候再回来。在那里，他们在海里和鱼儿一起游泳，一起躺在沙滩上吃木瓜。要是不想再去斐济了，就去巴厘岛或者去悉尼，或者是任何阳光明媚、有大海有沙滩的地方都可以。

“孩子们上学怎么办？”弗兰妮总是这样问他。

“一年当中在家里给他们辅导六个星期，对我们两个人来说有什么困难吗？更何况并没有六个周。不要忘记刨去那些本应该放假的周末和节日。”

“那工作呢？”

这个时候库马尔会狠狠地盯着她的眼睛，然后只能垂下他那黑黑的睫毛。“这么精彩的事情想一想总可以吧。”他说。

库马尔第一任妻子的名字叫萨普娜。她生下阿米特四天后就去世了，当时正是那一年的“珍珠港事件纪念日”假期。今年阿米特已经十二岁了。所以，要想记起她去世有多少年了，问一问阿米特的年龄就知道了。萨普娜比库马尔年轻十岁。

“比我多十年的仁慈，”每年到了萨普娜的生日的时候，库马尔都会这么讲，“比我多十年的宽恕。”这话真没错。也许她的生活也和别人的一样复杂，但是她总是那样的愉快和开心，让人觉得她一点也不复杂，一点也不难应付。“人在幸福的时候不要犯傻。”她以前总是喜欢这样告诫自己。她对自己的丈夫，对自己的两个孩子真是一心一意地爱，甚至对能够逃离北边的密歇根来到芝加哥，她也是满心欢喜。生活虽然忙碌，天气又总是很冷，但是谁也不否认，他们的日子过得真不错。顺顺利利地，她生下了第二个孩子。那一天，四个人都在家里。拉维只有两岁零六个月，正在午睡。萨普娜抱着孩子坐在沙发上。她看着库马尔说，“真是太奇怪了。”然后就永远地闭上了眼睛。

后来验尸官给出的结论是，萨普娜患有遗传性心脏异常，也就是先天性 QT 间期延长综合征[1]。她的症状那么严重，但是在生下拉维之后居然没有去世，这真是让医生们都大吃一惊。这种情况也的确有过，有的人活了一辈子都不知道自己的一生中曾一次次错过了死神的袭扰。经过检验，医生还发现萨普娜的母亲和姐姐也都患有这个病。

“对这个世界上的大多数人而言，”弗兰妮说，“最要人命的东西往往早就已经在身体里生了根。”

萨普娜去世将近有一年的时间了。有一天在帕尔玛大厦的酒吧间，弗兰妮来到库马尔的桌子前，问他想要喝点什么。

“天哪，”他盯着她，一脸不可思议的神情，“你不是早就没在这里上班了吗？”

这不是库马尔吗？她心里想。她怎么可能忘记库马尔？“偶尔来上上班，也就是在周末的时候才来，”弗兰妮答道，弯腰吻了吻他的额头，“现在我在芝加哥大学的法律图书馆上班，但是薪水太低了，所以才来这里做兼职。关键是我很喜欢这个地方。”

库马尔正在等一个客户，准备带着客户一起去吃晚餐。

“我给你一份工作吧，”他说，“现在就答应你。你星期一就来上班。我给你提供的这份工作比你这两份工作加起来挣得都多。”

---

① QT 间期延长综合征 (QT prolongationsyndrome) 指具有心电图上 QT 间期延长、室性心律失常、晕厥和猝死的一组综合征，可能伴有先天性耳聋。本症不少具有家族性，其伴有耳聋者由贾 (Jervell) 和兰 – 尼 (Lange–Nielsen) 首先描述，故又称贾兰综合征；不伴耳聋者又称瓦 – 罗 (Ward–Romano) 综合征。有家族性者呈常染色体隐性遗传。但近年来认为本病有可能是一种慢性病毒感染或某种非感染性变性（主要为中毒），而不单是遗传性疾病。此种慢性病毒感染可由母亲传给子女或在同胞兄妹中传播。

弗兰妮笑了。库马尔还是老样子。“做什么呢？”

“尽职调查，”他补充道，“你帮我整理并购方的财务记录就行了。”

“我法学院可是没毕业。”

“我当然知道你上了多久的法学院。主要是我需要有一个能够完全信得过的人来帮我。这就算是面试了。怎么样，我已经同意聘用你了。”

一个穿着褐色西装的高个子黑人男子朝库马尔走过来。库马尔站起来和他打招呼。“这是我们的新同事，”库马尔指着弗兰妮对那个人说，“弗兰妮·基廷。你是不是还是这个名字？”

“是的，弗兰妮·基廷。”她说着和那位男士握了握手。

后来，库马尔告诉她，当时他是立刻就做出了决定：他要和弗兰妮结婚，其他的一切难事都好办。其实年轻的时候，他就爱着她——如果说他们住在一个房子里的时候他还没有察觉到这份感情的话，她后来离开了，跟了里昂·博森，他才意识到这些。既然她现在还是单身，就更没有理由不爱她了。唯一的问题就是时间。萨普娜去世之后，她的父母就来到密西根帮忙照看拉维和阿米特。一年过去了，他们还依然和库马尔住在一起。在工作和孩子之间，在自己的生活和无尽的悲伤之间，他的每一天每一秒都是如此的痛苦难熬。他是个聪明人，马上想到可以聘请弗兰妮为自己工作，而不是立即和她约会。更何况，他根本就不想和她约会，他要和她结婚。如果弗兰妮能到自己的公司来上班的话，那么他们每天都有机会见面。这样一来，他们肯定能在电梯里或者是在交换文件的时候见上一面，就能够自然而然地走进彼此的世界。在还没有确信是否能够将自己的孩子和自己的余生托付给她之前，他已经很自信地觉得，这真是一个好得不能更好的主意。

一切就这么定了，他心里说，一边把自己的名片递给弗兰妮，和她互道“晚安”。一切就这么定了。

酒吧里来来回回还是播放着那几首音乐，还是当年的那盘磁带吧，或者有可能这盘磁带的风格和当年的那些非常相像。想一想当年这些背景音乐是多么让自己难受啊。现在想起来真是觉得可笑。现在音乐根本就进不了她的耳朵。库马尔和他的客户离开了，她将他的名片揣进围裙的口袋里。忽然，她又能隐隐约约地听到艾拉·菲兹杰拉德的歌声了。歌声似乎就在她的脑海里盘旋。

总有一些人，我拼命想要忘记。

是否你也有这么一个人，请问一问你自己？

躺在母亲家的房子里。黑暗中，弗兰妮努力地想象着要是萨普娜还健健康康地活着，生活该是什么样子。可能有一天，她会和库马尔再次相见。邂逅的地点也许是在书店。他们相互打个招呼，互道一声“你好”，然后就匆匆走开。她是绝对不会想要和他结婚，她更不想做他孩子的母亲。如果萨普娜也还活着，贝弗莉也没有和菲克斯离婚，她就不会认识杰克·戴恩这个人，自然也就不认识戴恩家那一帮异父异母的兄弟。自己现在也就不会来弗吉尼亚参加这个圣诞节派对。如果真是那样的话，菲克斯的人生中也就不会有马乔里出现。菲克斯也就没有福分享受马乔里对他一往情深的爱。那么，可能伯特和特里萨会一辈子不离不弃。这样的话，五十多年以后，他就会提醒特里萨及时去看医生。那样的话，她当时就不会去世。卡尔也有可能不会在去伯特父母家牲畜棚的路上被深草丛中的蜜蜂蜇到脖子。他可能会继续活很多年，但是谁又知道哪里还有一只蜜蜂在等着他呢？要是卡尔还活着的话，艾尔比就不会去放火，也就不会被送到弗吉尼亚和父亲一起生活。甚至，他可能再也不会到弗吉尼亚来了，因为伯特本来就住在加利福尼亚。躺在丈夫身边，弗兰妮想象着那些过往，想象着要是很多事情没有发生，一切又会是怎么样？要是没有伯特这个人，弗兰妮应该也不会去上法学院。她应该会选择学习文学，然后拿个文学硕士的学位。这么一来，她也就自然不会遇到库马尔，也不会有机会在芝加哥帕尔玛大厦的酒吧里做服务员，当然没有机会在那里遇见里昂·博森。好多年以前，里昂·博森就坐在那里，和她聊着天，谈论着她的那双鞋子。那里是弗兰妮人生开始的地方。她弯下腰，给他点上一支烟。无论怎么说，要真是那样的话，可能既有收获，也有损失。但是，一想到自己可能永远也没有机会遇到里昂·博森，她依然觉得难以忍受。

库马尔的呼吸声逐渐低沉缓慢下来，她轻轻地站起来，摸索着从箱子里找出裙子和鞋子，在黑暗中换好。

再次从厨房后边的楼梯下来，弗兰妮看见母亲一个人正在餐桌边收拾摆放在碟子里的那些花式小蛋糕。

“不是有人会帮你做的吗？”弗兰妮说。

母亲抬起头，疲惫地对她笑了笑，“我是想要躲避一会儿。”

弗兰妮点点头，然后在她的身边坐下。

“乍一看，开个派对是件好事情，”贝弗莉说，“但是每次开派对的时候，我都会问我自己‘为什么要开派对’。”

隔壁房间传来客人们兴高采烈的笑声，这笑声因为蛋奶酒和香槟的缘故格外的爽朗和高亢。弹钢琴的人正在弹奏一首快节奏的曲子，可能是爵士乐版本的《圣诞十二天》那首歌。至于说是不是那首曲子，弗兰妮也不太确定。十二天，她想，我宁愿不活了也不想要那五个金戒指。

贝弗莉总算把盒子里所有的小块方形蛋糕都拿出来摆好了。粉红色的，黄色的，白色的，各种颜色分开摆放，每一块的上面还点缀上了花瓣形的奶油。“瑞克最后还是来了，”她一边说，一边把摆好的四方形变成菱形，“现在正在那边喝酒。马修说他会来的。”

“我也没办法把他们都弄在一起，”贝弗莉说，“单独某一个人的时候还算好，但是真的要想把他们都聚在一起，好像他们每个人都是大忙人似的。每个人对未来都信心满满：这个说要给杰克买个什么，那个说要怎样装修一下这栋房子。他们都不知道圣诞节的派对上应该谈论一些什么样的话题才合适。也不知道未来会怎么样。也不晓得为什么，他们总是爱问我。你未来有什么打算啊？”

弗兰妮拿起一个淡黄色的小蛋糕，一口就吃掉了。蛋糕的颜色很像是一只刚刚孵出壳的小鸡。蛋糕的样子很好看，味道却只能算是一般般。“没有，”她说，“什么计划都没有。”

贝弗莉看着自己的女儿，脸上洋溢着最纯粹的爱。“我只想我自己的两个女儿好就可以了，”她说，“你和你的姐姐。我一心只想着你们俩，别人的孩子想也是白想。”

要是母亲没有这幅美丽的面庞，估计一切事情都不会发生吧。但是，长得好看并不是她的错，责怪她又有什么意义。“我出去一下。”弗兰妮说着站起身。

贝弗莉低头看着桌子上的小蛋糕。“这些还是按颜色分开好看一些，”她说着用手将所有的蛋糕都一点一点地推到桌子上，“这样看上去好多了。”

弗兰妮找到两个孩子的时候，他们正在地下室里看一部叫作《黑客帝国》的电影。画面被他们调成小小的一块。

“这可是限制级的电影啊。”她说。

孩子们抬头看着她。“是有些暴力的情节，”拉维说，“没有性爱镜头。”“现在是圣诞节。”阿米特满是期待地对她说。弗兰妮站在两个孩子的身后，看着画面上的那个黑衣人跳起来躲过迎面飞来的子弹，然后又转身弹了回来。如果这个电影会让他们做噩梦的话，现在才制止已经太晚了。

“妈妈，你看过这部电影吗？”阿米特问道。

弗兰妮摇了摇头，“太可怕了，我不敢看。”

“你要是害怕的话，”她的这个小儿子说，“我今天晚上和你一起睡。”

“要是现在不让我们看了，”拉维说，“我们就会老想着后边会发生什么。”

弗兰妮又看了一会儿。看来她不看这电影是对的，对她来说，这电影真是太骇人了。“你们的爸爸睡着了，”她说，“一会儿你们给他端点吃的上去，他还没有吃晚饭，好不好？”

被允许看完电影，两个孩子都很开心。他们连忙点了点头，“你可千万不要告诉他我们看这电影的事情啊。”

从地下室出来，弗兰妮在各个房间里绕了一圈，发现客人中的好多人她都不认识。毕竟高中之后她就离开了阿灵顿。戴恩三个儿子的妻子都想和她聊聊天，但是她们三个人却都不愿意凑在一起。三位女人当中她最喜欢的那一位也是她最不喜欢的；而就算是三个女人里面她最不喜欢的，也不妨见个面打个招呼。其实可能根本就没有什么意思。最有趣的事情是她和这三个女人中关系最不好的那一位的记忆，也是她和所有妇女交往的记忆中最糟糕的一部分。

那天晚上，客人们都还没有打算离开的时候，弗兰妮独自一个人走出房门，来到门廊里。她发现自己的手提包居然还躺在雨伞旁边的地面上。肯定是刚才进门放行李的时候掉在那里的。二话没说，她捡起地上的手提包，拎着出了门。

她还以为派对会是两天后的事情，最关键的是，她根本就没有带红色的裙子来。她带了一件深蓝色天鹅绒的长袖裙子。即便这样，这裙子依然无法抵御户外的寒冷，而且她的鞋子也不适合踩雪。反正也没什么大不了。大家都知道她回来了，现在开溜，如果有人问起来，“弗兰妮到哪里去了？”他们肯定会说，“应该是在厨房吧。我刚才还看到她了。”

房子前面的汽车上都覆盖上了一层积雪。她连租的那辆车是什么颜色都记不太起来了，反正当时租的时候，她也没有细看。只记得是一辆城市越野车。现在，这里停的都是城市越野车。就像是房子里面的男人都得穿马甲一样，难道每位客人都要开城市越野车才行吗？从一长排轿车跟前走过，她估摸着自己的车应该就在附近了，于是摁了一下汽车的自动钥匙。她左边的一辆车“哔”一声响，然后亮了灯。用手抹了抹车窗上的积雪，她坐进车里。打开暖风，她给伯特打了个电话。

“我想现在去你那里坐一会儿，不会太晚吧？”虽然心里很乱，但是她还是尽量让自己的声音听上去正常一些。

伯特习惯睡得很晚。过去，她总是建议他十点之后不要打电话。

“太好了！”他马上回答道，好像一直在等她的电话似的，“下雪天开车，要小心一点。”

伯特还是住在当年和贝弗莉一起生活时的那栋房子里。在那栋房子里，她和卡洛琳度过了自己的高中时光。卡洛琳离开之后，艾尔比过来和大家一起生活。这里离贝弗莉和杰克·戴恩的家不算远，也就是五英里的样子。但是，在阿灵顿这个地方，这个距离足以让不想再相见的人一辈子都碰不上面。

到达的时候，伯特正披着大衣站在前廊里等她，身后的门敞开着。伯特一样上了年纪，只是衰老的程度没有那么严重，或者说苍老的方式不一样而已。他从暗处走过来，门廊上的灯照在他的头顶上，弗兰妮觉得伯特还是原来的老样子。

“圣诞节的小精灵来了。”他说着把她搂到怀里。

“我应该早一点给你打电话，”弗兰妮说，“应该不能更晚了吧。”

伯特并没有邀请她进屋，也没有让她现在就走。他只是站在那里，把弗兰妮搂在怀中。多少年前，他参加过她的施洗派对，她是他见过的最漂亮的小姑娘。“不管多晚对我都是一样的重要。”他说。

“哎呀，”她说，“我快冻死了。”进了屋，她径直脱掉鞋子。

“跟你打完电话我就在客厅的壁炉里生了火。火还没有烧旺，应该已经有点热乎劲儿了。”

弗兰妮想起自己第一次走进这个房子时的情景。那个时候她应该已经十三岁了。买这栋房子的一个重要原因就是房子里有这么一个客厅，客厅里有一个石头砌成的大壁炉，壁炉里生火的地方大到放得下女巫的锅。另外坐在炉子边就能看到屋外的风景，看得见外边的游泳池。那个时候在她眼中，这房子简直就是一座皇宫。伯特没什么理由一个人住这么大一栋房子，这对进进出出都是一个人的他来说真是太大了。但是在那天晚上，弗兰妮却对他坚持住在这栋房子里心存感激。要不然，她哪有机会再回到自己以前的家？

“我给你倒点喝的吧。”他说。

“喝点茶就可以了，”她说，“我待会儿还要开车。”她索性站在壁炉的炉台上，只穿着袜子，感受石头传来的温暖。上高中那会儿，如果天气太冷，她和艾尔比经常会在晚上的时候偷偷地溜下楼，打开壁炉的烟道口，躲在壁炉前抽烟。他们两个人弯着腰，脸朝着烟道口，用手扇着风，好让吐出来的烟能全部进到烟道里去。有的时候，他们还会喝掉那瓶伯特没有喝完的杜松子酒。怕被大人发现，就直接把空酒瓶扔到垃圾桶里。也不知道是父母们从来没有发现酒柜里少了酒，还是说其实他们早已经发现了，只是谁也没有说而已。

“干杯，弗兰妮，圣诞节快乐！”

“今天是十二月二十二。怎么每个人都告诉我说已经到了圣诞节了呢？”

“酒吧女服务员的杜松子酒和奎宁水。”

弗兰妮看着他。“酒吧女服务员的。”她假装严厉地说。还是个小女孩的时候，她经常和伯特玩“派对上的调酒师”这个游戏。要是客人已经喝醉了，她就要给客人倒一杯加了冰的奎宁水，然后再在上面加一点点杜松子酒，不要搅拌。客人喝到第一口的时候，会觉得酒劲很浓，玩游戏的时候伯特告诉她，就是这第一口最关键。有了这浓烈的第一口，后边是什么味道，已经不那么重要了。

“要是没把握好的话，那可就糟糕了。”

“我妈应该很喜欢这个。”以前用这个小伎俩很容易就可以见到伯特。每次贝弗莉原谅伯特的时候，她总是搞不懂为什么弗兰妮和卡洛琳也能那么快地原谅他。

“你妈妈现在还好吧？”伯特问。他把酒杯递给弗兰妮。哦，这第一口真是过瘾——绝对是最纯的杜松子酒——调得恰到好处。

“还是老样子。”弗兰妮答道。

伯特咬着嘴唇，点了点头。“那就好啊。我也没有什么别的期待，她过得好就好。听说杰克·戴恩状况不太好了。一旦要照顾病人，日子就会不好过。一想到你妈妈要经历这些事情，我就难过。”

“每个人迟早都得经历这些，谁又逃得脱？”

“我是不是应该给她打个电话，问候一下她，看她过得怎么样？”

噢，伯特，弗兰妮心里想。算了吧。“你最近还好吧？”她问，“过得怎么样？”

伯特又给自己调了一杯酒，这一次是先加杜松子酒，再在上面倒上奎宁水，然后轻轻地搅一搅，做法正好和刚才给她的那一杯相反。端着酒，他走过来坐到沙发上。“人老了，我这个样子已经很不错了，”他说，“经常到处走走看看。你要是明天给我打电话，准找不到人。”

弗兰妮拿着拨火棍把几截原木往里面捅了捅，让火烧得更旺一些。“明天你准备去哪里？”

“布鲁克林。”他回答。弗兰妮转过身看着他，手上还拿着拨火棍，脸上满满的都是笑容。“珍妮特邀请我去她那里过圣诞节。离他们家不远的地方有个宾馆还挺不错。我以前去看他们的时候就住在那里。”

“那可太好了，”弗兰妮说着站起身走到伯特的沙发边，“真为你高兴啊。”

“过去一两年我和他们的关系好了很多。我还给霍莉写过电子邮件。她邀请我去瑞士，去她生活的地方，去她生活的那个公社看看。我说要是去的话，我就和她在巴黎见面。对我和她来说，去巴黎是个折中的好地方。谁不喜欢巴黎呢？当年我和特里萨就是在那里过的蜜月。那是多久以前的事情了？五十五年前？是时候回去看看了。”他停了一会儿，似乎是想起了什么，“特里萨去世的时候你在场，对不对？我记得是珍妮特告诉我说你当时在场。”

“我和卡洛琳把她送到医院。我爸爸也一起去了。”

“哦，谢谢你们。”

弗兰妮耸了耸肩，“总不能就那样看着不管啊。”

“你爸爸怎么样，他还好吧？”

说到父亲，弗兰妮摇了摇头。“伯特现在还好吧？”，菲克斯也时常这么问。“我要是告诉你说他估计活不过这个新年，到时候你肯定会说我胡说。”

“你父亲是个了不起的人。”

“我爸爸的确了不起。”弗兰妮回应道。她不由想起了他床头放着的那把手枪，想起那次她是如何拒绝了父亲的请求。不仅如此，她做得更过分。她直接把枪送到圣塔莫尼卡的警察局，连子弹一起交给了警察。

“我还要再加一点杜松子酒。”伯特说。

“给我也加一点。”弗兰妮说着把自己的杯子递给了他。她当然没有喝醉，自然能够察觉出杯子里已经寡淡无味了。

“我们两个人加在一起都没有喝多少。”伯特说着往房间另一侧的吧台走去。

“慢点。”

“我记得在你的施洗礼之后见过你爸爸几次，”伯特说，“应该是在法院里见过他。也不知道是不是在那里。也有可能以前我经常见到他，只是没有留意而已。但是接下来的那个星期一，他径直朝我走过来，和我握手，感谢我能去参加那个派对。‘非常感谢你能来参加弗兰妮的派对’，我记得他就是那样说的。”他把酒杯还给弗兰妮。

“那是好多年以前的事情了，伯特。”

“是啊，”伯特说，“但是现在一想起他我就感到不安心啊，他病得那么厉害。我也没有做过什么对不起你爸爸的事情。”

“你和艾尔比联系过吗？”她问道，想要换个话题。这个问题她其实可以直接问艾尔比，但是也不知道为什么，她从来都没有问过。她和艾尔比在一起的时候从来不谈论伯特。即便是很多年以前，当他们还生活在同一个屋檐下的时候，他们都从来不谈论伯特。

“我和他不怎么联系。偶尔我们也想联系一下对方，但总是没有什么进展。艾尔比和他妈妈很亲，这个你也知道。这也难怪——女孩子亲爸爸，男孩子亲妈妈。我猜他还没有从我和他妈妈离婚这件事情里走出来。”在伯特看来，过去自己所做的一切都是对的，别人也应该和他有一样的理解才好。

“你是不是应该给他打个电话呢？特里萨去世了，他这一年过得肯定不容易。”弗兰妮想起了自己的父亲，想到来年的自己。

“等到圣诞节的时候我再跟他联系，”他说，“到那时我已经在珍妮特那里了。”弗兰妮想告诉他加州比这里晚三个小时，现在给儿子打电话也没什么不可以。她想告诉他，要打就现在打，何必要再等几天。很显然，伯特并不是很想和艾尔比联系。她没有必要在这件事情上让他不开心。端起酒杯，她分两口喝下杯子里的酒，感受着奎宁水的甘洌。杯子里就只剩下冰块和酸橙。“多么希望今天晚上可以住在这里啊。”弗兰妮说，心里也真有这么一分意思。多想到楼上以前自己住的那个房间去，躺在原来的那个床上，好好睡一觉啊。可是谁又知道，自己以前的那个房间是否还保留着原来的模样呢？

伯特点了点头，“是啊。真高兴你能来看我。这真让我感动。”

“你明天坐几点钟的飞机？”

“很早的那一班，”她说，“早点走就能避开交通拥堵。”

弗兰妮站起身来和继父拥抱告别。“祝你圣诞节快乐。”她说。

“也祝你节日快乐，”伯特说着退后了一步，看着弗兰妮噙着泪水的双眼，“开车小心点。要不然你妈妈非杀了我不可。”

想着现在伯特还是以贝弗莉会不会原谅他作为衡量事情的标准，弗兰妮禁不住暗暗发笑。和他吻别后，她走到门口穿上鞋子，重新走入风雪中。屋里，伯特关掉了灯。她在门廊里站了一会儿，任凭雪花飞落在自己天鹅绒的长裙上。她又想起找不到艾尔比的那天晚上的故事。伯特在他自己的书房里工作，母亲在厨房里学习法语。晚饭过后已经好一会儿了，外面下着雪。那时的雪就和现在的雪一样，飘飘洒洒，下个不停。房子里安静极了。弗兰妮很好奇艾尔比到底跑到哪里去了。一般情况下，他应该会在这个时候到她的房间里来做家庭作业。或者也不做作业，就是到她的房间里来聊天。而她就躺在床上读着《返乡》这本小说，为大学英语考试做准备。当然，他也不是每天晚上都会过来。但是就算他不过来，她也能听见他在做什么，要么是看电视，要么是在房子里走来走去。她屏住呼吸想要听清楚他到底在干什么，最后索性放下书本，出去一探究竟。卧室没有，厕所没有，休息室里也没有，更不会在客厅里。因为他几乎从来不去客厅。房子里能找的地方都找遍了，都没有找到，她只好到厨房里去问母亲。

“艾尔比到哪里去了？”弗兰妮问道。

母亲摇摇头，说了一些不知所云的单词。她母亲从来都没有学会法语的口语表达。

“你要是知道的话能不能麻烦你告诉我一声？”

她的漂亮妈妈似乎有些不好意思，只好从书本上抬起头，看了她一两秒钟，然后点了点头。“好的。”她说。

弗兰妮自然不会去敲伯特的门问他知不知道艾尔比到哪里去了，也不会推开书房的门看一看艾尔比是不是正和他在一起。这样的想法甚至根本就没有在她的脑海中出现过。

转身走出后门，她身上还穿着校服：格子裙，半筒袜，马鞍鞋，上身穿一件运动衫，外面罩着件白色的外衣。母亲也没有嘱咐她穿件厚衣服，甚至都没有问她要去哪里。多年以前的那个夜晚，弗兰妮穿着单薄的衣服走出后门，她的妈妈早就沉浸在法语的不规则动词的变化里了。

她到车库里去看了看，艾尔比没有在那里。绕着房子走了一圈都没有看到他的影子，于是她一直往街上走。沿着一个方向，走了两栋房子，又沿着另一个方向走了三栋房子。她希望能查看一下地面上的自行车车辙，但是大雪覆盖住了一切，来去两个方向都只有她自己的脚印。那一年，她还只是个孩子，头发渐渐地湿了，她不免开始担心起来。但在心里她依然相信自己能够找到他。她决定回去穿件厚衣服再出来接着找，便转身往通往自家车库的车道上走去。就在这个时候，她看到了他。艾尔比的脑袋从正门外面的黄杨木灌木丛里露出来。他裹着一个红色的睡袋，目光定定地看着地上的积雪。“艾尔比？”她喊道，“你在那里干吗呀？”

“太冷了。”艾尔比说。

“可不是嘛。赶快进屋去吧。”穿过柔软的积雪覆盖着的草坪，她一直走到他藏身的地方。

“我个子太高了。”他说。

街道上的路灯映照着飞舞的雪花，呈现出迷人的淡黄色光环，四下里一片漆黑。“谁知道你会在这里呀。”

“看得到的，”他说，“我的个子真是太高了。”

“你怎么能一直待在外边呀。”弗兰妮冻得直打抖。她真是不知道自己刚才出门的时候怎么就忘了穿大衣。

“我就是可以。”他说。他的声音很轻很弱，就像是那四下里纷飞的雪花。

往前迈一步，弗兰妮也挤进黄杨树丛中间，想要把他给拉起来。艾尔比比现在比她都要高，只是身形很瘦削。但是不管怎么说，他绝对不会动手和她打架。进到树丛中，她才意识到为什么他会躲在这么个地方。待在这里，外边的人看不进来，但是里面的人却可以把外边看得清清楚楚。向外延伸出来的屋檐让他们的大半个身体都不会落上雪。那么近距离地和他待在树丛中，她闻到一股浓浓的大麻气味。弗兰妮和艾尔比有过一起喝酒的经历，也经常躲在一起抽烟，但是要说到吸食大麻，以前确实从来没有发生过。但是这一天之后，就和以往有了不同。

“让我也进来吧。”她说。

艾尔比抬起一只手臂，眼睛依然盯着地上的积雪。她挨着他坐下来。睡袋里面填满了细细的绒毛，两个孩子挤在一起，感觉真是暖和极了。就这样一起坐在屋檐下，两个人的后背顶着房子的墙壁，他们的面前是一排高高的树篱笆。就这样静静地，他们看着雪花从高高的天空中飘落、飘落，直到最后，他们觉得自己就快要变成雪花中的一朵了。

“我的脚早就没有知觉了。”他说。

他们手挽着手努力地站起来。前门已经从里面锁上了，他们只好沿着房子前面的行车道往屋后面的厨房走去，身后拖着那个睡袋。弗兰妮的妈妈已经离开了厨房,但是伯特的书房里灯光还依然亮着。

“我说吧，你不管多么兴奋都不会有人知道。”弗兰妮说。也不知怎么了，她的这句话一下子让艾尔比彻底放松下来。他坐在地板上，将睡袋拉过来，套在自己的头上，放声地大笑起来。弗兰妮拿了些燕麦片放到桌子上，又从冰箱里拿出一瓶牛奶。

用手拍了拍落在肩膀上的雪，弗兰妮抬脚朝自己租用的那辆汽车走去。下雪的那个夜晚里发生的事情，她没有告诉利奥。本来是想一股脑儿都讲给他听，但是也不知道为什么，讲到那里她却收住了嘴。现在，又是一个雪花纷飞的夜晚，她突然明白了自己保守这份秘密的原因。有可能在未来的某一个雪花纷飞的夜晚，她还会再次想起那个只属于她和艾尔比的故事。人活在这个世界上，总要有些记忆仅仅留给自己。